还乡三部曲

花红火红高粱红

张金良　刘英民　著

天津出版传媒集团
百花文艺出版社

图书在版编目（CIP）数据

花红火红高粱红 / 张金良，刘英民著. -- 天津 : 百花文艺出版社，2024. 8. --（远乡三部曲）.
ISBN 978-7-5306-8820-5

Ⅰ. I247.5

中国国家版本馆 CIP 数据核字第 2024S6Z911 号

花红火红高粱红

HUA HONG HUO HONG GAOLIANG HONG

张金良　刘英民　著

出 版 人：薛印胜　**责任编辑：**张　雪
装帧设计：刘昌凤　**特约编辑：**李　路
插　　图：李景森　**顾　　问：**陈现宾　蔺雪朝
出版发行：百花文艺出版社
地址：天津市和平区西康路 35 号　**邮编：**300051
电话传真：+86-22-23332651（发行部）
+86-22-23332656（总编室）
+86-22-23332478（邮购部）
网址：http://www.baihuawenyi.com
印刷：三河市元兴印务有限公司
开本：710 毫米 ×1000 毫米　1/16
字数：320 千字
印张：22
版次：2024 年 8 月第 1 版
印次：2024 年 8 月第 1 次印刷
定价：98.00 元

如有印装质量问题，请与三河市元兴印务有限公司联系调换
地址：河北省廊坊市三河市黄土庄镇尚庄子村
电话：0316-3180002
邮编：072750

题记

远乡

你的风华，你的音容，日暖三春，月挂碧穹。伊人早已远去，昨夜又入我梦，忍将热泪两行，送与九天沧溟。

你的秧田，你的老井，养我育我，陪我远行。故乡早已远去，牵念寄给孤鸿，如今回身相望，石巷古树蝉鸣。

你的悲欢，你的奋争，几度轮回，化作长虹。遍寻天涯海角，踏破山水万重，誓言将你追随，无悔终了此生。

太行花

一种古老的残遗物种，多年生草本、国家二级保护野生植物，中国特有、太行山独有属种，生长在太行山的悬崖中或者林内的岩石裸露和土层瘠薄处。截至目前，原种太行花尚未发现生存报道，其变种族群缘毛太行花，近年又在太行深山区零星发现，因结实甚少，目前尚不能大量采种，养分和光照对其影响甚微，分布区域狭窄且范围日益缩减，不采取有效保护措施，将濒临灭绝。

目录

第二十一章 毛驴令人骄 扁担颤如妖 001

第二十二章 山乡布拉吉 悲喜黄土地 018

第二十三章 冷月照孤鸿 西口梅女情 035

第二十四章 至爱突归西 误入桃花溪 056

第二十五章 春花千万枝 绝唱化成诗 079

第二十六章 农家话桑麻 瓢饮不煮茶 103

第二十七章 闹市生奇闻 深宅锁冤魂 116

第二十八章 锅盆碎成片 小莲穿成串 135

第二十九章 长天日灼心 荒园夜深深 153

第三十章 痴子苦奔忙 佼人似魔方 176

目录

第三十一章 生杀玉带坪 黄土不了情 191
第三十二章 曾被尘缘戏 讳解戏中趣 204
第三十三章 牛头套瓦器 好汉借脚力 221
第三十四章 时乖鬼打墙 妄语生祸殃 239
第三十五章 倔傲雪上霜 秋风过大冈 253
第三十六章 水泡半截墙 人陷污泥塘 271
第三十七章 鹣鲽含恨走 大嘴咏细柳 290
第三十八章 虎伥胜鬼祟 骡车柴火堆 300
第三十九章 天谴无须窥 至苦离人泪 318
第四十章 明月在天心 夕照色如金 333

第二十一章

毛驴令人骄　扁担颤如妖

白文昌的崭露头角，缘起大坡地乡成立大会，他成了穷苦人眼里的星光。从那以后，他经常到村里、乡里、区里帮助工作，后来到了乡里长期帮忙，时间久了，连补贴带奖励，挣了好几石米[1]。

那是瘦三多年来的辛苦、挣扎和煎熬，结出来的第一个伟大而辉煌的硕果，睡梦之中，他都能感觉到父亲摸着他的头，夸他是老白家顶天立地的男子汉！

四野无人时，他偷偷跑到父亲的坟茔前哭个痛快，回家的路上，就感到轻盈无限而荣光万丈。他的辛苦和挣扎，就像他放入笼中的荞麦面糊，在烈火和滚烫的蒸汽中，渐渐地有了形状；他的煎熬和牺牲，更像他放入油锅里的灌肠片，在"哧哧"作响的热油里，爆出一片片金黄，溢出一缕缕喷香。他虽然没有挣过大钱，但他的小灌肠摊，可以使他讨得上一个能给他生孩儿的女人。但父亲临死的嘱托，才是他终生不可违的王命。在供弟弟读书和娶媳妇之间，他每每选择了前者。

白文昌影子一般跟了安乡长一段时间，经常到周大中家去。周山杏小白文昌三岁，如今十七岁，模样随了母亲，身板却独树一帜，圆乎乎的脑袋像杏，颜色

---

[1] 注：当时的薪俸或工钱大都以米进行结算。石读dàn，旧时的计量单位，一石十斗，一斗十升，一石约一百二十斤。

却随了栗子，不高的个子一身的肉，步子不大，却轻盈而快捷，来来去去像一阵风。她那无忧无虑的心，湛蓝的天空一般澄明而开阔。无论家里家外，她永远一副蹦蹦跳跳的样子。

有一天，安乡长带白文昌来到了周大中家。周山杏叫白文昌替她写几个字，她倒背着手，弯着腰，伸着头，在白文昌后边笑嘻嘻地看，时不时地拍手欢呼一下。她额头上的刘海儿，时不时地会扫到白文昌的脸，白文昌却笑嘻嘻地装作不知，毫不客气地享受着她的温柔。

山杏娘韩老等，使劲儿歪了两歪眼，把山杏歪到了屋里，压低声音说："哎哟！俺从哪儿要了个疯闺女哟，一点儿都不像恁爹跟俺，疯疯癫癫的不讲究，叫人看见了，日后谁要你？哎，给娘说实话，你是不是真有那个心？要有，娘就正经找个人给说说，要没有，就规规矩矩的，像个闺女样！"

周山杏仍然笑呵呵："有那心也不成吔，俺就是逗他耍罢咧，俺去过他家，四五口子人，住那几间小破房，立都没处立，去他家干啥，受罪？"

白文昌走后，韩老等把安乡长叫到屋里说："他姐夫，分胜利果实那阵，咋把瘦三给忘了？"

安乡长说："忘倒是没忘，他家总算还有几间房子，院子也不算太小，日后还能盖，这会儿，需要安置的人还有呢！"

后来，安乡长和盖大全商量了一下，原来农协临时办公的小院子，现在用不上了，虽然只有两间半房子，但街门楼和小厨房样样俱全。一年多来，村里和乡里欠白文昌好几石米了。经讨论，那个小院折了米卖给白文昌，不足部分从白文昌的薪俸里扣。

后来，白文昌被县工作组的演讲队抽了去，一去就是半年多。在这段时间里，他跑遍了沙水县的每一个区，许多人都知道，大坡地有个小个子白文昌。

这中间，周山杏到瘦三家去了两次。第一次她在瘦三娘和瘦三的房间里，晃晃荡荡地转了一圈，捂着鼻子和嘴，对小玉说："恁爹回来了，你给他说说，满屋子的驴油味，呛死人！哪儿都是土，脏得要命，屁股都没地方放！记住了没有，小妮？”说完后，一蹦一跳地走了。

第二次到瘦三家时，她只说了一句话：“文昌还没回来？”

这年秋天，瘦三把十多亩地的庄稼，一个人连背带扛弄回了家。因为没有牲口，最后一块麦田，快霜降的时候他才耩了上去，耩上后就躺到了炕上，上吐下泻高烧起来。白文昌回来后，看到瘦骨嶙峋的哥哥，赶快请来了医生，瘦三大喊大叫的，无论如何不让抓药：“还没干仨钱的活儿就要工钱，庄稼主儿没有那么娇气！”

瘦三娘坚决买头驴。后来，凡不太远的村庄，瘦三是有集必到，有会必赶，相媳妇一般，挑拣着他心目中的那头驴。

终于，在小坡地村，他相中了一头黑毛驴，滚圆溜光的屁股，白嘴头大耳朵。从上午到下午，瘦三一直没有撒开过驴缰绳。太阳快要落山时，卖驴的人有些急，说：“要你就要，不要就别要，这庙会都散了，要不是急等钱用，咋舍得卖俺的牲口吔！”

瘦三牵缰绳的手，又哆嗦起来，二百八十万元的钞票（旧币），他实在发愁，可那头毛驴，他又实在相中了。卖牲口的这下真有些急：“看样子你买不起，算了，俺也不卖了！”

一直蹲着的瘦三，忽地一下站了起来：“二百七十八万，立马牵走！”天快黑时，瘦三又给砍去了两万元，交了三十万的定钱，一路抚着驴屁股回了家。

牵回了驴后，瘦三整天不在家，偶尔回来看一眼黑毛驴，又急匆匆地走了。每天深夜后，才能躺到他的土坯炕上。

第四天傍晚，瘦三从外边回来后，饭也咽不下去了，他和卖牲口的当时就定好了，第五天余款一并交清。可是除了交的三十万定钱，跑了四天，他只借到了二十余万。瘦三正躺着发愁，他娘捧了一碗稀饭放到炕头上，把一个发面窝头塞进他手里说：“该吃饭吃饭，活人咋也不能叫尿给憋死，明儿后儿两天，钱准齐。”

瘦三摇着头说：“咱穷人，能有几个富亲戚吔。”

瘦三娘说：“明儿后儿两天，准齐！明儿了你啥也别干，套上牲口去恁老姨那儿，把两包糠和红薯蔓拉来——养了个活东西，张嘴要吃呢！”

第二天，瘦三套上毛驴走了。他不是相信他娘真能借到钱，而是从小到大，他没有做过违拗娘的任何一件事。往老姨家走的路上他在想，是不是除了拉糠和红薯蔓，还能带回一沓票子来？

瘦三把捎来的二斤盐交给老姨时，她枯树枝一般的手，捧过来捧过去，不知是找不见放盐的罐子，还是不知道放在哪里好。老姨一直呵呵笑，干瘪的嘴，笑成了一个瘪塌塌的圆——由于没有了牙齿，“圆”深深地凹了进去。她勾着的头微微颤抖着，瘦三的心，忽然揪得更紧……

玉米穗皮编的大草片儿方方大大，瘦三娘坐在上面，小玉在一边两手架着锭子团，祖孙俩正在缠线穗。

瘦三走后不久，白文昌回到了家，他问娘啥事这样急，紧催着回来，他还有好多工作要做呢！娘朝大草片儿努努嘴，自己抱起小玉，靠在一边坐了下来。白文昌刚买下的房子，就是准备以后结婚用的，娘儿俩商量一番后，文昌说：“先买驴！总得替哥哥和家里负担点儿才对，不能再叫哥哥那么苦了！眼下有地方住，也不是马上就结婚，把房子卖了，先买驴！”

白文昌走的时候，娘追到大门口，压低声音说：“好好儿想想！咱家烧灶火做的饭，能配上周家的那个细瓷碗？”

第五天，瘦三又叫他娘给支了出去。小坡地的人来了后，瘦三娘说：“明儿晌午来，杂面汤捞饭管你饱，吃饱饭拿钱走人，不会短你半张毛票，说话不算，俺戴揞眼[1]出门！”

瘦三买驴的消息，很快从北圪台儿上传遍了半个村。这天，魏老大正在鸡冠山的地里刨地角，瘦三担了一担白茅草，手里牵着毛驴，一路唱着梆子往山下走。瘦三爱戏，但听别人哼哼的时候多，自己哼哼的时候少，冷不丁地哼唱起来，却也有板有眼：

[1] 揞眼：揞读ǎn，揞眼指怕拉磨的驴偷吃磨上的东西而捂眼的布。

出城来步轻快和风扑面，猛抬头桃似火绿柳似烟，黄鹤楼吹玉笛声声不断，三江口数不尽百样舟船……龟山上用目望眼花缭乱，果然是好景色名不虚传……

瘦三唱着唱着，毛驴突然停了下来，撒了一泡黄尿后仰起脖子，“咕——嘎、咕——嘎”兴奋地叫起来，甩了几甩尾巴，尥了几蹶子，开始打滚。

魏老大羡慕到极点，小跑一阵截住瘦三，说：“嘿嘿，嘿嘿！这驴是你的？”

瘦三把担子一颠，换到了另一个肩膀上，不无自豪地说：“呵呵，呵呵，咋？不像？”魏老大说：“呵呵，像，像，可比你结棒多了！”一边把耪镢递给瘦三，一边接过了他的担子，两个人悠悠荡荡地边说边走。

一路上，魏老大心里的那个难受，比压在肩上的担子沉重多了。进了村后，他才稍稍舒畅，倒也不因为瘦三接过了他肩上的担子，他想：这个时候，俺还没有自己的毛驴，以后说不定哪一天，俺也一定会有，瘦三不过是先走了一步，他瘦三有了驴，可不一定会养驴，俺在边家待了十多年，马、骡、驴、牛的，使了多少年？伺候了多少年？他瘦三比俺，那差得多！

到了瘦三家，魏老大俨然一个师傅，连铜烟袋也顾不上叼了，乐陶陶地传授养驴和用驴经验：“寸草切三刀，没料也上膘；驴怕晒，马怕星（不露天养），牛怕肚底冰；渴不急饮，饿不急喂，不怕千日使，就怕一日累……”魏老大一套一套的歌谣，像从瘦三耳边刮过的一阵又一阵风——他正拿着一把自制的挠钩，给驴挠痒痒呢。

一连几个晚上，魏老大吃了饭，总要到瘦三家看一看，坐一会儿。大耳朵、白肚皮、白嘴头、黑脊梁背——平平常常的毛驴，是瘦三的骄傲和自豪，是魏老大眼里的珍禽异兽。

第三天晚上，魏老大拿着明晃晃的铜烟袋，“吧嗒、吧嗒”地抽够了，装上一袋递给瘦三说：“给，试试咱的家伙，这大烟袋里的烟叶是咱自己挑的籽，自己刨的小片地种的，绵敦敦[1]的香！”

瘦三没有接魏老大的烟袋，走过去拍打着驴脑袋说：“真是个好东西，你也真该整一头了，忙时犁地儿，闲时攒粪儿，不忙不闲，拉个活儿，干个茧儿，挣多挣少都是钱儿！”

瘦三喜不自胜的炫耀，像给魏老大浇了一身冰凉的冷雨，一阵怅然失意笼遍他的全身，不一会儿，肚子里憋闷闷地翻腾起来。瘦三眉飞色舞的样子，尖刀一般地张扬着自己的锐气，砍削着他的自尊，他使了使劲儿，但那个急于涌出来的东西，又别别扭扭地钻了回去。

瘦三一直夸他的白嘴头毛驴，魏老大的肚子就一阵一阵地疼痛起来，他以为自己着了凉，捂着肚脐弓着腰，不再说话。瘦三看他一副难受的样子，就问咋了。魏老大皱着眉，张张嘴又指指肚子。瘦三以为他肚子不舒服，说：“又夹了个大屁不是？宁在人前丢丑，不叫凉气攻心，有屁就放！”

魏老大以为，瘦三让他“有屁就放”，是让他说说藏在肚子里的话。他松开捂着肚子的手，拉住瘦三说：“俺管给你垫驴圈，咱一递一车要驴粪，咋样？俺地里的谷草，都给了你！”

魏老大实在买不起驴，他想把瘦三的驴粪分一些，也好肥一肥自己的庄稼地。

自从盖狗剩回到大坡地，后来又当了兵，盖大全就一直不敢正眼去看林满仓。盖狗剩和林满仓的儿子，一块儿放牛出的事，后来两个人又商量，让两个孩子一起走掉，林满仓的儿子林有田，却一直没有回来。盖大全见了林满仓，几次想问却欲言又止，万一有个不吉利的结果，则更伤面子。即使在大街上远远看见，他能躲开就躲开了。

刚到九月末，天气本来还不算太冷，昨儿后晌忽然刮了半晌的寒风，到了晚饭时，青白色的乌云遮满了天。

后半夜，天气就渐渐地寒冷起来，纷纷扬扬地飘了一阵雪花，到天明，地面

[1] 绵敦敦：方言，软绵、柔软的意思。此处指不辣、不呛嗓子。

上蒙了半指厚的一层雪。当东升的太阳挂上树梢，草垛上扯着嗓子吆喝的大公鸡，扑棱棱地飞到地上，开始四处觅食，热辣辣的太阳，就重新把田野温暖起来，那层雪，迅速地消融。

盖大全出门时，把手抄在袖口里，从鼻子和嘴里呼出的哈气，在胡子上结成了一个个小水珠。他想到静峦寺上炷香，图个吉利换个安慰，刚走近静峦寺的大门，吓了一跳。雷月琴咬着手指，从那棵大银杏树后面，猛地跳了出来，两个奶子忽颤颤地甩着，拍着两只手追着盖大全说："你会不会弹琴？到底会不会弹琴？你要会，俺就叫你弹弹，好听得很！咦？这糟老头儿，扯淡得很！不说话，你就是头骟了的驴！嗷！嗷！骟了个净碾碾[1]，正经活儿也不能做，屁也不能给来一个！"

盖大全扫兴之外，感到莫名的神伤，他的儿媳妇石小彩，是他心中无奈至极的疼痛。大坡地人常说，"娶媳娶豝子[2]，种地种洼子"。在他看来，媳妇的标准，丑一些不怕，生育能力强的最好，就像多产多育的豝子，不担心招摇来太多的是非，照样儿女绕膝子孙满堂；而沟洼里的地最托水分，最容易收获，平时不易惹人眼，收时照样沉甸甸，穷苦人都喜欢洼子地。

他总感觉儿媳石小彩，是一只满天飞的翠鸟，她根本不屑他家这个孱头窝。时至今日，他就像念着口诀，拨错了算盘珠子；擎着圣训，寻了个凌辱不堪——都是些毫无由头的烦恼。

从寺里出来后，他的心里就如乱纷纷的一地残雪。下了山后，全身汗津津的燥热，摘下头上那顶半圆形的旧毡帽，过一会儿扑扇一下。刚到山口，远远看见林大头和媳妇陈宝妮，拉了一架小车，正蹚着泥泞向山里走，盖大全没好气，爬到地堰上，找块石头坐了下来。

陈宝妮双手抓着车杆，肩膀上挎着拉车的粗绳套，林大头和他的四弟四麻子

---

[1] 净碾碾：方言，初意或指碾的米非常干净，逐渐演化后，净碾碾指某物被处理得非常干净。

[2] 豝子：豝读 bā，指因怀崽过多肚皮几乎贴地的大猪，当地有时用来代指生育能力极强的生物。

坐在车上，“吱吱呀呀”的车轱辘，碾轧着颠簸不平的山石路，拉车的女人，一脸的愉悦满足和幸福无边。

令盖大全妒羡不已的是，那个无与伦比亦无可挑剔的拉车女人，鬼使神差一般，竟成了林大头的媳妇！那滚圆壮硕的腰身，任何有经验的男人都知道，那才是一个百分百的“靶子”！她来林家不到一年，就给生了个胖小子，或许是林家还在忌恨盖狗剩，生下的儿子，取名叫“大狗”。

盖大全想，你林满仓少了一个儿子，却捡来一个打着灯笼都难找的儿媳妇，俺盖大全，也给庙上背过石头挑过水，凭什么那白面馍馍，愣往你林家的嘴里送！

等小车转过弯后，他才从堰上跳下来，在石头上蹭了蹭鞋底上的泥，心中的郁闷变成了烦躁。儿子狗剩娶小彩时，两个人在一起，满打满算才三天，儿子走了四五个月以后，儿媳小彩的腰，就日甚一日地粗壮起来。他最怕看见别人打量小彩时，那一张张窃笑的脸，是一记记掴向他眉面的耳光。尽管世上有不少开花就坐果的草木，但即使是一粒落地即生根的种，也总要赶对了时日才行！

盖大全不敢相信，儿媳那个颤悠悠的扁担腰，会是个落地即生根，开花即坐果的“靶子”还——如果没有那些风言风语，盖大全或许会相信，是巧子爹娶了巧子娘，生个孩子叫巧子——那巧上加巧的事，也应该不是奇闻。但人们那些说有若无、说无还有的指指戳戳，又似乎在明证着，那原本就是一件看巧不巧的事。

盖大全从大北沟走上来，村里的民兵正在谷场上练正步。盖大全的侄子盖二愣，刚提了个民兵副排长，正心高气盛烧三把火。

盖二愣个头儿不大却活泼好动，天生一头弯弯曲曲的小黄毛，早早没了爹娘的苦孩子，自小就有些歪性子、邪脾气，总爱做些稀奇古怪的事。除此之外，还是个有事怕事躲事、没事找事惹事的人，或因如此，人送外号“黄毛怪”。盖二愣比盖大全的儿子小三岁，除了孑然一身的盖大全，时不时地瞅上个一眼半眼，他那个一贫如洗的家境，令他很难找上一个媳妇。

盖二愣见盖大全在一边看，就叫民兵们一字排开，他自己给做示范动作。和众多的庄稼主儿一样，盖二愣也是代代相传的一笼统[1]褂子、肥硕无形的大袅裆裤[2]。他的褂子比别人的更加的一笼统，像个直上直下的大榼栳，他袅裆裤的大裆，比别人的也更加宽大：大袅裆的最下边，几乎和膝盖相齐，每踢起一个正步，大袅裆"呼——"地一下张开来，像突然打开了一把折扇，连贯起来踢打的正步侧身看，一开一合像踩着水的鸭掌。

他的鞋上沾了太多的红胶泥，猛踢正步时，忽然将一只鞋踢飞了出去。他大声训斥着笑作一团的人，跑过去穿上飞远的鞋，自打圆场说："这鞋倒挺合脚，就是带的泥太厚了。"

盖二愣穿好鞋，一路小跑来到盖大全跟前，神秘兮兮地说："叔吔，今儿真逮住了，在石碾街，又看见那个'琉璃球'了。今儿，你可不要说俺啥了，俺可是民兵副排长了，革命觉悟自然提高，革命警惕自然提高，这反革命的兔子尾巴，真暴露出来了，你看咋办？"

盖二愣说的"琉璃球"，是石小彩原来的意中人豆宁。或许是乍贫难改旧家风，豆宁家虽然也是被斗户，却仍然纽扣洋装大皮鞋，一副大家阔少的装扮。在庄稼主儿的潜意识里，这种人，给人办事靠不住，自己做事拿不稳，小事不想做，大事又做不来，对他们鄙夷不屑的称呼就是"琉璃球"。

盖大全心里咯噔一下，嘴上却淡淡地说："咋咋呼呼地逮住啥了，咱大坡地也不是断人行，人家也不是日本鬼子，别整天像个事奶奶似的，没事生事。再说，你二愣子眼里，从来没好人！"

盖大全转身要走，盖二愣不服气地说："给你说了几回，就是不待听，俺狗剩哥走的时候，还专门给俺说咪，总不能眼看黄鼠狼跑到家里来了，还不垒鸡窝吧。好好好！真叫俺逮住'琉璃球'的把柄，看俺不把他打出屎来！"

盖大全低声呵斥："真有啥事，还有政府管呢，甭操那个废心——咋也使不

[1] 一笼统：上下一样的宽窄、粗细。

[2] 袅裆裤：大裆大腰的老式裤子，尤其是裆部乱乱团团的褶皱，"袅"在一起无法分开、分清、展平。大坡地一带对这种样式的裤子俗称"袅裆裤"。

死你？”

盖二愣马上接过话头说：“那就叫政府管，这可是你说唻！”盖大全头也没回就走了。

盖大全气哼哼地走了后，盖二愣悄悄地找了两个要好的民兵，在一个个背地旮旯找寻起来，将要吃中午饭，还是没找到。几个人偷偷地到石小彩家看了看，只有小彩娘一个人在家做饭。盖二愣想了又想，最后找到了大西沟里的土窑。

三个人蹑手蹑脚贴近窑口时，豆宁正抱了石小彩的扁担腰来回晃荡呢。三个人大叫一声扑上去，把豆宁摔了个跟头，用麻绳把双手反剪起来。盖二愣愤怒无比地扇了豆宁一顿嘴巴，拉拉扯扯往乡政府去了。

石小彩远远地站着愣了一会儿，也快步跟着他们去了，义愤填膺又不卑不亢的样子，像是和盖二愣串通好了的卧底。

豆宁的身板和装束，正像王炳中家的青花骡，亮堂堂的英俊而威武。他留着中缝的分头，长长的腿，直溜溜的腰身，白皮肤黑浓眉，稍显瘦长的小白脸上，闪耀着傲人凌物的神气。

盖二愣把他摔倒绑缚的那一刻，豆宁还奋力地挣扎喊叫，被扇了几个嘴巴后，头就低了下来，待牵了麻绳上了路，拐过弯后，盖二愣抡起枪托，在他的屁股上狠狠砸了几下，豆宁就佝偻着腰，一副绝望透顶的模样了。

石小彩先到了自己家，门子虚掩着，四周静悄悄的。她打开箱子，拿出一块四方的花布，包了两件衣裳，还有杂七杂八的一些小东西，掩上门就往乡里去了。

乡政府在东北角的大马车店办公，破败的大门已修葺一新，刚刷了红彤彤的油漆。豆宁被绑在一棵歪脖子山楂树上。盖二愣坐在一边的石头上，甩着撕开一个大口的鞋，穿上去后找了根绳子，自鞋底到脚面缠了个活结，站起来走了两步后，冲着歪脖树那边骂：“狗日的‘琉璃球’，比个叫驴还有劲儿，把恁大爷的鞋也给撕扯了！这咋交代？嗯？咋交代？”

当盖二愣看见一脸怒气的石小彩时，胜利者的威风和骄傲，一下子崩塌了大半。

石小彩略显粗壮的腰，看不出增加了多少拖累；轻巧平静的步子，透着无所谓的淡定；无荣亦无羞的一张粉脸，冰凉若三秋的霜痕。她刚露头，盖二愣倒拖了枪，一路小跑钻进了茅房里。

石小彩一摇一晃走了来，围着歪脖子树看热闹的人，“轰隆”一声远远散了去。石小彩走到山楂树下，甩了甩头，顺势捋了捋刘海儿，又抿了抿头，眼睛随着那个动作的起承转合，自然而然把四周看了个真真切切。

豆宁绝望的眼神里充满了渴望，石小彩抬头凝视着干瘦的山楂树，轻轻地说：“天生的狼心兔子胆！干穰柴[1]一抱，轰隆一下，连灰都不见哩——听清了！今儿，你是给俺捎东西来的！刀架到脖子上，也是这句话，二话没有。记住了，嗯？”

安乡长回来后，盖二愣才从茅房里钻了出来。他们三人报告说，抓住了一个流氓，破坏革命军婚。

“放恁娘的屁！恁爹恁娘大白天在漫田野地，作弄出来你个王八蛋？”石小彩满脸威怒，嗓音嘎嘎脆。

她一边说，一边扬着手里的包袱说：“俺姥姥家的哥哥哩，给顺路捎了些东西，往回送了一截，咋着哩，这犯王法？安乡长！那三个坏枣枣，要是说不出个一二三，今儿，俺要是死不到乡政府，就不出这个大门！”

安乡长把石小彩劝了一回，把盖二愣三个叫到一边问了一回，瞪着眼训斥盖二愣，让他给豆宁松了绑。石小彩却不依不饶，非要“三个坏枣枣”磕头认错，才算恢复了她的好名声。

安乡长对盖二愣说：“做什么事，总要有个来龙去脉，总要有个铁证据，是不是？”

正当盖二愣捶胸顿足时，边老拐挤了过来：“哎，哎，哎！这稀罕事，这二愣子拿不出一二三，那就该磕头！”

正说着，他一把抓去了石小彩的花包袱，走向一边后，高高地扬着说：“人家给送东西来，这有啥差！不过，咱也得问问，那个送东西的，看知道不知道都给送了些啥！”

[1] 穰柴：容易点着火的软柴。

边老拐一边说，一边把包袱放到地上开始解，石小彩笑着："这盖体窝里伸出来个脚——亮你那只手哩！嗯？要蜷不回去，可就把你那驴蹄子，给剁碎了哩！"

石小彩不紧不慢走过去，自己抖开了包袱：两袋苦林牌的雪花膏，两盒力士牌香粉，一件红绸面斗篷，一本闪着亮光的书。那本书的封皮上，一个妖精一样的女人，肩以下胯以上，被一溜紧紧的布带束得细长，腰以下的大裙子，像一个撑起来倒放下的降落伞，四处飞扬着毛发的大帽子，上边插着一根大羽翎。

边老拐嘿嘿笑着，扭过身子遮住了包袱，冲着那边喊道："安乡长，问问那个人，看给咱大坡地的军属，捎来的都是啥东西？哎！听清了没！……"

石小彩没等边老拐说完，一把抓住他的一只手，另一只手猫爪子一般，在他的脸上掴了三四个耳光。边老拐刚刚闪开来，她就卷起包袱"哇——"的一声号起来："安乡长！俺真不能活哩，看包袱就看包袱，悄悄捏俺手做啥哩！拐子不安好心哟！大白天耍流氓哩……"

石小彩一边哭，一边又抓住边老拐要打耳光，众人拉开后，边老拐瘸着腿溜得飞快。石小彩回身抓住盖二愣不松手，眼泪、鼻涕、唾沫，往他身上抹了一遍又一遍。

正哭着，小彩娘和盖大全，火急火燎地赶了来，石小彩"扑通"一声跪下去："爹吔，娘哎！恁儿，成了别人就饭吃的菜了，拐子耍了流氓跑了，没想二愣这自家兄弟，拿屎盆子往自家人头上扣哩！这自家不和外人欺，今儿给二老磕个头，赶明儿，再见不着儿哩……"

石小彩一边哭诉，一边回过头，把耷拉着两个长耳朵的旧棉帽，从盖二愣头上一把撕下来："二愣你给俺听清哩！石小彩来盖家时，是一个人，今儿离开盖家，那可是一对！老盖家家破人亡，都是因为你！等俺死了，你再给盖家交代交代，给你四两棉花纺纺（访访）去——石家闺女的洗澡水，都得找个干净地方倒！"盖大全一跺脚，踩住盖二愣的破棉帽，在上边踾了两踾，歪着头骂："二愣！你个戳事骨朵！唉！你个狗吣的货！"

当天，盖大全找了几个能说会道的本家女人，给小彩母女说了一下午好话，还派人陪了小彩整一夜。

整个冬天，瘦三一直赶着毛驴车，拉了武老栓的挂面到山里换麦子。头天他就把挂面装上车，守着那头毛驴吃好饮好，等毛驴眯起眼，开始打盹儿时，再看一遍窝里的鸡和圈里的猪，然后点起灶火做饭：学着他娘的样子，锅里的水开始“嗞嗞”冒泡，就开始洗手和面，等面和好了，锅里的水就开了，拿了小勺放进半勺米，再把和好的玉米面揉一下，把面团拍扁，贴到锅里挨不到水的地方，盖上锅盖。

饼子总共做四个，清晨走的时候，他自己吃一个，给娘和小玉留两个，再把剩下的一个当中饭。他甚至能够把握每顿饭要烧多少柴，等抱来的那堆柴烧完后，米汤就快煮好了，玉米面饼子也会熟透。等火完全熄灭以后，贴在锅里的饼子，就一面软乎，一面焦黄地熟了。

瘦三总爱先把软乎的一面吃下去，然后再慢慢地咀嚼焦黄的另一面，享受那种“咯嘣、咯嘣”的脆香。

填入火膛里的最后一把柴，冒尽最后一缕红黄的火焰，他会用几块断砖把灶口封了，让灶里的余火，慢慢地燃烧殆尽。这时，冰冷的房间也会慢慢温暖起来——灶膛的烟道和土炕是相连的，灶火的烟顺着烟道在炕面的土坯下转了几个弯，再从墙角的烟囱里钻到屋外，土坯炕面就渐渐地热乎起来。

瘦三爬上土炕，摸一摸苇席下面的谷草，他炕面下面的烟道，和他娘那边的土炕是相连的。当他确信已经有了温度，不需要再烧时，就来到娘的屋里，把小玉叫起来方便了，再蜷曲到他的土炕上小眯一会儿。

瘦三对于时间的掌控，甚至超过窝里的公鸡，遇到天气不好或受了什么惊吓，公鸡的鸣叫有时会提前或错后，但瘦三每次都能把握得恰到好处。他提前计划好第二天要去的地方，连毛驴的脚步也算进去，根据路程的远近，确定在寅时或卯时的某个时段，翻过三道岭去。

当毛驴的脚步踏破村里的宁静，山村的第一缕炊烟袅袅升起，“挂——面——咪哟”，闷雷一般的吆喝声，会变得清晰而嘹亮，山沟沟里久久的回荡声，会告诉沉睡的每一个人，又一个黎明来到了。有时他的黑毛驴，还会“咕——嘎、咕——嘎”地和上一段高八度伴奏。

有时也会碰到一两个头发蓬乱的女人，揉一揉惺忪的睡眼，看一看红彤彤的天，皱着眉头说：“又是你！比鸡叫还准，山外边的日头，比俺这边出来得早？”

瘦三捂着耳朵跺着脚说：“早吔，这边山高着呢——今儿的挂面，比上回还好！都是新麦子面做的，一根一根的，比针还细，比毛尾丝还匀，再大的火也煮不碎！浇上个葱花油——嘿！又好吃，又好看！汤是汤，面是面，这老人吃了养脾胃，小孩儿吃了长得嫩。要不来点儿尝尝？”

女人叫瘦三说得动了心，嘴里嘟囔：“上回你的挂面，有点儿湿，有两把，还净是些粗头头，也没敢叫当家的见，俺自己悄悄煮吃了。”

瘦三嘿嘿笑着：“这再不能湿！那敢是返潮了，屋里湿气大了，啥也返潮！别的东西潮了不盱顾[1]罢咧！其实你不知道，还有人专拣粗面，它胀锅，吃了还抗饥。咳！这老主顾了，不信试试，今儿，准给你个秤星外边还旺撅撅的大抬头！”女人欢欢喜喜舀麦子去了。

瘦三做买卖惯了，看到个上些年纪的会说：“想不想来点儿？大坡地的空心面！日本鬼子在的时候，抢都抢不着——轮不上那些王八蛋吃！”

看到年轻些的他会说：“大坡地手提出来的挂面，吃没吃过？哪根里头都有一个毛尾眼，《聊斋志异》里头的妖精，半夜给相公送的，就是这种挂面！”

遇到下地劳动的他就说：“就不想尝尝大坡地的空心挂面？山里边的气候凉，长出来的麦子不好使，做不出来这种面！”

瘦三的腿又勤，每天总要跑个百余里的路，运气好的时候，每天可换出去百余斤挂面，每斤可净赚二两多三两麦子，算计下来，也是个差不多的收入。

也有人眼热瘦三的买卖，干了一段时间，十天的工夫，却敌不上瘦三一天的收入，慢慢地就不干了。有些村，他有段时间没顾上去，总会有人说：“大坡地的，你还敢来？还以为你过成了地主，不来了嘞！”

---

[1] 盱顾：读 xū gù，方言，指注意、关注。

前些天连续下了几场大雪，日渐的寒冷瘦三倒是不怕，山岭上消融的雪水，被冷风凝成一层一层的冰，他再也不敢去换挂面了。

那天他迟了些时辰，百余斤的挂面换完后，太阳正挂到西山巅的树梢上，上到三道岭时，连晚归的乌鸦也入了窝。瘦三不敢坐在车上，冻了一层冰凌的山路上，月光下泛着一道幽幽的亮光。因为到处黑洞洞，他怕掉到山窟窿里，手牵着驴，沿着那条亮光走。

正走着，一只正睡觉的野兔被惊醒了，刚睁开眼的野兔狂乱无比，不辨东西，在亮光光的路上翻了两个跟斗，蹦跳着跑远了。毛驴却受了惊，摇头摆尾地一甩，瘦三和驴都倒了，顺着斜坡，他一直出溜到悬崖下，幸好没有松开牵着缰绳的手。

他攥紧缰绳，拼尽全力才爬了上来，黑毛驴却爬不起来了。他一个人折腾了半天，急得出了一身汗，大叫了一声“老驴跌倒掀尾巴”，使劲儿托住驴屁股，才把毛驴掀了起来，四条腿的毛驴却变成了三条腿——一条腿瘸了。

瘦三把驴拴到车后边，自己拉了车，直到东方透出一片白，才气喘连天回到家。

从那以后，瘦三才在石碾街重新煎灌肠。很久吃不到他灌肠的人说：“叔吔，成冬天看不见你，听说，你在山里边，混了个小婶子？——这打小儿忍饥受饿，到底身板不结棒，小婶子嫌你瘦腥气，不好使，一脚给蹬回来了？”

瘦三晃了晃削灌肠的刀子，说：“骗了你个兔羔子！好使不好使，回去问问恁娘，不就知道了？你个狗日的！”

“灌——肠——吔”，瘦三拖了长腔，悠悠扬扬又韵味十足地叫了一声，最后那个“吔”字的腔调依旧，仍然忽悠悠地抛落到了天际，但那个不变的音韵，明显地增加了几分雄壮。

雷月琴仍然疯疯癫癫，也看不见有个好转，遇到对心思的人，总爱歪着头看上半天，翻着白眼问“你会不会弹琴”，如果说会，她就会说“那你把俺弹弹”；如果说不会，她就会说“不会弹？真扯淡，你就是头骟了的驴”。

这天，她来到瘦三的灌肠摊前，照样问他会不会弹琴，瘦三也不吭，拿起一个小盘子，用刀子插了几块煎好的灌肠，抹上蒜递给她说：“会不会弹琴，都顶个屁用，给，吃了它能不饿！”

雷月琴伸出脏兮兮的手，指着瘦三说："真的？吃了你不打俺？要不俺就吃了吧，打俺一顿也行！”

雷月琴捂着盘子吃了，一边吃，一边笑嘻嘻地看着瘦三，吃完后，又伸手从锅里抓了两块，一摇一摆地疯笑着跑了。

瘦三一整天的喜气昂扬，最重要的标志，就是他削灌肠时那只不再抖的手。每当他的手抖起来时，他削下的形状不一的灌肠片，几乎都是一样的分量；若是手不抖了，准是遇到了高兴的事，削下最小的灌肠片，也会比原先重许多。有人瞅准了他这个毛病，就在他手不抖时去买着吃。他听说后，反复试了多次，总也不能让那只不抖的手，切出个理想的分量来。

“灌——”瘦三的“肠”字还没有喊出来，边老拐就拿拐棍敲他的灌肠铛锅，丢下一张钞票，说："今儿的手又不打战了，说不定，还真从山里边弄了个娘儿们。俺说瘦三，山里的娘儿们，担担子担多了，这腰可硬得很，省俭着点儿使，不操心，连瘦骨头上的松皮，也得给耗干了。”

瘦三歪边老拐一眼，说："没事，瘦干了，也就舒坦够了，反正腿又拐不了。”

说完就得意扬扬地笑，把边老拐气得，伸脖子瞪眼的不吭声。过了一会儿后，他悄悄地问边老拐："咱村的学校，又添了一个先生，你听说没？”

边老拐知道瘦三问的啥意思——白文昌做了大坡地村的先生，那是人人皆知的事，是瘦三故意借机炫耀的问话，他想再让人奉承一遍，“白家蒸蒸日上”诸如此类的话，就像吃过他灌肠的人，尽管好东西早已咽到了肚子中去，也总爱把那个馨香无比的嘴，咂吮了一遍又一遍。

边老拐明知道瘦三的心思，但无损于自己有益于他人的那句话，他却万分吝惜，只顾一叉子一叉子捞了蒜泥，抹到灌肠上低头闷吃。

瘦三不高兴，拿起削灌肠的刀子，伸进罐子里捞了几团蒜泥，抹到边老拐的盘子里，说："快吃快吃！家有万贯，吃不起俺瘦三的灌肠蘸蒜！俺的蒜辣得很，嘴里头吃下去，烧得你屁股冒火！”

毛驴令人骄

第二十二章

山乡布拉吉　悲喜黄土地

白文昌在县里的演讲团告一段落后，被分到大坡地小学做了教师。林先生是学校的校长，他见人就说："这是俺的学生，县里选拔出来的老师，德才兼备呢！"脸上显现着无尽的荣光和骄傲——他就是那个先生的先生，岂有不荣光的道理？

在大坡地，庄稼主儿对先生，向来是崇敬万分而宠爱有加的，尤其是白文昌，连他穿的那件衣服，也不知道该叫个什么名字！外面缝着四个口袋，胸前一溜洋纽扣，左胸上的小口袋里，挂着两支忽闪忽闪的自来水笔，个头儿不大却活力四射，走在大街上，像鹿群里的长颈鹿。

人们看见白文昌，首先称道的，是白老掌柜的远见卓识，无比羡慕他临死托付瘦三，让白文昌好好念书。对白老掌柜的纷纷褒扬，似乎在证明，自己家的数代平庸，自有原因种种，他们的上辈甚至上上辈，都没有个统筹的安排和计划，这才是最重大的缺陷。除此以外，那就是像瘦三一样的人，祖祖辈辈就不曾出来过一个！

当先生之前，白文昌跟着乡里或县里的人，在外面跑了两年多光景，每次回到大坡地，都会让人看见一个新鲜——一笼统大棉袄外面，套了一层多余的褂子，褂子上双层的小领子；掩腰的大裊裆棉裤，套上一条细腿裤，再看不见褶褶皱皱的大裊裆。祖祖辈辈的方口鞋，也面目全非地改了形状：脚面上的大开口没有了，而且还多了两个“耳朵”，一根带子，从两个“耳朵”上的窟窿里，钻来钻去地绑了起来。还把白大灰一样的白面面，抹到嘴里来回擦，薄荷一样的清爽味。许多人相信，白文昌的白牙吃起东西来，应该更有嚼头，更有滋味。

在瘦三看来，如果不出大差，学校里的那位洋先生，应该会成为他的弟媳妇——白家的后代，说不定会增添一个扎眼的洋娃娃。

洋先生姓肖，叫“肖红艳”。刚来的时候，穿了一件浅粉的旗袍，外面套了一件雪白的毛绒背心。

她鼓胀的胸和细长的腿，连大坡地的许多女人，都不敢正眼看。不知谁说了些什么，肖红艳脱去那件旗袍后，再没见穿过，后来她穿了一件布拉吉：黄花红底的细布料，圆圆的小领子，蓬起来的半截泡泡袖，尤其是腰间的那根细布带，把女人所有的窈窕和妖媚，给张扬得丝毫不剩。熟鸡蛋清一般的嫩胳膊，撩拨着大坡地人“嘣嘣”乱响的心弦。

住在学校不远处的陈宝妮，扯了扯肖红艳的花裙子问：“这衣裳叫啥？”

肖红艳笑眯眯地看着白瓷壶一般的陈宝妮说：“布拉吉呀！”

陈宝妮重复了几遍后，捂着嘴“哧哧”地笑：“布拉吉，拨拉几？拨——拉——几？这不该拨拉的地方，可不能瞎拨拉！”

肖红艳没有听懂陈宝妮的话，就说：“苏联红军的共同偶像喀秋莎，就穿着这样的裙子！”

陈宝妮重复几句：“圪蹴啥？圪蹴啥？”除了少数的文化人，大坡地的方言，向来把“蹲”的意思，说成是“圪蹴”。陈宝妮把“喀秋莎”听成了“圪蹴啥”。

肖红艳看陈宝妮还是不懂，又说：“就是那首歌：‘正当梨花开遍了天涯，河上飘着柔曼的轻纱，喀秋莎站在峻峭的岸上，歌声好像明媚的春光……’就是这个。”

陈宝妮笑了一阵后，说：“唱得真好听，以后，可别穿那个圪蹴啥了，那个东西，一圪蹴就傻！”

在陈宝妮看来，像裙子那样的东西，如果操心不到，圪蹴下来的时候，真能傻。

后来天凉了，肖红艳穿了一身天蓝色的列宁装，西服一样的大翻领，双排扣，腰间系根宽布带。她留着蓬松的齐耳短发，额前一缕扑扇着的刘海儿。

她管猪耳朵（一种草）叫车前子，管白花苗叫茵陈，管小黄花叫迎春花。肖红艳刚来不久，傻二小或许是受了教唆，跑到学校门口喊："摸摸肖红艳，三天不吃饭。"肖红艳拿着花手帕，偷偷地抹泪。

肖红艳没有想到的是，刚来不久的白文昌，竟成了她的守护神。只要有白文昌在，那些并无恶意的年轻小子，都远远地去了。

白文昌懂得多，他知道大坡地每一个突兀的峰岭、每一座连绵的群山的故事或传奇。从睡了一万八千年的盘古，到八路军用过的石碾石磨；从五行山下的孙猴子，到两界山那边的黄土高坡；从鬼沟子的石牌坊，到皂角树上的老鸹窝……他把这一个又一个故事讲给肖红艳听。

肖红艳被白文昌引领着，在太行山的峰峦沟壑中流连感悟，肖红艳不仅是白文昌最忠诚的听众，还是最热烈的追随者。

瘦三娘不无担心又不无牵挂，哆哆嗦嗦地对白文昌说："儿吔！咱家水池子小，怕养不了那种大鱼。"

自从白文昌把房子卖掉，瘦三买了头黑毛驴，周山杏见了安乡长，也不再叫姐夫，改口叫乡长了。

她最不能看的，就是白文昌看她时若无其事的眼神。白文昌家四面透风的破土墙，油漆过一般的黑梁檩，满屋子呛鼻的烟熏味——这样的一个家，要不是她周山杏，卖不成房子更买不成驴！

尤其是瘦三，因为有了驴，在互助组的时候，身边就围了不少人。初级农业合作社的文件刚刚传达，又有人嚷嚷，要和他统一经营。在她看来，撬起白家兴旺的那根杠杆上，她才是那个举足轻重的支点。

这天，安乡长终于忍不住，说："房子是人家掏钱买的，至于卖房买驴，那是钱不多，钱多了，人家买匹骡子也可以嘛！”

周山杏把两只手向后爹着，小圆脸向前伸着，鸡抢食一般，说：“乡长乡长放屁不响！娘儿们有福带满家，男人有福福自己！没俺姐姐就没你……”

安乡长倒背着手，在院子里转了两圈，他把周山杏叫到一边说：“小黑妮！不能光嘴快，心能撵上嘴才行！你是不是给咱爹做做工作，再不入社，真就成了孤家寡人了，那可真不好！”

安乡长正要转身走，乡里有人找来说，周巧巧正在找绳子上吊呢。

大坡地好多人都知道，周巧巧的男人“蛤蟆”，体力差做不了重活儿，周巧巧又有些不该有的毛病，在组成互助组的时候，大家就把她撇下了。眼下，“初级社”又闹嚷嚷地开始了，周巧巧四处奔波说好话，但没有哪个社愿意要她。多数人都享受了新社会的幸福与快乐，她家的生产和生活，总是紧跑慢赶地溜边，快跑几步，跑过了，慢行几步，又走丢了，总是和别人合不上节拍。

除了几亩地，她的家里，甚至没有一件像样的农具，该种的时候种不上，该收的时候收不回。尤其是每年的犁地和耩种，周巧巧仰脸求人借农具，里外不顺、四处碰壁，地里的活儿几乎让她蜕一层皮。

今年秋天犁地时，周巧巧在多数人都耕种上之后，费尽口舌，才借齐了牲口和犁。

蛤蟆牵牲口不能走太快，尽管牲口劲头满满，人却喘不过来气。换周巧巧牵牲口，蛤蟆扶犁，巧巧牵牲口催得紧，蛤蟆扶着犁紧撵慢赶，一步跟不上一步。刚刚犁了两遭地，就不是他扶着犁走了，成了犁扶着他走，再过一会儿，犁扶着他走也不行了，开始拽着他走。犁出的墒沟，深深浅浅、弯弯曲曲，周巧巧正作难，恰恰遇上了屁三。

屁三体貌不雅，性情乖戾，虽然不傻不苶，但不清晰的大脑，有时少根筋，有时多根筋，嘴大话稠，还四面跑风。尤其是女人们，大都躲着他走，实在绕不过，给他说话能超过三句的不多。

屁三给周巧巧打了个热情的招呼，周巧巧尽管正在生气，仍满脸堆笑，热烈回应。

屁三被一个温柔无边的奖赏击昏了头，他大嘴一张，就把蛤蟆换了下来，他要帮周巧巧犁地。那是一块山根的坡地，有经验的庄稼人，会让犁铧插得浅一些，以免地下的暗石挂坏了犁。屁三却使劲儿修了一下犁砣和犁辕，犁铧深深地钻到了地里去。

屁三似有回报地对周巧巧说："看，你不懂吧？这样务整，才能犁得深，土翻得深，庄稼的根才能扎得好！咋也是借来的牲口，一回是一回，今年深点儿犁，一年顶两年，明年借不上牲口，耪镬搂打搂打，种上去也不碍事！"

周巧巧自然不胜感激，再送上一堆亲如一家的俏话。快犁完时，离坡根越来越近了，忽听"咔嚓"一声响，犁铧挂住了地下面的大石头，齐生生地折了。

送牲口时，人家说："哎哟哟，借别人家的东西，就是不心疼，哟哟哟！还把驴打了一身血道道！你行行好，下回再别借了，你的那点儿麸皮，俺也不要，俺家不缺那点儿东西！"

周巧巧仍是千恩万谢，撅着屁股从那户人家退了出来，走出来后，才知道出了一身冷汗。

送犁时，人家说："老天爷吔，这犁铧才磨出来正好使呢，这犁底，是从老鸹崖上砍回来的酸枣木，满西山找不见这么大、这么好的材料！不叫你使吧，你一趟一趟地跑，伤心得能上吊，叫你使使吧，刚递给你筷子，就砸了碗……"

她那些一文不值的千恩万谢，这户人家简直不听，人家嫌她太不干净——她压根也没敢坐，就被撵了出来，一身的冷汗，加了止不住的哆嗦。

"烂眼狗，带点儿臭味的东西都吃！"屁三被人笑话得地缝难钻。

周巧巧的地本来种得迟，加上又是临时拼凑做出来的活儿，地里水肥又不到，原本羸弱的庄稼苗，自然没有个好长相，由于劳动力少，一个个朝天椒一般的小穗子，也不能及时收回来。

也是贫贱夫妻百事哀，蛤蟆打小就有哮喘病根，担趟水也要喘半天，周巧巧满腹的烦躁，也不会永远憋在自己肚里。依蛤蟆自身的条件，向来是件禁摔受磕的物，但时间长了，兔子也有咬人的时候。

这天，周巧巧担了一担水回来，正要弯腰放下，蛤蟆本想帮个忙，就提了前边的一只桶，周巧巧不防备，后边的那桶水失去了平衡，一下子洒了满地。周巧巧刚穿上的一双新棉鞋，也给浇了个湿淋淋。

周巧巧的耳朵眼里都往外冒火星，指点着蛤蟆的鼻子骂："长眼喘气嘞？要你个男人做啥？男人的活儿，一样也做不来！就比死人多喘了一口气？去去去！找个没人看见的地方死了算了，叫俺早早割断那根筋！"

蛤蟆一脸的青筋暴起老高，大嘴唇一抖一抖的，像挨了一顿暴打的猩猩："你，你，你周巧巧，啥，啥时候还把俺当……当过㞞男人？人咒十年旺，神鬼不敢上，你死了，俺也不死！"

蛤蟆忽然阳刚十足，他把手里提的那只水桶，"咣当"往地上一放，拍拍手，一摇一摇地出去了。

周巧巧在家里哭了一通。儿子小宝才五六岁，听懂听不懂的，也跟着"哇哇"地哭，唾沫、鼻涕、眼泪，抹了满身。周巧巧烧了两壶水，把冻得青一块紫一块的手脚，给小宝烫了烫，擀了一碗面片汤，给小宝吃了。天擦黑时她反锁上门，转悠到村北的蓄水池，一声不响地跳了进去。

或许是命不该绝，跳下去的周巧巧，冒了一通水泡后翻了上来，天旋地转喝了一肚子冰水，恰好又被屁三撞见了，给捞了上来。

捞上来一看是周巧巧，屁三着实急："哎哟，就这么巧，又叫俺个倒霉鬼碰见了，你想死也没找对时候！你没嫁的时候，就舍不得把这巧事丢给俺？这这这，咋说，俺也总不能，再给扔进去吧？哎呀，周巧巧你个烂屁股，你就是一泡屎，俺就是狗？天理良心，天理良心！俺屁三，连你个屁味也没闻过……"

屁三叫苦连天，用指头戳指着周巧巧瞎数落。恰好陈宝妮来担水，屁三还在蹦着、跳着、数落着："你死！你死！你吓唬谁，咋也讹不住俺，你死！你死！俺就看看，你那些个相好的，他哪个敢来哭你一声……"

陈宝妮抽出扁担，朝屁三的屁股打了过去："俺打死你个屁三！这人说不定还有救呢！还不快背上找王老水！"

王老水懂些医术，尽管是人畜并用，但他家离得最近。

屁三猛然醒悟，拽住周巧巧的两只胳膊，试了几次却没有背起来，扭过头说："陈宝妮！你也死了？没死就快搭把手，这死沉死沉，死人就是沉，一个人能弄动？你可给俺当证明人，可不是俺急着要背。"陈宝妮帮他把周巧巧背起来，屁三一溜小跑，喊："陈宝妮！谁要再说俺带臭味的东西都吃，生个孩子，没屁眼！"

屁三一路喊叫，一路狂奔，周巧巧趴在他的背上，颠簸了一路，肚子里的水，"哗哗"地往外流。

陈宝妮早一路快跑，告诉了王老水。那个颇具特色的长鼻音，王老水也顾不上拖了，抡着胳膊站在门口，远远地喊叫："屁三！屁三！你个贼羔子，扛住肚跑！"

屁三使劲儿一颠，把周巧巧颠到了肩膀上，满肚的水，一股一股地往外冒。屁三喘息连连，跑不动了，陈宝妮一把拽住，拉着屁三又转了两圈，听周巧巧哼了一声，往地上一放，她"呼——"地一下坐了起来，"哇——"的一声，揪着自己的头发哭叫起来。

周巧巧的公婆早已去世，又没有近门的本家，孩子还不懂事，陈宝妮只能去通知蛤蟆。蛤蟆急慌慌地赶来了，被周巧巧一把抓住，狠狠地咬了一口。他怕周巧巧再咬他，一直远远地抱着头蹲着，不敢近前。

巧巧说死说活不回家，王老水拖着长长的鼻音，给屁三说："这个，嗯？这个，叫俺说，嗯？你就好人做到底，人，眼下也没啥事了，嗯？你还得给背走，这开——天——辟——地——就是这么一个意思。"

屁三瞪着眼说："你当那是个啥？是恁家的算盘珠子？想拨拉到哪儿，就拨拉到哪儿？那是砒霜细辛！使不好就真要命了！俺背着别人家个娘儿们，一遭又一遭地满街跑，以后，哪个黄花闺女还要俺？"

王老水甩着算盘珠子说："嗨！这个，叫俺说，嗯？就是这么一个意思，这开——天——辟——地——嗯，也就是这么一个意思！俺还真给你屁三计划了一个，这闺女，一摇一摇叫海膛儿[1]，俩小手儿，俩小脚儿，留着一个独根辫儿，穿了一身黑绸缎儿，生孩儿论窝不论个儿。嗯？这开——天——辟——地——嗯，也就是这么一个意思！”

屁三一时没有想明白，皱着眉头问：“说啥，你说啥？”

周巧巧死活不回家，又没有别的去处，王老水出了个主意，就把她送到了乡里来。安乡长给找了一间空闲房临时住着。他给乡里的人说，总不能眼看着出人命，住两天再说，她家还有孩子，过几天，不用撵，自己就走了，母牛离不开犊呢。

不想周巧巧住在乡里，说啥也不走了，算算已近两个月光景，却从来不提要走的事。蛤蟆每天把小宝送来，瞅着周巧巧接住孩子后，一个人在大门口蹲一会儿就自己走了，天将黑时，再把孩子接回去。小宝倒也听话，和周巧巧说着笑着，“咯咯咯”的笑声，像枝头上无忧的小鸟的鸣叫。

在乡里的这些日子，周巧巧倒也不闲，帮人洗洗衣裳，缝缝衣被，扫扫院落，撵一撵来胡乱玩耍的孩子。没有零碎活儿时，去邻居家借来镢头，在大院的南墙根，刨了半亩多地，说来年种个韭菜、小葱啥的，够乡里的几个人吃了。有人劝她回去，她总不同意，她说想通了，再不跳蓄水池，也不跳井了，要死，也得死在共产党的眼皮子底下。

前几天，安乡长就在打算如何处理周巧巧的事，因为初级社的事，整日忙得不可开交，就一日推一日地耽搁了。

忙完手里的工作，安乡长把周巧巧叫到了办公室，一脸怒气地说：“还想死？你再死一个叫我看看！你这是在干什么？嗯？你是在给党抹黑，你是在打我姓安的耳光！你知道毛主席领导咱，打下这江山死了多少人？那么多的人，哪个不是爹生娘养的？多少人拿性命换来个今天，人家的爹娘，比你好受？旧社会，满西山，有没有恁家一棵圪针菶[2]？你敢不敢去别人家的地里头踩个脚踪？大块大块的地白给了你，你倒不能活了？那么多的军属、烈属，我都没有照顾过来，我能

[1] 海膛：当地方言，肚子很大。“海膛猪”专指下崽母猪。

[2] 圪针菶：小灌木类的酸枣棵子。

先照顾你？打三百台炮楼子，就是你没有亲眼见，不能说没有听说过吧？机枪管子都打红了！血流成河吔！都是十七八、十八九的年轻人吔！老天爷！都是一眨眼那么一会会儿，就一个个娘找不见儿，儿看不着娘了！你的每一块地里头，都有他们的血呀！你要死到共产党眼皮子底下？——你亏心不亏心！”

安乡长说完，眼眶里就蓄了泪，扭过身洗脸去了。周巧巧小声嘀咕：“谁也没说共产党不好，俺就是觉着，新社会了，这四邻八舍，倒都不要俺了，还跟只老鼠一样，偷偷摸摸活着，还是不抵人。要入不了社，那不跟被斗户一个样了？俺想，好好儿活吔！”

安乡长擦了把脸，也没有了那么大的火气，说：“这新中国，要一步一步地建，幸福的路，要一步一步地走，生个孩子，还要十月怀胎呢！入社的事，不用你想，到时候，不入恐怕都不行。今儿回去，好好儿参加生产劳动，跟男人实实诚诚过日子。我可给你说，再不好好儿表现，你连被斗户都不如！被斗户，他也得通人性，做人活儿！”

安乡长亲自把周巧巧送回了家，到家的时候，小宝正在烧火，蛤蟆正在做饭，屋里屋外，收拾得干干净净。

蛤蟆见周巧巧和安乡长来了，身子弯弯着，抖抖着，一脸的惊惧和神伤，像从高高的鸟巢中，跌落到地上的一只雏鸟。

“常顺……”周巧巧颤颤着叫了一声后，就泣不成声了。

在有生的年月里，蛤蟆几乎第一次听到媳妇叫他的名字，双腿哆哆嗦嗦的，一副想跪下的样子：“媳妇，打今儿以后，你叫干啥俺干啥，拉犁也行——只要俺能拉动……”

安乡长处理了周巧巧的事，找到白文昌给交代了任务：帮助筹划大坡地初级社成立大会。安乡长要求，这次大会要办得有声有色，要声如太行山巅上，滚滚不息之惊雷，色如太行山崖边，迎风怒放之百花，以革命的热情，去带动革命的事业。他还委派肖红艳做白文昌的助手。肖红艳兴致勃勃地跑来颠去，像白云里钻进钻出的明月。

白文昌帮着肖红艳批改完作业，又开始商量开大会的事。雷月琴背着丑妮，一直站在窗外往里看。

丑妮四五岁的样子，趴在雷月琴的肩膀上，想不起爹，却忘不了娘，冷风吹出的清鼻涕和着哈喇子，顺着雷月琴的肩膀往下流，胸脯上坠着一个小冰坨，雷月琴仍笑嘻嘻的。

廷妮儿来接了几次丑妮，雷月琴背着孩子满院子跑，非要领走孩子时，雷月琴就张着嘴去咬。廷妮儿从偏襟大袄里掏出手帕，给孩子擦了擦，又打了半盆水，给雷月琴洗了洗脸，抹着泪说:“娘不舍儿，儿不离娘，可这，谁也管不了谁，伤心哟，伤心！”然后扭过身子，擤了擤鼻子，用手指戳了戳雷月琴的额头:“多俊的一个人！好好儿看着孩子，别给摔着了，慢慢走，看脚底下噢！天黑了，记着回家吃饭，记住了？”雷月琴歪着头，笑嘻嘻地把廷妮儿送了好远。

白文昌想把雷月琴哄回去，她总是笑嘻嘻的不吭不动，因为怕时间长，把孩子冻着了，他拿了几根粉笔递给雷月琴：“给，领着孩子，回去写字画画。”

雷月琴往后退几步，点着头，比示着肖红艳说：“别动，别动，你可别打俺，你有那个琴，好好儿弹吧！你弹得再好，俺可是啥也不敢唱了！”

白文昌摆摆手，让她去屋里暖和一下，雷月琴摇摇头：“俺在外边听呢，你还真会弹琴，好听，好听！”

白文昌又回到屋里，关上门和肖红艳继续说事。正说着，一个人“呼——”地推门闯了来，白文昌抬头一看，是周山杏。

周山杏“咚咚咚”地跺了几下脚，又在嘴上哈了哈双手，眼珠子滴溜溜转了几圈，凑到桌子前，看了两眼白文昌写的稿子，把肖红艳的细皮嫩肉和杨柳细腰，酸酸地夸赞了一番，说着说着，又转到了白文昌身上。

她的那些话，像一只划着弧线飞行的鸟，呼扇着翅膀，旋了几个圈，却没有在天空中留下一丝痕迹。

周山杏扯着肖红艳的衣襟，斜眼瞟了白文昌两眼，说:“也是哎，这有文化的人，就是了不得！有心思的时候，见天儿往人家家里跑，房子到手了，有了安身立命的地，就翻脸不认人了，一圪眨眼，房子就换成驴了。也不想想，那房子咋来的？咳！瘾症了半年才知道，人家碰见个玲珑灯，一个天仙女！就怕是再有个高枝，‘忒儿——’一下，就又飞了……”

白文昌到院子里去了，转来转去，周山杏一直不走，外面又太冷，就回到屋里。肖红艳低着头，坐在床边满脸窘，周山杏还在敲着葫芦震着瓢。白文昌腾地一下胸中火起，像野猪拱了他辛苦耕种的白菜地，他说：“礼仪之始，在于正衣冠，你解发佯狂，蓬首垢面，能修成八仙？游毋倨，立毋跛，坐毋箕，你立没个立相，站没个站姿，看不见个教养……”

不等白文昌说完，周山杏早一脸恼怒：“甭说那些没用的，听不懂等于白说。那个有教养的，还想拿偿家的驴，再换回个人来？你咋不叫偿家，先牵了驴去入社？就知道背地里鼓捣人家？那也叫教养？这回俺就看看，你个‘教养’，咋有脸站到台子上，人五人六地山吹海吹！”

灰黄的一缕斜阳，映照了瘦三的少半个院落，他还是没有数清那半罐子钱。刚数到一半时，白文昌领了肖红艳到了家，瘦三赶紧点火烧水。刚烧开水，雷月琴背着丑妮，头拱着门进来了。瘦三往外撵，雷月琴一蹦一跳地喊：“看琴嘞！看琴嘞！不走不走，打也不走！”

瘦三娘接过丑妮，给雷月琴舀了一碗稀饭，她却不敢端，指着碗说：“叫俺喝？俺真喝了，你可别打俺！”

雷月琴三口两口喝了之后，把碗抱在怀里就跑了，闺女也不要了。

瘦三回到屋里，又倒出那半罐子钱：画着万寿山的红二十元和蓝二十元；画着火车大桥的五十元有红也有蓝……牧马的票子，浅蓝色的是一千元，浅紫色的是一万元。一张张皱巴巴的票子，他小心翼翼地抻展捋平。两张牧马的票子，他到底想不起来，收来的时候，两张是不是一样的浅紫色。

小玉拉着丑妮的手，在一旁蹲着看，看着看着，丑妮在地上撒了一泡，尿液差点儿浸到他的票子上。瘦三把两个孩子哄到院子里，把那两张牧马的票子拿到院里一看，才看清都是浅紫色的一万元，又高高兴兴地回去继续清点。

板凳板凳摞摞，里边住着大哥；大哥出来烧香，里边住着姑娘；姑娘出来磕头，里边住着孙猴；孙猴出来作揖，里边住着公鸡；公鸡出来打鸣，里边住着草鸡；草鸡出来嬔蛋，里边住着老汉；老汉出来拿蛋，砰啪，两半！

小公鸡，入了窝；跟娘躺，娘拧我；跟爹躺，爹打我；我自家躺，猫咬我；嗝逗、嗝逗气死我！

瘦三刚数清两沓钱，要数第三沓时，两个孩子在院子里骑着板凳“咣当、咣当”地响，加了那个“大哥、姑娘、孙猴儿”搅在一起的歌谣，他把终于数清的数字又忘了。

他刚从炕洞里搬出那个钱罐子时，胸膛里的宏伟蓝图，曾使他只想哼唱两句梆子。他抖抖地递给小玉一张小票子，叫她去买两块冰糖吃。他想数一数票子清清库，不够的话，再借上一点儿，看能不能给弟弟白文昌，置办一个娶妻生子的窝。

白文昌进来摁住罐子口，给他说了必须入社的事。瘦三琢磨了半天，终于明白，入社就是先把他的黑毛驴作价，然后再交出去。不说作的那个价到底是多少，合适不合适，连何时能拿到手，竟谁也不知道！更何况，除了他的灌肠摊，那是他有生以来最钟爱之物，就是给现金，那是可以随便作价、说卖就卖的东西吗？

去年冬天，毛驴在三道岭崴了脚，瘦三套上自己，把三四百斤的东西拉了回来。他对黑毛驴，就像爱怜他的儿子，谁动了他的驴，就等于割了他的肉，剜了他的心。

瘦三给弟弟当头浇了一瓢冷水，用不可商量的口气说：“啥都好说，这个不能商量！”

白文昌悻悻地出去了，不长工夫又把肖红艳领了来。肖红艳的话音柔柔的，娓娓动听，向瘦三说着入社的重要性。瘦三哼哼哈哈地应，一边烧水一边想，你就是嫁到俺家，你就是给俺家生了个一儿半女，叫俺把驴给了别人去，那也办不到！再说，俺娘也说了，俺家的小水池子，也养不起你这条大鱼！你就是能把碾磙子说得嘟噜噜转，俺也是磨走千匝不离脐！

肖红艳临走时，给瘦三说了一句话，声音不大，却像陈宝妮的大铁锤，猛地砸向了他的天灵盖："以文昌的才学，应有远大的前程，几十年的辛苦都过来了，最关键时候的一把劲儿，怎么就绊住了腿？因为一头毛驴子，毁了亲弟弟，做哥哥的，不应该。"

临出门时，肖红艳又回过身，给瘦三恭恭敬敬地鞠了一躬。瘦三一惊，屁滚尿流地逃回到屋里去。

第二天上午，瘦三给白文昌说："听安乡长的话，好好儿准备今儿黑夜的会，到时候，哥哥叫你丢不了人，好好儿讲，哥哥就爱听你讲！"

吃过中午饭，瘦三给黑毛驴上上下下洗刷了，然后牵上出去了。

太阳远远挂在空中，从太行山巅蹿越过来的风凌厉地刮着，凉飕飕的，空旷的原野清冷而萧疏，一层层的山峦好像倦了，睡意绵绵地静卧在寒风里。瘦三出了门，沿着大北沟向西走，过了大西沟，又上了马鞍地，空荡的心，灰黄的田野一般苍茫起伏。

毛驴子在家已吃饱了草料，蹄子"咚、咚"地刨着地，翘着嘴片子，在地上闻够了之后，四蹄一趴就打开了滚。驴皮蹭着地皮"哧啦、哧啦"地响，激荡起的烟尘，像平地燃起了一团篝火。瘦三骂："日恁娘！你一身衣裳穿到死了，也不用换季，使劲儿蹭吧！你个驴日的，看高兴的！"

毛驴在地上滚够了，"咕里咕咚"爬起来，瘦三使劲儿拍打毛驴脊背上的土，怎么也拍打不净。他很想骑上去，舒舒帖帖地转上一圈，可毛驴满身的细土，令他打消了骑上去的念头。他拍打着手说："个驴日的，比俺身上还脏呢，真是骑骑驴，赚身泥，你驴日的，省点儿劲儿吧！"

瘦三牵了毛驴，自西山前的龟脊梁慢悠悠地向南走，遇到干净的白草毗，毛驴就停下来啃上一阵，他索性把缰绳盘到毛驴脖子上，好让它啥可口啃啥。

西山前，除了瘦三非怒非喜的喝骂，就是毛驴“咕——嘎、咕——嘎”的号叫，啃着干草的毛驴，看见绿油油的麦田，一步步地往跟前蹭。

瘦三一手抓着羊粪蛋，一手抓着小石子，在一块拔凉的青石板上，画了横六道竖六道的棋盘，自己跟自己下六儿[1]。一会儿说：“这羊粪蛋输了。”一会儿又说：“你小石头还能赢？”自认为走了一着绝妙的好棋，就晃荡上一阵，再笑上一阵，不无骄傲地说：“这将军肚里，自有千军万马，咳咳！俺瘦三的肚里，净是些羊粪蛋、石头子？那个驴日的看不懂！那是一个个穿白衣裳的兵，一个个穿黑衣裳的卒！”

毛驴慢慢地蹭到麦地边，瘦三奋力甩出手里的石头子和羊粪蛋，正打到驴头的前边。“防着你呢，个驴日的！还想偷上两嘴大米白面吃？恁老汉爷爷吃两顿，还得省俭着点儿呢！还野心不小，你还想配上个俊草驴，嘀嘀嗒嗒入洞房呢，还舒坦死你呢！”毛驴一仰头又一坐，用屁股刹了车，不情愿地打了两个喷嚏，扭头啃草呲去了。

这时候最舒坦的，也许只有瘦三了：牲口是他自己的，可以任他随便骂，他的喜忧嗔怒，可以借自己的毛驴，全部散发出来，而不必有点滴的担忧和顾虑——就是玉皇大帝的天兵天将，或许也有个派遣不动的时候，他的毛驴，则无论黑夜白天，都任由他驱赶和役使，偶尔尥个蹶子打个滚，也会在他的一顿臭骂中，无影无踪地消遁了去。

瘦三伸开胳膊张大嘴，极尽胸膛的共鸣，大叫着打了个哈欠，又捡了一把石头子和羊粪蛋，继续自己和自己下六儿。

天太冷，一个刚冻上的小黑球，在手里慢慢融化开来，瘦三刚一捏，就慢慢地碎了，他万分扫兴地骂：“驴日的，黑豆要能长这么大该多好！该大的不大，该小的不小，吃得多，做作得多，光叫屁股受啰唆！”

瘦三随手扔了抓起来的东西，看一眼啃着草呲的毛驴，说：“走咧，走咧！

[1] 六儿：横六道竖六道的棋盘，两人对弈，每人每次只能放一枚棋子，谁先摆成一行六枚棋子，可吃掉对方一枚，吃完为赢。四儿是横四道竖四道的棋盘，玩法一样。棋盘可以随地画，棋子可以信手找，随处可玩，农家百姓常玩。多少有一些围棋的道理。

个驴日的，不走住这儿吧，咋你也不想要俺了，俺也不想要你啦！”瘦三倒背了手往南走，悄悄地扭着头往后边看，黑毛驴昂起头，颠颠地跟了来。

他真后悔没有买那只铜铃给驴戴到脖子上去。那是一只金黄锃亮的大铜铃，只是价钱太高了。瘦三原想，今年的庙会上，无论如何买了来——只可惜，买来恐怕也用不上了。

太阳挂到牛头垴顶，瘦三领着毛驴，来到他爹的坟上。向阳的山坡上，一个大大的土丘，土丘旁一棵大椿树。土丘里没有了四季变换，也没有了寒来暑往，那是一种与天地合一的永恒。人世间的草芽青和草叶黄，只记载了万物的生死轮回，而那个土堆里，永远不会有寒来暑往，更看不见花开花落。

瘦三看见那个大土堆时，心酸难耐，他多么希望，在这个日出月落的世界上，能再看一眼那个游荡的亡灵！——他明明知道，父亲的尸骨，早变成了大椿树上的一片叶，或脚底下的一粒土。

他把毛驴拴到大椿树上，趴到那个大土堆前，哭了个一塌糊涂。

瘦三呼天抢地哭够了，一腔的忧郁，好像都随呼呼的风飘了去了，全身登时轻快起来。回来的时候，黑毛驴颠颠地尥着蹶子撒着欢，瘦三的心，也渐渐地开阔。他总感觉，那个黄土堆里的魂灵，会时刻相伴并庇佑他们一家，更会不遗余力地托起白家的希望——从此之后，他就不再孤独。

一只猫头鹰尖叫着，刚要落到大椿树上去，天地间“呼啦啦”的一阵风，猛然间把它打了回去。瘦三想，那股大风，应该是父亲猛拍过去的大巴掌：老白家的子孙里，决不能出一个不义不孝的秃鹫羔子[1]！

鸡冠山隐入苍苍的暮色里，瘦三感到，他的弟弟白文昌，就是那座巍然屹立的大山，虽然未尽物华之精美、地杰之灵气，但那是一个拔地而起的希望！它逢春入夏，披上一身看不尽的苍翠，秉起一片望不透的幽远，承载着大坡地众百姓毕恭毕敬的仰望。在大坡地，老白家的人，将和魏老大的庄稼一样，日日茁壮！

[1] 秃鹫羔子：秃鹫是当地对猫头鹰的误称，传说猫头鹰长大后会吃掉母亲，所以人们常把不孝敬老人的子女蔑称为“秃鹫羔子”。

魏老大鸡冠山下的一亩坡地，沉甸甸的谷穗，小玉米一般粗细，大黄瓜一般长短，那片庄稼迅猛生长的渊源，老白家的那两圈驴粪，着着实实做了巨大贡献，要不，打死也长不了那么好！瘦三想。

大坡地初级社的成立大会，就在皂角树下的大谷场上召开。大木杆搭起的戏台两丈多高，台前的横杆上，吊着两个大汽灯[1]，明晃晃燃烧的火苗，把黑沉沉的夜照得通天透亮。单单那两个大汽灯，足以让百姓们稀罕得像看见了天外来客。那是专门派人去沙水城借来的。

熙熙攘攘的人群，像一团一团搬家的蚂蚁，你踩了我的脚，他蹭了她的屁股，乱哄哄地嬉闹着。刚发生的新闻和东家长西家短的旧闻，叽叽喳喳搅和在一起——小事有生了儿，养了女，垒了猪圈，喂了鸡；大事有新娶来的媳妇和倒插门的女婿……一个个庄稼人，闹闹嚷嚷；欢天喜地，台上唱着大戏，台下演着小戏。怕冷的人远远地笼起了火；不怕冷的孩子坐在树杈上，不为看戏，只为多瞅几眼不多见的花花绿绿和热腾腾的红红火火。

村里的剧团先唱了两折《闯王进京》。布幔子拉上之后，肖红艳站到了台子的中央，灰色的大翻领列宁装齐齐整整。站好后，她给台下深深地鞠了一躬，踏着轻盈的步子，招着手，从台子的这边，走到台子的那边，气度非凡又仪态万方，秀气的脸，飘飘的发，一举一动和一丝一缕，都在宣示着一个不多见的风雅。大布幔拉开后，梆子剧团的全体演职员站成了三排，安乡长郑重宣布："肖老师教我们唱《国际歌》。"

起来，饥寒交迫的奴隶，起来，全世界受苦的人……从来就没有什么救世主，也不靠神仙皇帝！要创造人类的幸福，全靠我们自己！……

这首歌是安乡长选定的，他说只有这首歌，才最令受尽压迫的百姓热血沸腾，

---

[1] 汽灯：外形和马灯相像，燃料是煤油或石蜡油，向底座的油壶里打气，产生一定的压力，使煤油或石蜡油，喷向里面蓖麻纤维或石棉做的纱罩上燃烧，亮度极高。

他们才能真正团结起来，听党的话，跟党走！

安乡长站在台中央，向全村人展示了魏老大的手——松树皮一般的粗糙皴裂，大骨大筋上缀满了岁月苦累，远远地看，像一件风干了的标本。安乡长说："只有走合作社的道路，才能集中起人力、物力搞经济上工业，才能解放我们的手！才能解放我们的腿！才能真正不怕美帝国主义！"

肖红艳站在台子的一角，把铁皮筒子的圆喇叭对在嘴上喊："毛主席叫咱们当家，咱们当不当？站立起来的中国人民，要不要站久站稳？……"

不知谁起了个头，《国际歌》再一次激荡起来。

瘦三牵着他的黑毛驴，挤挤撞撞往台下走，毛驴被黑压压的人群和大汽灯吓住了，到了台下连推带打，死活不往前走了，后来干脆卧到了地上。瘦三在驴屁股上，狠狠地踢了几脚："个驴日的，后晌不是给你商量了半天？你不是也同意了？咋这么不争气，给恁三大爷，争争光，长长脸，行不行吔！"

毛驴拉了一泡后还是不起，瘦三摘下驴笼头跑到台上，抡着驴笼头朝台下喊："大坡地的老少爷们儿，俺白运昌瘦三，入社了！这是俺的驴，今儿黑夜起，就归了社里！"说完，就把驴笼头交给了安乡长。

瘦三还没有走下台去，李小旦扛了两架耩地的耧，送到了台子上……

第二十三章

冷月照孤鸿　西口梅女情

大坡地的百姓，在前所未有的兴奋和冲动里，敲响了迎接新年的锣鼓，一批又一批的人拥向农民夜校，听白文昌讲“点灯不用油，犁地不用牛”。人们第一次知道了电——电就像雨天里打的闪。人们觉得有了电，就有了和太阳一样明晃晃的电灯，既然有了那样明亮的灯，也就没有了白天和黑夜，黑夜里也能犁地、耕种、播耩、锄地。甚至有人想象，到了那时，可以一年收上三季，或四季。

至于拉犁拉庄稼的东西，白文昌画了一个锅驼机[1]：四个铁轮子，还有烧木柴、烧煤的炉膛，顶上竖着一个炮筒子。很多人不相信，那个烧木柴、烧煤的机器，能“轰隆隆”地跑起来？白文昌说：“这东西做大了，烧上煤就叫‘火车’，能拉上我们一道街的人跑，比马还快！”

瘦三找来了一个大破锅，放在屋子中央，拾了些硬木柴放在里边烧。边老拐腿脚不好使，挤不到里边去，靠着门板站着。挤在里边的人嫌烟呛，让开开门通一下风，边老拐拿拐棍敲着门板说：“好好儿听，好好儿听！放啥烟通啥风，天

[1] 锅驼机：锅炉和蒸汽机连在一起的动力机器，也有装着轮子可以移动的，提供动力能源，烧煤、烧柴、烧油的都有。早年在不发达的农村或边远地区应用较多，小型柴油机普遍应用之后，锅驼机才逐渐退出。但好多人仍习惯把柴油机称作“锅驼机”。

气这么冷，烟暖屋子屁暖炕！”

将近午夜，锅驼机的工作原理，不知是白文昌没有讲清楚，还是人们没有听清楚，反正没有几个弄懂的。多数人弄明白了电话：就是《西游记》里的顺风耳！

王炳中来得最迟，他来的时候两扇门已打不开，推了几次，也不见有个松劲儿的样子，一直在门外站着听。他希望有人从里边挤出来时，他可以挤进去，他不相信在那么长的时间里，没有一个要出来方便的人。边老拐靠着门板，隔一会儿往外瞅瞅，不无得意地说：“贼羔儿！你也想挤到新社会？当你的光杆司令去吧！”

王炳中近来明显有些驼背，脸膛不再鲜亮，额头上也有了皱纹。夜校那两扇紧闭的门，令他激愤而忧郁，冰凉的心，就像这黑黝黝的暗夜。里边的一群人，共享着兴奋和欢愉，他独自一个人，脚踩着大雪，嘴冒着哈气，内心拔凉。他像一群鸡啄咬出来的一只鸭，无可奈何地回了家。

廷妮儿围在炉火边，给会来和丑妮烤花生吃。会来一边打扫地上的花生壳，一边问：“姑姑，咋咱家秕花生那么多？”廷妮儿从火边捏起一颗烤好的花生，在嘴上吹了几下，剥下两粒花生米，给会来和丑妮一人嘴里塞了一粒：“种得稠了吧。”

“稠了就不长了？”

廷妮儿一边剥豆子，一边说：“是吔，就像姑姑管恁两个，俩就严好，要再多俩，就管不过来了，就都饿瘦了。跟恁俩上学一样嘞，刚开始，写不好字，时候长了，就写好了。”

王炳中从夜校回来，听见廷妮儿在和两个孩子说话，和在夜校一样，他在门槛外站了一会儿，想了一会儿，一句话也不愿意多说，反身关死大门后，去自己屋里和衣躺下了。

炕边的煤炉子烧得正旺，红彤彤的满屋子温暖。他刚脱掉穿在外边的大袄，会来就端着一碗咸黄豆推门进来了，廷妮儿一手提着开水，一手拉着丑妮，笑吟吟地说：“回来了？也不言语，光顾跟俩孩子逗了，也没听见。天冷夜长，嚼俩黄豆啖啖嘴[1]，肚里好受，暖和点儿了，早早睡。”

王炳中低着头慨叹：“姐吔！俺这儿，咋也想不通，看不懂了！他们，他们又闹闹腾腾，整啥初级社啥的，这老祖宗几千年传下来，谁听说过有这个？他们，还，还能真成气候！看那个势头，比掀翻牛头垴的劲儿都大——咱也想法入社吧？”廷妮儿回过头说：“该咧！人家咋咱咋，撵着大家没差！”

王炳中躺下后睡不着。今年，他往马鞍地下边的半亩地，拉了满满两车骡粪，一行行的芝麻，大拇指粗细的秆子，墨绿墨绿的叶子，肥壮得有些惊人。正是芝麻开花节节高的时日，一串一串的花朵喜笑颜开，流香四野。

林大头和他的地紧挨着，二分多的一个地头子，也种了芝麻。林大头的地粪不多，芝麻无论高低和粗壮，都和王炳中的差了一截，地里还长着不高不低零星的杂草，半沙石的山坡地，也有些板结。

王炳中喜不自胜，把自己的地又锄了一遍，要锄完时，恰好林大头来了，说：“叔吔，褪裤子放屁，多费手续也就算了，你那是，尼姑看嫁妆，白喜欢！叔吔，别锄了，再锄芝麻就被伤了。”

王炳中往手里吐了两口唾沫，越发带了劲儿，心里想，看俺的芝麻长得好了，没话找话说，倒是一副尖牙利嘴——宝妮身手不方便了（怀孕），不能和你一齐锄了，看你懒汉的那块地，快能上去碾谷穗打场了！

过了两天下了一场雨，王炳中心里暗暗高兴，自己的地里多吃了雨水，索性又锄了一遍。

等到一朵朵的芝麻花谢去，一串串的芝麻荚渐渐长大，王炳中的芝麻，却一棵棵拦腰发黑，慢慢地变干，又慢慢地倒了下去，没倒下的，也慢慢地由绿变黄，轻飘飘的芝麻粒，总共收了没有林大头的一半。林大头对他说：“那时候的芝麻就不能锄了，再锄就伤了根，伤了根的东西，它能有个好？那个越拨拉越硬的脾气，叔吔，你咋就改不了？”

[1] 啖啖嘴：给嘴找点儿嚼咬的东西。

盖大全的侄子盖二愣，直到合作社成立之后，才跟他勉强说了话。过春节盖二愣到盖大全家拜年，单腿一跪就抬屁股走人，连闷屁都不舍得给他叔放上一个。如果在路上走了个头顶头，盖二愣没处拐弯时，就扭头往回走。盖大全很着急，远远地喊：“你个兔羔子，俺死了，你也别给俺穿孝守灵！”

如果没有什么要紧事，他会一直跟在盖二愣的屁股后面骂，盖二愣在前边跑，一边跑一边喊：“甭撵！咋你也算计着爷爷奶奶都死了，死无对证了，你跟俺爹，反正有一个是要的，恁俩人，就不是亲兄弟！”

盖二愣记恨盖大全，全是因为石小彩和豆宁那件事。在乡里那会儿，他的棉帽被石小彩一把揪下来给摔到了地上！戏上不是说，曹操割下自己的一把头发，就算行了大刑。人头上的帽子，如何不是一个人的脸面和威风！令人想不到的是，盖大全还在上面踩了两脚，又给踾成了一个泥饼饼！往盖家的锅里胡做作的“琉璃球”，明明被他抓住了把柄，盖大全不去痛打那个胡乱做作的屁股，反过来，却去死抠那只看见了的眼！让他这个刚上任的民兵副排长，在乡邻面前威风扫地。

更可恶的是，石小彩寻死觅活的当天晚上，盖大全还当着全家人的面，让他给石小彩赔不是，盖大全甚至还当众踢了他的屁股，给石小彩抹粉壮胆：“这好人不靠管，赖人不靠教，咱老盖家祖祖辈辈，决出不了那齷里齷齪的人！二愣你个齷齪货，头叫驴给踢晕了，你个不吃好粮食的货……”

盖二愣抱头鼠窜从盖大全家出来后，冲着门口跳着说：“白骨精大闹天宫了！俺就看恁家，从今以后，还有没有个安生日子过！唉！真是个麦秸头！”

盖大全骂归骂，打归打，他们到底是打断骨头连着筋的亲叔侄。合作社刚开始，盖大全一连往盖二愣家跑了好几趟，让侄子受了奖励又有了荣誉。

事后，盖大全给盖二愣解释：“恁叔叔吃的盐，比你吃的饭多，过的桥，比你走的路多。跟斗翻得再欢，你还是只猴！你那俩心眼，观不满棋盘！”

后来的事，让盖大全更加坚信，他的选择，是一个无可比拟的高瞻远瞩。

后来，石小彩给老盖家生了一个大胖孙子，当时，全国都在支援朝鲜打美帝，盖大全给孙子起名叫“援朝”。援朝长来长去，闪亮的大额头、宽阔的厚腮帮，是老盖家的一面旗，这是盖家血脉的典型遗传基因。事实证明了，儿媳那个颤悠悠的扁担腰，就是个落地即生根、开花即坐果的靶子坯！巧子娘嫁给了巧子爹，生个孩子不叫巧子，还能叫啥？

援朝已能响铃叮当地叫爷爷，当孙子挓挲[1]着两只小手，向盖大全奔跑过来，他的整个身心，会达到人生幸福的极点，蜜甜蜜甜的舒帖，像到达了太行山的顶峰，逍遥畅快地领略着的，是一个风光旖旎云蒸霞蔚的世界。每当看到孙子，筑就了一座桥梁，或填平了一道沟堑的成就感，会在他的心头悠然生成。

石小彩回了娘家，他总会一天不隔，把他舍不得吃的新鲜菜蔬或野果送了去，就连小彩娘烧的干柴，都是他砍回来，剁成段，捆成捆之后，一趟一趟地给送过去。那个母女家的院落，盖大全就是顶门的棍和闩门的闩——他不能一天见不着孙子。

一个人回到家后，把狗剩的大檐帽相片，端详摸索上一阵，是他最开心的时候。大檐帽下的宽腮帮，英俊威武而气势夺人，想来想去，儿子和儿媳，分明就是天生的一对！

那个至上至尊的天伦之乐，他一遍又一遍地遥想着：他扛上个长凳，小两口儿拉着孙子，踢踢踏踏地去看两场梆子戏，或者他在前头走，他们一家三口在后边跟，或者他们在前边走，他在后边撵，一家人“呱嗒、呱嗒”地踏响尚官道的青石条，让大坡地的众乡邻，都羡慕老盖家的和和美美。

漫野的谷穗开始弯头的时节，盖大全秋水没有望穿，盖狗剩一身戎装，威威武武地回到了大坡地。

那天，盖大全正在乡里开会，盖二愣跑了来：“叔吔，快走快走，狗剩哥回来了！”

盖大全在盖二愣的屁股上打一巴掌说：“兔羔子，别给俺较劲儿了，行不行？大坡地谁不知道，俺跟恁爹，就是亲弟兄俩！那能有差？别逗叔叔啦！”

盖二愣使劲儿拽着盖大全的胳膊，说：“这回是真的咧，这回真没哄你！俺想入党，决不骗党，这回是真的咧。”

---

[1] 挓挲：读 zhāshɑ，某种东西张开或伸展。

盖大全思谋着儿子的模样，飞快的步子像驾着风，盖二愣在后边急走慢赶："叔吔，慢点儿，又不是抢东西，着那急做啥！"

盖大全进了门后看不见人，屋里院外，被打扫得焕然一新，心里正纳闷，盖狗剩担着一担水，从门外进来了，盖二愣急忙接过了担子。

盖狗剩一身草绿军装，圆形的解放帽，八一红五星帽徽。盖大全上上下下把儿子打量一遍，紧绷着嘴唇，鼻翼微微翕动。他猛地把盖狗剩揽入怀里说："儿吔！把爹想得好难受！儿吔！要是在大街上，打个幌子看一眼，爹真不敢认了！"

话刚说完，两行老泪扑簌簌地流下来。他双手拍打着儿子的脊背喊："二愣！你还不知道该干啥？快给叔叔割肉去吔……"

时间不长，盖二愣就买回了肉，看看家里，还是盖大全父子两人，就问："俺嫂子还没来？"一边说，一边扭回头，嘟嘟囔囔地去了。

盖大全和盖狗剩烧好了菜，备好了酒，盖二愣抱着援朝来了，小彩娘在后边跟着，怀里抱了两棵白菜，小声说："狗剩回来了？也不捎个信，小彩去后边水池洗衣裳了，就好了，就好了，要不都到俺那边吃饭去？"

盖大全急急忙忙搬来了凳子，小彩娘坐下后，推着援朝说："看，那是谁？不是早就想恁爹了？看见了咋又不吭不动了？"

盖狗剩伸手去拉，援朝却哭了，小彩娘红着眼说："打小儿就没见过面，亲爹也不知道亲呢——他爷爷，你看看，援朝跟狗剩一个模子脱的呢！就是胆儿小腼腆——就这点儿不像狗剩，随小彩呢！"

天快黑时石小彩才来，穿了一件偏襟蓝花袄。小彩娘皱着眉说："祖宗哟，咋逮住啥穿啥，你的衣裳，在橱子里放着呢！"

石小彩不吭，斜了一眼盖狗剩，抱了援朝往屋里去了。

吃完饭后，左邻右舍都来看盖狗剩，听盖狗剩讲冒着黑烟的大铁船，他们不敢相信，一个大铁块，咋能漂在水上；大锅驼机，原来真能在两根大铁条上跑，大铁条修的路，叫"铁道"；大坡地以外一个看不见的地方，竟然没有冬天，那该省多少棉花和布；光着脚在水坑中犁地，光着脚在污泥里插苗，一年能收三回，竹筒里能吸烟！

听说竹竿子的嫩苗当了下酒的菜时，有人问盖狗剩：“你在那个天边，待了这好长日子，也练成了牛羊那样的好牙口？”

女人们最向往的，还是在那个遥远的地方，到处是一片清汪汪的水，洗衣、做饭、涮菜，省了一担担地挑，还有一筐筐鲜活的鱼虾、一匹匹耀眼的绸缎，她们诚惶诚恐地艳羡盖狗剩，真是去天堂走了一遭。

石小彩不知在屋里撞倒了什么，还是摔了什么，“叮叮咣咣”地响，一会儿援朝就哭叫起来。大家“叽叽喳喳”的，把狗剩簇拥到了夜校，他们想把他一肚子鲜活的风景，全给掏了去。

也仅仅过了三天，盖狗剩就要提前回部队，他本来请了半个月的探亲假。

漫天的繁星，都还在忽闪忽闪地打瞌睡，盖大全早早地做好了饭，盖狗剩却咽不下去，趁父亲拿东西时，他把咬了两嘴的葱花饼，悄悄拿纸包了，塞进了帆布包里。

黎明静悄悄的，能听见尚官井摇辘轳的声音。

盖狗剩上了大车，石小彩还在睡。盖大全吆喝了牲口，“吱吱呀呀”的车轱辘，碾碎了黎明的寂静。大车上了夏官道，“咣里咣当”地响，白锁住家的狗，就开始狂叫起来，闻声而动的狗叫声，紧接着连成一片。

街上一个个紧闭的大门，仅两块门板，就鲜明又清楚地划分了两个世界：大门里边的狗，一只只气势雄壮激动难捺；大门外边的狗，一个个夹着尾巴贴着墙，压低脖子斜着眼，张望着相对无言。盖狗剩涌起一阵酸楚，眼都不愿意睁开了。

大车翻过了青龙岭，盖狗剩才睁眼看了看身后的牛头垴，无可名状的感觉，像刚从“嗞嗞”冒泡的响水锅里爬出来，浑身阵阵轻松。大车爬上了窑头村的大土岭，红彤彤的太阳，在雾气苍苍的地平线上浮着，像元宵节里火红的大灯笼。拉大车的是王炳中家原来的青花骡，大铜铃换成了大铁铃，随着“呱嗒、呱嗒”的脚步“哗哗哗”地响。

父子俩一路上话语不多，临近沙水县城时盖狗剩问：“小彩平时对你咋样？”

盖大全说："行吔，人家养那么大个闺女，叫咱一声爹，啥就都有了。再说，只要叫俺看见援朝，叫声爷爷，再烦心的事，都叫风吹跑了——人活世上有啥，还不是图个人！"

沙水火车站，是几间小瓦房加了一块木牌子，配上个拿红旗、绿旗的扳道工，再加上两个卖米汤包子的，就是其全部风景了。和别处不一样的地方，是长在这里的杂草，都被践踏得奄奄一息，不知何时终老。无论多么顽强茁壮的生命，在这里，都要被不算太大又不算太重的鞋底，给踩踏得慢慢萎缩直到消失。

一同坐车的旅客，看见解放军拿的东西多，七手八脚给抬了上去。盖大全浑身滚烫。他买了十多个肉包子，从窗户外边塞给了儿子。

火车在这里只停两分钟，因为没有站台，人们上下车很不方便，开火车的扶着把手探着身子，向后不断地张望，拉着汽笛"呜呜"地响，那个摇红旗、绿旗的悄悄嘟囔："浪叫个啥，还有人没上车呢！"

火车开始"咣当当"地启动，盖大全攥着赶车的大鞭，跟着慢慢跑，鞭鞘在空中飞起来，一飘一飘的样子，像也要挣扎着跟了去。盖狗剩从车窗探出半个身子，连连地向他挥手，他快要跑不动时，扯着嗓子喊："好好儿干，别想家，天塌了，恁爹给顶着呢！"

令盖狗剩最难过的是，父亲买的十多个肉包子，他全部接住了，他也竟忘了，从窗户给父亲塞下几个来！他知道，父亲这大半辈子，像样的肉包子，他就没有吃过几个！

边老拐把紧紧巴巴的日子，说成是"比着屁股画圈圈，不大不小刚好也刚够"。这些天他尤其不高兴，他的妻妹张雪梅，又给来了信，定准了日子说要来。他害怕那个刚够使也刚够用的"圈圈"里，又要挤进来一个。

边老拐问了几次张红梅，想知道张雪梅来的由头和住的时日，张红梅说："这么远，来一趟不容易，咋也得住些日子，要是碰上个差不多的主儿，能嫁了这边就更好。俺打小儿孤零，也就剩这个妹妹了，多少年都难看上一眼，真能叫她在这边立了根，卸条胳膊卸条腿也高兴！”张红梅说着说着就想哭，边老拐很惶然。

眼看到了张雪梅来的日子，说好在沙水下火车。大坡地离沙水近百里的路，一个人往回走，人又生路又远，如果赶大车去接，边老拐一万个不愿意去。他对张红梅说：“卸你一条胳膊一条腿你倒行，大车总得套上头大牲口，牲口小了它腿脚慢，那大骡子、大马，俺能整得住？万一忽闪了，又卸了俺一条腿，这这这，你能天天背着俺？”

儿子起升才十六岁，身板不小却没有力气，更没有赶过大车，张红梅就找了魏老大赶车去。

到了沙水城，魏老大见到张雪梅，简直惊呆了。火车刚刚停，他从车窗里一眼就认出了她，好像前世他们就认识。

下车的人们，从车门跳到铁轨下的碎石子上，他突然优优雅雅地伸过手，托着张雪梅轻轻地落了地。

张红梅和张雪梅虽是亲姐妹，但自小分离，如今已有二十余年未见面，张红梅抱住张雪梅就是一阵痛哭。当火车“咣里咣当”地开走时，魏老大忙拉住抱在一起的姐儿俩往一边拽，说：“操心，操心！这么大个铁家伙，就那么宽个铁道，别晃翻咧！”

两个女人哭一阵说一阵，魏老大拿一张画着天安门的一元钞票，买了米汤和包子，姐儿俩吃了后，他扬起手中的长鞭，在天空中甩了一个颇为潇洒的圆，打了一个漂亮的脆响。太阳向西歪头时开始往回赶，姐儿俩一会儿哭一会儿笑，“吱吱呀呀”乱叫的车轱辘，把姐儿俩二十年的别离苦，搅和在一起共同感伤。

张雪梅小魏老大六岁，她身着对襟的蓝花花粗布上衣、土灰的粗布裤，鲜亮的额头没有刘海儿，一头的乌发梳在脑后，大卡子卡了一个扁平纂，尤显干净利落，一对透亮的猫猫眼，望穿一切的神态。秀而不媚的一脸清爽，像陈铁匠的大砧铁，经了千锤万砸，依然安详。

他托着张雪梅跳下车时，雪梅的两个猫猫眼扑闪了几下，嘴角轻轻一翘，算是表示了感谢。魏老大几乎承受不住。

从看到“猫猫眼”的第一刻起，他感到，张雪梅那个蓝花花裹着的瘦肩，能荷得动千斤的重负，能禁得起扎扎实实的一靠。

张雪梅的个头儿比张红梅略高，恰到好处的一身玲珑。晋西北的蓝天白云和黄土秀水，滋润了她一身遮不住的闪亮。

她娘家河曲本属边塞，即使咳嗽一声，都可能让晋、陕、蒙三省区听见。旧时，世世代代奔流不息的汉子们，就是经了那里走西口到塞外的，那里的人们，看惯了背家园别妻小的悲壮。“河曲保德州，十年九不收，男人走口外，女人捡苦菜”，就是当地生活最生动的写照。“船湾的葡萄唐家会的蒜，五花城的闺女不用看”，和别处的小家碧玉和大家闺秀相比，那里的女人，独有一副刚柔相济的脾性，她们把生活的苦难和生命的艰辛，过滤凝华之后，唱出一支支悲怆缠绵的歌，叫“山曲”。

太阳偏到西半空，大车才过了窑头村。女人到底是女人，张雪梅一边和姐姐说话，猫猫眼闪个空儿，就瞟几眼魏老大的后背。

快到大坡地时，张红梅问魏老大：“媳妇有眉目没有？”

魏老大说：“还能没有眉目？胳膊腿都齐全吔！”“哪儿人？”“谁知道，丈母娘给养着咧！”张雪梅好像听懂了，偷偷地掩着嘴笑。

魏老大已三十拐了弯，人也不算丑，也没有什么大毛病，至今仍然孤身一人。该谈婚论嫁的年龄，他房无一间地无一垄，有了房有了地时，又恋了李小桃再无别的心情。李小桃死了后，又比着李小桃找媳妇，能看上的，人家嫌他家徒四壁。近两年他虽然放低了眼光，却阴差阳错，失去了两次修成正果的机缘，最投缘的两家，也让些大不该，阴差阳错给弄吹了。

第一家因为一顿饭。魏老大去女方家，“丈母娘”高高兴兴地煮了一大碗鸡蛋面。魏老大“呼里呼噜”吃了一碗，剩下的一碗，“丈母娘”本来准备给自己男人吃——那个年代，大碗吃面的时候不多。

“丈母娘”看魏老大眨眼吃完，让闺女把另一碗给端了过去。后端过去的那碗面，正常情理是能看不能吃的，一般人这时候就是再饿，也会谎称吃饱了——新女婿在丈母娘家，总要有个谦谦君子的样子才对。可魏老大人实在，连呵呵两声都没有，就端起第二碗，眨眼间又吃个精光。“丈母娘”心里不高兴，却满脸堆笑地问：“吃饱了没有？”老大实实在在地说：“差不多，也算半饱了。”

“丈母娘”皱皱眉头，心里想，敢是监牢里刚赦出来的？还半饱，不饱也没有了！

媒婆急得直跺脚，出了门，骂了魏老大两声“饿死鬼”，气哼哼地甩手走了。

第二家，因为一个无形无影的东西。那天魏老大给“丈母娘”家做活儿，他力气大活儿又好，“丈母娘”高兴得合不拢嘴。中午收工回家饿得慌，他端起早晨的剩稀饭喝了一碗，“丈母娘”喜喜欢欢，拿笤帚给魏老大扫身上的土——他的裤腿后边有些泥，因为不好扫，“丈母娘”弯下腰低下头，拿笤帚疙瘩给反过来蹭，脑袋正冲着魏老大的后边。

魏老大喝了一大碗凉稀饭，肚里咕里咕噜的正不好受，“小姨子”早恼了——魏老大忘了给“小姨子”买绣花的线，她以为是“姐夫”小气，在他脸前扮个鬼脸说：“老大老大，吃屁长大！咯咯夹夹，啥也不做！小气小气，牵狗犁地！吭憋吭憋，像只老鳖！”魏老大憋不住，不该有响动的地方，就有了一些响动，“丈母娘”不高兴，媳妇就吹了。

魏老大耽耽搁搁，到了这个年龄。

魏老大把张红梅姐儿俩送到她家大门口，临进门时，“猫猫眼”扭回头，好像是看大黑马，又好像是看魏老大。

回到家里，魏老大丢东西似的，在黑屋子里呆头呆脑坐了一阵，到前院李小旦家寻了一碗剩稀饭，喝了，又到张红梅家的那条街上，来来回回转了好几圈。他猜想，“猫猫眼”一定会出来看看，但是没有。

这天晚上，他怎么也睡不着，终于想起了静心师父给的那块黄娟，抖抖地从炮弹壳里拿出来，一直看到天明。

张雪梅在姐姐家住了一些时日，偷偷地看过魏老大两次。张雪梅对他颇有些意思，张红梅就张罗着撮合，边老拐知道后，一百个不赞成：他不能容忍自己的小姨子，嫁给谷草叶一般的魏老大，那可是他家原来的长工！真那样，他就和魏老大做了条串（连襟）！他边老拐和魏老大平起平坐，那得等老天爷睡着了！就是老天爷睡了个大觉，也总有个醒来的时候！

这天，边老拐专门买了两个菜，一家人团团圆圆地吃。边老拐的意思，是趁机说说张雪梅和魏老大的事。趁张红梅出去的空当，给张雪梅说："那个老大，自小在俺家长大，吃俺的，喝俺的，穿俺的，住俺的，长出来胡子以后，给俺嫂他还想整个啥，那就不是个东西，他就不算个人！张雪梅说："俄看老大，不像那样的人！"

边老拐说："老大蒲扇一般的大手和大脚，是天生的穷命鬼。手小才能攥元宝，手大只能抡大锄！"张雪梅说："有啥，大手大脚好做活儿，不求嫁个县太爷。"

边老拐说："老大屁好大吔，只要使不死，不管人前人后，都敢拼了全力地放，是个没脸没羞的下三烂！"张雪梅说："有啥，那是吃得不舒帖，弄坏了肚子。好男人就是块田地，打整好了，能生金长银。"

边老拐说："老大的脾气大，比驴还犟，牵着不走，打着倒退，将来真成了两口子，恐怕要受屈！"张雪梅说："有啥，大老爷们儿，没个脾气，还能做啥？兔子脾气好，除了啃草，还是啃草。"

边老拐说："老大穷得当当响，米粒都要数着吃，跟了他，饿不死，也得叫你蜕层皮。"

张雪梅感到姐夫的话，越来越不对味，淡淡地说："穷没根富没苗咪，有屋舍，有双手，只要人勤快，再凄惶的日子，也好过咪！"

边老拐一连闷了两小碗酒，忽然提高了嗓门，还要说什么，张雪梅就有些急了："姐夫做甚个咪咪？"她扑闪扑闪地翻了翻猫猫眼，扭身出去了。

姐儿俩又回来坐下时，边老拐就有些晕了，张红梅夺下他喝酒的小碗说："净说些咸不咸、淡不淡的屁话！你骆驼生驴驹——怪种！要没别的说，一边学狗叫去！那头要是没意见，就定了！"

张红梅说完，扭头看看张雪梅，张雪梅低着头说："兀的哩！"

张雪梅到魏老大家去了一趟，让李小旦和蔡改改夫妻措手不及忙了个热火朝天。蔡改改麻麻利利地饧了面，她要拿出看家的绝活儿，让山西女人，看一看太行山女人的手艺。

李小旦整了咸黄豆、五香花生米、韭菜鸡蛋、醋氽红薯粉、小葱豆腐五个菜。准备好后，蔡改改到后边叫魏老大和张雪梅。进门一看，魏老大叼着大铜烟袋，正在院子里来回走，屋子里尘土飞扬。

蔡改改给魏老大挤挤眼，魏老大朝屋里努努嘴，凑到蔡改改身边说："嫌俺脏咧！正在里边给打扫呢，这回，可丢人丢大了，犄角旮旯儿的东西，好几年了，俺动都没动过！真丢人丢大了——丢到山西了。"

正说着，张雪梅从屋里走出来，头上包着一条破手巾，外面裹着魏老大的一件破布衫，满脸的灰尘，像戏里化了装的三花脸。张雪梅一边拍打一边说："闲着莫（没）事做，扫扫屋舍，家里磨的个女子，真不行嘞！"

蔡改改在柿木案板上擀开面剂，灶火上的大锅里的水"咕咚咚"地开始翻滚，她把擀开的面剂，"咔咔咔"地剁成了宽窄均匀的长条，抓住一把子，一抻一扯一折又一折，食指一挑，向前一送，撑在手里的拽面条，在空中划个美丽的圆弧，向前一跃就落到了锅里。锅里的面沉下去，翻个滚又浮起来。翻滚了几次后，蔡改改拿个大碗，用筷子在锅里一旋，锅里煮熟的拽面，半根不剩地被挑到碗里，一根根的面不粘不断，薄厚均匀透光闪亮，然后浇上臊子。

张雪梅两手搭在胸前，笑眯眯地看，蔡改改一脸自豪，问她："恁那边，咋个吃法？"

张雪梅连连点头，表示对蔡改改的赞扬："俺那儿？莜面多呢，做莜面栲栳栳、莜面鱼鱼、猫耳朵窝窝、莜面菜囤囤！"

蔡改改给魏老大说："老大，日后可记得，叫咱尝尝恁家的莜面菜囤囤，舍得不舍得？"魏老大抓挠着后脑勺，"嘿嘿"地笑。

边老拐知道后，浑身上下奇痒难忍不舒坦。在他看来，虽然到了新社会，大家都是平起平坐的人，魏老大那样野茅草一样的东西，除了牛羊啃上几口，大凡喘气的生灵，没有几个能看得见他的存在，他就不配给他边老拐做连襟！再说，张雪梅那样白白净净的猫猫眼女人，他也更不配和人家睡到一个土炕上去！只有带着孩子、豁着鼻子、瘸着腿子，还养着瞎眼公婆的歪嘴寡妇跟了他，那才真真正正的恰如其分、不亏不欠！

好长一段日子以来，边老拐都是看着张红梅的眉眼高低说话做事，张红梅把他比作一个又臭又脏的茅罐——尽管不是什么好东西，但还是离不了。令他永远如鲠在喉的是，那个提茅罐的系子，永远拿捏在张红梅的手里，她想用的时候，随手提溜了来，用完了以后，一脚蹬了去。他也试图甩脱那只手，但他就是一只小老鼠，试图捋了一次大花猫的胡须。

这次因为张雪梅的事，边老拐寻思了好几天，到底也没有想出个周全办法。有一天，他碰到林先生妻子，因为早就想赚些钱花，就问林先生的女人，她家的那两只羊卖不卖、啥价钱。女人斜瞟他一眼，说了声“问当家的去”，就飞快地走开了。

他真羡慕林先生，把女人调教得顺顺当当又服服帖帖，抽了个空儿，就跟林先生坐了一会子，意思想让林先生说说，这圣人的书上，都教了些啥法子。林先生说：“堂前训子，枕边教妻，对症下药，量体裁衣。”

边老拐听不懂，让林先生给讲讲。林先生像是瞌睡了，抱着怀里的书，打开盹儿了。他很不高兴，找地方喝了两碗酒，晃晃荡荡地回家后，想借着酒力发一下虎威，从而使张红梅知道，他原本是一只睡着的老虎，再也不要把他当病猫看。可是，走近大门时，就感觉有些害怕，重新调整了情绪，自己给自己打气：“大坡地谁不知道，俺边老拐才是个真光棍！北圪台儿上砸王炳中眼镜的把戏，大坡地人除了俺，他还能有第二个？”

张红梅正靠门坐着补衣裳，边老拐歪歪斜斜地迈进门槛时，张红梅耷拉着脸，从眼眶外扫过一缕光，身子一扭就把屁股朝向了他——也就是这么一下子，他周密的筹划，就“轰隆隆”地坍塌下来。

他抹了一下脸，摇了几下子头，“哎——哎——”地叫了两声，就像院里刮了一阵风——有也无干，没也无干。等了一会儿，边老拐拿了一个小凳子，往张红梅跟前凑了凑，探过头去说：“老张，张掌柜，行了不？俺说雪梅嫁给老大，这不行！俺看这门亲戚，还是不成的好。”

张红梅回过头，看了一眼边老拐，又扭回头做她的活儿。他又说：“杨继业到了两狼山，这羊（杨）遇见了狼，咋能不败！庞凤雏到了落凤坡，那必死无疑！这都是犯了名讳！犯了名讳，那了不得！咱家雪梅，也是拐子屁股——邪门！去石碾街圪挤着眼拽一个，哪个不比魏老大强？你想，俺叫老拐，他叫老打（大），这老打，俺就老拐，越打，就越拐不是？把俺弄拐的那个时候，他就在咱家，咱吃了多少好药，花了多少银钱，就是治不好，就是因为他，老是打，那一百一的犯了名讳！”边老拐的话外音，是说他的拐腿，和你张红梅有牵连，你曾经害过俺，你亏欠！既然有亏欠，总要还吧？

张红梅仰起头，两眼一眯：“可也是哎，恁哥哥还叫进财了呢，甭说进个财，这人也不见，鬼也不见，人财两空了！这可犯了啥讳？嗯？你也给编派编派？”

边老拐有些急：“你——你——你，你这娘儿们，净说那没用的。俺还忘了，这老大，老大，他其实是四大，手大、脚大、屁大、饭量大，那是死打（四大）！往死里打！毒着呢，打拐腿还不要紧，那往死里打，谁戗得住劲儿，那要命呢！”

张红梅咬断针上的线，把布衫扔给边老拐，说：“给！驴皮缝好了，驴屁在这儿放够了，找个好去处，屙驴粪去吧！远远滚！”

边老拐还想说什么，张红梅拿了针线笸就往外走，走到院中间，停住身扭回头说：“再给俺嚷嚷那些没用的，提了你个臭茅罐，隔墙头给扔出去！”

魏老大赶着大车往地里送粪时，碰见了边老拐，客客气气地给边老拐打招呼，还毕恭毕敬地跳下大车，一连喊了好几声姐夫。边老拐斜着身子说：“真是兔子走了时气，三年不挨鸟枪[1]！这好汉没好妻，好女嫁给枯绌[2]蛆，你不光手大、脚大、

---

[1] 鸟枪：自制的土枪，枪筒很长，枪口处填装火药和铁砂。

[2] 枯绌：方言，某物体因水分流失形成了很多褶皱。

屁大、饭量大，命还真大！嗯？岁数也大！不能早见儿女早得济[1]了。”

魏老大嘿嘿笑着：“没事！不怕见儿晚，就怕寿禄短，晚谷子，不少出米！”

尽管如此，张雪梅到底嫁了。张雪梅嫁的时候，梅红袄、梅红裤、梅红绣鞋，红彤彤的一身梅红，扑闪扑闪的猫猫眼顾盼流波，摇荡着的腰肢能讲故事。那个从晋西北高原走来的女人，让大坡地这个太行山村，又多了一道妖娆而不妖冶的风景。

闹洞房、看热闹的人散去后，张雪梅趴在魏老大的怀里哭了，他哆哆嗦嗦地说：“你哭啥？俺跟小桃，真的没有干啥没脸的事，不信你问恁姐姐。”张雪梅捶着老大说：“傻狗狗，俄高兴哩！”

魏老大那个不甚风光的屋舍，被新婚的红蜡烛照耀得喜气洋洋，月偏西、山起雾的后半夜，魏老大把那个炮弹壳，拿出来给张雪梅看。第二天，张雪梅把那块黄绢，缝进了她的小红袄里。

在魏老大看来，他是天底下最幸福的人。他的好命，就像大圪梁白河滩上的虎头山，“轰隆”一声巨响，就翻天覆地改变了模样，因为“毛主席给了咱房和地，还叫咱当了新女婿”！他就把毛主席和共产党，刻在了骨子深处。

娶了张雪梅后，他甚至想象着，沙水城那两根明晃晃的铁道，有朝一日也会修到大坡地，在将来那个“楼上楼下、电灯电话”的年代，先把他们的孩子，扶上那个“咣里咣当”的“铁房子”里，再把雪梅扶上去，一家三口，或者四口、五口，一齐“咣里咣当”地跑到雪梅娘家，样样式式地给他们犁上几亩田，耩上几亩地，让他们看一看雪梅男人的雄壮。然后，再饱吃一顿莜面栲栳栳或莜面菜囤囤，要嫌做得麻烦，那油泼面、刀削面啥的也行。吃饱喝足后，站到黄土疙瘩的大峁梁上，扯开嗓子，来上一段“硬上功”，定会痛快淋漓，荡气回肠。

办喜事的时候，别人送给他的毛主席像，他一张张送给了左邻右舍，还帮助他们端端正正贴到墙上。过年的时候，魏老大没有了父母双亲，两口子早早地点了鞭炮，恭恭敬敬地把煮出来的第一碗饺子，放到了毛主席像前，和拜父母一样，

[1] 济：方言，子女对父母、长辈的赡养。有时特指长辈去世后，晚辈供奉于灵前的祭品。

齐排排地行了三拜九叩大礼，然后，夫妻两个到姐姐张红梅家磕了头，张红梅给了魏老大一张五元票子。

当他跪下去喊叫姐姐、姐夫时，舌头在嘴里，生生地打不过弯来，只听见“呜呜呜呜”的声音。回到家后，他跟张雪梅说：“俺可是憋足气喊的，不知为啥，就是没喊清。”张雪梅扑闪着猫猫眼，“哧哧”地笑：“莫得事，俄就听清了。”

边老拐以为自己亏了大本，边世喜在世的时候，魏老大就欠了他家五块大洋，如今，那张欠条还在他手里攥着，旧账尚未还清，多少年都不敢抬头看他的魏老大，如今，只在他面前假惺惺地蹲了一下，就堂而皇之地又拿走了一张五元票子！那张票子，足够他置办一身洋布衣裳了！为此，他总像胸腔里长了个大疙瘩，坠疼坠疼的难以忍受。

吃过初一的饺子初二的面，魏老大想起了一件事，他拿出那个炮弹壳，倒出来鸡冠山一亩地的文书，给张雪梅说：“毛主席给俺分了房，分了地，又娶了你，总不能对不起毛主席。”张雪梅说：“俄听你的。”魏老大拿了那张文书，送到了盖大全家。

盖大全正驮着孙子援朝满院子跑，他斜眼瞅了瞅魏老大的文书，两只手拍打着援朝的屁股说：“社里多少好地还种不过来呢，你那一亩地，哎哟哟！那也叫地？除了你魏老大，恐怕谁也种不了，归了社里以后，怕你也没顾上看，庄稼苗不咋长，草毗倒挺旺！”

魏老大说：“俺看见了，也没事，俺原先踅摸着，那块地咋就没有种，是不是因为，俺没有把那个文书给社里，社里还把那块地当成了俺的，这才没人种呢！——这，这，也不怕，社里正月也没啥要紧活儿，抽空儿，俺去给拾掇拾掇，收拾好了，还归社里，俺决不要。”

这天，魏老大早早地收拾那一亩坡地去了。张雪梅一个人在家筛黍子，她想给魏老大做老家的酸捞饭吃。魏老大苦沉烟稠，张雪梅想给他做些败火的饭。

河曲人爱唱，张雪梅一边做活儿，一边哼哼：“提起了那哥哥走西口，止不住小妹妹泪蛋蛋流，一把把拉住那哥哥的手，说下个日子你再走……”

山曲的韵律激越而悠扬，黄土地里厚积的苍凉和忧伤，令人肝肠寸断，从骨髓里蒸腾出来的大白话，不遮不掩，能击穿铁打的胸膛。

“做甚个咪咪？”边老拐学着张雪梅的腔调，迈进了门槛。张雪梅吓了一跳，她给边老拐递过去小板凳，翻了一下猫猫眼，一脸笑盈盈的模样。

边老拐很高兴，把他知道的和不知道的连在一起说，像洋戏匣子里播放节目。张雪梅低了头只顾做自己的活儿，或哼答一声，或说句“莫听懂”。

张雪梅一摇一摆，把剩下的半布袋黍子，从屋里提溜了出来，边老拐咂着嘴说：“哎哟哟，那么大的劲儿？——这么长时候了，还没有？该有了吧？要有了，可不能闹着耍！要有个三长两短，还不把老大气疯！”

张雪梅翻他一眼，扭过头去不吭声。边老拐探过头去说：“咋？没有？——这老大，犁地耩地是把好手，干这活儿可不行。实际上万物一理呢，跟种谷子还不是一样？耩深了，拱不动了；耩浅了，就晒干了；墒大了，湿盘[1]了；墒小了，烧芽[2]了；耩前雨水小，不出芽；耩后雨太大，准格瘪[3]。啥也得讲点儿技术不是？”

张雪梅听懂了一半。她的猫猫眼一瞪溜圆，往大门口瞅了瞅，皱着眉头说：“晴天朗日的，瞎号号啥！岁数还小？不怕人笑话？”说完，站起身往屋里走，后脊梁的蓝花花褂子掀了上去，忽闪忽闪的晃眼。

边老拐一下子蓬勃起来：“小姨子的肚，姐夫的路，自家的东西，咋叫俺给忘了。”

边老拐跟进屋里，张雪梅拿个大铁瓢，正从缸里舀水喝，弯腰的时候，边老拐又看到了一片白花花的脊背，不能自已的冲动涌上头，伸手就抓了一把。没等那只手缩回去，张雪梅抡圆了手里的铁瓢，猛地抡向了边老拐。闷声闷气的一声响之后，边老拐的额头上，吹气球似的鼓起个大紫包。

---

[1] 湿盘：地里墒情过好，水分太大，过分地踩踏或碾轧后，土质板结成块。

[2] 烧芽：刚透尖的小苗，如墒情不太好，水分供不上，太阳过毒气温太高，蒸发太过厉害，幼芽脱水分干死。

[3] 格瘪：小苗透尖前，疏松的土遭遇大雨淋浇，容易干瘪成一层硬皮，小苗不容易出土。

张雪梅看一眼铁瓢上的坑，瞪着边老拐说：“你是牲口是人？滚！赔俄的瓢去！”

边老拐没有赔张雪梅的铁瓢，也没有敢回家，他害怕张雪梅给她姐姐说了，张红梅真把他当作一只破茅罐，给隔着墙头扔到大街上。大半夜之后，他想好了应对的话，惴惴不安地回了家，见张红梅一切安好，才想入非非地睡了去。

有一天，边老拐见到了魏老大，一股难耐的无名火，忽地蹿升起来——这个手大、脚大、屁也大的东西，欠了俺五块大洋不还，又拿走了俺五块钱，还叫恁家娘儿们白砸了一铁瓢！为啥砸俺？嗯？那个娘儿们，就不是个正经东西！大白天光膀子露脊梁，那么不讲究，能是啥好人！嗯？要有外人来，那不是故意勾引那是啥？嗯？要真把生米煮熟了，又把熟饭藏住了，你图了个舒坦悄悄笑；要是熟饭没藏住，你吼喊几声，说人家是奸夫？嗯？俺给你逮逮衣裳，教给你庄重些，你就砸俺一铁瓢？

魏老大喜笑吟吟地走到他跟前，他不吭也不动。好在魏老大也是一切安好，他准备好的那些没用上。

魏老大搓着两只大手，一脸恭敬地看着他，边老拐开始进行下一步。他看了魏老大一会儿，一本正经地说：“俺有点儿事，借俺十块钱。”

魏老大一脸窘迫：“姐夫哎，你知道——你要笑俺吔，五毛钱，俺都拿不出来吔——”

边老拐说：“没有现钱，别的东西啥的也算！”魏老大家徒四壁，除了烧火的柴和下锅的米，想不起来有别的什么东西。边老拐一直说他家有，就是舍不得。魏老大把两个巴掌拍得“叭叭”响，后来索性蹲在地上不说话了。

边老拐有些急，比画了一个圆形，冲着天说：“你一辈子，就学会个装蒜！那个，就那个，往起一端，就能清清楚楚看见人的那个！”

魏老大终于明白了，家里有个景泰蓝的小铜镜，张雪梅从她姥娘家带来的。每次边老拐去他家时，总要拿起那面镜子摸索一番，那是件什么东西？外人去上边摸一把，他都无法忍受！

魏老大往起一站，搔了几下头，恍然大悟说：“往起一端，就能清清楚楚看见人？哎哟哟，想要那个，那还不简单？不就是个砘子的？一个砘子的做不了活儿，做活儿得使仨！”

为了让刚出土的小谷苗不致东倒西歪，播种后需要把垄沟里的松土压实。因为耩地的耧每次播三垄，庄稼主儿用石头，做三个样式一致、大小相同的圆柱体，其整体形状，像三个放大了的算盘珠，每块石头约有十斤重，这三块算盘珠样式的石头，就叫“砘子的”。用一根粗木轴，把三个砘子的穿在一起，这件农具叫“砘子”。木轴的两端挂上绳子，人拉上砘子，压实垄沟里的松土，这项农活叫“砘地”。如果把砘子的举起来，只要眼不瞎，哪个都能清清楚楚看见对面的人。

魏老大哭不是哭，笑不是笑，给边老拐比画了一个圆形砘子的，说：“别着急，俺家有个砘子，砘地好使得很，上边有仨砘子的，你有空儿，就自己去拿，没空儿，俺抽空儿给你送过去！——他们等着俺做焰火呢！”说完拍屁股就想走。魏老大说的“焰火”，是庆贺节日放的火药礼花。

边老拐一把拽住，拿拐棍“噔噔”地戳着地说：“看烧燥的你，屁股朝天了！借人家钱不还，借你个钱没有，你以为捞了个天鹅蛋吃了？迟饭没好饭！哪个好吃又不贵的东西，能一直日摆着等你？哼！更甭说一个俊娘儿们，河曲那边的俊男人，想是没死绝，哪能叫她闲着？哼！吃到嘴里头，也是块剩肉！说不定哪天，‘忒儿——’再来封信，早有主儿的花骨朵儿，还得叫人薅回去！”

做焰火的时候，魏老大的手一直不听使唤，两个大指头，被锤头砸了个血淋淋。回到家里后，他越看张雪梅，越像化缘的尼僧，温和沉静之中，埋藏着捉摸不透的蹊跷——那分明就是一只落在房檐上的鸟，停留时间的长短，由人家自己决定，说不定和李小桃一样，动动烫手，蹭蹭烫皮——好东西就没有剩下的道理，大坡地的俊闺女，哪个也没有等过谁。

魏老大躺下不动了，他的肚子又鼓胀起来，迷迷糊糊中，听到张雪梅嘤嘤地哭：“你个嘎蛋蛋，到底为了甚？你吓死俄呦，俄亲亲的，万不要吓唬俄，俄苦命吔……”

魏老大一挺身爬了起来，晃晃荡荡地给张雪梅说：“你要是有主儿，就早些走，别拿苦命人寻开心……”

张雪梅在魏老大眼前晃晃手，看魏老大并不糊涂，猛地趴到他的肩膀上，咬了两排牙印，说："你个傻狗狗，净说胡话，这就是俄的家，俄往哪达走喂！俄咬死你……"

和原来一样，魏老大方便了之后，排了几串邪气就好了。

元宵节那天，两口子揣了那块黄布到静峦寺去，到了大门口，雷月琴光着一只脚，在银杏树下的青石台上连跳带喊，她看见了张雪梅，转着圈跟着看，看够了，歪着头问魏老大："你会不会弹琴？哎，咋不吭声，你会不会弹琴？还不吭？噢——噢——俺知道了，俺知道了！你可不能乱弹琴，乱弹琴就得挨打，挨打！"

静心师父笑吟吟地接待了魏老大和张雪梅，拿了那块黄绢布在佛前供了，又给念诵了经文，还给张雪梅把了脉，说她血虚肝郁，冬怕冷夏耐热。张雪梅一个劲儿点头称是，像遇到了活神灵。

静心师父给开了方子：剁碎生姜和了红糖，捏成丸子每日一粒。还让魏老大找些艾草，温炙肚脐下方的气海穴和关元穴。魏老大夫妻毕恭毕敬地谢了，心中升起一轮冉冉红日。

后来，张雪梅生了个闺女，叫"巧鱼"。

第二十四章

至爱突归西　误入桃花溪

周大中家一直没有入社，初级社成立以后，他率领全家，完成了两次耕种和收获。

艳阳高照的人间四月，麦子刚抽穗时生了灾，一团团黑色的小虫子爬满麦秆。周大中拿草木灰和了生石灰去撒，小虫子趺趺撞撞地掉到地上后，时间不长，又爬上去噬咬刚抽出的嫩穗。社里的地，都用上边发下来的农药，兑上水后装入喷雾器，一团团的水雾喷上去，那些小虫子，半天工夫就死个殆尽。

周山杏找安乡长寻药，安乡长耷拉着眼皮说："不敢，也不能。真那样，俺还算不算个共产党员？"

周大中的坚持终于有了松动：他给王炳中家辛苦了半辈子，做着半拉脸是人、半拉脸是狗的奴才，有一次结账少了一块大洋，王炳中就叫驴似的拉长了脸，至今想起来，仍叫他不寒而栗。眼下的他，要比王炳中风光百倍，大可不必冒着翻沟的危险，当个少数人。人怕失群，狼怕放单，高级社就要成立，他不敢再等了。他决定入社。

周大中把犁、耧、耙、耢交出去后，一个晚上没有合眼。第二天一早，他早早起来，给他的大黑驴喂了草，又舀了三瓢高粱。当他把大黑驴牵到门外，左看右看了一阵子，一股难以割舍的疼爱，又涌上心头。

心里翻江倒海一阵子，周大中最终又变了卦，“自己牵着自家的驴，拱手送给别人，那跟把自己的孩子，抱给别人有啥两样？俺着了哪门子邪？”嘴里嘟囔一句，牵着他的大黑驴又回去了。

近一个月，安乡长没有到周大中家来，周山花嚷嚷着要搬到乡里住，周山民躺到炕上也不起来。周山杏说：“爹！撑不下去就别撑了，非硬撑，就收拾不起来了，也不看看啥形势，别光整些倒脱靴的活儿！再说，社里也不白要，咱拿出去的东西，不是都给作价记到账上了？”

山花娘战战兢兢地瞅着周大中问：“当家的，你说嘞？”

终于，周大中把他的大黑驴牵走了，这一次再没有牵回来。他到社里的马棚，给他的驴找了一个风不吹、雨不漏的去处，回来后对韩老等说：“哼，不比不知道，咱家的驴，个儿真大！”

入了社后，他在家里躺了整整半月。他想不通，合作社真能成了“楼上楼下、电灯电话”？看到社里那些不大不小的累赘，他甚至怀疑，白文昌说的“洋犁洋耙，要啥有啥”，原本不过一句空话。

从炕上爬起来后，他一天往社里的马棚跑三趟，狠抽王炳中的青花骡几个嘴巴，再给他的大黑驴专门加些草料——每想起大黑驴，精神就恍惚。

周大中不再相信白文昌，那个靠灌肠铛锅举托起来的小个子，甚至令他有些忌恨，要不是闺女山杏，好似有那么一点儿小意思，他真想拉下脸来，去抢白他一顿。

周大中天天到林先生家坐着，试图让林先生给他一个理由，给他找出千百万庄稼人，那个不二选择的缘由所在。他不明白，为什么开了几个会，做了几次动员之后，一个个庄稼主儿，就疯了似的，跟在他们的屁股后面跑，究竟是个什么由头，促成了这个振臂一呼，应者云集的特殊时代？

林先生不多说话，简单地哼答几句后，又去教秀山读书写字了。好在周大中并不恼怒，他坐在任何一个想坐下去地方，能整晚上不挪动屁股。林先生给他答话时，就多说几句，不给他答话时，就少说几句，有时甚至自言自语，好像到了走火入魔、不能自已的境地。

秀山正在写字，林先生把周大中领到另一个屋里，沏了一壶茶，给周大中说起了大圪梁的虎头山。

虎头山原来叫虎头崖，只不过挨近白河这边，是刀劈斧削一般的百丈峭崖，才有了虎头崖这个名号。虎头崖的山底，是细沙状的黄土，不知从何年何月起，白河滚了槽，每逢雨季，河水日复一日，年复一年，不间断地冲刷虎头崖的崖根。虎头崖下的黄沙土，如果专门去凿，比虎头崖上的大青石还难侍弄，异常的坚硬，还有巨大的黏性，但禁不起白河的激流日日挖掏。

经了亿万年的变迁，虎头崖下的黄沙土，一粒粒的归了大海。白河的水继续往下、往横里冲刷，白河滩就一直往下、往横处走，直到虎头崖底，变成了四通八达的十数个空洞，那些几亩十几亩的大小坑洞，低的三五丈，高的十几丈，只有知晓全貌的人才知道，坑洞上面的虎头崖，究竟有多大的分量！不知深浅、狂妄自大的日本鬼子，竟也敢窜到那下边去！大圪梁的四十多个石匠，利用虎头崖的危崖之势，在其最脆弱的支撑点上，坚持不懈地劳作了几年，并巧妙选择时机，在支撑点放了一炮，埋葬了日本鬼子，就有了现在的虎头山。

林先生又续了一壶茶，继续说："旧社会已成颓败之势，就像虎头崖，共产党让受苦人做天下的主人，就聚起了千千万万个石匠，就能推翻更大的一座山！大圪梁的石匠埋葬了日本鬼子，共产党的'石匠们'，埋葬了旧社会，这就叫大势之所趋，历史之必然！这新社会，势不可挡！势不可挡！——你，想上去挡挡？"

周大中喝完第二壶茶，问："这新世界能走多远？"

林先生说："只要受苦人永远做天下的主人，将千秋万代，千秋万代！"

出门后周大中说："不出脓不出血的臭书虫一个，俺说的是，俺家的驴叫人牵走了，哼！你说大马下了个骡驹，不碍你的事，倒想，你也配！——还不知道哪儿跟哪儿的事，就给做了一篇文章！这读书人，他跟庄稼主儿想的就是不一样！"

尽管周大中不服林先生的气，但大坡地翻天覆地的变化，却实实在在地令庄稼主儿扬眉吐气。边家早先的洋货铺，改成了大坡地百货店，王炳中的梨花酒楼，也让农协占了去。如今，他们和所有的百姓一样，褂子襟擦汗，弯着腰锄地，忙时吃稠，闲时喝稀，逢年过节，可以吃上顿白面馒头。老财主过上了这样的生活，是凤凰落架，仿佛下了地狱；老百姓能过上这样的生活，属千年一梦，终于上了天堂。

周大中后来除了做农活儿，哪里也不去了，天明睡不醒，夜黑早闩门。他总感觉，有一条看不见的绳索，拴在了自己的心肺上，而且越勒越紧，几乎透不过气。

不太大的牲口棚里，挤着马、骡子、毛驴十几头牲口，大黑驴虽然属于个头儿大的那种，但要跟马和骡子一起争吃食，只有靠边站的份儿。几天工夫，大黑驴就瘦了下来，圆圆的屁股凹陷下去，变成一个立体三角的大骨架，还要一歪一扭地给别人碾米、磨面、送粪、驮粮，也不知道哪个狠心的，在黑驴屁股的大骨架上，又给砍了个深深的血口。

边老拐的大黑马，还是一样的刁钻顽劣，见了大黑驴，就“咴儿——咴儿——”地叫，牵都牵不住，只要卸了车，尥着蹶子往驴圈钻——大黑驴到底还是怀上了一个杂种。周大中更加地心酸不已。

大黑驴在周大中家，曾给他家生了两匹威武雄壮的骡子，周大中嫌吃得多，长到半大，喂得油光闪亮时，就都卖掉了。就当时的行情，石碾街账面流水一般的两间铺子，一年的纯收入，也不一定买得起一匹骡子。

大黑驴怀上骡驹后，比原先越发瘦了，社里的牲口少，大黑驴虽然不再拉犁扯耙，但套碾拉磨的活儿，却要照干不误——就像穷人家里的女人，除非大人孩子都缝住了嘴，要不，挺着大肚子忙里忙外，是不用说的事。

周大中忍不过，扯着嗓子和饲养员较了几回劲儿，饲养员跳着说：“该喂的喂了，该饮的饮了，该遛的也遛了，你想咋，叫俺当闺女、小子养？”

有一天，周大中偷偷地把大黑驴牵回了家，社里派人到处找，最后在周大中家找到了。有人说，他要偷走社里的驴。

周大中满肚子冤枉，他说大黑驴掉了膘，看着心痛，他就是想给喂上几天。

周大中没有做过衣来伸手饭来张口的老爷，更不曾享受过锦衣玉食、花拥柳伴的富贵逍遥，但规规整整的四合院，四面的墙清一色的外贴砖，家里的驴、耧、犁、耙样样俱全，殷实的家境，像一块方方正正的巨石，沉稳而厚重，即使三年颗粒无收，他家囤积的粮食，仍能保证全家人，每日吃上一顿捞饭。扎扎实实的日子，让他家成为大富人家不眼热，一般人家撵不上的小康之家。

在过去的大坡地村，除了王炳中、边老拐几户人家外，能在北圪台儿上倒背胳膊高声讲话的，周大中也算得上一位。只要高兴，装着辣椒酱或韭菜花的带鼻子小碗，用小指一勾，端上一大碗肉臊子拽面，一只脚踏到台阶上，一只脚踩在台阶下，把滑润透亮的拽面，高高地挑起来，不热不凉时，"嗞溜"一声吸到嘴里，挑一点儿鲜红的辣椒酱或碧绿的韭菜花，"吧唧吧唧"地咂着嘴，再舒舒服服地打上个饱嗝，通通泰泰地放上个响屁。这令许多穷困潦倒的人，在一片唏嘘声里，自生一种自愧弗如的敬畏——在他想来，这是好多人力所不及的一份荣耀，不可多得的一份尊严。

如今，像魏老大那样的人，都眉飞色舞地在北圪台儿上，让人尝尝他的酸捞饭。周大中也尝了一口，下咽时觉不出什么，又抿了一口酸汤，咂咂嘴，顿觉浑身清爽。魏老大不无骄傲，夸赞他媳妇的手艺多么的好，还说酸捞饭清凉败火，张雪梅的那个白嫩，就是黍米做的酸捞饭养的！

魏老大撅屁股走的时候，还留下了几个无羞无臊的响亮，说如果谁有福气，就去山西河曲，娶一个媳妇回来，一个比一个好看，一个比一个可人，天天黑夜给泡脚，洗脚水都不用自己倒。嘿！一身的细皮嫩肉，像个棉花包……

周大中每每想起来，气就不打一处来，他甚至又开始厌恶韩老等的狼耙子手。后来他碰见张雪梅，认认真真地看了一眼，那简直是一个无可挑剔的人！只看了一眼，酸捞饭的感觉，就饱盈盈地胀了一肚。

周大中想，这世界，真的变了。

他想起自家的大黑驴，就整日耿耿于怀。大黑驴的肚子一天天变大，身子骨却一日日的羸弱不堪，晃晃荡荡，东倒西歪，一副满仓媳妇临死前的样子。

这天天黑以后，周大中溜进了马棚，先揪住大黑马的耳朵，抽了一顿嘴巴，然后找了个荆条编的笋子[1]给戴了上去，又去抓青花骡时，骡子正在抢着吃东西，周大中揪住它的耳朵后，骡子往前一伸头，又来回一摇摆，把他仰面朝天甩在了地上。他爬起来后，找了根棍子，把那个杂种，狠狠地抽打了一顿。最后，他气急败坏地牵着大黑驴回了家。

第二天早晨，饲养员又找到了他家，往回牵大黑驴的时候，大黑驴突然上吐下泻起来，青绿青绿的稀便。周大中慌了，舀了半盆米汤，黑驴半闭着眼，闻也不闻，四条腿一直哆嗦不停。到了社里的马棚，它早产了一个不睁眼的黑骡驹。过了中午，大黑驴干号了两声，一头栽到地上，翻瞪着眼死了。

大黑驴死的当天，他就被叫到了乡里，安乡长倒背着手，看也不看说“先关起来”。

临近茅房的一间黑咕隆咚的小房子，茅坑里的污秽常年洇浸，满地湿乎乎的像洒了水。周大中满肚冤屈无处申诉，惶惶然如满地乱爬的土鳖虫。

他在一个大几百口人的大社，十多头的牲口，平时就是宝贝，全社乃至全村的人，都大眼瞪小眼瞅着，大黑驴从他家牵回来就轰然倒地，安乡长无论如何，要给大家一个交代。

周大中在小黑屋里憋屈了两天。白天还凑合，太阳落山之后，成团的大蚊子道喜贺寿一般，“嗡嗡嗡”地尖叫着向他涌来，他手脚乱舞一阵，几乎能听到手撞蚊子的“啪啪”响，用不了多长工夫，满脸都是紫红的大疙瘩。

周山花和韩老等在家里哭，周山杏找到安乡长，气呼呼地嚷:“你想大义灭亲，是不是？你想踩着老丈人的肩膀头子往上爬，是不是？俺爹从家里往外舀高粱喂驴，他能舍得把它整死？你有啥证据？不放出来俺爹，俺就不走，你啥乡长，老鼠扛枪窝里横……”

安乡长晚上回到家后，韩老等战战兢兢地问他情况如何，安乡长说：“俺爹也真是，就割不断那根筋？要真查不出原因，找不出证据，还真不好说。按规定，

[1] 笋子：怕拉磨碾场的牲口偷吃东西而扣到嘴上的器具。

恐怕要判刑，我能做的，就是先拖上几天，得找证据。”韩老等听完呜呜地哭了。

周大中被关的第四天，棋盘山里传出了闹驴瘟的消息，紧接着，县里也下了通知，让各村领兽药。

那场驴瘟来势之迅猛，令人们始料未及，周大中从乡里出来后，首先到了马棚，大黑驴的驴皮，已被抻展钉到了墙上。他正在摸着黑驴皮难过，饲养员在一边喊“倒了，倒了”，周大中扭头看时，大黑马一头栽倒在地上，叫唤都没有叫唤一声，就挺挺腿死了。

另一匹红骡子，也开始拉浓绿的稀便，和好的药水闻也不闻，人们吊起来灌，灌了半天，肚子一鼓，就涌泉一般喷了出来，四个蹄子刨挠一阵，也不动了。

棋盘山里的情况更糟，除了长年在山上放养的那些驴，村子里，几乎没有了种地的牲口。

白文昌说，社会主义的日子像倒吃甘蔗——一节比一节甜，经历了大黑驴的事，周大中觉得，像是在啃一串冰糖葫芦，不爱吃的人，咬一口就倒了牙，即使爱吃，真真正正的味道，还是表述不准，就像魏老大的那碗酸捞饭。

周大中不想让儿子在社里干下去，他让安乡长想办法，把周山杏和周山民都送出去。终于等来了招工指标，却只有一个，周山杏叽叽喳喳的非要去，周大中想也不想说：“闺女家，迟早定一门亲，叫山民先去！”

自从周山民挣工资之后，边老拐总觉着自己的日子江河日下，他感觉自己精明的算计，总是快半拍或慢半拍，就像一个蹩脚的梆子演员，再努力地唱念做打，总也合不上击打的檀板。

他为周山花全力撮合的绝好姻缘，让周大中坐在安乡长这棵大树下，摇着芭蕉扇，舒心惬意地享受着得天独厚的凉爽，而安乡长见了他，除了多打几个热情的招呼，他并未得到任何的回报。他也曾想，他种下的树，迟早会给他结出一个甜蜜的果来，他也曾劝自己，要做一个经验丰富的渔翁，可是，放完了线轴上的线，却迟迟不见晃动的鱼漂，他一点儿一点儿地失去耐心。

周山民挣工资一个月后，边老拐拉着儿子起升，找到了安乡长。

边起升已快十八岁，边老拐只有这么一个儿子。张红梅第二次怀孕时，被他一脚踹到了肚子上，从此再也不能生养。

边起升白白净净的皮肤像张红梅，一对小眼睛却坚实地证明了，他是边家的不二传人。读了几年书，最讨厌多音字，总是读错或写错；爱好画画，却只能画老虎。刚开始画的时候，还受过老师的表扬，几年之后，画出的虎爪、虎皮和虎形，有了些小造诣，但那些虎，却禁不住端详，仔细看，全是一只只瞎虎。最大的特长是爱跑善交际，虽不能把死人说活，却总能够把好人教坏。

边老拐领着儿子找到乡里，从安乡长的办公桌上拿过一包烟，抽出一支点上，猛吸两口后，拿拐棍敲打着地面说："这洋烟卷味好，味好就是纯正，它不呛嗓子。"

临近中午，安乡长的那包烟，被边老拐快抽光了。安乡长笑眯眯地，从一沓信纸上，撕下二指宽的小纸条，从罐头盒烟灰缸里，捏起几个烟屁股，捏碎后把烟丝撒在纸条上，一转一拧，就拧成一个圆锥状的自制烟卷，抽烟的人习惯叫作"大炮"。

安乡长伸出舌头，把大炮的纸缝用唾液粘好，两头一掐，擦根火柴点上了，猛吸两口后，小指般粗细的烟头，"嘭——"地燃起一股黄黄的小火苗，小火苗熄灭后，一缕悠长的蓝色烟雾，就升腾起来。

边老拐眯着眼，皱着眉头，说出了自己的心事，安乡长一直静静地听。他把又一根大炮点上后，说："指标就一个，山杏也嚷嚷着要走，这事，不好办——再说了，干啥也是革命工作，只要能干，有成绩，总会受到重用。"

安乡长的大炮只剩下小小的一截，他用拇指和食指的指甲掐住，猛吸了两口。当最后一股蓝烟，从鼻孔中喷涌而出后，他想起了那支买牲口的队伍。他用挑衅的眼光看看边老拐，又看看高出边老拐许多的边起升，说："敢不敢拉出去遛遛？按道理，七十二行数年轻，要真能花最低的价钱，买回最好的牲口，我就服你，嗯？起升？"

边老拐像在三九天里，让人兜头浇了一桶冰雪水，每根汗毛都哆嗦着打寒战，要不是找了个不大不小的临时差使，他真想躺到安乡长的床上，两眼一闭，俩腿一挺，房子只要着不了火，就是不起来！

经过那场驴瘟后，大坡地一带，死掉了一多半耕田的骡和拉车的驴，乡里经过研究，组织了二十多人的队伍，为各社购买牲口。因为驴瘟是从西边过来的，买牲口的队伍拟定的方案是向东行。

边起升要上乡里的大车时，边老拐才感到了不能割舍的父子情深，张红梅把包袱递给儿子时哭了。边起升把包袱斜挎在肩上，轻轻一跃就跳上了车，一副欢呼雀跃的样子，走的时候，竟头也没有回。边老拐把拐棍拄在胸前，抖抖地说："个兔羔子，真大了。"

两天后，买牲口的队伍，相约集中到了沙水县城，大家几乎一无所获，谁也没有想到，买上只四条腿的牲口，竟比抱养个两条腿的孩子还要难！于是大家商量，继续分散向东。

在一个朝霞满天的早晨，边起升到木牌子火车站看了半天，企图坐上"咣里咣当"的"铁皮房子"过一回瘾，或者扒一回"黑皮楼子"（货车），享受上一会儿也行，静听呼呼的风声，如何从耳边飞过。但转悠了半天，两根明晃晃的铁轨，向南向北直通天际，根本没有向东转弯的意思，于是回过头，来到旁边的木板房里，花半斤粮票一元钱，买了五个猪肉大葱包子。按平时的饭量，吃上三个就差不多了，竹笼里飘出来钻心入肺的喷香，馋得他忘记了到底能吃几个。

他和一个大个子男人，坐在一个木桌边吃饭。男人四十多岁，五大三粗浓眉大眼，轰隆隆的声音，像坐在水缸里说话，瓮声瓮气的。那人要了两大碗稀粥，面前一个大木瓢里，盛了多半瓢乌黑透亮的酱菜，姜片、黄瓜、蒜瓣、萝卜、黄豆、花生的一大堆。

那人猛灌下两大口稀粥，"呼噜噜"的声响之后，脖子中间的大疙瘩上下一滚，能听到稀粥落入肚中的"咕咚"声，然后他用一长一短两根筷子，从木瓢中搛一团酱菜送入口中，"嘎吱嘎吱"的脆响，不知其味几何的人会相信，木瓢里的东西，定是可口无比的人间美味。

他的第二碗米粥只剩小半碗时，他开始大口大口吃瓢里的菜，喝上一小口粥，吸溜两下气，再吧唧两下嘴。头上的汗珠顺着两鬓，汇集到尖尖的下巴上，“滴滴答答”地往下落。

边起升吃完第三个包子，一直盯着那个人看，眼睛跟着人家的筷子，从瓢里到嘴里，再从嘴里到瓢里。那人脸上的汗，有几滴滴到了碗里。边起升咳了两声，那人抬起头，他以为边起升要吃他的酱菜，就递过去筷子，见边起升不接，就说：“咋？嫌脏？”说着，又搛了一口送进嘴里，一边专门“嘎吱、嘎吱”使劲儿嚼，一边说：“尝尝，怕比你包子的味道还好呢，爽口、生津、消暑、祛瘟！”

边起升尝了一口酱菜，拿筷子指指小半碗米粥。那人伸出大手，在脸上抹了一把，往地上一甩，说：“你个小豆芽，哪儿有那些个穷讲究，自己脸上掉下来的东西，有啥脏！”说完，“咕咚”一声，把剩下的米粥全灌了下去。

边起升把嚼在嘴里的酱菜慢慢咽下去，爽口是真，生津也是真，消暑和祛瘟，他不知道能不能。听到对方喊他“小豆芽”，心里就有几分的不快，“哧哧”笑着说：“汗就是尿吔，就是出来的地方，不一样罢咧。”

那个人等边起升又吃了两口菜，呵呵笑着说：“你知道啥是个干净？俺给你说嘞，眼不见为净，只要吃不出来臭味，能吃的东西都不脏，你就知道你吃下去的酱菜里头，别人的大臭脚，没有去里头踩过？”

剩下的两个包子，一人吃掉一个后，两个人就熟悉起来。那人姓孙，山东人，常年四季往沙水城送酱菜，沙水城里的酱菜铺，几乎每家都有他的货。边起升管他叫老孙。

老孙听说边起升要买驴，就说离他家三十里地，有个三不管的曹家集，那里有满地的驴骡，驴皮都整车整车地往外拉，愿意去看看，可搭他一趟便车。

曹家集的驴骡不少，但总不至于遍地都是，那里离沙水城百余里的路，老孙愿意让边起升跟他走，主要是因为，他实在忍受不了遥遥路途上，一个人的孤独和寂寞。

曹家集位于冀鲁两省的交界处，是一片开阔的低洼地，大运河曲曲折折地从中间穿过。两省的省界，历代以运河划线。由于地势原因，每过一二十年，遇到雨水大的年份，四周的雨水全汇入运河。滚漕的河水，一段时间在村东走，一段时间又从村西流，曹家集，自然而然地一段时间归西边管，一段时间归东边管。因该村水患多，历朝历代的官府，总是推过来踢过去，曹家集就成了一面脚打的锣。它风风雨雨延续到今天，是缘于它特殊的地理位置——水面阔大，能停靠运河里来往的船，滚来滚去的河水，又形成肥沃的良田，那些不想顷刻毙命的饥饿的人，就在这里安顿下来，操着不同的语音，在这里栽桑种树，生儿育女。

曹家集响当当的特产，是“万福来”的炭火叫汤驴肉，经过或到过曹家集的人，没有吃过或带回过叫汤驴肉，比坐船的人未曾看到水还要糟糕。

离曹家集二里多地，村东运河的高岸上，有一处大宅院，青砖蓝瓦的二层楼建筑飞檐翘角，在绿树环抱、碧水缠绕中相映成趣，传说，是一国民党的军官所盖。

军官共有四房夫人，平日里在公务、家务中往来穿梭，闲时和四个女人共处一院，一个个妖艳如花、飘逸若云的女人，陪军官柳林待晓，凤楼达旦。绿林交映处，确实是一个人羡人妒的去处。

胶东大战时不知为何，军官在自己的办公室中死于乱枪之下。四个太太一夜之间，在各自房间里吊死了三个，剩下一个收拾了金银细软，将宅院白菜价卖了后，随着娘家人，半真半假哭啼啼地去了。

第一个买主，是一个洋布庄的老掌柜。一天，老掌柜的小夫人，到室内厕所方便，刚进门就见一个美貌女子，衣冠整齐地蹲在那里，开始吓了一跳，那女人一直喜笑盈盈地半蹲着，就是不解裤子。掌柜夫人说：“不解裤子蹲在那里做啥？正经个占着茅坑不拉屎！”

那女人摇着扇子，扇过一缕香风，圆睁杏眼说：“你个贱东西，像你这种货，不就靠解裤腰才娇贵？裤腰能随便解？不解裤腰能方便才叫本事！看我，这么大个庄院，就是我衣帽整齐给拉出来的。你个贱货！”

小夫人一想，大雪纷飞的天气，那女人拿把扇子做啥？敢是碰到了鬼？正要张嘴喊，却被女人冲上来揪住脖领子，左右开弓打了个鼻青脸肿。

老掌柜发现后，夫人已嘴歪眼斜躺在墙角里，手里拿着把扇子，满屋子臭气冲天，却看不见来自哪里。抬回去一看，满裤裆的污秽，像多少天没有解过大小便。不久，老掌柜就把那里贱卖了。

再一个买主是一个胶庄掌柜，胶庄掌柜在那里开了一个大门店，想借来来往往的人流、人脉，镇一镇邪气。胶庄掌柜嫌那里阴气重，一年也去不了几次，那里的生意，全托付给了账房。他不图赚银子，只等人气升腾之后，倒卖房子赚一笔。

账房突然鲤鱼化龙，成了实际的掌柜，不仅忘记了东西南北，也记不起天高地厚，凶神恶煞一般，看谁都不顺眼。时间不久，就有买了胶的顾客找上门来，气冲冲地把胶放到柜台上，不仅要求退货，还要求赔钱。账房打开一看，一盒盒的胶，每一盒里都有牲口吃的谷草，还加了几粒黑豆！

账房以为是哪个伙计做了手脚，拿竹板轮流抽打审问，他以为，准是哪个伙计偷吃了盒子里的胶，因为怕外包装塌了，所以再装些东西撑住。

一个伙计歪着嘴说：“那胶，是有钱的烧燥人才吃的东西，也就解了个心病，俺吃那东西干啥？”

另一个伙计抱着头说：“那东西，直接吃，太硬，不好嚼，太费牙也不抗饥，煮着吃又太费劲儿，俺整天忙掉头，没那个闲工夫。”

又一个伙计斜着眼说：“你还没当掌柜时，俺倒尝过几块，也不顶啥用，还不敌俺狗蛋娘叫两声！”

账房把竹板背到身后，把一个个黄瘦的脸，摘下眼镜仔仔细细瞅一遍，最后，在每个人的屁股上踹了一脚，说：“那是大补的东西！一个个贱身子穷命，原物吃进去，还得原物做作出来？！滚，滚，快滚！”

后来，账房住在了店里，他要看看，究竟是谁，把牲口吃的草料，装进了阿胶的盒子里。

一日半夜后，账房在床上歪着，迷迷糊糊想睡，外面忽然起了风，“哩哩呜呜”的，像一个悲恸欲绝的女人哭，又像一个幽幽怨怨的小鬼叫。账房翻翻身说：“再弄些花样咱也不怕，不知道天下的账房都是鬼？关住门算计东家，开开门坑害主顾！哼，俺就是鬼头！死活不尿你那一壶！”

迷迷糊糊中，见一个女人推门进来，却听不见门响。这个女人，不是掌柜夫人遇到的那个大眼女人，这女人细生生的勾魂腰，又加了一对细弯弯的桃花眼。账房正想往起爬，女人鼓起樱桃一般的小嘴，向他吹了一口气，他顿觉浑身僵硬动弹不得了，那口气，冷飕飕的透骨寒。

女人说：“你个老杂毛，那风月的事，大掌柜和二掌柜是连在一起的，相得才益彰，相形才见绌，满街的鸡子狗，都吃你的胶味？哪个不快活！那些仗势欺人、靠钱买乐的货，净干些别别扭扭的勾当，阳气耗尽，邪气横生，阎王都嫌他们脏！你的胶，能管个屁用！绫罗绸缎裹着的叫驴，不吃草料吃啥！”

临出门时，她回过头咬着牙说：“你个二尿货！叫你个老王八，死不了也活不成！”

从此，账房先生就全身瘫痪了，见到瘦腰、弯眼的小嘴女人，就呜里哇啦吼叫不止。

后来，几个伙计说，半夜里看见几个女人在院子里，揪头发抓脸皮地打闹，几个人大病一场后，都辞职不干了。

再后来，一个叫“万福来”的男人，领了一个娇俏女人来到这里，以高于白菜价的北瓜价买了这处宅院，开始在这里煮咸驴肉卖，做了个牌匾，叫“万福来叫汤驴肉”。当地的人们，把那座宅院也称呼为“万福来”。

“万福来”的叫汤驴肉全用炭火煮，汤里面放了二十多味中药，大火烧开之后改用小火，汤“咕嘟嘟”地冒泡，却滚不起来的那种。锅里的肉，用一个大篦子压着，篦子上，压一块半截青半截红的四方石头，周围扣着几个大瓷盘。驴肉要好的时候，那几个纸一般透亮的大瓷盘，便“咕咚、咕咚”一跳一跳地响，那个响着的声音，像一个悠悠远远的地方，有几只小鸟在呼唤着叫，所以称作“叫汤”。“叫汤”叫到一定时辰，主人就开始出锅。

万福来的炭火叫汤驴肉真好，人间名贵的珍馐佳肴，每天吃一种，一辈子都吃不完，万家的驴肉奇就奇在，吃了一回还想吃，永不腻烦，永难忘怀。

女主人叫“苏敏敏”，将近三十岁的年纪，看起来只有二十出头，叫汤驴肉一样的清香四溢，百看不厌。不骄不媚的一个小可人，像一股叮咚作响的泉水，一仰首一投足，仿佛都在说着可人的话。她能拨开重重的忧郁，能激起火热的澎湃；能给走近她的人，壮起一腔视死如归的感怀，然后脱光衣服，奋不顾身地浸没到那股泉水中去。

男主人万福来，五十大几的人，一脸的麻坑，举手投足，流露着一种从容淡定。白胖的身材，笑眯眯的样子。上天的不公和残酷，在他们夫妻身上得到了明证——老天爷如何就忍下心来，让一只癞蛤蟆，游荡在那股澄澈透亮的花溪水中？

刚来的万家夫妻，也是一副吃糠咽菜、勤俭持家的模样，两个人住到“万福来”后，一直没有听说有什么奇怪的事发生。有人说，人家夫妻两个，也吃野菜玉米糊糊饭，为啥双双满面红光？至此人们才明白，那原本就是两个福气人，有福人不住没福地，镇住了妖气和邪祟。这样的说法，不久就得到了印证。

万掌柜买来两头瘦弱不堪、眯眼不睁的老驴，杀了后，得了两块驴宝，偷偷拿到青岛或天津，换了好多钱，好奇的人一遍遍地追问，夫妻两个，总是笑而不语。

还有人说，“万福来”叫汤驴肉的兴旺，归根到底是鬼怕恶人！万家来了后，除了二楼的几间屋子，屋里院外，到处明晃晃的刀，血淋淋的驴肉、驴皮、驴骨，动刀见血的地，鬼能不怕？

近来几年，有人琢磨过“万福来”的事。奇怪的是，一旦离了万家夫妻的手，便汤不叫、肉不香了，尽管再没有出过什么稀奇事，但只要换了主人，吃肉的人尝一口就会说：“你哪里的妖精这么大胆，拿个冒牌子货哄人！”

“万福来”的一个个新主人，把上天入地之外的本事用尽了之后，想方设法，把万家压篦子的四方石头，连同扣篦子的大瓷盘，一起拿了去，不想，还是煮不出叫汤的味道。慢慢地，院里头的楼上边，半夜里传来鸟叫一般的女人唱，那里的一个个新主人，就遁之夭夭了。

高级社开始以后，万家夫妇又搬了来，社里派来一个瞎了一只眼，还瘸了一条腿的老杜，监管“万福来”的叫汤驴肉经营。

老杜光棍一条，四十多岁，中等个头儿。脑袋像一个倒放的梨，宽阔而闪亮的额头坑坑洼洼，三角状的脸，全是纵横交错的褶皱，一身松松垮垮的瘦皮，包着一副干骨架，深深凹下去的肚子，像没有吃过饱饭。他常常自嘲是鸡胸、狗肚、后门子松弛——无论多少钱财，都会一溜光地拉出去，嘴里那一排闪亮的金牙，才是他相伴终老的永恒财富。

老杜不见人的时候，常低了头，一颠一颠地走，大凡碰到熟悉的人，一脸的灿笑，就立刻绽放开来，给人一种温和可亲的印象。他原是国民党兵，是投诚过来的起义人员，为了感谢解放军的救命之恩，作战异常勇敢，伤了一条腿和一只眼后，回到地方老家，领着数目不菲的薪金。

社里的领导费尽心机，才选定了老杜，一来他做事坚决公私分明，能进行公平、公正的监督管理，二来不拖家带口，又不缺钱花，万没有占公家便宜的可能。老杜来了后，把“万福来”的大门锁了，平时只留门店的门，供买货和出入的人走动。靠柜台有一间半幽暗的小屋，他就住在里边。

老杜眼睛不好使，腿脚也不方便，但耳朵奇灵，来了什么人，带走什么东西，仿佛听一听就知道。在部队时，据说耳朵贴到地面，能听到五里外来了几辆汽车，且知道是载重还是载空；路上如果有走动的人群，甚至还能听出，来了大约多少人，是背枪的还是扛锄的。

有一次万家来了一位朋友，临走时，万福来偷偷切了两块肉包上，正要出门，老杜在屋里的炕上躺着喊：“这就走了？还没算账呢！”

来人将提着的叫汤驴肉，轻轻放到柜台上，说：“今儿的驴肉不好，俺本不想买，也太贵了。”

刚要走，老杜又喊：“竹篮子里头，那块肉可不赖，老万专门给你切下来的。”

万福来晃荡着大圆脑袋，探身到小黑屋里，看看在炕上歪着的老杜，说：“你个驴板肠，长着翻地眼？”

老杜翻个身，懒洋洋地说：“当国军那会儿，隔墙俺就知道，长官两口子，谁先钻的被窝！你肚里的那泡大粪——哼！听脚步声俺就知道，是啥时候化成的屎！”

老杜的胆也奇大，听到哪个房间有奇怪动静，就拿根棍子探着路，瘸着腿走到那里，四下张望一阵后，咬牙切齿地解开裤腰撒上一泡尿，擤上两下鼻涕，再“呸！呸！”地唾上两口说：“俺啥没见过，跟俺一个样的主儿，就远远地去，俺不好这口！跟俺不一样的主儿，俺也尿你了，一边儿安安地去！”

直到一瘸一拐地回到他的小黑屋，嘴里还不住地嘟囔：“刀光、火光、血光，俺啥没见过，俺就谁也没尿过！”

万福来那只癞蛤蟆，游荡在苏敏敏的花溪水中，尽管老天是这么残酷，但曹家集的多数百姓,还是感激这个肥头大耳的万福来,感谢这只笑眯眯的“癞蛤蟆”。由于叫汤驴肉货真价实，齿颊留香，回味无穷，后来，大部分都让国家统购统销了去，货物渐渐供不应求，就是当地人，也不是随时就能吃到肉。社里的人外出买来的驴，早晨刚到，到不了天黑，就变成了香喷喷的肉坨。许多时候，空空的驴圈，甚至见不到几个新驴蹄子印。

由于叫汤驴肉的收入，曹家集的合作社，每个工值能达到一元八角，曹家集村几乎没有光棍汉，能和曹家集的小伙攀上亲的姑娘们，来不及想象太阳落山后的时光，就急急地嫁了来，她们追求日进一元八角的工值，比追随老天爷的召唤还要迫切。

万福来到底是个见过世面的人，后来他就亲自购驴，脚步到达内蒙古一带后，干脆坐起了庄，在大草原永恒的召唤下，竟在那里的又一湾溪水里，嬉戏畅游流连忘返了。

边起升和老孙送完车上的酱菜后，驾着车“唧唧呀呀”地向东走，人困马乏天将黑，找个小店住下了。一觉醒来，已红日冉冉。套上车走了没几步，老孙停住了车，指着苍苍茫茫的一个去处说：“往那边去吧，坐了这么长时候的车，也该练练腿脚了。先到那边转转，四条腿的东西多着呢！”

边起升走出去老远后，老孙扭回头，看了看空荡荡的大木车的车厢，发现车厢两边，一边刻着一只老虎，一只上山一只下山，威风凛凛的态势，倒也有些气势，可惜四只眼都没有刻像，单看眼，像鸡。

边起升到了曹家集才知道，这里确实有数不清的驴骡，一个个欢蹦乱跳的生灵，从四方各地倒腾了来，店里的众伙计一阵忙，到不了天黑，就变成了一坨坨叫汤驴肉。他在“万福来”门店附近转悠了半天，碰见了三个卖牲口的，可惜牵来的牲口一头瘸，一头瞎，另一头老得连路也走不动了。他内心有些着急，朝着“万福来叫汤驴肉”的牌匾，张望了无数个来回，嘴里再也没有干咽的唾沫后，两手掐着肚皮进了驴肉店。

苏敏敏坐在柜台外的一把竹制藤椅上，摇了蒲扇，一条腿跷着，红花绿底的偏襟褂子半截短袖，小竖领上两个蝴蝶花的扣襻，细长的脖颈，额前的刘海儿被蒲扇一吹，忽飘飘地向上翻起，露出一块月牙儿形的疤。

边起升眼巴巴地看着网筛下的肋条肉，心里正盘算着，从哪个部位拉下一块来。苏敏敏摇着蒲扇说：“要买肉？没了。”

苏敏敏发现边起升盯着自己的脖子看，顺手撩了撩领口，站起身向里边走了。“那块肉，有人三天前就订下了，想吃肉，你也等三天。”

边起升的肚子“咕噜噜”地乱叫，看看四下无人，想去掀那个扣着肉的网筛，刚要伸手，柜台里边的小屋内，传来了老杜的咳嗽声，他索性拉开苏敏敏坐过的那把竹藤椅，走向那间小黑屋，一迭声地叫了几声“大爷”，说要讨碗水喝。

老杜在炕上躺着，用脚比画了一下，又蜷回腿眯起了眼。

靠墙的破木椅上，歪歪着一把竹皮暖瓶，暖瓶上扣着一个遍体鳞伤的军用搪瓷缸。边起升从包袱中捏出一捏冬凌草，放进搪瓷缸冲上水，一股淡淡的清香，在黑黝黝的小屋子里弥漫开来。老杜忽然问：“年轻人，派头不小，啥茶？”

边起升急忙说：“大爷，冬凌草，冬凌草！老家太行山上专门采的，知道在咱这边是稀罕物，就多带了两包，您要稀罕，送您一包。”

老杜端起搪瓷缸吸溜了两小口，咂摸着嘴连连称道：“好！就是不赖，入口苦，回味甜，肯定败火！”

边起升顺势就坡说:“哎呀，您老见多识广，山里边，百岁以上的老人多得是，就靠这冬凌草养着！”

和老杜熟悉起来后，边起升试探着说:“这冬凌草，好是好，可就是一样毛病，它涮肠子，俺今儿一天，就喝了一碗饭，吃了一个小棒子面饼，肚里连个油花也没有。这茶您喝吧，俺肚里的肠子，都快连连到一团了，禁不起涮！”边起升一边说，一边给搪瓷缸续了水，双手给老杜捧了过去。

老杜从枕头边端过半碗酱菜，说 :“给，嘴里头嚼点儿这个，肚就不空了。”

边起升皱着眉头说 :“看俺大爷净耍人，您大块的肉吃腻了，吃块咸菜那叫解馋，俺肚里空得要命，一泡尿就啥也没了。”

老杜搬起那条瘸腿往这边凑了凑:“鬼小子，想吃肉？阎王爷叫你投生的时候，咋不给阎王爷说说，投胎个夜壶？能天天吃肉！”说完呵呵笑着，朝院子里努了努嘴。

苏敏敏正在院里的井边洗衣裳，边起升双手捧着一包冬凌草，一口一个姑姑叫着。苏敏敏挑着眉毛问他 :“叫姑姑？我有那么老？”

边起升心花怒放说 :“不老，一点儿不老！跟俺差不多的岁数，可您辈大，辈大！”

苏敏敏擦了擦手说 :“甜嘴巴的孩子，心肠苦得很咧！——老杜叫你来的？这鬼老头儿。”说着，去屋里拿了一纸包驴杂碎说 :“吃吧，吃饱了给我绞水！”

苏敏敏换了一件无领的翠绿绸衫、花白格的长裤，在边起升脸前来回走动的时候，忽扇过来的风，夹杂着阵阵香气，他说不清那是一种什么香味，只感到浓艳热烈而清爽宜人。香气自鼻孔涌入，在每个汗毛孔里堆积膨胀。他的意识里，好像整个身子，都淹没于一片红花绿草之中了。他的手和脚微微地颤抖着，两腮热辣辣地烫，耷拉着眼皮，一桶桶地绞水，直到苏敏敏洗出的衣服没地方搭放了，他才感到双臂有些酸痛。

边起升去方便的时候，看到了苏敏敏晾在暗处的花花内衣，四处瞅了瞅，低下头闻了一遍。

晚上，他浑身燥热难受，像丢了什么东西。苏敏敏在楼下的拐角处“哗哗”地洗澡。他梦见自己，正游荡在一泓微波不兴的碧水里。

第二天，边起升在五里外的一个小村，花了三百元，买回一头黑白间杂的毛驴。他舌灿莲花，把卖驴的说了个云山雾罩，几乎攀上了五百年前的血脉。

那头杂毛驴滚圆滚圆的肚皮，卖驴的从一个小布袋里，每过一会儿，就掏个玉米穗喂驴，毛驴嚼在嘴里，“咯嘣咯嘣”的脆响。卖驴的说：“看，这驴多好的吃食，还怀着骡驹，要不是急等用钱，才不卖！”卖驴的接过边起升的三百元钱，又一张张地数清后，才一副恋恋不舍的样子走了。

往回走的路上，他想起了安乡长的那句话：“年轻人，腿又轻，脑瓜又活，要能以最低的价钱，买回最好的牲口，那才是英雄！真有了成绩，才会有说服力，总会大有前途。”边起升真想翻两个跟斗。

毒辣辣的日头在上面烤着，边起升在运河边上，找了个僻静处，好好地洗了一番。当他遍体揉搓的时候，想起了苏敏敏身上飘来的幽香，浑身便燥热难受，略略搓了几把，就急急地上了岸，站起来又坐下去几次之后，牵上驴，直奔叫汤驴肉店而去。

老杜端了一碗凉粉，一瘸一拐地往店里走。不等老杜说话，边起升就把那头杂毛驴，前前后后夸了个够，老杜歪着身子，靠在墙上静静地听。当他把那碗凉粉喝完，从裤腰上摸到钥匙，把“万福来”的大门打开后，让边起升把驴牵到院里去，说天热，该给驴饮饮了。

毛驴看见水桶，懒洋洋的闻也不闻，老杜摸了摸驴的耳朵和嘴唇，热辣辣的烫手，找根棍子撬开嘴巴看了看，说：“看是不是？比砸杏核还准呢，甭骡驹，怀个龙驹，也回不到家了！”听了老杜的说道后他才知道，驴不怕不吃，就怕不饮，不吃的驴可能是瞪槽，不饮的驴绝对有病。

果然，到了第二天，杂毛驴就躺到院子里起不来了。苏敏敏给老杜凉拌了一盘驴板肠，还送去了一双新鞋，按肉价给了边起升两百元，就把那头驴杀了，流出来的是褐色的血。

苏敏敏身上那股香气，边起升再也想不起了。他躺在叫汤驴肉店里，浑身烫得像烧红的木炭，静静地昏睡了一天一夜。

迷迷糊糊中，他感觉有好几个太阳，在毒毒地烧烤着，他拼命奔跑，渐渐地喘不上气来，一会儿跑到了一个铁匠铺子里，四周全是烧红的铁块和熊熊燃烧的火，有个人哈哈大笑着，抡着锤子，在耀眼的红铁块上砸，仔细一看，竟是那个卖驴的。他挥手要打，那人却长出一对尖细的獠牙，鹰爪子一般的手，飞快地撕下他一块肉，流出来的也是褐色的血，于是赶紧跑，浑身烧得难受，忽然看到了运河，“扑通”一声跳了下去。水很清，把他的四处展露无遗。忽然他看见苏敏敏在水中洗涤，双手捂着眼，从指头缝里偷偷地看，还偷偷地笑。他双手赶紧捂，却真真的捂不住。苏敏敏扔过一条毛茸茸的褥单，盖了上去后，凉阴阴的舒服……

边起升睁开眼后还躺在床上，苏敏敏正拿湿毛巾给他擦，一股浓郁的幽香，从鼻孔直冲他的脑门。他一把抱住苏敏敏的腰喃喃：“姑姑，救俺！姑姑，救俺！”

苏敏敏轻轻地亲了亲他，一股甜甜的凉凉的味道透入肺腑……苏敏敏幸福无比地抚着他，又亲了亲他的脸，说：“一个刚掉花的青柿蛋子！”

边起升本来就没有什么大病，因为出门在外，喝不到汤水，上了些火，尤其是半天工夫，就赔了一百元钱。在大坡地，社里最好的收入，日工值也只有两角钱，一百元，差不多是一个壮劳力近三年的收入！这还不算，最令他不能忍受的是，他跳进的那个圈套，是一个满脸土灰、鼻涕哈喇子横流的人绾的，就像一泡驴尿，淹死了一个纵横疆场的将军，急火攻心，烧了个七窍冒烟。

那个甜甜的凉凉的东西，边起升又尝了几口。苏敏敏把他揽在怀里，给他说，万福来买的驴，再有两三天就到了，到时候，给他挑一头上好的牲口。

过了中午，边起升就爬了起来，急急地要去冲个澡，他准备洗洗一身的汗腥气。苏敏敏按住他的肩膀说，驴、骡出了一身汗，还洗不得凉水呢。边起升偷偷地看着苏敏敏的胸，说自己身上臭。苏敏敏凑到他耳边说：“你个青柿子蛋，那叫男人味！”

说完，她转身出去端来一盘驴肉、一碗绿豆米汤，甜甜地笑着，转盼流光的双目，扑闪扑闪的深邃透亮，像天穹上两个遥远的星辰。

晚饭时，苏敏敏弄了四个菜，提了两瓶浓烈的烧酒，早早地关了店门后，三个人在老杜屋里喝了起来。老杜端详着苏敏敏，愁绪满怀，一脸迷茫。苏敏敏倒上酒，拿出账本，让老杜看了看记在自己名下的物项。老杜长长地叹了一口气，端起盛七钱的大酒盅，一仰脖喝了下去。

老杜吃东西的样子让人嫉妒，好像任何东西到了他嘴里，都和叫汤驴肉一般奇香无比。苏敏敏和边起升一个劲儿地敬老杜酒，开始的几盅，他还推推让让，小口小口地品，当脸前的一盘芥末蹄筋快吃光，就“咕咚咕咚”地大口灌了，一会儿就“呜呜”地哭了起来。哭了一会儿，他从炕上的苇席下，掏出一个布包摇晃着说：“看，俺还真有钱，就是没人花，许是打仗杀人多了？甭说儿子，孙子都给耽搁了。”

哭够了之后，他仰着脖子笑了一通。哭笑够了，他给苏敏敏和边起升说：“该走的，肯定得走，该来的，挡也挡不住……挡……不……”还未说完，伸手在煤油灯的捻子上捏了一把，头一歪，睡了。

院子里漆黑一片，边起升跟在飘飘摇摇的香风里，晕晕乎乎的遍身舒畅，刚到院子中央，伸手去抻苏敏敏的衣后襟，苏敏敏一个巴掌打过来：“青柿蛋子，你以为老杜真醉了？”

楼下拐弯的小屋里，传来苏敏敏冲澡“哗啦啦”的水声，她打在边起升胳膊上的那一巴掌，还在隐隐地痛。他真想变作那一桶清水，“哗啦啦”地从头到脚，把那个长脖子女人亲吻一遍。他踮着脚，轻轻地推开了半掩的门，感觉怦怦的心跳，早已淹没那“哗哗”的流水声。正在犹豫不定，门后猛地伸出两只手将他拥了过去，“哗哗”的水声突然没有了……

万福来采购的牲口终于到来了，苏敏敏挑了一匹头上有白片、肚上有白点的大黄马。大黄马脏兮兮的，灰暗的马鬃，纠纠缠缠地结成了疙瘩。

边起升满腔的不如意，看苏敏敏的眉眼，又不敢多说什么，临走的时候苏敏敏问：“还短点儿啥，快说！”边起升想了想说：“啥也不要，就要你身上的那个香！”苏敏敏说了声“到河边等”，转身回了屋。

苏敏敏在河边给马洗了，还拿了梳子给马梳了一遍。梳洗之后，大黄马除了有些瘦，倒也精气神十足。苏敏敏说，这马就是没喂好，牵回去就知道了，是个能做活儿的东西，骑着特好使，要拉车套碾，总还要调一调。

苏敏敏来的时候，备了一套马鞍，把边起升扶到马背上，眼里就噙了泪花。她从怀中掏出一个小圆铁盒递给他，小盒上画着几只小鸟，中间写着“高原羚”三个红字，闻一下浓香扑鼻。他把两百元钱给她递过去，苏敏敏打了一下他的手，说：“有良心，就再来，当你的路费！”

苏敏敏扭回头，在马屁股上拍了一下，大黄马腾起四蹄向西蹿去。边起升回头张望，苏敏敏两只手捂着脸，在哭。

误入桃花溪

第二十五章

春花千万枝　绝唱化成诗

那年盖狗剩探家之后，盖大全又添了一个孙子，二孙子撵着哥哥援朝的名字，取名建朝。当时，盖狗剩在家只待了三天多时间，石小彩颤悠悠的扁担腰，即日日粗壮起来。盖大全总是对天祷告：“俺的儿媳，千真万确，就是一个落种即安胎的犯子坯！”

最令他不能忘记的，就是送儿子走的情景，狗剩那张无可名状的脸，在他的心头，凝成了一层挥之不去的阴云，不然的话，他如何舍得去买一块钱才五个的肉包子！他一腔豪气地冲着儿子喊“天塌了，爹给你顶着”。快三年了，盖狗剩一直没有回来。爹就是一副铁打的骨头，时候太长了，顶得住吗！

更令盖大全无所适从的是，石小彩给他的侄子盖二愣，做了一个忒让人放心不下的大媒！按说，侄子早过了谈婚论嫁的最好时段，终于讨上了媳妇，成就了一辈子的大事，那本是谢天、谢地、谢神灵的一桩大好事，可那个光鲜耀眼的女子，和侄子的品相面貌，以及侄子那个烂窝相比，那真是银筷子金碗盛装了两勺子酸黄菜，小女子即使一时端起来，怕后边也难以吃下去。

女子叫胡爱仙，也是漳水人，她究竟因为什么认识了石小彩，没有几个人去操心其中的详细，但盖二愣真的娶了胡爱仙，才令大坡地人倒吸一口凉气。那个不可思议的结果，就像魏老大穿了双大皮靴，戴了顶大礼帽，再掂上个黑水罐，去锄鸡冠山的那一亩坡地。

胡爱仙比盖二愣小好几岁，柳条一般婀娜多姿的身段，比盖二愣还要高出一些来，白白净净的粉面，刚剥皮的水萝卜一般脆灵，让人想不起来，究竟吃上些什么东西，才能生出那一身好皮肉。

胡爱仙走路不叫走，真的像是在飘，大胸细腰扭上几扭，人就忽闪闪地到了眼前，还没有等你说话，嘴角轻轻地一咧——像是笑了；双眼脉脉地一瞥——像是醉了；脑袋微微地一歪——像是羞了。脆生生的鼻音里，再招呼一个似有还无的问候，大小算个情种，都能疯。

后来，人们把“胡爱仙”中间的“爱”字给省略了，都叫她“狐（胡）仙”。

盖大全看了狐仙一眼，就感觉浑身冰凉颤抖不止。或许因为他是盖二愣的叔叔，狐仙给盖大全也笑了，也醉了，还羞了，她鼻音里的那个招呼，倒也得体周到荡悠悠的脆，盖大全无论如何算不上情种，但时间久了，也能疯。

盖大全给盖二愣说：“你不是早就说过，一百单八将里有个林冲，那也是个软蛋 ，你可记仔细了，林冲上梁山，是因为他的那个媳妇，太叫高衙内撂不下了！咱可不能一天三迷惑，一迷惑十来天！”

盖二愣把满头黄卷毛搔弄了无数遍，斜眼看着盖大全说：“叔叔！呵呵——叔叔，这打人不打脸，骂人不掐短不是？”

想了又想之后，盖大全给儿媳石小彩坦言了:“二愣的那个事，最好别说了——那，那俩人，就不相称，林满仓戴顶大礼帽，那看见的人，三伏天都得穿棉袄！”

石小彩想了想，说：“爹！你看走眼了，不是大礼帽，那就是顶破毡帽，二愣知道，这边不嫌那边秃，那边也不嫌这边瞎——要不，给二愣，你看，叫人家自己说。”

后来，盖二愣把狐仙还是娶了，大坡地又多了一位娇美新娘。盖大全暗地诅咒“新打的茅坑香三天”，但狐仙和盖二愣生死相依的神态，宛若一个活生生的祝英台——就是变作一条会飞的虫子，还是要和大坡地的盖二愣，有一腔说不完道不尽的恩爱。

尽管大坡地的好多人都不敢相信，那个雾笼烟花、月捧金桂的女人，会成为盖二愣的妻，盖二愣却在戏水鸳鸯的好日子里，在北圪台儿上，一脸诚恳地给人说:“信不信？嗯？恁都信不信？啥《水浒传》，啥梁山好汉，北圪台儿上的故事，除了唐僧取经都是瞎扯淡！不管是谁，不经那九九八十一难，哪个也修不成正果，成不了佛！”

后来，盖大全淡忘了“新打的茅坑香三天”，他开始羡慕做空心挂面的武老栓，真的是福大无边。

武老栓的倔强，像一头不谙人事的毛驴，十斤挂面，却轻轻松松地换回一个儿子武小魁。大坡地的人谁都知道，武小魁终日思谋着别人家的媳妇，就像庄稼主儿躺在凉快地，看着别人播种和收割；就像傻二小露着屁股拍着双手，呼叫着东洋美女——不是蠢到家，就是傻到底！

武老栓总也不闻不问，他的凉肚子里，从来没放过一个亮堂堂的热屁！日日做他的空心挂面，就不知道他的面盆子里边，蹦不出来孙男娣女！那个儿子，也就值十斤挂面，白白地成了摆设，成了一个骒骡子的屁股——样样式式的一个物件，却不能做出一件样样式式的活儿！怪不得当年，武小魁把自己白送给了武老栓！便宜没好货，好货就不能便宜！

武小魁整日钻到戏中去，尤其是那些哀婉忧伤的调子，尽管换了不少大闺女、小媳妇的眼泪，尽管吼起来能把人的肠子掀翻，他就没有想一想，那些哭过笑过之后的女人，照样能找到自己家的门槛，仍然高高兴兴地和自家的男人、孩子热火去了。盖大全恶狠狠地骂过“杂毛武老栓”，骂过之后，再诅咒一番三魂不全的武小魁。

雷月琴疯了两年后，武小魁已是三十岁的人。不知邢州的一个独苗闺女，犯了哪门子邪，愣是让武小魁一嗓子把魂勾了去，鬼使神差跟着剧团到了大坡地。开始的时候，武小魁还不甚愿意，他还在挂恋着别人树上的那颗干枯枣。

武老栓终于急了，他把饧好的一大盆稀面，全扣到了头上去，那盆面有五六十斤，把他的五官都给糊了个严严实实。武老栓喘不过气来，憋得在地上打了好几个滚，拉了一裤裆的污秽，一缸的水把他给冲洗干净之后，落下个动不动打喷嚏的毛病。

那闺女叫胡秀秀，爹娘都是挣工资的主儿。那天她去姥娘家，恰好碰见了武小魁的梆子戏，陷入武小魁的泥潭里拔不出腿来了。许多人问武老栓："你到底修了哪辈子德，白拾了个儿子不说，大风还给刮来一个玲珑似玉的俏儿媳，而且，秀秀比小魁还小十岁！"

武老栓一脸的阳光灿烂，打着喷嚏说："咋！武姓的还出过皇帝呢，咱是老鼠拉木锨，啊——啊，啊啊——嚏！这大头在后边！"

后来的事，也千真万确地证明了，武老栓的福气，不是一般大。

胡秀秀跟了武小魁，就像干涸的黄土地猛灌了一场透水，眨眼间，就是一片耀人眼的蓬勃兴旺。胡秀秀五年里生了三个孩子，他们是玉宝、玉来和玉香，既开花又结籽。三个孩子跟他们娘差不了几分毫，都是白净细嫩的两腮上，生着一对小酒窝，像一个模子脱出来的三块坯。

林先生说武老栓："人有多大的肚量，就有多大的福气！"

盖大全领着援朝，在北圪台儿的角落里看人下棋，武小魁拉着玉宝和玉来，从夏官道优哉游哉地往石碾街走，雷月琴冷不丁跑上去，一口咬住武小魁的肩膀不松口了。

玉宝和玉来两个，飞也似的回家报告去了。武老栓夹着两根凉挂面的枣木杆，抱着孙女玉香赶了来，胡秀秀在后边气喘吁吁地跟着。武老栓给胡秀秀说："你别动手，娘儿们要是跟娘儿们打，叫别人疑惑，准是因为娘儿们的事，要不，准打不起来。那个传出去不好听，咱小魁，不是那种人。"

雷月琴咬着武小魁的肩膀就是不松口，嘴角已流出血来。武老栓拿着枣木杆乱舞了一阵，雷月琴咬得更紧，武小魁龇牙咧嘴但就是不吭不动。盖大全也上去帮忙，拿着枣木杆在雷月琴腋窝下一阵乱捅。雷月琴大叫一声松了嘴，跑到一边去，捡起一块石头砸过来，一边大笑，一边疯跑，一边高喊："杂种，杂种，骗也没骗净！

重骗，重骗！”

胡秀秀捂着武小魁血淋淋的肩膀，一边咂巴嘴，一边给人说：“看，看！待见小魁的人，可不只俺一个吔！俺家小魁，还就是个人物，不光能叫人疯，还能叫人疯了以后都忘不了！真是！真是！这咬得也太狠！”

经了那一幕之后，就像有一根骨刺，顺着盖大全的脖颈斜插下去，并直穿他的心肺。他回去后就躺倒了，躺了几天后，跟孙子援朝说：“去，叫恁娘过来，就说恁爷爷快死了！”援朝吓得死命地号叫，疯跑着去了。

石小彩抱着建朝过来了，盖大全把头扭向一边说：“俺去武装部打听了，时候到了。你去给狗剩拍电报，叫他转业回来！要回不来，你就去部队找领导，仨月要是回不来——叫他去坟上找他爹去！”

令盖大全感激涕零的是，盖狗剩不仅顺利地转业回来了，还给安排到乡里成了干部，能挣毛票还能挣工分。盖大全喜滋滋地站在北圪台儿上说：“俺小子，腰里挎双盒子炮！”

盖狗剩在部队挣了一摞证书和奖章，他把那些荣光一个个地拿出来，想给石小彩讲讲，那一个个非凡又艰辛的光辉历程，石小彩说:“留着上供吧，不能顶吃，也不能顶喝！”

尽管如此，盖大全总感觉，此生此世，他终于过上了舒畅透顶的好日子。儿子娶了儿媳的第三天就参军走了，前前后后这么些年，儿子忽闪走，忽闪来，四个忽闪加起来，两口子在一起的时间，也总共不超一礼拜！可两个孙子援朝和建朝，都是闪亮的大额头和宽阔的厚腮帮，那是盖家的一面旗！单论这一点，盖大全总感觉，自己的脊梁骨，在老盖家乃至大坡地村，那真是“梆梆梆”的硬！

每每听到石小彩牙尖嘴利的说话，盖大全总是把盖狗剩叫到自己屋里：“大坡地的老少爷们儿都瞅着咱呢，不论别的，单说这俩板正正的孙子，哪个不是老盖家的头脸？单论这一项，人家就立了头功！有了这个头功，别的啥事，都不犯死罪！听清了？听清了你就还是俺儿……”

盖狗剩频频表示着自己的心悦诚服，直到盖大全满意了，盖狗剩才回到自己的屋。这时天已不早了，建朝在睡梦里和哥哥打架去了。盖狗剩刚脱下鞋，石小彩比部队的首长还威严："先煺煺去，当过兵的人，都有好习惯……"

在大坡地，"煺煺"专指肥猪或鸡鸭被宰杀后，先放进大锅中用热水烫，然后再刮掉或撕下皮上面的毛。盖狗剩不可能去煺煺，他拧着眉头，和衣睡了。

盖狗剩是乡里的干部，一天，小彩娘拿了十斤粮票，想让盖狗剩托关系，给买些大米回来。她先逗建朝玩耍了一会儿，才战战兢兢地说出了自己的心思。盖狗剩趿拉着鞋，眼皮也没抬就走了，带味的屁也没有给丢下一个。

石小彩追到大门外，扯住盖狗剩的胳膊，俊俏的脸高高地仰着，眼睛却眯成了一条线。盖狗剩慢悠悠地摇了几下脑袋，不凉不酸地说："眼珠子都没了，谁还在乎眼眶！"

边起升骑着那匹大黄马，回到大坡地只用了半天多时间，开始的一段路程，咋也骑不稳。大黄马虽然瘦了些，但确如苏敏敏所说，是个好东西。跑起来以后，风在耳边呼呼地响，路两边的树木和庄稼，"唰唰唰"地向后飞。跑了几十里路，他的屁股和身子就不再乱颠了，人随着马的腾跃，自然地一起一落。后来他累了，就斜斜地趴了下来。

他把二百元的价钱汇报了以后，在场的人惊呆了，有人怀疑边起升承继了边家的传统，拿着三个说五个，但多数人深信不疑，因为再不着边际的人，也不会把自家的钱，白贴到社里去。

套车的时候，大黄马很不好使，看见两根硬而长的车杆，尥着蹶子一蹦好高，疯了似的。边起升用他那高八度细嗓，得意扬扬地夸赞："好马，好马！物美价廉，真是个好东西。"斜眼瞧见盖狗剩，更是眉飞色舞："狗剩叔，安乡长都夸呢！不信俺的话？骑上去试试，比娶个小瘦腰舒坦多了，它随性！"

盖狗剩把那匹大黄马看了半天，说："套不了车，拉不了犁，再好，你把它当个奶奶供起来？一个穿帮蹾底货！"盖狗剩说着，牵了大黄马往车里套，大黄马尥了一个蹶子，差点儿把车踢翻。

有人说:“狗剩在部队驯过马，不能把咱自己的马捯饬捯饬？”盖狗剩叉住腰，看着马说：“牲口跟人一样，不下死手，不整他个血淋淋，就不能回头转弯！”

盖狗剩找了两根结实的粗绳，把大黄马牵到后谷场的皂角树下，结结实实拴了上去，又拿了一杆长鞭，在空中打了两个火爆爆的脆响，响声像过大年燃放的炮仗。大黄马打个响鼻，纹丝不动。

盖狗剩突然扭过身，一鞭子抽到马身上，一条长长的鞭痕，青筋一般暴突出来，接着，一鞭又一鞭打得山响。大黄马拼命挣扎蹦跳，不一会儿，一道道暴突出来的鞭痕，浸出殷殷的血。大黄马一会儿比一会儿蹦跳得迟缓，终于喘着粗气躺了下去，浑身哆嗦。盖狗剩停下了手中的鞭，让人把车推了过来，把车杆架到大黄马身上，它连尥个蹶子的力气也没有了。

天快黑时，盖狗剩到马跟前转了两圈，大黄马低着头连连躲闪，盖狗剩抓住笼头往回拉，让人拿了一筐草料放在它跟前，拍拍它的嘴走了。

盖狗剩把大黄马共打了三次，鞭痕稍稍地平复就再打。不久，大黄马套上车，“嘚儿、嘚儿”地让咋走就咋走，盖狗剩说：“唉！你也真是贱，不整个血淋淋，就不能回头转弯？”

大黄马的屁股放起亮光，只用了一个多月时间，边老拐喜笑颜开地找到安乡长，安乡长说：“后生可畏，我就说过，工农是一家，在哪儿都开花！再买回几匹好牲口来，拿点儿大贡献——这群众的眼睛雪亮，想不重用都不行！”

边起升准备再启程的头天晚上，浑身上下，说不清是痒还是烧，怎么也不能入睡，让青柿蛋变成红柿团的那个琼岛仙子，还有那个浓荫如瀑的依依柳林，搅得他浑身燥热无法安宁。

他起身舀了几瓢凉水，兜头冲了一会儿，又往不安分的张扬之地，涂了些“高原羚”，才伴着那股浓郁的幽香迷糊了去。

曹家集的叫汤驴肉店，在朦朦胧胧里适时来到，边起升被吓醒了——他娘张红梅，在“啪、啪”地拍打屋门的钌铞。他“呼——”地从炕上坐了起来，出了一身冷汗。他梦见自己睡在了叫汤驴肉店，万福来怒气冲冲地在砸门子！胸膛里的心怦怦地跳了好一阵，他才懒洋洋地爬了起来。

张红梅烙了一摞大饼，换洗的衣服和应用的物事，已包好了一个包袱。他双颊红红地吃了早饭，出门时，感觉身上有些软。边老拐把他送到三百台那边的长岭上，却感觉不到有什么累，他左扭右掉的屁股，好像跳着一曲热情豪迈的舞蹈——一个蓄积久久的突围式放纵，像春季到来的山花烂漫。

路两边沟沟坎坎的山岭上，碧波茵茵的秋庄稼，像一片滔滔的海。当边起升的身影，渐渐地被那片绿海淹没，边老拐一片怅然——儿子，不过是一只刚出窝的雏鸟，抖抖地扑扇着柔嫩的翅膀，飞了，渺小的身影，像滴入大海之中的一滴水。

往回走的时候，他心里更加不快：刚刚吐缨的玉米，小小的穗子，伸胳膊蹬腿地往外拱，秕歙歙的像人的肚脐眼。他走了那么远的路，本想顺手牵羊搞回点儿什么，地里的庄稼离成熟和收获还很遥远，他只能空手而归了，心情越来越郁闷。到了村东的石拱桥，顶着歪屁股的那条好腿，酸麻酸麻地胀痛。

远远看见曹家集时，边起升浑身上下，充盈了一种难以抑制的冲动，过了曹家集，进了那片葱茏的柳林，“万福来叫汤驴肉”的青砖瓦舍，就凝重无比地闪现在青枝绿叶之中了。

运河的水很清，清得可以看见深处的每一根水草。边起升刚要弯下身洗把脸，几只蛤蟆叮叮咚咚地跳入水中，游到远处后，才惊恐地“咕——哇、咕——哇”叫两声；一群大白鹅，警惕地张望着岸边的陌生人，张望一会儿后，猛地在水里钻进钻出，钻过几次后，继续在惊恐的张望中，把捞到的食物吞下去。

他忽然感觉，自己像那些入水的蛤蟆或捕食的鹅，完全不必要的惊恐万状。他有些恨，恨过之后，苏敏敏的面貌，在脑海里又生动活泛起来：那个长脖颈、白皮肤、香生生的女人哟，无疆的温柔和爱恋，就像这运河里的水，清澈见底浩浩荡荡；无言无语的滋润，就像无焰、无形的火，能熔化所有的刚烈，能囚禁所有的桀骜不驯。

边起升像一根鱼刺，苏敏敏是一勺合了醋的白糖，她见到他，他就化了。

边起升刚看清叫汤驴肉店的牌匾，大门口坐着的老杜，一拐一拐地冲着他走来。边起升远远地站了不动了。老杜走到跟前，低声说："鬼小子，俺就知道你快来了，也不给顺个信，叫俺在门口白坐了好几天——远远的，撵着俺屁股影影！"

他跟了老杜，来到运河边上的一家小酒馆，看见的人就问："老杜，这么长时候也不来，敢是叫妖精给迷住了？不操心，说不定啥时候，就叫妖精剥了你，给煮了'叫汤人肉'了！——咦？把小子也给领回来了？"

老杜就笑，撮着嘴，像个褶褶皱皱的圆核桃。"看，像不像？一条腿，也不少做活儿，孙子也早那么高了——你个狗攮的吃才！嫌你的家具不好使，把俺的借给你使使？咳！人跟人就不能一样，干革命的时候，咱冲锋陷阵马不停蹄，搞生产咱也……那句话咋说来着？噢，雄赳赳气昂昂，跨过鸭绿江！唉！俺要赶上就真好咧，留到朝鲜，这会儿也是个华侨，再找个俊生生、白年年的高丽棒子伺候着，生个串种，就跟你一个样！你个狗攮的……"

被骂的人偷偷跑过去，轻轻一抠老杜的屁股，他就倒了，拐腿子歪歪地坐在了屁股下面，虾米一般蜷曲着。

边起升以为他疼得哭了，低头一看，老杜正在笑！圆乎乎的脑门上，一根根的青筋跳跃着，他咬着下嘴唇，嘴里的唾沫星子，从大金牙的缝里呼呼地往外蹦。老杜终于喘上来那口气，拿拐棍敲着边起升说："还不快拉恁大爷，孙子在他爷爷的腿肚子上，正转筋呢！"

老杜的无比快乐，把边起升搞了个晕头转向。乡下人没有太多的文化，能唤起他们激情的，似乎只有裤裆里的那两件东西，拿了那两件东西互相叫骂一阵，就像拴在槽上的两头驴，互相帮忙啃一会儿脖子上奇痒的疙瘩，再平常不过的一件事。

所以边起升就奇怪，他把老杜扶起来后，心里隐隐的不快：除他父亲之外，竟又遇见一个拐子，两个拐子，都有着一种说不清的阴阳。

老杜要了半斤散酒、一盘茴香花生米，边起升把那个倒三角形状的脸，仔仔细细又看了一遍，费尽了心思，也没有看出或晴或阴的征兆。

老杜嚼花生米时，总会绷紧嘴片，像是怕那颗花生米跑出来似的，嚼来嚼去地嚼够了，端起酒碗喝下一口，然后绷住嘴，再咬嚼一阵那口酒，咽下去时咬着牙，上下两个嘴片，飞快地碰撞着，“叭、叭、叭、叭”地响，然后眯上眼，身子来回晃荡一阵子。边起升歪过脸去，斜眼瞅着老杜“哧哧”地笑。

老杜晃荡着大梨脑袋说：“吃啥，喝啥，跟活人一样，都得好好儿咂摸，要品不出个味来，一泡屎做作出去，就都可惜了！”

酒菜钱不多，总共花了不到两块，边起升忙着付了款。两个人出了门以后，老杜说：“俺得先走，万掌柜还有点儿活儿，俺忘了跟他说。店里新开了客房，你得登记才能住，都是新床板，单人的，操心睡觉不好，掉下去磕破头！”老杜走了一段路之后，又回过头来，冲他挤了挤眼。

边起升在叫汤驴肉店住了下来，床板在两摞土坯上架着，躺上去只要一翻身，不堪重负似的“吱呀、吱呀”响，门闩早已断裂，闩门靠竖在门后的一根木棍去顶。边起升把门轻轻地关了，拿那根顶门用的木棍，支住了来回晃荡的坯摞。

边起升总以为，在半夜里的某个时段，苏敏敏会悄悄地推门进来。走进这个屋门他就计划着，那个香生生的女人进来后，他首先要做什么。

白天的时候，他终于看清了万福来：头顶上亮堂堂的，四周稀稀落落花白的头发，一脸的麻坑像他家里的草筛底，黑洞洞的幽暗，笑起来时，麻坑一阵又一阵的透亮，大胖身子坐在那把藤条椅上，“吱吱呀呀”地响。

在他看来，那就是一个会行走的肉坨，刮着凉风的天，还是汗水横流，但那坨臭肉，却把他挡在了这吱嘎乱响的破木板床上。他浑身燥热心情沉重，胸膛里像压着一块青石板，像有人吃了本属于他的东西。

五六岁时，边老拐领了他，到石碾街买了一个酥烧饼。一个讨饭的孩子，一直撵着巴瞪着眼看，他把那个烧饼藏在了屁股后边。不想讨饭的特机灵，他没有料到，那个脏兮兮的孩子，饿急了的智慧是那样的超人。小讨饭的伸了伸舌头扮个鬼脸，他就傻了好一阵子，讨饭的孩子一个快步闪，把他屁股后边的烧饼抓走了，而且跑得飞快，一蹿一跃的，转眼就不见了踪影。

整个晚上，他一直巴巴地向苏敏敏住的房间望，灯亮，灯灭，再灯亮，再灯灭，直到他再也顶不住困乏。

东升的太阳，把床板烤得热烘烘时他才醒来，他又梦见了那个讨饭的小孩子，又抢了他的烧饼。

秋日的阳光明媚而清爽，院里院外婆娑的绿柳，袅袅婷婷地塑造着一方妖媚如烟的澄明天地。边起升去外边转了半天，又回来坐了半天，老杜却不爱给他说话。太阳落山时，他终于远远地看见了苏敏敏，她披头散发，从楼上“哗——”的一声泼下一盆脏水，一只手叉着腰，又回去了。

第二天，老杜才让边起升到他的屋里坐，说些东一榔头西一棒槌的话。苏敏敏一身茉莉花的绿绸衣服，宽宽松松的像个裙。手里拿了一把鹅蛋圆的布扇子，并没有扇，只在手里随便摇了几摇，边起升没有闻到那股风的香。

苏敏敏皱着眉头，手叉在腰间，很难受又很疲惫的样子，眼看着远处淡淡地说：“老杜，牲口吃的草，不多了，一二十头东西，吃老多呢，掉了膘，可就赔了。”说完就走了。

天黑时，边起升愈加燥热难耐，他坐在老杜的小黑屋里，睁眼闭眼都会闻见一缕香气。香气随风而来，跟人而走，他问老杜：“闻到啥味没有？”老杜头也不抬说：“屁味没有，你中邪了！”

边起升到村边的运河去，脱光衣服浸入水中。皎洁的明月，大银盘一般悬挂在一缕一缕的薄云中，闪亮得有点儿刺眼，看得久了，说不清是云在动还是月在行。水面上，一股浓郁的淤泥夹杂了青草的味道。微风静悄悄地涌来，水面上的圆月，忽漂忽漂地碎了，像掀翻了苗银匠化银的坩埚——一大片流淌着的银光闪闪。

运河本来就是一条河，却听不到“哗啦啦”的流水声，岸上的秋虫，“唧——唧——唧——”地鸣叫，像此起彼伏摇响的铃铛。天上向河水里洒了一把暗银色的幽辉，光怪陆离的树影和黑蒙蒙的田，把夜色穿在一起，像一个睡不醒的梦。边起升比往日格外胆大，他真希望从水里钻出一个和苏敏敏差不多一样的妖孽，让他在轻柔似纱、飘忽似雾的运河边，再猛吸一口凉阴阴、甜丝丝的唾液。

月亮偏向西，他上了岸，推开店里的大门时，老杜快刀一般的呵斥，嗓音不高，却极富穿透力："撞见鬼了你！猫上房，狗跳墙，也分个时辰！还香气，都是从蛋里边钻出来的！"

边起升感到愕然，他真怀疑在这座鬼院落里，老杜就是鬼头！没有什么奇怪之处的鼻子，连他裤裆里的"高原羚"都能闻见！

整个院落，沉闷安静如一个深邃的地窖。那块木板床无声无响之后，一个奇怪的"呜呜"声，就穿越夜色而来，声音好似从某个遥远或幽深之处发出，夹杂着似有似无的"嗯嗯"的叫声，一会儿像在苏敏敏的房间，一会儿又像在别处。边起升开始害怕——大隋朝就凿通的运河，指不定真有水怪？

第二天刚明，老杜就把他叫起来走了。

当红彤彤的晚霞，跳入运河中狂飞乱舞，他们才回来，两个人买回一匹骡子两头驴。牲口要有残废等级，骡子差不多和老杜一样的级别，两头驴是一对难兄难弟，进大门入驴圈时，一头猛地撞到了树上，一头突然栽了个跟头。边起升紧紧地将装钱的包袱绑在腰间，心想，这个老阴阳，给俺买牲口？杀肉吃都怕咬不动。

夜里，边起升又听见奇怪的"呜呜"声，比昨晚还瘆。

天微微亮，边起升早早地醒了，不一会儿，木楼板"咯吱——咚、咯吱——咚"地乱叫起来，分明是三条腿走路的声音。他知道，是老杜来了——凡高低不平处，他都得有个身外之物帮着。

老杜的两个指头，勾着那把歪身子竹皮暖瓶，剩余的几个指头夹着一包肉，大喘了几口粗气，把东西放在床板上，说："赶紧洗洗，就着热水把肉吃了，到上回洗马的地方去。"说完，就"咯吱——咚、咯吱——咚"地走了。

吃完后，边起升去茅房腾空了肚子，把腰间的包袱紧了又紧，掏出那盒"高原羚"，看了一会儿后，扔进了茅坑里。

他犹犹豫豫地来到那个洗马的地，苏敏敏早坐在一边等，见到他后，嘴角轻轻一咧，两只胳膊颤抖着搭在胸前，低着头说："这几天忙，慢待你了。"

他一腔的怒火，本像红彤彤的火烧云，但苏敏敏一低首的问候，如高空里忽地卷来一阵狂风，漫天的火烧云，飞了个精光光，没有留下一丝痕迹。

苏敏敏说:“老杜赶了三头驴走了,在十里外的孟家楼等着你。”边起升就奇怪，说：“昨天买的牲口还没死？”苏敏敏说：“死了，这会儿正在锅里煮呢，到中午就熟了。”边起升才知道和上次一样，苏敏敏又到牲口圈里给换了。一股说不清的酸楚和爱怜，将他密不透风地包抄了起来。

两个人来到一处满眼青纱帐的地界，除了头顶上的鸟和地下的虫，再见不到一个睁眼活物，边起升伸手去腰间解他的包袱，苏敏敏以为他要做什么，连连摆着手说：“不行，不行，不行，真不行，今儿啥也不行。”直到一步步退入玉米地里，还一个劲儿地摆手，无处躲藏的眼神，三分哀求七分不舍。

苏敏敏摆手时，两只手腕上，露出一道道青红的印痕。两个人一个非要躲，一个非要看，拉拉扯扯进了青纱帐的深处，直到苏敏敏差点儿摔倒才算停住。边起升把苏敏敏抱住时才知道，她身上的伤，不止两个手腕，那些看不见的地方，几乎是体无完肤。他的手每到一处，她都微微地一颤，轻轻地喊叫。

苏敏敏泪人一般告诉他，万福来就是个畜生，原先不走水路走旱路，如今，水路、旱路都不走了，也不知道在口外中了什么邪，绑起她的手来，还把她的头塞到闷罐子里，连抠带挠都过不了瘾，还拿烟头烫！为的就是听那一声声惨叫！她迟早要死在姓万的手里，要不是等他，她就跳进院子的井里不活了。

那个遍体鳞伤的女人，就像林满仓漤柿子时，围着大水缸的那堆麦糠火，淡淡的一缕烟，却温温地将满缸的青涩变脆、变甜，大自然的美妙和神奇，就幻化成了一个无以复加的浪漫神话。

临分手的时候边起升说：“你等着，用不了多长时候，俺还来，对天起誓，俺要弄死姓万的，把你娶到俺家去！”

边起升再一次回来时，老杜没有在门外等，由于在路上耽误了些时辰，他赶到叫汤驴肉店，已到了掌灯时分。苏敏敏的屋门口，晾晒了一溜刚洗的衣服，边起升四处看准了以后，蹑手蹑脚推门进去，苏敏敏正在缝制小孩子的虎头鞋。他猛地从后边捂住她的眼，她胳膊向后一伸，往起一站就把他背了起来："你个鬼猴精，还跟我闹玄乎，三里以外，就闻见你身上的味了。"

他把苏敏敏的红肚兜顶在头上，说着如隔三秋的悄悄话。茅房里的老杜，"吭吭咔咔"地咳嗽了一通。苏敏敏叫他赶紧走，说万福来尽管两天前就走了，但那个人，生性多疑且狡黠异常，凭感觉，好像没有走远。边起升恋恋不舍站起身，把一包冬凌草，扔到了万福来扣苏敏敏脑袋的罐子里。

正要开门，院里传来急匆匆的脚步声，苏敏敏急忙拉了他往里屋走，打开后窗，四周黑乎乎的瘆人。外面起了风，从围墙外摇过来的柳树枝，打在窗台上"啪啪"地响。边起升仗着年轻，也是情急，抓住一把柳条一荡一跃，晃荡两下再一爬，就到了墙外的柳树上。

大风稍微小了一些，边起升断断续续地听见万福来在笑："哈哈哈，买的茶？拿着报纸上坟——你糊弄鬼呢，这是太行山上的冬凌草……你一辈子都作弄了些啥，你在外边……这娘儿们就是凉席，勤倒换着睡，那才舒坦……"

忽然听见苏敏敏大喊了一声："你以为你是谁……想作弄死人？牲口都比你强……你以为……这儿，不是鸽子岭……还是你当杨老歪的时候……我就没想活……"

当他听到鸽子岭和杨老歪时，猛然觉得肚里的好些东西，一起想往外涌，抱着树干的手，也瑟缩起来。

他听父母提起过杨老歪：一对虎牙，笑眯眯的样子。眼前这个一脸麻坑姓万的男人，和杨老歪串联到一起，心里竟一时转不过弯来。在他想来，万麻坑和杨老歪，除了那个笑眯眯，没有太多的相像之处。

翻滚的浓云张牙舞爪，眨眼间把半边天的星月收了去，一阵强似一阵的风，扯天盖地奔涌而来。边起升骑着的柳树杈，忽上，忽下，忽左，忽右，像一个荡乱了的秋千。他收紧了身上的每一块肌肉，在半空中随着那根柳树杈，或圈或点地画着随心所欲的圆，好在，柳杈并没有折断的趋势。

他适应了抛来抛去荡悠悠的感觉后，反倒冷静沉着起来，他分明听清了苏敏敏说的“鸽子岭”和“杨老歪”几个字，他也分明从那一脸麻坑里，感受到了一个无底洞，还有苏敏敏的水路、旱路、一身的疤，还有扣在头上的罐子……他判断这个万福来，应该就是杨老歪。当想起敏敏“不想活”的话，他分明知道，那应该是“不能活”。

又听到苏敏敏撕心裂肺的一声吼之后，边起升从树上一下子滚落了下来，把母亲千针万线缝就的一只千层底布鞋，仓皇地送给了无边的黑暗。他跌跌撞撞地砸了两下老杜的窗户，“扑通”一声给老杜跪下，上气不接下气说：“大爷，亲大爷！你半生义肠侠胆一身豪气，快想法救敏敏！那是个苦命人，俺就是死了，也把大爷你当祖宗拜！”

老杜揭下墙上的一块纸，拿棍子一捅，露出一个小茶碗粗细的洞，那个洞，能把院子里的一切看得分明。老杜把纸贴上后，摸了摸他的头出去了。

边起升在大雨中一路狂奔，一夜的电闪雷鸣，他像一条嗅觉灵敏的狗，竟没有弄错方向！天空稍稍亮堂一些时，就到了邢州地界。他把另一只千层底送给了老杜——临出门时，顺手把老杜的一双旧胶鞋穿到了脚上。天明之后，他才感到鞋有点儿挤，一脚踩下去，胶鞋里“哧——咕”一声，冒出一串泥水泡，这时他才感觉，长在身上的脚和腿，都不是自己的，疯狂逃窜的那两条腿，是借了别人的东西，凭空用了一个晚上。

天大亮以后，他终于松了口气，找户人家讨要了一些吃喝，胸中的那口气喘匀实以后，才知道给他吃喝的，是位社长。

边起升揉搓着酸痛难耐的腿，郑重其事地给社长说，他是公安的眼线，已发现一个老土匪的踪迹，得赶紧往回赶。社长二话没说，亲自驾了大骡子车，一路打着响鞭，呼啸生风地把他送到了沙水城。

边起升没有在城里停顿，仓皇无比地逃回了家。听了儿子的诉说，张红梅寒冷一般地浑身打战，咬牙切齿地叫了声“说成啥也得整死他”，就不知道接下来该做什么了。她正要往外走，边老拐抡起拐棍，猛地砸在锅台上，拐棍一折两截，张红梅收紧了脖子，两个膀子颤着，不知所措。

边老拐拿着半截拐棍，揉搓了一会儿，说：“真是毛尾长，见识短！那是长着獠牙的恶鬼，没有一招制服的符咒，十八条命，都不够他塞牙缝！再说了，你咋就知道，那个鸡蛋，不是刚生出来半个鸡屁股？着忙失慌地拿手抠，不弄个鸡飞蛋打才怪！”

边老拐的一番话，像一根扎准了穴位的针，张红梅忽然觉得，男人在骤然间变得威武高大起来，“隔墙头扔到街上”的那道旧“符咒”，突然间灰飞烟灭，遁入云霄了。

张红梅的脸白一阵黄一阵，不无敬服地看着边老拐说：“是，是，是！这，家有千口，主事一人，他爹，你说，你说——”

边老拐把半截拐棍扔到南墙根，张红梅跑到院子里，拿起一把锨，在捶布石上“咣当”一声磕掉锨头，把锨把递给边老拐——新拐棍不仅有点儿粗，还有些长。

边老拐咳嗽两声，说：“咱就是买驴住店，无意发现了杨老歪！别的啥也没有，都听清了？”

张红梅万分崇敬地点头，边老拐又对边起升说：“要还想活命，你就咬紧牙，这一根筋，一定要拽到底，就是把骨头搓成渣，也得立着尿，记住了？”

边老拐和边起升走后，红梅把家里的香烛、纸箔，全抱到了天地三界的神龛前，熊熊的大火烧过后，一团团的黑灰，摇摇荡荡地向天上飞，一直飞到那个应该去的去处。最后，她软塌塌地跪下去，极具沉痛悲伤地哭叫了一声：“俺的亲娘吔……”

沙水县的放映队，来大坡地演过一场电影，大坡地乡内，几乎倾乡而动。当地人不叫“演”，叫“戳”。一个大“锅驼机”远远地放着，“嘟嘟嘟嘟”地响，一根粗黑的长线，牵到“戳”电影的机器上，机器扛着两个圆盒子，“咔咔咔咔”地响，雪亮的大白布上，就“戳”出来能蹦、能跳、能说、会唱的“活人”。“戳”完以后，那么些人，又钻回那一摞圆铁盒子里。

“戳”了那次电影之后，许多人甚至认为，能变大、变小、变山、变水的孙悟空和白骨精，应该还是有的。

鸽子岭的大土匪杨老歪被抓的消息，比那次“戳”电影的效果，还要轰动十倍百倍。

“啥？啥？你说——说啥？杨老歪改名换姓，还烫了一脸麻坑？”许多人听说之后打冷战，除了土匪，谁能下得去那手！杨老歪自己拿钳子，活生生拔掉了自己两颗虎牙，更叫人不寒而栗！怪不得杀人不眨眼，作弄自己，也下得了手！

女人们不无惊恐地说：“究竟是个啥样的娘，又是一个啥样的屁股，能做作出来那样一个歹毒货！”上些年纪的老太太，跪下来求神告佛：“这是个啥人哟，不敢听，不敢看！不敢听，不敢看！各路神灵行行好，把他快点儿收回去吧。”

“咋？杨老歪还有一个貌似貂蝉、心比蛇蝎，能空手杀牛剥驴的小娘儿们？”好多人说：“哟哟哟！那准绝顶俊！那些过分娇俏的娘儿们，历朝历代，就出不了几个正经货！大凡有个星星点点的，撞到手里比捡个凤凰蛋都难，一般的人沾上腥味，不是闪了腰，就是折了胳膊断了腿！”村里的许多女人，听了后心花怒放，喜不自胜地将杨老歪的女人，传成了《聊斋志异》里的女妖精。

惊奇的人们忽然发觉，早该千刀万剐的杨老歪，竟吃酒、吃肉、逍遥自在地在外边，白白多溜达了这些年。太行山麓死去的冤魂，牵动着活着的亲人，他们顷刻间沸腾起来，地上的怒火和天上的乌云一齐翻滚，夹带着电闪、雷鸣，直至群情激愤高山悲颤。

百姓们一批接一批拥向沙水，拥向邢州，向各级领导疾呼：“杨老歪，应该死在太行人民的刀枪之下！”

处决杨老歪的刑场，设在大坡地村东北的马河滩上——马河下有杨老歪冤杀的累累白骨。

临刑之前，政府问他有何要求，他仍旧一脸笑眯眯：“我的两颗虎牙，看是没人给安了——也算！爹娘给的东西，也就少了两小件，也算原物交回了。再就是上路的时候，给来个痛快点儿的，一下子成就行。”

不知是苍天有灵，还是别的什么原因，处决杨老歪时，枪竟打偏了！枪声过后，黑压压的人群蜂拥而上，太行山顶倾覆而下的洪水一般，无法阻挡也无人阻挡。乱纷纷的人群，一批又一批拥上去之后，河滩上到处一片血污，除了七零八落的这个和那个，谁也找不到人形状的杨老歪了。

杨老歪的血污被雨水冲洗殆尽，丢失在乱河滩的碎肉和砸碎的白骨，被禽兽虫豸无数遍咬噬之后，七零八落的东西，再找不见些许影踪，英雄一般的边起升，在大坡地一带人气飙升了。为抓住杨老歪立下汗马功劳的人，就是大坡地乡被提拔为民兵连连长的边起升！

边起升在家说叫汤驴肉店的事，省略了许多鬼缠身一般的细节，其中最主要的，就是由青柿蛋子变成红柿团子那一串迸溅着火花的铿锵。

边老拐主要的担心是，怕杨老歪牵连出边家，勾出边家与鸽子岭不见天日的纠葛。待所有的一切风平浪静之后，他就开始操心边起升的事了。边起升无论如何的守口如瓶，他的青柿蛋转化为红柿团，只是某些部位的成熟，他的那些算计，放到他爹娘的弯弯肠子内，永远是酥烧饼藏到屁股后的稚嫩。

张红梅受了边老拐的教唆，问边起升："你认识老歪的小妖婆？"

边起升装作一副不值一提的样子："咋？也就打幌子见过几眼。"

"那个小妖婆，人生得不赖？""有鼻子，有眼，两条腿。""有点儿心思？""能有啥心思——那都是以后的事。"边起升故作镇静，其实，小猫的尾巴早露出来了，张红梅只是没有动手去抓。

张红梅说："没有更好——有也不行！你就是把恁爹的那条腿打断也不中，除非俺俩都死了！"

张红梅正在洗衣裳，边起升要往外走，她把腿一伸，说："娘知道你大了，儿大不由爷了，恁娘要是不死，就还要说，赶明儿，俺要是俩腿一蹬死了，你可记住娘给你说的话：俩人在一团要，不是小事，就像云跟雨，一不操心，云就成了雨，成了雨落到地上，就落地生根了，再找不回原先那片云。人也一样，跷出去的腿，走过的路，想回头，就是死了，也不能了……"

民兵连连长到县城集训时，麦苗已绿茵茵地告别了温暖，迎来了寒冬，边起升寻个由头，去了曹家集。

叫汤驴肉的店牌上，“万福来”三个字换成了“曹家集”。生意还是一样的热闹，老杜的脸，却阴沉得能拧出水来。他的搪瓷缸仍然泡着冬凌草，人一下子苍老了许多，闪着亮光的“梨屁股”，本来是他的脑门——原先亮堂堂的，如今“梨屁股”风干了，起了许多褶皱；一排金牙掉了，露着一个黑乎乎的洞。

边起升就奇怪：张三的屁股被火烫了，李四的屁股起了一串燎泡！

他想，老杜就是和鬼一样，有好多令人想不通的事。

老杜端起搪瓷缸，吸溜了一口水，脖子上的喉结上下一蹿，“咕咚”一声就传了来，好像把许多需要吞咽的东西，一起吞咽了下去。

“再不来，信不信，会有人找上山去宰了你？”边起升一脸惶恐。他又暗自高兴：到目前，他没有向这里的任何一个人，透漏过他的确切住址！

包括老杜在内，没有谁会想到，笑眯眯的叫汤驴肉店的主人，就是早年在太行山上，杀人如麻的大土匪头子杨老歪。那个惊天大事或许太过震撼，老杜在没人的时候话特多，好像突然间换了一个身份，有点儿教师爷的意思。

老杜说：“老歪是一个不折不扣的牲口，还是个杂碎！但是个大马骡，有一种串种的雄壮。”

那天，他怕苏敏敏真的出事，先圆说了冬凌草的事，又想法把他们分了开来。杨老歪被抓时，一个人布丝不挂赤条条睡在床上，他是被反绑好双臂后，才穿上裤子的，穿裤子前一直喊：“俺就是杨老歪！还看啥，还看啥，看啥！看啥！那个东西，早就不能使了，能使的时候，整天连轴转，没少快活！二掌柜不中了，大掌柜可支棱着呢，还是一个顶呱呱的爷们儿！”

到了院子中央，杨老歪蹦着跳着不走，非要再看苏敏敏一眼。见到苏敏敏远远地喊：“好好儿活！爷爷我，总得做个带蛋的人做的事！好汉做事好汉当，给俺睡过的娘儿们，就是到死，咱也得叫她说：值！”

杨老歪喊叫的时候，有些歇斯底里，脸上的麻坑通红。没喊完，就被几个人抬起来一忽悠，“扑通”一声，给扔到了卡车上。

十天半月光景，杨老歪就招供了所有的事，但和活着的人关联的所有坏事，却只有他自己。

往沙水押解杨老歪前，他被五花大绑着，又来了一趟叫汤驴肉店，社里专门安排人，问他要叫汤驴肉煮制的秘方，杨老歪说："啥秘方？再好的秘方，一锅里头禁不住放一块臭肉！黄鼠狼最臭的肉在屁股上，煮以前不割下来扔了，一锅肉就臭得没法吃了，驴肉有俩地方，一个是尾巴骨的根，要割下来扔了，非要那个秘方，找老杜，那个鬼东西，国军、共军都干过，啥也瞒不了他……"

他看见"万福来"三个字改成了"曹家集"，跳着脚说："不说了，不说了！想知道问老杜，成了土匪，再没人念想叫汤驴肉的香了！"

临上车走时，他悄悄跟老杜说，要真有个过得去的人，就把苏敏敏托给他，她算是个好娘儿们，还有一套"敏敏经"，叫那个人好好儿念，念好了，就不白活一回。

苏敏敏拿了条热气腾腾的毛巾出来，在杨老歪跟前站住了，眯着眼歪着头，瞅了他好一会儿，细脖子上的青筋，一根根地轮番跳跃，忽然抽出手，甩了他几个耳光。

杨老歪呵呵地笑着，动也没动。后来，苏敏敏拿那条热毛巾，给他仔仔细细地擦了脸，还涂了一点儿高原羚的油脂，端来两碗烧酒，给杨老歪喝了一碗后，自己也喝了一碗，把两只碗摔碎后，回到了屋里，一句话也没有说。

边起升烧上第三壶水，老杜说："睡吧，敏敏有事，今儿回不来，赶明儿，听她的'敏敏经'吧。"老杜钻进被窝后，又伸出头来说："'敏敏经'，是老歪给俺说的。"

第二天，苏敏敏没有回来，半后晌，边起升被人领着，来到一个不知名的村庄里，在一个独门小院内，他见到了苏敏敏。

正像边起升猜想的，苏敏敏和老杜一样，像个教师爷。不同的是，那个住处很干净，边起升被攥着的手，一股股腾涌而来的绵柔和温暖，让他更舍命地去爱这个长脖子女人。

苏敏敏说:“其实,一个舒帖的人,一辈子要靠三件宝。男人和女人的宝不一样。

“女人一辈子，从生到死走过来，第一件宝，是水一般伶俐透彻的心性；第二件宝，是花一般怡人俊俏的面容；第三件宝，是玉一般尘渍不染的纯净。

“男人一辈子，从生到死，也靠三件宝走过来，第一件宝，是能担当、会筹措的心性；第二件宝，是养妻儿、撑脸面的钱财；第三件宝，就是女人了。女人就像男人奔波纵横的腿，再要强的男人，也不能没有个支撑，没腿不能走，瘸腿走不远。多了也没用，累赘！搞得太多了，总有玩不转的时候，能要人命！

“世界上的好多事都混沌，傻女人傻起来糟糕透顶，火坑也敢跳；贱男人贱起来臭不可闻，刀山都敢闯。混沌的世界混沌的人，哪个清楚了，哪个就成了神仙——神仙不好当。好多人修炼了一生一世，有几个修成了正果？”

苏敏敏说着说着，突然哭了，长脖子上的青筋，一根根地跳跃着。边起升抱着苏敏敏，忙不迭声地问到底咋了。哽咽了好一会儿后，苏敏敏说:“俺这一辈子，纯净这件宝，算给白扔了，神仙也没本事给找回来了，也不叫你给找，你要真能跟你说的一样，这辈子就靠你扶着俺走，只要你不撒手，俺一条腿跪着、趴着，给你当一辈子驴骡都行！”

边起升真想拿苏敏敏那把德制的小匕首，割了胸膛给她看，他的心，此时，比炉中的火烧得还旺。

对边起升来说，“敏敏经”纯属一个可有可无的东西。他想，她是被杨老歪吓怕了，故而才想出那些稀奇古怪的东西来，什么宝不宝，苏敏敏就是一块宝，是一匹颇具灵性的汗血宝马！带着他过草原，越河流，跨高山，把他的威武和雄壮说给天，说给地，又证明给神灵。苏敏敏就是一只小船，能把他边起升波光粼粼的筋骨，无声无响地摇碎。

这一夜，他和她睡得都很香。

老杜再次见到边起升时，一脸的皱纹充满了哀伤。他屋里的火又熄了，塞进炉膛里的柴冒着浓烟，驴骡的臊臭气扑鼻。

老杜说："他真的跟一个女人好过，还生了个儿子，今年快二十岁了，那个女人叫翠羽，真俊！比敏敏的脖子还长还细，身上的肉又白又滑，比敏敏还嫩。”

老杜说：“翠羽那女人真的实诚，俺给了她家半布袋红薯片，她说救了她一家人的命，她说她没有什么报答俺，慢慢地就跟俺好上了。

“翠羽有个姐姐叫翠翎，嫁给了一个国民党军官，军官很年轻，和翠翎同岁，年纪轻轻地就成了团长，有为倒也有为，但有人也是果真。团长据说是广西人，和上面一个姓李的大官是老乡，团长也姓李。李团长和翠翎两个人，就像树杈上一对头拱着头的鸟，天和地连接起来的缘分。

“俺比翠羽大了八岁，职务和李团长比，李团长要立在山上，从地面往下再挖，挖到地下的深度和地上山的高度一样，俺就在那下边。

“俺很高兴，因为俺比李团长岁数大，却娶了妹妹，李团长比俺岁数小，娶了姐姐。更高兴的是，俺的儿子，也比李团长的儿子大，真的很高兴。人吔，高兴不高兴，舒帖不舒帖，关键是如何想事和看事。这古人不是说，人世上的所有，好跟不好，有时候，论人不论事，有时候，论事不论人。队伍里好多坐小汽车的，整日恨不得你吃了我，我吃了你，满箱满柜的金银财宝在家里存着，也丢不掉满心满肺的负累。

“真的，不说别人，李团长和俺，都是百步穿杨的好枪手，都得了奖。李团长得了赏钱还升了职，翠翎不咋高兴，还提心吊胆；翠羽就不一样，因为五块大洋的奖励，骑在俺的后背上，叫俺背着转了半天！人哟！说起来，比鸟儿叫的都好听，做起来，咋都敌不上那些不会说话的驴骡。”

老杜说：“翠羽真的好，她那边的人也都好。台儿庄战役那会儿，村子里凡是能动的人，都支援前线，凡家里能用的东西，也都给了前线。李宗仁就说过，都要和这里的人一样，还怕打不过日本？真的，那里的人，不像其他地方的人。别处的人，一听到枪炮声，就跑个精光，那里连卖鸡蛋的老太太，都敢到日本军营里打探情报，然后把情报给中国军队！连老蒋都说，咱们需要这样的民众——可惜太少了。俺给你说，这可是真的。”

老杜说：“真的就是打了那次仗，翠翎被打死了，留下一个孩子，俺家的翠羽躲不过，一直帮李团长照看着。后来，不巧部队要走，几十万上百万人的大移动，一乱，裹挟着翠羽也走了。也真是，原本说好一起走的，又一开仗，俺就没走成。翠羽原以为，俺还在部队里，就是兵荒马乱的年月，自己也说不清，以后能走到哪里。后来俺就过来了，成了解放军。俺给你说，这可是真的。”

老杜说：“人活着，真的和戏里的故事，差不了几分毫，好多想不到的事，它还就能来。翠羽走的时候，是混乱中随李团长走的，一走好几年，也没个音信，那会儿，俺真恨死她。姐夫小姨子的事，能有个好？当时要叫俺撞上他两个，剁不了他们，也得打他们个贼死。谁想，到了一九四八年，翠羽回来了，李团长成了李师长。见面以后，俺的火还没有完全冒出来，翠羽就拿碗口粗的一根大杠子，结结实实把俺砸了一个跟头，她说她这几年，连茅房都跟姐夫分着用，一人一个！当时有谁相信，李师长就是再有钱，也不会在家里打俩茅坑。俺不信，她就撵着打，说要打折俺腿。俺给你说，这可是真的。”

老杜说：“以后的事，真的不想提了……翠羽的姐夫，也就是李师长，官也不算小，叫俺这个小蠢兵，一枪给打死了，是在战场上，就放了一枪。原本只想把他打伤，留个记号也就算了，故意瞄得偏了点儿，不想，刚要搂机子就起风了——就没算计风，结果，李师长布袋一样，栽那儿再没起来。咋解释翠羽都不信，结果，俺立了功，翠羽就走了。唉！她那会儿，再结结实实打俺一顿该多好！哎，哟，哟，哟——吔……一句话也没——有，说——吔……俺给你说，这可是，真……真……真的。”

老杜最后说：“那个女人，真好，比敏敏还俊。那年头，半布袋红薯片，就能给做个大媒！忘不了红薯片哟，俺年年把它当神气供着，不信你看！俺给你说，这再不能有假。”

边起升往屋里的小墙洞看去，本来该贴神码的地方，果真摆放着红薯片。

老杜看了一会儿后又哭了，“吧嗒、吧嗒”掉眼泪。

一个晚上，边起升和苏敏敏悄悄到了驴肉店，两个人从院中的水井里，提上来一口铁黎木的箱子，箱子很沉。边起升一路背着，放到了苏敏敏新住的院子里。

边起升要回沙水时，苏敏敏勾着他的脖子问:“你不想看看，箱子里是啥东西？”

边起升说：“老杜说过，啥也没有人好。”

苏敏敏把嘴凑到他的腮边，香香甜甜地亲了一口：“老天爷该照顾俺了！哎！你说，老杜真知道那煮肉的方子？”边起升好像沉醉在那一身的幽香里，他没有说话，苏敏敏却一脸的幸福，像春风里灿烂绽放的花。

“大火开锅快，大火是火燎皮；文火开锅慢，文火入了内。好东西都在里面，要慢慢来，口外的烧羊肉，就都一个味——知道了？俺就是老杜的那个翠羽！像不像？不信？慢慢你就知道了。”苏敏敏说话的时候，双手托着两腮，清眸流盼，嫣然巧笑，是桃花溪水经久洗濯过的一缕温柔。

第二十六章

农家话桑麻　瓢饮不煮茶

魏老大娶了张雪梅已近三年，女儿巧鱼刚过了一周岁，正歪歪扭扭地学走路，除了睡觉，没有半刻的闲暇。巧鱼和张雪梅一模一样的眉眼，白嫩的小脸蛋，大眼珠子忽灵忽灵，巧鱼是他们两口子的心头肉。

魏老大家的农具是庄稼人的荣耀，他的锄板耀眼夺目，和镜子一样，能照清人的每一根胡须，上面刻载着他不尽的劳作与辛苦。

魏老大情愿给人白做一天活儿，却不愿意把他的农具借给谁使，他怕被那些心劲儿不太大、蛮力很不小的人，给弄得不好使了。想借他的农具，要讲究门道。

进门后，要先说："哎！巧鱼，这小妮真俊，还勤谨，模样随娘，勤谨随爹，老大真的好福气。"魏老大自是什么都点头，张雪梅也是脆生生地笑："要做甚？一张甜嘴嘴！""甜嘴嘴"暗自欢喜，扛起魏老大的锄或镬头使去了。

张雪梅刚到大坡地的那段时间，遇到个相熟的人打招呼，总爱说："做甚个咪咪？"

开始的时候，多数人听不懂，往往再问一声："说啥？说啥？啥'个咪咪'？"张雪梅脸一红，不好意思地一掉头，走了，像飘走的一阵风。等听话的人明白，大概不是个坏意思后，那股风已飘远了。

于是，调皮的孩子远远地冲着张雪梅喊："个咪咪！个咪咪！"

大人们在场时，往往会沉下脸呵斥："兔羔子！才知道屙尿，就忘了大小？叫婶子！"孩子们大声叫着"个咪咪婶子"跑了。时间长了以后，一些叫张雪梅嫂子的人开玩笑，见了她呼叫"个咪咪嫂子"。后来，张雪梅见了人就问："做甚个？"——去掉了"咪咪"。

也就两年多的工夫，张雪梅把拖腔叠字的习惯改了大半，还学会了好多当地方言。她的姐姐张红梅说："俺妹子，可惜没能念学堂，要学门外国语，准是个再伶俐没有的人了。"

在女人当中，张雪梅的身板不算大，但真要做起活儿来，样样拿得起放得下。尽管十里之外风俗不同，仅年余的工夫，她就和男劳力一样，锄地、耪茬、担担、赶车，样样动得了手，社里评工分，挣九分工的女人也就三两个，她是一个。

怀着巧鱼的时候，眼看到了临产期，她还扛着镢头出工，魏老大嘟囔，张雪梅说："瓜熟自落，瓶满自溢。跟解手一个理，怕个啥！"

魏老大有个串门子坐夜的毛病，而且不论妇孺老幼，只要说对了一句掏心窝子话，就像扯住了他手里线轴上的线头，拉不完是万万松不开手的。尽管他绝无杂念邪心，但那些李下正冠、瓜田纳履的事，许多时候，是没有多心的人做，但有多心的人看。

和许多女人不一样的是，对付魏老大，张雪梅的办法独到而绝顶。

魏老大晚归的几个夜晚，张雪梅早早铺好炕，打发孩子睡下了，拿个草片儿，盘腿坐在土炕前的火台上，颇似一位打坐参禅的尼僧。后来，在进大门的地方，她给点上了一盏罩子灯。

黑咕隆咚里走来的魏老大，被满院的亮堂吓了一跳。他知道，张雪梅是个省吃俭用的人，冬天里天明得迟，张雪梅早早地爬起来，做饭都是摸黑的，她不忍心让嗞嗞吸油的捻子灯燃烧。

魏老大进门后，慌忙把罩子灯吹熄，摸索着把张雪梅抱进被窝。她轻轻地叹口气，在黑暗中吻着魏老大，他就好像置身于静峦寺南山上，火一般熊熊燃烧的红叶之中了，整个身心，都在她的火热中激荡着。他真的感到万里云川入画图了。

从此以后，魏老大再不串门。

张雪梅会唱山曲，荡气回肠的旋律，像天际深处涌来的风。曲子里镌刻着黄沙土中的哀怨，蕴含着高原人不屈不挠的奔放，很好听，是如泣如诉、辽阔又悠远的那种。

有人想听张雪梅唱曲儿，要先从魏老大说起："看！准是老大锄的地，看不见一棵草，三根、五根的一堆，匀死了！老大耩的地，像比着线，心笨手拙的人，比着线也做不出来！多好的一个人，等了这些年，就是为了你！真真是千里姻缘一线牵，几辈子给捏咕出来的！"

每逢此时，张雪梅总是遮掩不住的一腔欢喜，嘴里却嗔骂："俺家那匹死笨的骆驼，可不是一身的蛮力气！"女人们进一步怂恿，她就给唱上一曲。

大家最爱听的，是那首和《东方红》差不多的调调，张雪梅能唱出不一样的好几种：

芝麻油，白菜心，要吃豆角抽筋筋，三天不见想死个人，哼儿嗨呦，哎呀，我的二哥哥……

骑白马，跑沙滩，你没有婆姨我没有汉，咱俩捆成一嘟噜蒜，呼儿嗨呀，土里生来土里埋……

骑白马，挎洋枪，三哥哥吃了八路军的粮，有心回家看姑娘，打日本就顾不上，要穿灰，一身身灰，肩膀上要把枪来背……

三年多了，张雪梅还没有回过娘家，或许是想念了，有一天，她想吃顿莜面鱼鱼，把二十多斤小麦当莜麦做了起来。她先把小麦在锅里炒至焦黄，再磨成面，用开水烫过之后，在案板上搓出一条条的莜面鱼鱼，不想煮入锅里后，一条条地化了，煮出一锅香喷喷的粥来。

她磨面的时候，有几个女人好奇地看，做饭的时候，更是睁大了眼睛，看她的莜面鱼鱼，做好后，就齐声惊叫："莜面鱼鱼？啊！吔——腊八粥喂！腊八粥该使米面做吔……"

瘦三娘一天比一天急躁难耐，为了男人的那个终生嘱托，老白家拼尽所有，终于供出了一个明光耀眼的读书儿郎，可就是这个明光耀眼，早到了"谷雨前后，点花种豆"的季节，却不去做那个"点种"的活儿。瘦三已经错过了季节，没有了收成，再误了文昌，那如何了得！对不住男人，对不住老白家的列祖列宗不说，大坡地人对白家的崇尚，不包括白家的儿子娶不上媳妇，接不上香火！

对白文昌有些意思的肖红艳，瘦三娘早就说过，肖老师是条大鱼，她家的水池子小，养不起。但不管是钩先下，还是鱼先来，白文昌却自始至终，没有松开过手里攥着的那根线。

肖红艳是个文化人，人鲜亮，心也鲜亮。她到了白文昌家，瘦三娘倒也乐盈盈地接待，她瞄一眼有点儿脏还有点儿皴的那个小板凳，总是说，站着就好，站着就好。

瘦三娘更加坚定了她的信念：这条大鱼，咱真养不起！当娘的却分明看见，儿子心里的秤砣，分明在肖红艳那边歪着。

周大中的二闺女周山杏，隔几天倒也来家里转转，看一眼那个脏板凳，口无遮拦进啥出啥："也不洗洗擦擦，坐上去扎屁股！"扎屁股倒也坐了上去。

老太太相不中那个"进啥出啥"的脾性，但看到周山杏粗壮有力的腰身，抱孙子的强烈愿望，又令她犹豫起来。

瘦三娘选儿媳的标准，是依了她用的那把铁瓢来的：物美价廉且经久耐用，碰了一身的坑坑洼洼，仍然什么都不耽误。

周山杏走的时候，甚至连招呼都不打，老太太照样送到大门口。看着周山杏的背影拐过墙角后，她怔怔地在那里站半天，心里想，那个板板实实的腰身，真比宝妮差不到哪里去，不生几个小子才怪！真是，真是！

瘦三娘回头到屋里，盘起腿准备纺线，两只手抖抖得不听使唤了，不是纺车的轮子摇快了，就是拿花捻子的手抽慢了，越着急越不会做活儿，心里七上八下的。她在供奉的神灵前上了香，祷告了一会儿，找算卦的先生去了。

先生说了好些抓摸不住的话，她只记清了两句："恁小子眼时婚还没开[1]呢，等到梨花落，就该有信，再没信，就到麦梢黄了。"

老太太不能纺棉花以后，杏花还没开，梨花更不到开的时候，就天天等。当桃花不见了踪影，梨花也开败了，手就抖得更厉害，连缠线也不能了，心里急急盼着麦梢黄，却盼来了肖红艳的娘。

红艳娘叫肖淑梅，四十多岁，举止利落言谈得体，和肖红艳一样的标致可人，更是位招牌一样的城里人，了然一切又洞穿世事的眼神，暗藏着几分优越感。肖红艳两岁时，她爹就参了军，肖红艳和她娘，一直住在邢州的姥姥家。

红艳娘在大坡地只待了一天，白文昌竭尽所能，大献殷勤。红艳娘从眼角滑出一缕光，他感觉那缕光中藏着一团火，能把他烧成肉饼饼。

红艳娘要走的时候，来到了白文昌家，瘦三娘正在拐线子。红艳娘"嫂子、嫂子"地叫，小心翼翼地说了许多拐弯抹角的话，瘦三娘静静地听了一会儿，说："嗯——呀，嗯！梨花还没开呢？也保不定是开了又败了？"——老太太还在想算卦先生的话："恁小子眼时婚还没开呢，等到梨花落，就该有信，再没信，就到麦梢黄了。"

红艳娘吓了一跳，她听不懂瘦三娘的话，好像正唱着的梆子，忽然冒出一句越剧道白，急急地问："嫂子，嫂子，怎么了，怎么了？"

瘦三娘静静地说："俺说，花该开的时候就开，该败的时候就败，不能开花就坐果，也不能光开花，总不坐果。"

正说着，线拐子从手里掉到地上，她索性一捋，全捋了下来："缠坏了，从头缠吧。"

临走时，红艳娘说："嫂子，你我都是一样的人，都是只有半个家的苦命女人，给孩子说说，他俩走不到一块儿——我指望着红艳，熬后半生呢！"

后来，肖红艳请了假，课由白文昌替着。肖红艳好长时间没回来，白文昌就

---

[1] 婚还没开：神灵给安排的结婚娶妻的时间还没到。

去了一趟邢州。

肖红艳住在一个大杂院里。刚到门口时，白文昌看到一个人，好像是肖红艳，坐上一辆小汽车走了。

红艳爹在一个木桌前坐着，小桌子很旧，桌面上被刀子划下一片坑坑洼洼的图案，像中国地图形状。红艳爹一手掂着把旧茶壶，一手拿着一个青花瓷大茶盅，晃晃荡荡的像是喝醉了："一碗喉吻润，二碗破孤闷，三碗搜枯肠，四碗发轻汗，平生不平事，尽向毛孔散，五碗肌骨清，六碗通仙灵……"

见白文昌进来，他一扬手，把茶盅里的茶水泼了过来，红艳娘忙去拿手迎。红艳爹说："他是反革命！他比我坏多了，你说是不是？"

来到院里后，红艳娘给白文昌说："你看，红艳还得误几天，她爹——病了，红艳——抓药去了。"

从家里出来，白文昌分明看到那个女人在流泪。

白文昌一直没有走，他一直在大杂院门口的远处等，直到街上的行人渐渐稀少，肖红艳才坐着那辆小汽车回来了……

因为错过了回程列车，白文昌在候车室待了一夜。

"呜——呜——""咣当——咣当——"火车的汽笛声，铁轮与铁轨的撞击声，搅和在一起震耳欲聋。那种混合响，有规律却无规矩，每隔上一段时间，就混响一次，而且夜越深，混响声越激烈。白文昌越来越感觉，那种混响，与肖红艳家和她家里的人，看似大相径庭，或许如出一辙。

肖红艳是随了母亲姓肖的，她的父亲姓刘，人称"大刘"，他奔放的性格，像山崖上倾泻而下的洪水，点点滴滴飘曳着洒脱不羁；挺挺拔拔的虎背熊腰，阳刚和烈火交织起来的俊伟。学生时他有一个形影不离、无话不谈的密友，也姓刘，人称"小刘"。

小刘的身板，比大个子的女生还要矮二指。小刘和大刘不同，爱独处，走路时永远低着头，嘴里还一直念念有词，像在背书。除了说起书本，看不到他什么时候能和大刘一样，眉飞色舞地侃侃而谈。小刘功课特好，经常受表扬而不常受器重，他有个心仪的女孩儿，就是肖淑梅，也就是红艳娘。

肖淑梅喜欢小刘，是钟爱才郎吟诗秀，不喜才郎蓬蒿命。有几次霜冷梦幽时，也有几次月衔柳梢后，气质美如兰的肖淑梅，对才华馥比仙的小刘，拳拳心语，殷殷垂念。到了又一个和风丽日、春娇人媚的日子，她还是嫁给了大刘。后来两个男人相约参了军，都提了干。再后来，大刘又喜欢上了别人。

后来，肖淑梅和小刘见过几次面，是大刘不再喜欢她，又喜欢上了别人的好久以后。

那时，小刘成了坐着小汽车开会、上班的一位领导。小刘还是低头走路的老样子，但每个骨节间，都跳跃着沉稳和老练，而且换了一个人似的，喜谈而善谈。她分明感到，有一股令人清爽的英气，在小个子的身上流淌着。一种无名的失落和惆怅，向她盖顶袭来。

终于坐在了一起，小刘和她既没有怀旧，也没有叙新。小刘得体的大度，把她拼命拿捏的那点点矜持，也给撞了个粉碎。分手时，肖淑梅一脸苍白，还有些语无伦次：“那个时候，你要是，再高……一寸，死活……就跟了你了……”

那应该是一句所有的傻女人都通用，而且又独树一帜的呆茶傻话，但聪明伶俐的肖淑梅，居然也这么说。小刘突然一惊，转而又笑笑，坐上汽车，向她挥了挥手。她泪眼模糊，连小刘往哪个方向去了都不知道。

后来，她不敢回想那天的窘样子，还有说出来的傻话，每每想起那天的事，她总感觉自己，那天有点儿神经错乱，甚至有些不伦不类。

大刘总以为，自己是一只搏击长空的苍鹰，背负青天九万里，可以傲视每一只浑身瑟缩的鸡，他永远会俯瞰红尘，凌驾碧霄。未料想，他连工作也搞丢了！那只搏击长空的苍鹰，从高空落下时惨不忍睹，遍体鳞伤，面目全非，还没有一只鸡好看。

肖淑梅从她原来的婆婆那里得知，那只一飞冲天的雄鹰，真是摔得太惨了。开始的时候她泪如泉涌，甚至有些痛不欲生，翻江倒海几天后，又有一股说不清的酸酸甜甜的味道，有点儿幸灾乐祸。再苦熬几个辗转反侧，大刘昔日的影子，又在心头清晰明亮起来。她发现自己永远惦念的，还是令她痛彻肺腑，又刻骨铭心的大刘。

因为大刘没有了工作，后来的女人也和他分了手。肖淑梅单身了好多年，在撮合自己和大刘破镜重圆这件事上，她不忍心让原来的婆婆辛苦奔跑，她对自己说：“我有多贱！唉！——也总不能因为那头牛，偷吃了别人家的嫩草，回头就把它杀了？不离不弃，是好女人才有的本分。”最终，她又和大刘生活在了一起。

此后，她便开始奔走大刘的事。她先到小刘的单位去，第一次，站岗的根本没让进。她回到家里再三想好了措辞，第二次早早地在秘书的屋里等。终于轮着自己见领导了，可秘书说：“走走走！你事急？谁的事不急，领导开会的事不急？走走走，快点儿走！”

小刘上车的时候说：“有事到家里，这儿是真忙。”说话时，连个回头的工夫也没有。

肖淑梅到商店里挑了几样贵重东西，在小刘家门口转了好几圈，一会儿认为要说的话不妥，一会儿又感觉拿的东西寒碜。肖红艳找工作时，小刘就帮了忙——或许是因为东西寒碜，被分到了农村去？

肖淑梅正想往回走，刚好碰见了小刘的儿子东东。东东和肖红艳曾在一所学校读书，大肖红艳一岁。东东开着小汽车送回了红艳娘，把肖红艳接到了他家去……

白文昌回到大坡地，还没有到麦梢黄。

“兔羔子！几分钱的邮票，也舍不得花吔！”林满仓真高兴的时候这么嘟囔，真不高兴的时候，也这么念叨。

林满仓这次念叨了没几天，麦梢就黄了，他的儿子林有田就来信了，而且还寄了四十元钱，二十元给他奶奶，二十元给林满仓。林有田在信中说，他刚提了自行车厂的车间主任，妻子又生了一个闺女，儿女双全了！林满仓真想去天津看一看，又实在不忍心“咣里咣当”的火车，把他八瓣汗珠换来的票子，给“咣里咣当”了去。

认识林有田的人就骄傲地说：“前后都是胶皮胎的铁驴（自行车），原来是大坡地的林有田，领着一帮子人整出来的！有田，真混出人样来了！”满仓娘就长叹：“俺的孙哟，啥叫个人样？蛤蟆过一天，蝌蚪也过一天。就是进了京城，坐上轿，还不就是个孙？”

林有田给她的二十元钱，满仓娘以有田的名义，一个孙子给了一元，陈宝妮就不断地想象着大伯子林有田的模样。在盼望林有田的日子里，宝妮又生了个儿子，总不能再叫啥“狗”了，就请林先生给四个孩子都取了名，江河、江海、江波和江涛。听起来倒也好听，但一家人总感觉叫起来别扭，于是前三个还是照旧喊大狗、二狗、三狗，老四的小名叫成了四江。

陈宝妮生了四江后，满仓娘给孙媳妇攒了二十斤鸡蛋，老太太踮着小脚送来后，已有些上气不接下气，陈宝妮死活不要，满仓娘有些急。她从怀里掏出一个布包，一层层地打开后，抽出一张十元的票子，上面印着一个手指前方的工人和一个手抱麦穗的农民。老太太指着那张票子说：“看，俺这儿，不是还有二十斤鸡蛋？”

说着，又抽出一张红色的一元票子，指了指上面的天安门，给重孙压在了枕头下：“这儿是京城，俺重孙，好好儿长能耐，出息了，就住这里边。”

后来有人说：“陈宝妮净生小子，身板也不嫌瘦，敢情是一天一斤鸡蛋！”

有人看见了陈宝妮就问，陈宝妮一脸的自豪，又加了百倍的肯定：“不差，二十斤，一天一斤，俺当家的就吃了仨，那个东西，他死活不吃！”人家就笑：“一个月三十天哩！”

陈宝妮撩开怀，露出胖嘟嘟的腰：“俺生前仨，躺十天就起来做活儿了，这回生老四，老婆婆不让，有田也给写信，说俺给林家立了头功，叫好好儿将养将养，硬叫躺了二十天，不是一天一斤鸡蛋是啥！”

大西沟的东帮有一座炉渣山，传说是大宋年间的冶铁基地，当时的冶铁规模究竟有多大，尽管没见过史书上的完整记载，但经过近千年的风雨侵蚀后，残存的炉渣，仍的的确确是一座山。在岁月的变迁里，百姓们把炉渣山，改造出了二三十亩地，因为离村子较近，分给社员做了自留地。

麦子黄梢时，瘦三在自己的地里套种了黄豆。收麦之后，田野里到处灰黄一片，那片黄豆在阳光酷暑之下，绿得有点儿娇艳，在苍茫起伏的山岭间远远望去，像睡美人眉宇间的一点痣。田野间到处一片青翠的平常日子，不经意之间，也能看见几堆兔子屎，此时此刻，才知道漫山遍野到处都是兔子，它们成群结队，觊觎着瘦三的那块地，疯狂地啃咬那些鲜嫩欲滴的生命。挨着墙根的地方，一棵棵豆苗，早成了一根根细细的绿橛子，瘦三娘没什么事，拿个营生整日看着。

相近的一块地是林满仓的，四五分的样子。这天，瘦三娘早早地爬起来，胡乱吃了些早饭，赶到地里时，陈宝妮已送了一趟茅粪往回走，忽颤颤的大胸一甩一甩，手里还拉着一大捆嫩圪针，像是回家喂羊。

由于走得太快，红胶泥烧制的茅罐，在铁梁子上来回跳跃着，"哧咕、哧咕"的闷响。她粗壮浑圆的腰身，结实有力且永无乏困，像一面挡风遮雨的墙。林大头比白文昌仅大两岁，就成了四个孩子的爹。陈宝妮嚼着萝卜咸菜、酸黄菜，源源不断吞咽下去的小米稀饭，实实在在地滋养着林家的后代，林家也因此生动而鲜活。

后来，瘦三娘不愿意多看陈宝妮一眼，尤其是她那两个大奶，永远像两只装满水的猪尿脬，汩汩不尽的奶水，简直能养活一个成年人，所以陈宝妮的四个孩子都壮。瘦三娘坚信，生养子女就像烧窑，一样的坯子，好窑才能烧出坚硬如铁的好砖，母健子壮，母大儿肥。

瘦三娘拐完两个线锭，陈宝妮已担了十多担茅粪，整块地都浇洒得严严实实。近中午时，又把地翻了一多半，抡下去的镢头像挂着风，"呼呼"地响，不停不歇的劲头像在挖宝。

也许是孩子饿了，满仓娘抱着四江，颤巍巍地送了来。瘦三娘把仅存的一片阴凉让给了陈宝妮。两个老女人说着闲话，瘦三娘不忍心往陈宝妮那边看。四江鼻子一边哼哼着，一边大口吞咽着奶水，"咕咚、咕咚"地响——那是万丈清泉跌落至大地时，才能生成的优美雅韵！瘦三娘嫉妒得要死。

陈宝妮一身的喜气满怀，半个谦谨半个显摆，瘦三娘坐不住了。

“俺说，大头家的——”瘦三娘说话时一脸严肃，威不可测，像在颁军令。

陈宝妮一只手托着四江，一只手托着大奶，歪过头，一脸的迷惘：“嗯——”

“给文昌说个媳妇，除了学校里的肖先生，哪个都行，说成就拉鞭[1]！”瘦三娘说话时，像拿了一把大铁锤钉钉子，恨不得把说出来的每个“钉”，都齐生生地嵌入木板里，再硬生生地拿出来给陈宝妮看。

“大娘吓俺一跳，俺当啥事，媳妇还不是草地的蚂蚱——跺一脚乱蹦！要个啥样？七仙女，真找不着！”

瘦三娘接过四江，抱在怀里亲了一口，说：“庄稼主儿，只求有一块能长出好庄稼的地，别的，不打紧。”

回去后找了个空闲，陈宝妮像又抡起了打铁的锤，稳而准地把那块烧红的铁，敲砸得火星四溅、叮叮咣咣。

她把周山杏叫到家里，周山杏低着头，摆弄着四江一块干尿布，翻过来又翻过去，不住地看：“嗯呀，你个大胖子，还是打铁的性，那个人，那个家——”

陈宝妮手飞快，一把夺过尿布：“要是个吕布，早叫貂蝉勾走了！要住着金銮殿，你也攀不上！别光拿自己的腿，跟人家的胳膊比，人家文昌，好赖写仨字，叫你翻字典找半天，也认不清呢！这你还不知道？要不是那个布拉吉老师在那儿一直晃晃着，人家孩子早就一大堆了！”

陈宝妮干什么事都像打铁，一锤接一锤砸个不停，其实就是不砸，或许那块铁，早已经稀烂了。

周山杏松开尿布后，又抓起一个小板凳，小板凳的中间有个圆窟窿，可以坐，也可以织布架线子用。她把手指伸进中间的圆窟窿里，一晃一晃地转悠。

陈宝妮把圆窟窿小板凳忽地抓过来：“说，快说！对了心思，就给放个响屁，不对心思，就给摇个头，俺打闪响雷，进了下一个门槛，再不用进第三个！要不，

[1] 拉鞭：燃放鞭炮，此处意指娶媳妇。

咱就试……”

周山杏忽然手快，刚攥过小孩子尿布的手，一下就把陈宝妮的大嘴给捂上了。

时间不长，瘦三就到窑头村煤矿拉回了些矸石，把屋外的墙全涂了，灰蓝的颜色凝重而深邃。他把自己住的两间屋子，中间垒了一个界墙，里边娘住，外边他住。他娘原来住的屋子，让给了白文昌和周山杏。收拾了一番之后，也算亮堂。

陈宝妮扯拽着白文昌和周山杏，风风火火地领回了结婚证，但两个人的心里，都有些命该如此的无可奈何，也有些茫然混沌不知所措。

白文昌想，一张纸写了两个人的名字，从此之后就拴在了一起，恍恍惚惚之间，总有点儿乔太守乱点鸳鸯谱的感觉。

周山杏回到家里，躲进屋里哭了一场，至此她才明白，她的心里，早矗立了一个挥洒不去的影子：那个影子，早先骑过大马，挎过洋枪，一身土黄的军装；高个子，宽肩膀，人前人后，人模人样，青胡楂子里，记录着男人的阳刚和豪壮……

她做梦也没有想到，她的一辈子，恍惚之间，就和那个灰蓝的土坯墙连在了一起，就像她家的那头大黑驴，生前尥着蹶子撒欢，一旦把黑驴皮钉到了墙上，再凄怆也回天无力。

文昌娘看出了儿子的不快，把她的纺车垫平支稳后，摇了摇，淡淡地说：“儿吔，给你扛半袋谷种耩地，也不能想叫哪个小苗长它就长！谁和谁走到一团，那叫天缘，能给天缘捏咕到一堆的，那叫命！一口汤喝到嘴里头，甜也咽，苦也咽，甜的补身，苦的败火！——娘半辈子啥没见过，凡弄到一团的，都是冤家……”

大坡地人民公社成立，安乡长变成安社长。安社长为一对“冤家”，致了热情洋溢的新婚贺词：“……天大的贺喜！大坡地人民公社刚刚成立，一对新人，有幸盖了大坡地人民公社的第一个印章！衷心祝愿你们，团结互助一心一意，甩开臂膀铆足劲儿，大干快上比翼飞……”

参加婚礼的俏皮小子们，为了开新婚夫妻和司仪安社长的玩笑，把贺词掐头去尾之后，到处宣传说，安社长主持连襟的新婚仪式，让连襟“铆足劲儿大干快上”。

农家话桑麻

第二十七章

闹市生奇闻　深宅锁冤魂

有人说，在大坡地北圪台儿上聚集过的人，一齐吐口唾沫，足以淹死一个虎背熊腰的大汉。但绝没有人吐傻二小的唾沫。

每一件振奋人心的事，都能在北圪台儿上激荡好多好多日子。处决了杨老歪之后，北圪台儿上最让人心激荡起来的，是一位英雄和两个半仙。

英雄是边老拐的儿子边起升。原先没有多少人注意到，被瘦三的灌肠烫了一嘴燎泡的那个孩子，突然长大了，并能为太行山的无数冤魂报仇雪恨！此后，他由大坡地村民兵连连长，提拔为大坡地人民公社民兵营营长。一杆杆的钢枪威风凛凛，锁着钢枪的那间屋子的钥匙，也威风凛凛地拴在他的腰上。

第一个半仙是边老拐。

处决杨老歪不久，大坡地的民兵怀着满腔仇恨，在马河滩进行了实弹训练，边老拐从家里扛来半扇破门板，在上面画了一个大秃脑袋，下面写了“杨老歪”三个大字，还打了个红叉叉。盖狗剩讲了打枪的要领，示范打了十枪，门板上被钻了十个窟窿。

边老拐拍打着歪屁股喊：“使劲儿打！打他个稀烂！那块门板，烧火俺都嫌它冒烟！”

后来，民兵们把两三箱子弹快打完时，门板上只看见二三十个洞。边老拐有些急，把剩下的几粒子弹一把抓到手里，一边趔趔趄趄地跑，一边心急火燎地喊：“起升！是俺儿，你就给拿把枪来，叫恁爹显摆一回，哎！哎！都听好了：棋盘山里的闺女，鸽子岭上的地，谁整住了跟谁去！十八闾上的神气是白毛仙，一声吆喝是泪涟涟，俺边老拐就不信，鸡毛上不了天！”

在场的人都感觉：边老拐神经错乱了，至少，也是被鬼架住了。

边老拐端着那支步枪，把压进去的子弹，“当——当——当——”地打在了马河滩里，打完之后又喊：“杨老歪！白毛仙黑夜给俺说了，马河滩不留你的臭骨头，一个雷，一场雨，你王八蛋，就滚到东海了！”

在场的人惊恐万状，面面相觑，边老拐“呼——呼——”地喘着粗气，浑身大汗淋漓，黑眼珠牵着白眼珠向外突出着，鬼附了身一般。有人去夺他手里的那支枪，他才突然扭过头问：“嗯？恁都信不信？”

令人们惊讶不已的是，当天晚上，突降一场暴雨，自太行山七岭八沟聚集来的洪水，向马河滩一路奔涌而来。河水落了之后，河滩上处决杨老歪的地方，被流水冲刷出一条深深的大沟，露出了河床下青黑色的岩石。

第二个半仙是傻二小。

傻二小已二十多岁，头脑和眉宇之间的明显特征，都实实在在地证实着，他是老林家的不二传人。他早早地脱了鬓，流不尽也擦不干的鼻涕涎水，直勾勾的眼，半弯着的腰，走路时每迈一步，都要把腿抬得老高，再缓缓地落下，像瞎先儿遇到了一条不熟悉的路。一脸开了口子的黑皮，洗不净也擦不干。每年草芽青和草叶黄时，他就疯得厉害，说不清楚几个字，还一刻不停地四处疯跑。再没有人能把傻二小，和那个“耳大有轮，眼大有神，鼻大有根，嘴大有唇”的林有良联系起来。即使偶尔的时候，能听到他一两句还算明白的话，也像天空中划过的流星，转瞬即逝。

傻二小的大脑颠乱了尘世的一切，令人奇怪的是，他对于村里的殡葬礼仪，却清楚得很，远胜过那些经历不多的年轻人：给过世的人穿寿衣，戴噙口钱[1]，铺垫背钱，烙打狗的饼，往袖筒里装喂蚂蚁的麸皮，钻老盆上的窟窿，点长明灯，等等，傻二小不仅样样俱知，而且做起来面面俱到。高兴的时候，还和死者的儿女一块儿守灵，有时还陪着痛哭几声。包括出殡头天晚上的送魂[2]，傻二小都会一并参加。

抓杨老歪之前的一段时间，傻二小每天在马河滩转悠，有时候，还在那里呆坐半天，自言自语地说上一会儿，或冲着河滩骂上几句。路过的人问他干啥，傻二小摆摆手，说："别叽喳！悄悄的，判官司、阴曹司、轮回司，还有十大阴帅，都正开会呢，一会儿，轮到俺说了。哇咦——呜儿——噹……杆子锤！杆子锤……"

傻二小又叽里咕噜了一通，指着马河滩说："看，就这一会会儿，商量妥了不是？就是这儿，那个大王八精，就在这儿拿了！"

刚说完他就疯跑起来，一边跑一边喊："不碍俺，不碍俺！俺不说，他非问，别打别打，再不说了，再不敢说了！"两手捂着头疯跑的样子，就像有人在追着打。

第二天，傻二小找到那个问话的人，走到哪里跟到哪里，还一个劲儿地嚷："都怨你，都怨你！叫人家打得不轻！真是活受罪！活受罪！说你也听不清，听清你也不懂！哇咦——呜儿——哇哩忽儿——噹……杆子锤！杆子锤……"

从上午一直撵到下午，那人有些急，掏出一角钱给他，傻二小连连摇着手说："不要，不要！不能花，不能花！哇哩忽儿——杆子锤！杆子锤……"

那人真急了，买了五分钱的冥币塞给了傻二小，把剩下的五分钱装回自己兜里。不料，傻二小抓起那把冥币就跑了，一边跑还一边喊："花个钱吧你！谁叫你多嘴，人家打得俺戗不住劲！哇咦——呜儿——哇哩忽儿——杆子锤！杆子锤……"

那人就说："咳！怪了，真遇见鬼了？也不到草叶青的时候，咋就疯得那么狠？"

马河滩真的成了杨老歪的刑场后，问话的那个人在北圪台儿上，把围着他的

[1] 噙口钱：塞进死人口中的铜钱，由两根红线拴着，红线挂在耳朵上。

[2] 送魂：恭送死者亡灵的仪式。

一圈人，都给说得脊背发凉。

后来大家一起留意，终于看出了更多的端倪——傻二小不仅是傻二小，还应了阎王殿里的差使——是个犄角鬼[1]。

不长时间，人兽两用先生王老水归天后，好多人大惊失色。

王老水去世前的那几天，他应该是又赚了谁几个小钱，坐在大门外的三条腿凳子上，无比欢跃地摇荡着二郎腿，一只手叉着腰，一只手高擎着一张大饼，几乎每咬上一口，都要笑上一阵，说上一阵："嗯，还真是，就是这么一个意思，这开——天——辟——地！嗯，也就是这么一个意思……"

傻二小许是饿极了，抢走了王老水的饼。但多半是有着其他的蹊跷，因为除了大脑混沌、面貌腌臜，对所有的身外之物，他向来是一个十足的谦谦君子。不想那天真是奇怪，傻二小突然双眼血红，面目狰狞，劈手夺过王老水手里的半张饼，一把揣进那个脏兮兮的怀里了。

王老水不知使了些什么手段，傻二小弯着腰，抱着那半张大饼，杀猪一般地"嗷嗷"叫了半天，最后也没有松手。王老水蹲到一边喘粗气的工夫，傻二小猛蹿到他脸前说："吃够了！你吃够了！你还想吃？哇哇哇哇……呸呸呸！省下这一口，你还能等三天，吃了这一口，今儿三更，就得拴铁链！东洲的石牛刀光光，西天的铁马钩镰枪！哟哟哟——啊呸——忙死俺！忙死俺……"

傻二小吃了那半张饼，也就过了三天，王老水正时正点，往那边报到去了。

至此人们忽然明白，生死有命富贵在天，早已是圣人参透了的事，人生在世，哪个不是先造死后造生！阎王叫你三更去，谁敢等你到五更！命里三升就三升，不用搭黑起五更——给你一斗也背不动。

人们又想起，算卦先生说傻二小"有地不种，没翅能飞"，"有地不种"自不用讲，"没翅能飞"，似乎更有了明证，在马河滩问傻二小的那个人，胆战心惊说："咋不是！那天，他叫一群小鬼撵着打，一路吼喊着，俩脚不挨地，真跟飞一样！"

后来人们又发现，村子里谁家有人即将离世，傻二小一连几天在那一带转悠，

[1] 犄角鬼：尚在红尘，却同时应了阴间差事的特殊人。

死者儿女们的第一声哭叫刚开始，傻二小就准时踏进了门槛。

后来，他甚至还到附近的村庄去，有人说："傻二小该是升官了，管的地方大了，管的人也多了。"

土地分配之后，王家的花园格外寂寥起来，王家的西院，给四户贫农分着住了，通向花院的门，后来被堵了个严严实实。垒门的时候，专门从静峦寺请回一块大青砖，又请阴阳先生，在上面刻画了镇妖辟邪的符。

西院的北房分给了韩狗子家。如果不是新社会的到来，韩狗子这辈子，就没有过眉开眼笑的时候。尽管爹娘早早地给他娶了妻，但他的女人，在给他生了五闺女五爱后，又连接着生了三个千金，因为穷苦的家境，看不见有个翻身的时候，下边的三个，生下来就早早地送了人。

从父辈起，韩狗子一家都靠租种别人家的田地过活，因为家里吃饭的多，做活儿的少，超常的辛苦，也换不来一家人汤水稀饭的温饱，所以除了农忙，他掐头的蚂蚱一般，赶紧找零活儿打短工，挣几斤柴米贴补锅灶。当年给王炳中家的米店帮工时，因枪走火见了红伤，王维贵给了一斗米，八路军给了几十斤谷子，韩狗子一家念叨了好多年。

韩狗子一家自从住进王家的宅子，小日子眼看着一天天地好了起来，不仅灶里不愁柴，罐里不愁盐，而且还能吃上几顿小米捞饭。更令一家人惊愕不已、兴奋不已的是，住进王家的宅子不久，他的女人生出个大胖小子！直到儿子长到七八岁，两口子还常常感叹，王家大宅仅剩的一点儿脉气，让自己给赶上了。

一日，韩狗子的儿子说死说活，非要到花园里的大楸树上掏喜鹊窝，韩狗子拗不过，爬到了楸树上。他往窝里一伸手，没有抓住小喜鹊，却碰到了一个马蜂窝，被惊扰了的马蜂围着他乱蜇，他手一松，从树上摔了下来，除了头上磕了两个口子，浑身并无半点儿伤痕，躺在炕上摸着儿子，流了两眼泪，静悄悄地去了。

一年一年地过去，花园里总出些稀奇古怪事。半夜里梨花井上，传来辘轳的绞水声——其实井上的木辘轳，早让人给当柴烧了。绞完水，还有女人的洗衣声、捶布声和泼水声，过几天，还有“叮里咣当”唱戏的锣鼓声，满院子的驴骡，“咕咚咕咚”地整夜跑，不仅能听见响声，还能看见驴骡蹄子的印记！

最近一段日子闹得更是厉害，傻二小白天围着花园欢蹦乱跳地转，夜晚花园里就有个东西整夜地哭，后来那个东西，干脆坐到和烧锅酒坊挨着的房上哭。哭声凄惨无比，有时像猫头鹰叫，有时像猫搬家。也有人说，什么都不是，那是苗香香回来了！

人们请了手段高明的阴阳先生看，花园里的东西，却一个变成两个，又变成三个、四个，后来有人说，那个东西，半夜到梨花井里洗个痛快后，把烧锅酒坊的板凳桌子，齐整整地摆到了房顶上去。

人们终于无法忍受了，找到了刚改称呼不久的安社长。

安社长嘿嘿一笑：“啥牛鬼蛇神，敢在党的红旗下招摇撞骗！起升，你去把这事办了，要办好，要对党负责，又对群众负责，这是组织考验你的关键时刻！”

边起升和父母商量了半天。两天后，边老拐想出了办法，他说：“人世上最厉害的东西，不过两大件，不论是人一样的鬼，还是鬼一样的人，都管用——一个是钢枪，一个是印章。”他撺掇儿子：“先把枪械库搬到那里去，再给安社长要了民兵营的大红章，气气派派地在那里摆个办公桌子，把大印章恭恭敬敬地往里一锁，啥妖猫古怪，都不敢着边！没听说八路军打三百台的炮楼子，一个大炸弹，就把里边的鬼子炸了个血肉满天飞！魏老大跟林满仓那伙子大傻蛋，看见四处一块一块的肉，非说那是日本鬼子的大洋马肉，就地找些柴火，烧烧燎燎，就给嚼巴嚼巴吃了！至如今，还没听说哪个不要命的鬼祟，敢找哪个吱吱声！”

边起升把自己的想法一说，安社长说可以考虑。紧接着，就有人告到梅书记那里。当时公社的住房很紧张，正准备让民兵营搬出去，梅书记对告状的人说：“你说啥？边起升想另立门户？想脱离党的领导？一个小小的民兵营营长，芝麻大的官都不是！你以为那是庄稼地里长了棵草？就那么容易？美国的飞机大炮，都还是一堆废铜烂铁呢！淮海战役团自为战，营自为战，连自为战，哪个脱离了党的领导？孙猴子翻一百个跟斗，也就在五指山下撒了泡猴尿，到头，还不是被压在了五行山——也就是咱太行山下？亏你是土生土长的太行山人，大惊小怪，大惊小怪！”

边起升把民兵营搬到了烧锅酒坊，和酒坊紧挨的花园里的北房，做了枪械库，他还在临近花园的墙边，栽了一个大杆子，上面扯了一面“大坡地民兵营”的红旗。

王家花园的那个东西，间间断断地还有动静，许多人猜疑，那应该是王炳中的三太太苗香香。也有许多人不相信，因为苗香香在世时，给多数人的印象，是天生的一个可人，摇摇曳曳的像朵花，恬淡又宁静的行动做派，犹如从鼻孔里钻进钻出的空气，如果不是患了感冒，或得了什么大病，来来去去一万回，也惊扰不到谁。

再说，苗香香该是个恩怨分明的人，她的死，是因为装了一肚子东洋鬼子的污水，既然有那么高的道行，就一定会腾云驾雾跑到日本，在一个个小鬼子的要命处，点种下一片片黄豆大小的脓疮，奇痒难忍且百药不治，还不能过人的生活，更不能生儿育女，不抓挠就难受得要命，抓挠几下就是一裤裆黄水，叫一个个万恶不赦的鬼子，求生不得，求死不能！——苗香香也一定会那么做！

王炳中很相信那是苗香香。多少年来，那个吊死鬼模样，一直在他的心里钻着——长长地伸在外边的舌头，圆睁的双目全成了眼白——那是她对王家，对那个花园，无限眷恋的缘故。苗香香活着的时候，特喜欢那个花园，经常说，探头探脑地伸向围墙里边的山，和她娘家的山连在一起，她能闻见这边山上的草，跟她娘家那边山上的草，都是一样的味。

王炳中深信，她坐在房上号叫，那是在看守自己的园子，至今，有谁还敢去园子里动半截柴火棍？——王炳中惊惧之余，又有点儿得意扬扬。

王炳中和雷月琴生的闺女丑妮，已十一岁，他对这个闺女抵触了十一年，闺女从来没有响响亮亮地叫过他一声爹。这天，他揪住丑妮的一根小辫，酸酸甜甜地说：“闺女，这好东西，是谁的就是谁的，是不是？咱家那么好个大花园，咳！愣是没人敢进！”

烧锅酒坊里扯上那面大红旗后，王炳中到那里转悠了一遭。边起升的两间办公室，原来是白锁住当账房时住的，冲门口一张大桌子，槐木的厚桌子面，下面一边是橱子，一边是抽斗，紫红色的油漆，闪亮而厚重。

边起升坐在桌子后面，端端正正很威武的样子。在王炳中看来，一对小眼睛出溜出溜的不安宁，明显的底气不足！

王炳中干咳两声，把一块大石头蹬到了院中的水池子里，池子里早没有了水，只往下面砸了个坑。边起升笑吟吟地迎过来："大爷，想起来旧地重游了？上头有精神，要建设工业强国，全体社员都在工地上，你一个人到处瞎转悠，弄不好，给整个落后帽戴戴。"大坡地一带俗称伯伯为"大爷"。

旧社会，自从边家不阔了以后，边老拐就改口把王炳中唤作"叔叔"，按理，边起升该把王炳中唤作"爷爷"才对，但自从王家的烧锅酒坊，做了大坡地公社的民兵营，边起升又成了民兵营营长后，他把王炳中这个"爷爷"，又给降成"大爷"了。

烧锅酒坊这边，有通向花园里的后门，两块门板龇牙咧嘴地歪扭着，但厚重的老榆木仍坚硬似铁，敲一敲"当当"的响声。王炳中想从这个门过去，到花园里看看。门框很破旧，一根横弦掉了下来，他踮起脚往里瞅了瞅，满眼的野蒿子、荆蓬子、白茅草，人钻进去看不着头顶。他浑身一颤，荒废已久且不忍直视的悲凉，几乎把他倒撞一个跟头。他想起了父亲，还有他在梨树下坐着的官帽椅、抛在梨树下的大火雷、梨花井内提上来的清冽冽的水、套在傻二小鸡鸡上的银扳指、林满仓抡圆的大铁镐、苗香香上吊的苦楝树……

静幽幽的蓝天下，一样静幽幽的大地上，那个桃李舞雪、莺燕唱诗的春华秋实，早变成一个遥远的梦，一畦春韭绿，几垄菜花黄，已久久地锁死在寂寞的玉带坪了。

"大爷，属啥，比俺爹大几岁？背都驼了！"边起升一边锁门一边问，一副要走的样子。

王炳中说："属驴，四十五了！"走到那棵皂角树下，他往起挺了挺背，扭回头对边起升说："罗锅了？罗锅也不碍事，骨头硬！"

白文昌后来被抽调到大坡地人民公社，做了大坡地村的联络员。周大中忧心忡忡地问安社长："联络员？乍一听，咋像搞地下工作的？不见天的事，咱家的人可不能干。"

安社长说，盖大全没有文化，又属于迈着四方步走路的人，建设社会主义，需要甩开膀子大干，盖大全需要一个帮助的人。"再说，文昌目前的主要工作在公社，过一段时间安定下来，再看看定夺。他比俺有文化，说不定，将来还得到县里，弄个啥的干干。"

周山杏住第二遭娘家后很少回来。白文昌日日往周大中家跑，夜黑人静之后，一个人回来的时候多，瘦三愤懑不已，郁郁寡欢。

白文昌做了联络员的第二天，周山杏一个人早早地来了，灰蓝色的土坯屋里，拾掇得井井有条、光光年年。瘦三早早闩了大门，安置小玉跟奶奶早早睡了。半夜里他起来方便，怕惊扰了不敢惊扰的人，光着脚去了一趟茅房。

联络员不断地给党员干部开会，一个最重要的信息就是：好日子就要来了。人民公社无限好，大米白面吃不了！

好日子即将到来的消息，振奋着每一个人，那个措手不及的幸福冲动，叩击着每一个人的心扉。好多人问瘦三："三哥，这好日子真的要来了？"

瘦三一双枯瘦的手，麻利地一阵挥舞，比翻灌肠还要轻巧灵活："那还有假？俺兄弟一直这样说！"刚好白文昌也走了来，那些人接着问："那真就'楼上楼下，电灯电话，洋犁洋耙，要啥有啥'了？"

白文昌抄了手，颇有些干部模样："人民公社是桥梁，要耐住性子，跨过桥去！不过，这桥也许很长，但只要上了这桥，啥都好办了！"

尽管也有少数人不信，但"大米白面吃不了"的话，很快在屁三的身上得到了验证。

屁三还是屁三。有人说，屁三是一个没过门的闺女生的，因为有人说，黄花闺女生的孩子，将来长得俊而且聪明，所以屁三现在的爹和娘，当初才急匆匆地把他领了来。

屁三竹竿一样细长的个子，永远也挺不直的瘦腰，皮影人一样蹦跳的步伐，下巴小而尖，两颧高又壮，黑眼珠子太小，白眼球子过大，而且向外暴起，永远一副愤怒无比的模样。嘴巴奇大，嘴唇特薄，能自己吞下自己攥紧的拳头。

爹娘忙碌了一辈子，也没有给他张罗上媳妇。据说，屁三是八路军攻打三百台炮楼子时，一个东洋女人扔出来的，那女人或许是个高丽棒子，要不，咋就生了那么高一个儿子。

据说那个东洋女子很烂也很骚，被小窑头村那个杀猪的瘦个子，拿熟猪肚、烂猪肺哄着睡了好几回，杀猪的还经常给人谝，说他日了东洋闺女。曾有人说，啥东洋闺女！是个“舞乐妇”！或许真正的称呼，应该是“娱乐妇”。杀猪的养过几天的那个孩子，就是屁三。

杀猪的一脸猪肝色，总爱吹些不着边际的大话，为了向别人证明，他不支锅也不少吃饭的雄壮，曾指着屁三说：“看，还不信？种下的种，都结了果了！”

后来，屁三在小窑头村里不好过，最后，被大坡地的老两口儿白捡了去。老两口儿拼死拼活半辈子，也是命运不济，年轻时孩子生过六个，却夭亡了四个，最后只留下了两个闺女，尽管仍想为家族留下条根脉，可惜已岁数不饶人。捡回了屁三后，为保障这个儿子能够平安长大，避免阎王再给招回去，取名字时，首选了人不喜、鬼不爱的“屁”，为了避免那些贪婪鬼的无端觊觎，取了一个“三”，把儿子藏在了两个闺女后边，寓示这个孩子和前面的两个闺女，一样的不金贵。

屁三终于长大，不想越长越难看，他娘暗地里说：“东洋地里长了一棵瘦高粱——一个早坏了风水的地，就出不了好人才。唉！”

后来有人说，屁三的确什么也不是，就像山根根种上的庄稼，土薄、水少、石头大，加上野兔子啃，指不定就长出个四不像。杀猪的那个人，一辈子说话四面透风，就当瞎先儿念叨东方甲乙木、南方丙丁火，朱雀飞到哪里还是朱雀，闲时过过耳朵解解闷，忙时该干啥干啥，就当刮了一股风。

那天，大坡地要开大会，平时，连喘气都想让人替了去的屁三，表现格外勤谨，人民公社的大食堂已万事俱备，大会就是要刮适时而来的东风。屁三的动力源泉，是好日子的即将到来——都过上了好日子，就不能让他屁三再打光棍！周巧巧的男人蛤蟆，已死了有几年，明明放着一个现成的，人民公社再不能让他们两头都闲着。屁三这样想。他想好好儿表现表现，做起活儿来格外卖力。

临近中午时，屁三因为早起没吃饭，加上又是体力活儿，前肚皮早贴到了后脊梁上。他一屁股坐下来，攥着拳头，往嘴里伸了好几个来回，说："这要是块咸牛肉多好！一嘴吞进去，连周巧巧的屁股也不想了。"

旁边的人就喊："屁三！快干，坐在那儿，整天思谋啥好事？你狗日的拳头骨朵还小，那要真是块牛肉，少说也有半斤，来来回回地塞，塞十回至少五斤，吃下去不撑死你！"

屁三正饥饿难耐，跳起来喊："浪叫你个贼羔子！你给俺弄五斤牛肉来，俺要是吃了，叫恁媳妇褪下裤子，叫俺白看看，要吃不了，俺叫你个亲爹——谁草鸡，生个孩子没大腿！"

也是刚好，社里一头牛难产死了，正在准备开灶的大食堂里煮，这时候，活儿也做得差不多了，几个人吵吵着，找到大师傅切了五斤熟肉，说屁三要是吃完，他们几个情愿饿一顿。

开始时，屁三把那一个个"拳头"，眨眼间就吞了下去，时间不长，"拳头"就变成了"手指头"——改成一条条地往嘴里撕了，还剩下斤把重时，就撕也撕不动了。

白文昌刚写完宣传标语，看到屁三躺在南墙根，一副要死的样子，知道事情的原委后大喊："还不快往医院送，快闹出人命了！"

几个人刚一抬，屁三像马蜂蜇了屁股，高声尖叫起来——他已撑胀得不能动了。白文昌赶紧让人去医院叫万医生。

万医生叫万少红，三十来岁的年纪，中等个头儿，远远望去，像木匠按着心思做出来的模板：身段锯出来一般笔直，面皮刨[1]出来一般光滑，浓荫似水的一张脸，不笑也不恼，没有亲近也没有疏远。心理变化最急剧的外在表现，就是疾

[1] 刨：读bào，木工用木刨刨平。

走和慢走，像水中的一条鱼，最激荡的时候，是快速摇了尾巴，至多再翻挺一下，溅上两个泡泡——总是一模一样的程式。难以见到心动神飞的那一刻。

屁三没吃牛肉之前就说过，人家是个太医一样的先生！甭说别的，就是吕布戳到那儿，都是晾晒在脸前的一块肉！先生啥东西没见过，要是都稀罕，那就不能活！

万医生原来在邢州市医院工作，中华人民共和国成立那年毕业的大学生。丈夫系民主人士，出了些个人观点上的事情后，和万医生离了婚。支援革命老区建设时，万医生报名来到了大坡地。

万医生提着红十字小皮箱来了，几个人正给屁三喂水。万医生皱着眉头喝了一声：“不能灌水！不怕胀破了胃？一点儿医学常识也没有！”

屁三双目紧闭，呼吸急促，腿和手一蹬一伸地抽搐着，胸膛上的两排肋骨，像耪上边七长八短的两排耪条。万医生给听了听，敲了“耪条”几下，又掰开眼看了看，让两个人一组，轮流架着屁三满院子走。

第一组的两个人把屁三往起架时，他一直挺着腿拽不动，咬着牙闭着眼说：“哪儿来了个狠心娘儿们，别折腾俺了，叫俺安安生生地上路吧，受，不，不……了……了……”

万医生拿出一个明晃晃的小锤子，在屁三腿上轻轻一敲，那条腿像被火烫了一下，突然弹了起来。万医生一摆手，两个人架起来就走了。

开始的两圈，简直是拖着屁三满院子转，转了几圈后，屁三开始哼哼，而且一圈比一圈哼哼的声音大。半后晌时，他就能让人扶着慢慢走了。万医生叮嘱两句后走了。

在场的人松了一口气，毕恭毕敬地送万医生远去。

屁三被大食堂的牛肉差点儿撑死的新闻，像被谁安了翅膀，在大坡地的大街小巷飞。参加那次大会的人们，似乎增加了一项会议内容，知道的人在开会前，一群群地向大食堂的院子里拥，没顾上的，散会后也闹嚷嚷地去探看屁三。

屁三胸脯剧烈起伏着，一副劳累过度的样子，无论见了谁，睁眼闭眼就两句话，等他坐起来说第三句话，问话的人就要自讨没趣了。

又有人来了，屁三使劲儿睁了睁眼，说："不用管，没啥，就是胸脯子和脊梁骨，来回拽着疼，米汤都不愿意喝，喝一口，都觉着坠得慌……"

来人假惺惺地说了许多关心话，屁三闭上了眼："掏了多少钱？谁掏，掏给谁？一分钱都不用掏！五斤？没吃了，除非驴肚谁能吃了……万医生？没顾上看，性命都不顾了。她说话的声音真小，就像在青龙岭上说话。嘿！还真是万医生，听声音就待见，真是一朵花！那就是个下凡的神仙！唉哟哟，要不是人家来，俺踅摸着，这会儿，恁都正忙着刨窑，准备埋俺呢……"

终于有个不着调的，又问了一句不该问的，屁三"呼——"地坐起来："能顶几天？你是狗豆子[1]？光进不出？想饱一辈子？你吃十斤去，撑死了，就一直不饿了！"屁三捂着肚子还没有躺下去，人们"呼啦啦"地走了。

此后，人们开始把家里的粮食，背的背，拉的拉，全弄到了大食堂的仓库去。一天多的工夫，食堂的仓库就盛不下了，公社开始腾挪库房，后来连办公室也用上了。

庄稼主儿开始拿着碗，端着盆，排着队领饭吃，吃完饭后，好多人去炼钢，拉着风箱杆，摇着鼓风机，冲天的火焰，燃烧着建设工业强国的自豪，再把一坨坨的大铁块码起来。有哪个能够想到，一双双种惯了庄稼的手，不仅不再自己做饭吃，而且它还能炼钢！

铁块像牛头垴顶的灰石头，里面还夹杂着龇牙咧嘴变了形的半个铁锨或铁锤。一支打着红旗呼着口号的报喜队伍，报到公社，报到县里，再把一坨坨灰褐色的铁锭，装上大马车"轰隆隆"地送出去，变成保卫祖国的钢枪，变成狠揍美帝的大炮，变成他们渴盼许久的洋犁洋耙。

屁三给周巧巧献殷勤时，碰了个软钉子，远远地躲到一边后，他大嘴一咧，涌出豪情万丈："都到了啥时候了，不用你洗衣、做饭、织布、纺线，除了生孩子、睡觉，你还能干啥！哼，该大的地方不咋大，该小的地方不咋小，说不定哪天好

[1] 狗豆子：当地人指寄生在猫狗身上只吃不拉的一种虫子。

日子来了，爬到俺炕头说好话，俺都不待见你——贱形！”

说归说，屁三就像一头没有记性的驴，刚刚飞来愤怒的一棍子，差点儿把头给砸扁，转了几个圈后，又吸溜着嘴片子，闻着味撵了过来。夜晚加餐时，他把周巧巧的儿子小宝晃醒，端着一碗水煮萝卜条，手拿一块大饼，晃晃迷糊着的小宝，硬往孩子的嘴里塞，周到而亲切的模样，比小宝的亲爹还上心，一声紧接一声说：“快吃，不吃白不吃，省下了，也没人给记功劳报喜，叫别人都吃了，亏死你！”

盖大全晃悠着走了来：“贼羔子屁三！你自己没撑死，想把人家孩子撑死？”

大食堂、大集体，像春雷之后冒芽的小草，铺天盖地而来，渐渐茁壮起来。苏敏敏走走停停向西挪，看见村村都在吃大食堂。村里的人祖祖辈辈在一起，闭上眼听声音，就知道是张三、李四，还是王五、赵六，苏敏敏想吃上口饭，像野斑鸠挤到鸡群里去抢食，只能饥一顿饱一顿。月余时间，她才挪到了沙水县境。

边起升知道了苏敏敏的信息后很害怕，她那个不寻常的行踪，就像兔子拉了一路的屎，说不定什么时候，就招来了扛枪的猎户。

苏敏敏的肚子像个小山包，脸上细密细密的汗珠子，靠在那个铁黎木的大箱子上，长脖子上的青筋，起起伏伏地跳跃着，她抽出那把德制小匕首，对边起升说：“有变说话，俺给你个干净利落。日后，过个寒食啥的，到十字路口，给烧几个纸钱，念吁念吁，就够了……”

苏敏敏说着，眼泪汪旺地把边起升抱在怀里。边起升从兜里掏出两盒高原羚递给她：“你把俺当成啥？咱啥时候都是直撅撅，俺是个立着尿、竖着走的人！收拾收拾，也梳洗梳洗，该描该画的，也整整，记住了，三天后，俺来接你。”

临走时，他凑到苏敏敏耳边，悄悄说：“俺就待见你身上的那股味！”

一天夜里，红彤彤的炼钢工地，也不再人声嘈杂，王家花园西北角，苗香香诀别红尘的那间小屋子里，苏敏敏又住了进来，随身带的，只有铁黎木的箱子和几个简单的包裹。边起升一一搬了进来后，问：“住这儿，咋样？有啥感觉没有？头皮子长不长？”

苏敏敏笑着说："俺啥没见过，没经过，要不是遇见你，凭他……啥感觉？踏实多了，头皮子不长，光流汗，肚皮乱跳，你摸摸，宝宝在里头蹬呢！"过了一会儿，苏敏敏问："再不挪了？"边起升说："挪！咋不挪，再一回，挪到俺家，就到头了。"

苏敏敏坐在地上，斜靠着铁黎木箱，两只眼一直不离起升，幸福无比的神态，像个刚热恋的女人。看了一会儿后，她抬了抬手，让边起升关了门，把铁黎木箱子搬到了土炕上，苏敏敏打开之后，只见宝石、翡翠、金玉、玛瑙的一大堆，边起升看见炫目耀眼的一片，脑袋"嗡嗡嗡"地响。

苏敏敏拿起一个瓷碗，说："这个，宋代钧窑的青瓷莲花碗，单这一件，叫你可着劲儿花，一辈子恐怕都花不完！"

边起升见过父亲的一块羊脂玉，上面是两个小童子捧着一颗翠嫩的碧桃。父亲说那块玉，能盖一片上好的庄院，只是不敢拿出去卖。至于一辈子都吃用不完的东西，他想都没敢想过。

他抬头看了看苏敏敏，不像在说胡话，联想到杨老歪，他断定苏敏敏的东西价值连城。杨老歪的叫汤驴肉，还能养半个村子，杨老歪原先的营生，恐怕要超过十个百个叫汤驴肉店！

他想着，心里突然说不清的慌乱。单苏敏敏一个人，他揽在怀里，就是贴在心口的一块肉，加了那一箱东西，一下子令他不敢触摸了，就像《聊斋志异》里的狐媚子，听一听、想一想就足够，真有一天从书中钻出来，带着一阵迷香跳到床上去，一般的人，胆和肝都会一齐爆裂。

他突然感到，这个香生生的长脖子女人，和他最开始看到的那个不一样了。原来的那个，清纯得像滴水，热烈得像团火。眼前的这个，清纯的水滴不见了，变成一处翻滚着怒涛的激流，船毁人亡近在眼前；那团火，热烈得让人望而生畏，那简直是火炉上烧红的一盘铁鏊子，一个不小心贴上去，眨眼就给烤成熟肉饼了！她原来是一驾毛驴小车，车上装了他的谷穗、高粱、红薯，载着他的豇豆、绿豆、黄豆，他盘着腿坐上去，碾过茵茵的绿草地，碾过弯弯的石拱桥，稳稳当当停靠在边家大门前，让一个个龇牙咧嘴担着担子的人，不无惊讶地慨叹羡慕，嫉妒得要死。或者他和她，自夏官道上了石碾街，再过尚官道，一路西行到了静峦寺，抱着、领着他们聪明漂亮的儿子、闺女，实实诚诚地拜谢一回佛祖的恩典！那才是他稳妥至上的受用。眼下，不说箱里的东西，单说那只浸在水里多年的木箱，硬得仍像一块铁！最重要的是，杨老歪当年要是不搞这些东西，他还不至于被大卸八块、尸骨无踪！

在他的眼里，那驾毛驴车，忽然变成了一列“咣里咣当”的火车，而且，那列火车，正要“咣里咣当”地开往边家！他深深地担忧，砍光西山上的树，担干蓄水池里的水，那一溜“咕嘟嘟”冒着浓烟的铁家伙，也不能让它一直跑下去。

他有点儿不知所措，比苏敏敏告诉他怀孕时，还要慌乱十倍。

苏敏敏的一日三餐，是边起升从大食堂偷偷揣回来的饭菜。边起升终于拿来十斤米、十斤面后，苏敏敏生了，瘦瘦弱弱的一个男孩子，“呜哇、呜哇”的一直哭。

大坡地人再一次慌乱，不知谁开了个头，都从炼铁炉中，往家里夹琉璃类的炉渣，说老君炉的东西辟邪。大家都说，王家花园又来了个东西，长着翅膀能飞，一会儿学猫叫，一会儿学小孩子哭，忽闪忽闪的眼能放光，打个滚，就冒一串火，使劲儿咳嗽一声，就是一个炸雷！

公社的梅书记很生气，让人通知边起升：“都是些什么跟什么！干不了，可以调整调整。”

边起升感到，有一座山向他压了来，快把他挤爆了，脑袋胀得生疼，身上的每个关节，都在打寒战，他要灵魂出窍了。

自从认识了苏敏敏，他感到自己突然长高、长粗、长胖了，而且双肩铁硬，智多谋广！苏敏敏就像一个开阔无比的校场，激昂着他纵横驰骋，所向披靡！——那片不知名的青纱帐，犹如一片蓝天，在苏敏敏醉人的哼唱中，一只雄鹰自此蹿入苍穹；他或许就是小船一条，在苏敏敏的摸索中挂起风帆，驶入惊涛骇浪的沧海……如今，鹰的翅膀折了，挂帆的绳索断了，他开始感悟苏敏敏的话——吃得吃不得，他只不过是一个要人性命的青柿蛋蛋！

花园里的那只“猫”正在号叫不止，边起升把刚发生和早发生的一切，给边老拐和张红梅交代了一清二楚——像托过去一副洗不净，煮不熟，煮熟也没法吃，甚至没地方扔的臭下水。

一家三口争执到鸡叫三遍。边老拐说:“不管想啥法,先叫‘猫’不叫了再说，听清了没有？记着，趁傻二小还没去那边瞎转悠！记着杨老歪咋死没有？——这会儿还来得及,那个‘猫’,还没有把魂勾走,再过两天,傻二小真要去那边转悠了，命就没了！”

张红梅缩在炕角问：“当家的意思是把那个孩子弄死还是送人？要不……好歹，是边家的血脉……”

边老拐挥挥手：“啥血脉！裤腰带一解——血脉多了！再说，那个女人的肚子里，准有杨老歪的死血，忒儿嘣二五，谁知道出来个啥东西！没见过屁三？”边起升打个冷战，去了。

当天夜晚，夜深人静时，那只“猫”并没有叫，边起升给苏敏敏跪了下来，他给那列“火车”装了满满当当的理由，“火车”几乎拉不动了。

苏敏敏一直哭，死都不同意。当她往起爬，要抱着孩子走时，边起升把孩子一把夺了过来。苏敏敏身体过于虚弱动弹不得，猛地抽出那把德制匕首，手腕一翻,比画在自己脖子上。边起升往盛满液体的茅罐跟前走,苏敏敏哑着嗓子喊:“你敢！就是杨老歪，也不能下这样的手！”

边起升两手一松，孩子落入茅罐里，回身就去夺刀子，四只手你拉我拽，来回一闪，一股鲜血从苏敏敏的脖子里喷射出来。孩子在茅罐里咕嘟了几个泡泡，扑打几下，挺了挺腿就不动了。苏敏敏浑身哆嗦，每张一次嘴，脖子里的血，就泉涌一般在边起升的指缝间四处飞迸。眨眼工夫，苏敏敏双手一松，头一歪，什么也没有了。

边起升收拾一下跑回家，没有迈进屋子的门槛，就一头栽了下去，爬起来后，抱着张红梅哭：“娘吔！都没了，俩都没了！那血，十只手也堵不住！”

边老拐抚着铁黎木箱子，说：“山不转，水转，人算不敌天算，边家的东西，带着利滚利回来了！”张红梅像得了神经病，一直磕头。

将近黎明，王家花园里传来几声炮响，闷声闷气的，住在王家西大院的四户人家，都以为是在地震。没有人知道，那是在埋葬丢进旱水窖里的两个冤魂。

公社派人来到民兵营，边老拐说：“昨日黑夜，起升请了两个法师，在花园里镇妖，都摆饬好了，再不会有啥动静。”安乡长说：“红彤彤的世界，搞啥封建迷信！毛孩子！屎皮子还没蜕净呢！”

边起升把枪械库搬回烧锅酒坊后，把酒坊通花园的门糊住封死了，白灰膏抹了一个光光净净的墙面，边起升在上面画了一只大老虎。

好长一段时间，再没有听见花园里有什么动静。大坡地的人都说，妖精住在花园的旱水窖里，叫边起升放了俩大炮给崩跑了，门也封死了，妖精再也进不去了。

边起升画的那只老虎，哪儿都好，就是两只眼是死眼，是只瞎虎。有人说：“也许是，法师专门配的镇物！”

闹市生奇闻

第二十八章

锅盆碎成片　小莲穿成串

庄稼主儿的日子，播种像一根缝日子的针，收获是串起日子的那根线，在循环无数的付出与回报里，缝缀起层层叠叠的最原始最朴素的爱和恨，那是一首原生态的歌。他们在晨钟暮鼓和轻露晚霞中，一路哼唱着走来……

“灌——肠——吔——”瘦三在石碾街上突然吆喝了一声，仍是那副浑厚而凝重的嗓音，仍是那个“吔”字抛落到天际的腔调，音质未变，音域比平时宽了数倍。或许是因为石碾街太过安静，东西两边的两棵大槐树，都好像在颤抖。听到的人，也像听见一颗平地炸雷——马河滩滚漕那种感觉。

北圪台儿上，一溜林立的商铺多数归了村里，慢慢地，又一间间挪作他用。再后来，偶尔开门的几家店，一天也没有几个跷腿进出的人，到后来店也就关了。

瘦三吆喝了一声后，槐树上的喜鹊像听到一声枪响，箭一般地向高空一钻，几乎看不见了，过了好一会儿，天空中那个芝麻大小的黑点，才渐渐变大，在石碾街上空兜了几圈，确信并无大事后，才“喳喳——喳喳——”地叫了几声。

大槐树下竖了一块大石头，半截红半截青，有一人来高，红的半截像一个圆圆的大鼓，青的半截像一个放鼓的礅子。前年马河发大水，瘦三发现了那块大石头，因他家也在村西，就把那块奇石，找几个人拉了来，放在了西边的大槐树下。

他真想再喊叫一声，街上静悄悄的，像刚刚散了大戏，刚憋足气要张嘴喊，才突然感到，再喊，真要和雷月琴一样疯了。街东边有人从北向南走，往夏官道拐弯时又回过头，扶着那棵大槐树，往西边歪着头看。瘦三有些急，眼睛一闭嘴一咧，把提溜在屁股后面的灌肠铛锅往起一抡，“咣当”一声响之后，灌肠铛锅在那块双色石鼓上，碎为几块。

扶着树看的那个人一哆嗦，屁股一撅，一溜烟似的跑了。瘦三歪在石鼓的一边，眼睛一直闭着，他感觉村西的牛头垴，忽然歪了，村东南的鸡冠山，也要坍塌了。

丽日融融或秋高气爽的日子，站在沙水城的高处，可以隐约看见大坡地村西的牛头垴，到了白口镇，就可以清清楚楚地看见村东的鸡冠山了，大坡地的村东和村西，均有典范的地域性标志。在瘦三家，弟弟白文昌，就是那座牛头垴，全家人责无旁贷地托起了他，他托起了白家的希望。

昨天晚上，瘦三整夜没有合眼，醒来之后，又翻江倒海思忖再三，掂起那个灌肠铛锅要上交时，心里一遍又一遍地劝自己：文昌现在在公社里干，那可是国家干部！大坡地的千万只眼，都大眼瞪小眼地瞅着呢，不管啥事，须万分小心才对！安社长不是说，文昌有文化，以后说不定，还要到县里整个啥的干干？咱是文昌的哥哥，文昌决不能有一个思想落后的哥哥！建设工业强国是咱们的头等大事，把俺的灌肠铛锅献出去，那一堆堆炼出的钢铁里，就有了俺的一份功劳。

走出大门后，想起他的锅，马上就要在红红的炉膛里扭曲变形，直到一塌糊涂，心里忽然伸出一只猴急的手，把那个刚刚捋平的秤砣，又向回捋。

那是他专门托人，从山西买回来一口笨铁铛锅，已随了他十几个年头，不蜕皮，不崩璺[1]，油光锃亮，扁而平的两只耳朵向两边翘着。平时，瘦三每次用完锅，总要里里外外擦干净，再小心翼翼放进那个垫了草圈的小柜子里。

瘦三心里的那只手，一会儿又胡乱抓挠起来，把他的五脏六腑翻搅成一团乱麻，他把那口锅掂来掂去看够了，又摸索够了，鬼使神差一般，竟来到了石碾街。

当年，他把自己的毛驴交给社里之前，那个洋人一般的肖老师给他鞠了一躬，

[1] 璺：读 wèn，陶瓷、玻璃等硬质器物上的被撞开的裂缝。

他的整个身心都一起颤，猛地一转身才知道，自己成了崭新社会里的光彩耀眼的一位崭新人。

今天，憋闷异常的他，拼尽丹田之力，喊了一声“灌——肠——吔——”，刚觉胸口轻松，却不知道从什么地方，忽然冒出一个扑头野鬼，还回过身，扶着槐树歪着头死看，仿佛在讥讽老白家，在建设工业强国的热潮中，出了一个落后分子。他浑身的不快，刹那间化作一股冲天怒火，手一抡，那个扑头野鬼抱头鼠窜了，他手里的灌肠铛锅，也就没有了。

他把锅的碎片，一块块捡到手里，冲着那个人的背影骂：“看恁娘个头！连白文昌哥哥都认不得？哼！哼！哼！俺就是闻闻味，也知道俺的锅，在哪块铁坨里头！”

瘦三将碎锅片抓在手里，翻来覆去看了几遍，一股说不清的悲苦辛酸，在心头翻涌起来。往社里献毛驴时，他本想牵着毛驴走上台——对于瘦三，他的毛驴，绝对上得到任何台面！可刚到台下，毛驴怎么也不走了，他狠命地抽打了一阵，那头驴，索性四蹄一趴，躺在地上不动了！

回到家里，他感慨了整个晚上，仿佛身上的每一根神经，都让那个不会说话的生灵，给敲打得铮铮作响！台下经久不息的欢呼声，才是每一个大坡地人，对老白家的由衷首肯和至高奖赏，浑身颤颤着的那头驴，却浑然不知！

而如今，他的灌肠铛锅，倏然之间就面目全非了，他浑身颤颤着，心想，毛驴是一个极具灵性的生灵，怎舍得离开它的主人！除了街东边，扶了槐树的那个猥猥琐琐的货，在这个时候，谁能领会不到，他拼力一抡的壮怀激烈？

西山的红叶，像一片燃烧殆尽的野火，一阵又一阵的寒风滚过，那片“野火”，就不管不顾地流浪到天涯海角了。天空的太阳，向南方挪去了一大截，把映在地上的人影，拉得又细又长。瘦三把他的碎锅片，抛入那堆废铜烂铁之中，头在一边扭着，恍恍惚惚间，他听到有人在喊，他连鼻孔哼一声的心情都没有了。

四野一片苍黄，飕飕的寒风，翻着滚，打着呼哨，一阵紧一阵地漫卷而来，瘦三的心里像坠了一个大秤砣。他从大北沟里走上北边的土堰，视野开阔了许多，忧郁的心刚觉有些亮光，清鼻涕就一串串地滴落下来。也许刚才摔锅的时候，他用的力气太大了，手掌到现在，还有些麻酥酥。伸出手抹了一把鼻涕，两手一搓，又揣回了袖口里。

瘦三忽然缩起头，闭上眼，扯开嗓子吼起来：

人海莽苍苍，踟蹰荒原上，拼命吼一声，天高地无疆！才，才，才令才！哐，哐，乙哐哐！满目秋草黄，野鹰啸狐狼，想念亲爹娘，远别在天堂！嗒，嗒，嗒嘣嗒，噔，噔，七才噔！……

呜里呜哇的寒风像一把刀，从他的破棉袄下边钻上去，再来回拉上一阵，生生地痛。他不再吼叫，从堰边扯下几根细高粱秆，在石头上踏扁后，往腰上一缠，深一脚浅一脚地向东走。走近边家坟时，把他吓了一跳。

魏老大正在和屁三一块儿犁地，两头牛在地上卧着，"嘎嘣、嘎嘣"地嚼吃红薯，不知因为什么，屁三突然把一篮子红薯一抡，提着篮子就跑。

魏老大从肩上拿下扯牛鞭一甩，鞭鞘子缠住了屁三的脚，魏老大一逮，屁三摔了一个跟头，爬起来又跑，魏老大又一甩一逮，屁三就再摔、再爬、再跑。魏老大急了，抡起扯牛鞭，"啪——啪——啪——"地一阵乱甩，鞭鞘子在屁三头顶上回撤时，在空中爆出一个脆响，鞭鞘子在屁三脚下回撤，地上一个闷响后，泛起一股土烟。

魏老大一鞭一鞭地甩，屁三的上下左右，不断地爆着一声声脆响，像过年点燃的鞭炮。屁三缩着膀子抱着头，一蹦一跳来回躲闪，一会儿工夫，气喘吁吁，满头大汗，哭咧咧地喊："老大！亲大爷！别打了，你说咋就咋，还不行？"

扯牛鞭是犁地时驱赶耕牛的一种工具，鞭把有胳膊腕粗细，一尺左右长短，为了方便抽打耕牛，鞭身多在一丈到丈五之间，鞭把和鞭身，由一个绳圈绾在一起。除非种地的老手，一般人攥在手里，不用说打牛，抡都抡不圆，等终于抡开了，许多时候一甩手，却打在自己身上。魏老大甩出的鞭子，要打牛的耳朵，绝打不到牛的犄角上去。

魏老大看见瘦三后，仰了一下头算是打了招呼，他把扯牛鞭往肩上一搭，手指着墒沟，一溜疾步快走，长长的鞭子像一条大长蛇，在身后跳跃着，他说：“掰开眼瞅瞅！全世界的庄稼主儿，哪儿有不可惜粮食的？没经过四二三年？看看，看看！满地的红薯都扔咧！天冷，天冷，天冷能冻死你？再冷的天，能冻死受苦汉？受苦人自带一笼火！”

屁三的头上冒着腾腾热气，他说：“哎哟哟，你个大屁篓，成天撵在你屁股后边，吃你大屁不说，这一遭犁不到头，几百斤红薯就出来了，使死俺也捡不净，赶明儿，俺也上山砍柴炼钢去，再不给你搭伙了。你要找不着人，就等‘洋犁洋耙’犁，打死俺也不来了。”

原来，魏老大犁出来的红薯，屁三总是捡不净，他心疼，就不住地喊屁三：“快拾快拾，好东西！好东西！当粮又当菜，顶饥又解渴！”

屁三拼命捡，不到半天工夫，捡了地中间的一大堆，足有千余斤，没顾上捡起来又埋到土里的，仍还有很多。魏老大催命鬼似的大喊大叫，嫌屁三眼慢手也慢，屁三鸡啄米一般，累了个贼死，魏老大仍然叫喊得瘆人，连拉犁的两头牛，都把尾巴夹到了屁股里边。屁三忍受不住，一甩篮子就要跑，魏老大一急，就甩了鞭子。

瘦三抹了一把清水鼻涕，往屁股后边一抹，围着那堆红薯转了一圈，又在墒沟里踢了几脚，捡了几块，皱着眉头说：“这，这，这，不得了！不得了！咋就都忘了？那红瓣瓣土，吃进去下不来，能憋死人！这事，得给大全、文昌说说，得赶紧说……”

瘦三在炼钢工地上，唾沫四溅地游说了一通，大家都翻瞪着眼，一脸惊诧地看着他，有人拿了大手，在他脸前晃几下，上上下下打量一番，说：“砸了个灌肠铛锅，精神就真受刺激了？”

魏老大忍不住，开大会时，指点着盖大全的额头说：“你，盖大全，啥时候叫鬼给架住了？说大话不怕闪了舌头？恁家的地，啥时候一亩能打两千斤？放那么大的屁，使不死你，也吓不死你？满地的红薯，也不往家整……”

他还想说，四周就沸腾起来：“老大又谝媳妇咧……山西那边，不种红薯种土豆，他想叫媳妇解馋呢！”

“咋也不是？张雪梅擦红薯片，一天好几百斤，一边擦，一边吃咧……”

魏老大微弱的声音，像往水井里扔了一把米，使再大的气力，也没有人听见响动。他肚子一鼓一鼓，憋着一股邪气退了会场。

盖大全撵了出来：“俺说！老大！这大屁不该放的时候，就不能放！说你也不信，那两千斤，咳！那两千斤的产量，谁知道谁在后边，给多画了那个圈！咳！俺就知道，迟早，迟早，俺得叫那个圈，给圈进去！老大！你还甭不待听，你拾回来的那堆红薯，老鼠都不吃，有那些好东西，它吃那个咋！不信？……老大，老大……”

那次大会之后，瘦三倒有一点点庆幸，也没有顾上去看他的灌肠铛锅，究竟熔入了哪块大铁坨，因为从马三炮家，搜出了未交出来的铁，他又被表扬了一回！

过了一段时间后，和魏老大一起犁地的，又剩了屁三一个，瘦三仍旧回到了炼钢工地上。埋在地里的红薯，只能等到来年春天变作一摊稀烂。

那天，又有人给他提起了灌肠铛锅的事，说他在石碾街吆喝的那一声，像鬼叫，石碾街一带的狗都给吓傻了，生人进家都不敢叫了！瘦三的脸胀成了酱紫色，浑身哆嗦一阵，说：“小王八羔儿！那么毒！说不定啥时候，炉膛里飞出来个炸弹，崩你小羔儿个豁二三片！哼！不信试试，那老君炉，灵性着呢！”说完就拍拍手，走了。

瘦三差点儿也成了半仙，他倒背了手刚到村口，就听得工地上震天震地的一声响。后来才知道，不知是谁献铁的时候，把一枚日军废弃的炸弹献了来，不认识的人们，又稀里糊涂给填入炉膛中。炸弹爆炸了后，伤了几个人，李小旦的儿子李牛牛，正在工地上玩耍，被溅出的铁水烧了一只眼。

那颗炸弹炸了以后，大坡地炼钢的炉子，再没有冒过烟。

也许是炼钢冶铁的炉火烧红了苍天，烤焦了大地，蒸干了所有带水分的东西，从魏老大犁地开始，到第二年五月，天上只掉落过几滴小水珠。冬季又奇冷，魏老大的犁，撅起河滩一样的冻土疙瘩，才正式收了工。

这年的春季又奇旱，春暖花开好耕田的日子，魏老大赶了两头硕壮的犍牛，犁去年未犁完的地，半尺之内的土，像专门经了炉膛烧烤过，全是硬邦邦的一块又一块。他甩响手里的扯牛鞭，鞭梢像冒着火星星，两头犍牛伏着身，低着头，喘着粗气，鼻子和口腔流出的黏涎，一条条飘落在板结的黄土地上，眨眼工夫，就风干为一条条白线，像一只只蜗牛爬过去留下的印痕。

那些地真难犁，犁浅了挂不住地皮，犁深了牛又拉不动，魏老大把扯牛鞭甩得山响。屁三憋不住，在后边喊："老大！你咋比毛驴子还犟！这地没法务整了，比西山坡还硬！再作弄，使不死牛，把人给使死了，听清了没有？你个犟驴，犟驴！犟驴！"话音刚落，套股子就断了。

魏老大狠狠地甩了一鞭说："你个大血窟窿嘴，瞎日浪个啥！要犁不转，这天要下了雨，可咋往上耩？到时候种不上，吃屁都没人给你放！"终于接好套股之后，刚走几步，犁前边的二扭杆，"咔嚓"一声折了。

没有人知道，边起升画在酒坊南墙上的老虎是个什么意思。尽管有人说，那只瞎老虎，是法师配的镇物，但王炳中就是不服，他晃晃悠悠地去了酒坊两次，往南墙上扫了两眼后，以定而无疑又了然一切的口吻，对别人说："嗯！是！像只老虎，就是少了点儿最关键的东西，哼！也就是那点儿东西，再过一百年也补不起来！哈哈，哈哈，哈哈哈……"

边老拐父子听说后，犹如芒刺在背。

边起升把花园里的旱水窖炸塌后，趁无人之时，他隔墙跳进去看了几次，坍塌一片的沙石土上，已钻出一片绿油油的杂草。后来，玉带坪的大石堰，又稀里哗啦地倒下了一片，未坍塌下来的沙石断崖，龇牙咧嘴地张扬着不可一世的狰狞。过了不久,那些不可一世的狰狞,在"轰隆"一声响之后烟消云散了。那个旱水窖，连同它印记的历史，一齐被埋葬到了玉带坪的断崖下面，并将无可逆转地，在岁月的风霜里销声匿迹。

或许，除了傻二小还是林有良的那段岁月，大坡地村，没有人正视过玉带坪的存在；或许，那个凄美的过往，自始至终，就是盘桓在牛头垴上的一缕云霭。

爬进去看了几次后，边起升紧揪的心，一次比一次轻松，松弛下来之后，那个长脖子女人笑吟吟的容貌，就慢慢向他走来。他最后一次从花园里向房上爬，好像远处的梨花井内，冉冉升起一缕白烟，并且，忽飘忽飘地一直跟着他。

回到烧锅酒坊后，他打开枪械库的门，拿了一支上了刺刀的步枪，在院子里乱舞了一阵。看看南墙上的那只瞎眼老虎，就想起了王炳中的恶毒诅咒，看着看着，有一对忽闪忽闪的大眼飘了出来，一会儿就安在了老虎眼上，他找来笔，比照着那双眼画了上去，画好之后回到屋里，满身乏困跌坐在椅子上。

一个人突然走了来，无领的翠绿绸衫、花白格的长裤，带着一股馥郁幽幽的香气，还是经久不散的高原羚味道，细长细长的脖子，风摆柳一般娇柔飘摇的身姿，仔细一看，竟是苏敏敏！他急忙说："是你？是你？真是你？真回来了？你那个铁黎木箱子，啥东西俺也没动，你回来了，都还给你，全都还给你！"

苏敏敏仰着头笑了一阵，说："怪不得老杜说，不发神经的人，就不知道世上还有情和爱，一旦沾上那俩字，就等于得了不治之症！还说得了那病得赶紧治，错过了时候能要命。老杜就傻，那病就是能治，满大街都是些精神病，到哪儿去找那治病的先生！听清了没有？你个二豁蛋！"

说着，她一转身掐住了他的脖子，一会儿比一会儿紧，渐渐地，他感到透不过气来。

边起升号叫了好几声才醒了来——他歪在椅轴上睡着了。摸一摸脖子，酸酸的有些胀痛，一身的冷汗，有些冰凉。向外看了看，他刚刚给老虎画上去的，原来是两个人眼，而且忽灵灵的神韵，越看越像苏敏敏！他急急忙忙刮掉后，心惊肉跳地回了家，从此，一个人再不敢去烧锅酒坊。

炼钢小高炉里的炸弹爆响之后，边起升实实在在病了一些时日，后来，竟软绵绵地起不了床。

开始的几天，晚上吹熄灯之后，闭上眼苏敏敏就来了，喜笑吟吟地说一阵子后，就掐他的脖子，他后来就点着灯睡觉，再后来，点着灯苏敏敏也照常来。张红梅天天去庙里磕头烧香，后来，苏敏敏不掐脖子了，天天钻进他的被窝里睡。

年三十的晚上守夜，边老拐和张红梅在屋里坐着说闲话，边老拐感到后背上，“呼——”地扇来一股凉风，一会儿又热辣辣的烫。边起升从被窝里钻出头来说：“看看是不是？看看是不是？又钻到俺盖体窝里头来了，哎哟！哎哟！还连掐带拧！”

边老拐的每根头发都往起竖，拿着拐棍乱舞了一阵，再亲娘祖奶奶地乱骂了一通。等儿子安安稳稳地睡下了，他心惊肉跳地对张红梅说：“赶紧！闪过年，赶紧给起升说个媳妇，找个身强力壮洪福旺的，占住盖体窝，叫那个鬼祟没啥想头了，就走得快了！过了破五，俺去白口镇明眼那儿走走，给那个缠咱小子的死不要脸，找个好投主[1]，就都安生了。”

进三月，正是杏花败、桃花开、梨花胀着骨朵的日子，边老拐家，来了一位身强力壮洪福大的女子。女子姓白叫小连，一听那个名字，边老拐就哆嗦。

尽管小连的模样和身段，跟过去梨花酒楼的小莲大相径庭，但因他曾欠小莲的钱，小莲临死前，她那些死不甘休的话，多少年来，总要和演电影、唱大戏一般，在他的心肺深处演唱上几遍：“边老拐！俄日你娘噻！你给俄记死了噻，俄就是死了，也找到你家要去，一年不成十年……”

边老拐浑身哆嗦，结结巴巴地问：“小，小，小莲？哪个，是哪个小，莲？俺说的是，你叫的那个，连！连！是——”

白小连想了想，低着头说：“谁知道，俺爹起名那会儿——谁能记得吔，好像是嘟嘟连连的连。”

边老拐“吭吭哧哧”不置可否。令人惊讶的是，边起升见了白小连后，精神出奇的好。

白小连行七，是她娘的七闺女，棋盘山里小南沟人，虽和月琴娘家是一个村，却住在另一边的山上。

都说小连娘是“七女星”，生了七个闺女后，才生了三个儿子。或许是山里

[1] 投主：女人将要去投靠的长期生活的那个人。

人过早、过重劳作的缘故，白小连除了白净的皮肤和一对弯眉，全身上下显现着一副中性身态，圆乎乎的两腮，粗壮的腰，大个子宽身板，铁锤一般的两只大脚，硬丁丁的步伐，单看后身，有一种爷们儿的强壮。白小连虚岁刚十六。

张红梅领着白小连，到食堂里吃了一顿饭，白小连饭量很大，连张红梅的那份也吃了，张红梅问："饱了？"白小连说："差不多也算饱了。"

回家时，白小连跟在张红梅后面"嘀嘀咚咚"地走，似乎怕张红梅不高兴，一路上怯生生地问："哎！哎！俺，俺该叫你啥？"

张红梅停下脚步回过身，抓住白小连的手捏一捏，笑嘻嘻地说："好闺女，身子骨挺壮！"

张红梅顺路叫了张雪梅看，张雪梅悄悄说："看眉眼，是个实受人，过日子，要的还不是本分？"

张红梅又问边老拐啥意见，边老拐说："那个，这个，这个还真是说，说，连，莲，连莲不清！看老天爷，咋给捏咕吧！就是那个名，不好听！倒，倒也是，送到嘴边的一块肥肉，不敢紧吃？别人以为，你有病。"

当时粮食紧张，白小连又是七闺女，娘家不指望她做什么，一个半小不大的闺女，指望也给做不了什么，可只要睁着眼，不论稀稠好坏，总要吃上一口。所以，无论闺女到了谁家，只要有口饭吃就行，娘家总算减了负累，彩礼分文不要。边老拐感觉，这个白小连，不仅身子骨挺壮，而且便宜透顶。

张红梅把白小连领到起升屋里来，白小连很是稀罕，左看看，右看看，四处张望不停。张红梅给关了门，拿了个大盆，坐在门外洗衣裳。白小连发现边起升盯着她一直看，把独根辫子往手里一拧，低下头，一直隔着门缝往外瞧，身子一晃一晃，像有好大的不自在。

边起升从炕上跳下来，打开一盒高原羚，放在她的鼻子下问："好味不好味？"

白小连一边摆手，一边往后退，说："呛死人，一股荆蒿子味。"

边起升不甘心，伸着的手一直往前凑："山里边的闺女，除了拾柴火，就是放牛放羊，啥也没见过，再闻闻，再闻闻。"

白小连一把开了门，猛地把张红梅一提，轻巧得像掂个箩头、筐子，张红梅感到一忽悠，脚不沾地就被挪到了一边去。白小连往板凳上一坐，说：“俺给你洗衣裳吧，看你溅得哪儿都是水！”说着，把两个裤管一卷，“唰、唰、唰”地搓了起来，露着两条白生生的腿。

边起升从屋里出来，把那盒高原羚交给张红梅说：“这个闺女，在荆蒿子里头钻惯了，她不知道啥是个香。娘，你抹了吧。”

过了月余时间，边老拐和盖大全找到了安社长，商量边起升的婚宴究竟该咋办。安社长说：“新社会，新事新办吧，就在食堂，避免铺张浪费。”

边老拐往食堂交了一百元钱，婚宴就在大食堂举行 。那天，吃饭的人端着一碗一碗的菜汤抱怨：“哎呀喂！要不咋说，大旱三年饿不死火头军，这碗里，连个腥味都闻不着！”

尽管仪式简单，但跑跑颠颠的事也不少，边老拐夫妻忙了一天，确实有些累，高粱叶宽窄的月牙儿滑过牛头垴，看新媳妇闹洞房的人，都“叽叽喳喳”地去了，张红梅闩了大门，跟儿子、儿媳妇打个招呼歇下了。

半夜以后，张红梅被墙外“叽叽喳喳”的吵闹声惊醒，打开门来到院里，大门外“咕咕咚咚”地一阵乱跑，四下一瞅，鸡窝前一团白花花的东西，开始吓了一跳，仔细一听，还有嘤嘤的哭泣声。走近一看，原来是白小连光着身子，蹲在那里哭。

张红梅忙问咋了。白小连开始不吭，张红梅要急的时候才说：“俺奶奶早就跟俺说，小眼睛的人，心眼赖，鬼道道多，要防着点儿，可俺咋就忘了！”

张红梅又一惊，她猜白小连是说儿子起升的，急急忙忙地说：“小眼睛到底咋你了！”白小连愤愤地答：“谁叫俺忘了俺奶奶的话，到底撞上了一个，再赖不能的赖小子，躺到炕上不好好儿睡，俺咬了他一口，他就骂俺青柿蛋子！俺不在恁家住了，要不，叫他爹跟他睡，俺跟你睡；要不，今儿黑夜，就回小南沟。”

张红梅一听，“扑哧”一声笑了，找了件衣裳给白小连披上，说：“傻闺女！净说些傻话，娶了，不圆房可不能回去，对娘家也不好。”

白小连问啥叫圆房，圆房做啥。张红梅把小连哄进屋后，悄悄地说："圆房，就是俩人在一个屋里，先一团睡三天，圆好房，才能当娘，才能生小子。"

白小连终于盼到了第三天，边老拐拉来一头毛驴车，边起升赶了，踢踢踏踏地送小连住娘家。一群孩子在车后边喊："大白桃，大白桃！"

原来那天晚上，白小连光着身子蹲在鸡窝前，几个调皮小子扒到墙头上看，朦朦胧胧的夜色中，白净净圆乎乎的白小连，就像一只大白桃。张红梅猛地开门时，扒在墙头上的一个孩子，"扑通"一声掉了下去，第二天，他娘还拿了孩子的小褂子，到墙头外边叫魂呢！

过了没几天，小连爹把白小连给送了回来。张红梅打发走了亲家公，偷偷逗白小连："闺女，你不是说，回了娘家就不回来了？"小连哼了一声："俺娘说啥呢，谁又没有说，一辈子永不回来！"

天持续地旱着，人们担水种下的小谷苗，死的死了，没死的也打着绺，看不见一点儿青青的绿色。庄稼主儿最开始的惶恐不安，源于大食堂的饭菜。

其实大家都没有太在意，白小连嫁的时候，大食堂的捉襟见肘就露了端倪。边老拐交上的一百元钱，盖大全只让花了五十元，他对食堂的家底最清楚不过。

一连十多天，每顿都是一碗玉米面稀糊，人们开始乱嚷嚷，当那一碗玉米面稀糊，又变为玉米面稀汤，就再找不见能沉得住气的人了。许多人端着那碗稀汤质问盖大全，盖大全蹲在墙旮旯里，低着头皱着眉，一声不吭，人们的手指快戳到他的额头上，他两手一摊开了腔："俺琢磨了好些天，没啥好法，趁现时，别的食堂还没有大动手，大伙行行好，凡能动的，都上山下地挖野菜吧，吃点儿，晒点儿，俺看这天气，一时半会儿，恐怕见不了雨。"

人们捶胸顿足跟盖大全吵闹了两天，忽然有人喊："都别吵别闹了，这先下手为强，后下手遭殃，近面处的茴茴菜、沙扑棱、刺叶菜、猪耳朵……都叫别的食堂，给挖没了！"

大家"轰隆"一声全奔向四野，陆陆续续回来后，魏老大和张雪梅攒下的那半间屋子红薯片，被人偷了个精光。屁三知道后，蹦着跳着跟魏老大喊："你个大屁篓，打着喊着叫俺拾红薯，就不知道锁上大锁子？就数你精，数你能，看看，看看！费了那么大的劲儿，叫别人给咱弄了个狗剃头，白忙活了？"

张雪梅两眼一翻："说甚个？还不是东西太少了。"

屁三紧跑几步走上前，弯着腰，怯生生地说："俺也就是着急，骂老大——那打死俺也不敢。"

头年种下的麦子，多数没有秀出穗来，就火烤一般地枯死了，零零星星的沟洼子地，勉强秀出个小穗子，穗子上数得清的几粒麦子，比麻雀的舌头还要瘦小，蹲下去拔上一担麦棵子，收不了多少麦粒。

见不到一点儿雨水，明晃晃的太阳，把大地烧烤得一片焦热，苍黄一片的田野间，看不见一把晃动的锄头——那些地根本就不用锄，没有一丝水分的板结土块里，生不出多少绿色的生命来。

人们喝上两碗稀米菜汤后，方便几次，就腾空了前心贴后背的肚皮，懒洋洋地又开始往北圪台儿上凑。看见一样晃晃荡荡的盖大全，凑上前问："粮食，到底能坚持到啥时候儿？"开始他说，配些菜，能坚持到秋天，一会儿又说，要是没菜配，或许个把月，最多俩来月。

盖大全吞吞吐吐大半天，有人开始骂，说他狼心狗肺抢官当，把亩产二百说成了两千，把打下的粮食，都交了统购叫大家挨饿。紧接着就有人说，大全给日本鬼子修过炮楼子，说不定，早就成了汉奸，埋伏下来要整死大坡地人！有人更直接，说你盖大全，净干些断子绝孙的事，那谷穗就是长成棒子（玉米），一亩地也打不了两千斤！

盖大全仓皇地逃回家，往土炕上一躺，整整两天没有出门。

第三天他刚从炕上坐起来，马三炮领了一伙子本家男女，把他跌跌撞撞地揪到了门外，气势汹汹的架势，把他撕成碎片，都解不了心头之恨。

马三炮的父辈有弟兄九个，到了三炮这里，从大炮到五炮，亲弟兄也有五个，亲叔伯弟兄、侄子加起来，有近百个。前些年马三炮的奶奶八十大寿，杀了一头大猪，来迟了的嫡曾孙和嫡曾外孙，都没有吃饱饭，以至于后来的那个大寿，除了嫡子、嫡孙、嫡曾孙，别人就不让来了。

从清朝开始，马家的人多势众，大坡地村无人不知无人不晓。很早就有传说，“马”上了山坡，再好的“马”要安不上翅膀，就算嫡系众多，也永远飞不起来，大坡地的大坡上，山高沟深，跑不快还能求个安稳，跑快了，就要伤及性命。要想真的驰骋纵横起来，那得早早离开大坡地，寻个大平地或大草地，早早搬出去。

也许真的应了那个无端谶言，马家的世世代代，不仅看不见几个大富大贵，甚至连大盗或大寇都没有见过。尽管如此，马家的人要是排起长队去小坡地村看唱戏，第一个走到了戏台下，最后一个还在大坡地的家里。所以，一旦和马家发生什么事端，众乡邻首选惹不过但躲得过，再就是委曲求全了。

马三炮的愤怒，缘于他的妻子小换。小换不到三十，就给马三炮生了五个女儿，三炮娘到处求神拜佛，小换终于又怀上了一个。一家人盼天盼地想生出个儿子，不想怀孕七个多月小产了，小产的孩子是个男孩，小鼻子、小眼、小胳膊、小腿都齐全，瘦小得像只老鼠。医生说是营养不良所致，马三炮一家人哀号了半天后，集中家里的人马，闹嚷嚷地找盖大全索要说法。

那天，石小彩正在食堂里洗菜，听说马家人来了后把菜往筐子里一放，把瓷盆里的水“哗啦”一泼，一双湿手在围腰上一擦，抿了抿头，顺手抓了个石头蛋子，扁担腰一晃，提了瓷盆急匆匆地往家赶，拐过弯，看见门口黑压压一片马家的人。

盖大全在大门的台阶上，抄着手，低着头，弯着腰，被批斗一般呆站着。太阳透过稀稀落落的桐树叶，投射下一缕缕毒辣辣的火热，忽闪忽闪地烤灼着他的脸，他的大嘴微微抖动，浮肿的两个眼泡子，像两只吹熄的灯盏。马三炮一家人，有高声叫骂的，有趁机起哄的，有指手画脚的。

石小彩涌起一股莫名哀伤。她想挤过去，可抡拳叉腰的马家军，竟没有给她闪出一条道来的意思。她拿手里的石头蛋子，在瓷盆上“当——当——当——”地敲几下，脆声脆气地喊：“咦——咳！今儿这是咋了？斗地主还是打日本？一个个仰头竖脑的大老爷们儿，性命不顾跟一个娘儿们挤撞？还有个羞臊没有？”

挤在一起的马家军，“轰隆”一声闪了一条道。石小彩过去后，把盖大全从台阶上一把拉了下来，半眯着眼，把黑压压的人群扫视一遍，说：“咋了？嗯？才刚刚，不还是欢蹦乱跳的，嗯？割了头都出不了气了？”

围了一圈的马家军，静悄悄的一片。石小彩还要说，三炮娘一拍双膝一弯腰，一屁股坐到地上长号起来：“老天爷吔，杀人不见刀，杀人不见血吔！苦命的孙儿吔！俺的那个孙儿吔——吔——喂！你往哪儿去了吔——吔——喂，咋不领上恁奶奶，一齐走吔——喂……”

三炮娘的哭号极具煽动力，像一个大炮炸开了河堤，又像吹响了冲锋的号，马三炮呐喊一声，马家军忽地一下往前围。

石小彩往台阶上一跳，抢起大瓷盆，往墙上死命一甩，“咣当”一声摔了个粉碎：“谁再龇个牙咧个嘴俺看看！老盖家黑门黑户了？廷妮儿，差不多还能抠死个日本鬼子呢！爹！给狗剩说，公社里不缺枪，他不是打得准嘛，今儿就看看，谁敢在盖家媳妇、公公身上，摁个手指头印！俺抠死谁，算谁命短，抠不死的，叫狗剩，一人给他钻个血窟窿！俺要死了，也给老盖家生了俩小子；狗剩死了，俺给公公养老送终摔老盆[1]！来！一个一个来，还是一齐来？嗯？叫俺看看，不想要老婆孩子的，谁先上？”

石小彩紧攥着石头蛋子，刚跷腿下台阶，马家军“轰隆”一声往后退，把三炮娘留在了最前面。

老太太忽然睁大了眼，瞅着石小彩紧攥在手里的石头，惊恐地看看大炮、二炮，再看看三炮、四炮，又看看石小彩，说：“你！你！你！你想咋？”

石小彩看一眼马大炮：“大炮哥，该是个顶天立地的男人不是？俺就不信，一身力气的大老爷们儿，挣不回来养活老婆孩子的那把米！”

石小彩环视一周，又站到台阶上：“才刚刚，俺听安社长说了，要修磨盘沟水库咧，见天一斤粮食，谁报名谁先去！”马家军“轰隆”一声散了。

[1] 老盆：人死后放在灵前的泥瓦盆，停丧期间在里边烧纸钱，出殡时由长子在灵柩前摔碎，也是继承死者遗产的一个象征。

三炮娘从地上爬起来后，拉着石小彩的手说："俺就是一时气昏了头，就没有别的啥意思，咱两家，原本就是老亲！论辈，大全，该叫俺老姑咧！"

经历了那场事后，盖大全说什么也不愿意干了，他找了几次安社长，每次安社长都很忙。全公社几十个大食堂的负责人，几乎每天都往公社跑，要油、要盐、要粮食。

安社长每次都是笑眯眯地听，等大家再没有力气和心情嚷，他缺了三个手指的大巴掌，"啪、啪"地一拍，然后两手一摊，倒了油瓶都没有工夫去扶。

最后一次，盖大全又等了大半天，安社长一直闩着门，盖大全摇头晃脑的正想走，安社长"哎——"了一声叫住了他，门缝里塞出一张纸，上面有几行工整圆润的小正楷。盖大全掂在手里，从哪里开始念都不知道。回到家后，却像擎了圣旨一般，等石小彩不太忙，就叫她给念。

石小彩在围腰上擦把手，皱着眉头念："我们的同志在困难的时候，要看到成绩，要看到光明，要提高我们的勇气……"

经了后来的一件事后，盖大全彻底撂了大队长的挑子。

忽然有人说，王炳中的疯媳妇雷月琴，死在了静峦寺门外的大坡下！死之前，有人见她和傻二小在一起，两个人在银杏树下捡拾白果，也就是银杏核。一个疯子一个傻子，嘻嘻哈哈捡了一大堆，后来在大坡下，两个人一起，砸了一堆的白果仁。

树下的那些白果，好些是去年留下的，已经发霉。砸好了之后，雷月琴站在石台阶上，唱了一会儿，谁知道后来，她和傻二小两人，把那堆白果仁分着吃了。

人们发现时，雷月琴口吐白沫翻着白眼，已经没有了气息，傻二小扯天扯地地到处跳着跑，拉了一摊一摊的溏便。林满仓和林大头，给傻二小灌了一肚胰子水，又吐出来一摊一摊的白沫。

廷妮儿给雷月琴上上下下洗净了，找了一身干净衣裳换上去，死命攥着雷月琴的手，身子一软就歪到地上："走了，这回是真走了，走吧，走了就好受了——

姊妹吔，临走，也没看恁丑妮一眼，也丢不下一句体己话，扔下个没娘的孩儿，天不惜，地不怜，哎，呀——呀——哟！伤心苦命的小儿哟！……”

廷妮儿边哭边诉，痛彻心扉的呜咽，无以言表的哀伤，让看见的好多人一起抽搭。那是廷妮儿和雷月琴两个伤心、苦命的女子，将此生此世的孤苦，捆绑在一起之后，留与红尘世界的弦断之声。

丑妮见到死去的娘，满眼的泪水涌出来后，浑身一哆嗦，一个跟头栽了下去，竟一声也没有哭出来。

傻二小把满肚的白沫吐完之后，提着裤子，臭烘烘地跑了来：“不敢说了！再不敢说了！真打呢，姑姑走了，骑着大洋马，梳个盘盘头，往京城去了！不信？俺给送出的城隍庙！才刚刚回来！好了，好了，先戴噙口钱，叫俺给点长明灯，快往袖口里头塞麸子糠，过蚂蚁山不咬……”

殓棺时，王炳中把那块月琴形状的林滤石、那件鲜红的对襟褶子衫和那支点翠，一起放进了棺材里。

埋了雷月琴后，盖大全就不干了。他的辞职报告很简单，找了一张白纸，摁了一个血红的大指印交到了公社，临出门时，说了一句话：“俺就是个拉稍儿[1]的命，没有驾辕的本事。”

令许多人没有想到的是，边起升成了大坡地生产大队的大队长。王炳中或许还沉浸在悲痛中，他知道了以后，淡淡地说：“唉！瞎老虎，又多长了个利爪子，说不定，伤着谁了……”

边老拐一身的狂奋不止，他冲着白小连的背影，对张红梅说：“嗬！都叫咱大白桃，大白桃就大白桃，看看不是？满山的福气，都给带到咱家了！”

---

[1] 拉稍儿：套在辕骡前边的牲口。

鍋盆碎成片

第二十九章

长天日灼心　荒园夜深深

农历的六月末，种在山边坡地的谷苗，几乎死个精光，田间地头零星的狗尾巴草，半死不活地在毒辣辣的太阳下招摇着，连山上的树木都像害着大病，无精打采的青黄一片。灼热的大地，像火炉上烧着的一盘鏊子，摸一把烫手。猫不跑了，狗不叫了，牲口也懒得打滚了。活着的生命，似乎都嫌嘴小脖子细，喘不过气来的感觉，比扎了满身刺还要难受，太阳底下能晒蜕皮，阴凉地里能闷死人。大食堂里，中午刚熬的菜汤糊，做饭师傅歇晌，起来一闻，已经酸了。

七月的后半月，正常年景，到了庄稼要成熟的时候，疯一般的老天爷累了，无以复加的闷热难耐，终于走到了尽头。一天后半夜，睡梦中听到"噼里啪啦"的响，几乎没有人把那些声响和下雨联系起来。时间不长，一股凉风涌了来，雨接天、天连雨的混响，霎时间连成一片。

这场雨断断续续地下，因为来得不是时候，庄稼主儿不怎么欢喜。雨下了四五天以后，那些禁不起雨水冲刷的房屋，断断续续开始倒塌。村庄里不时传来"哗啦啦——"的巨响，伴着人的呼救声、叫喊声，烧锅酒坊西边，王家花园建在山坡上的围墙，塌了一个大豁口，有人看见一股黑烟冲上了天。田野里一片汪洋，连鬼沟子都浊浪滔天。

庄稼主儿常说，禁得住百日旱，禁不起十日雨。时大时小的连绵雨，断断续续下了十多天光景，沙水河下游洪水泛滥，毁损农田房屋无数。雨停了之后，大北沟里的淤泥有二尺多深，马河滩的洪水，怒涛汹涌地泄入东河滩，再汇入沙水河去。沙水河下游两岸，淹没二十多个村庄，连沙水县城也几乎淹去大半。田野里稀软的泥土，刚能托住人的分量，能行动的人一齐拥向田间，把倒下的秋庄稼从泥水中扶起来。

这年的秋季，好一点儿的田地收了百余斤粮食，薄一点儿的地块，连种子也没有收回来。

秋收之后，庄稼主儿们来不及感叹什么，也没工夫埋怨什么，该犁的犁，该耙的耙，照顾儿女一般，把四野的田地务整得暄腾如毡，平整似镜，凡能种的地，都匀匀实实地种上了小麦。然而，看见的一切，似乎都到了怕什么来什么，说嘴打嘴的光景，麦苗从透尖到长出第三片叶子，直到放响迎新年的鞭炮，头顶上可以落雨雪的云，就像他们的破棉被，七窟窿八眼睛的，就没有遮盖严实过。

腊月二十三，灶王爷在零星的炮仗里上了天，除夕夜，诸神在虔诚的祈祷中归了位，过了二月二龙抬头，又过了三月三，连鬼不走旱路的清明节，都没有见过半点儿雨雪，天不怜地不要的百姓，几乎要疯了。

像是前世的宿命，又像是承继下来的血脉，无论什么时候，魏老大和黄土地相连着的那根筋，刀砍不断火烧不透。一年三百六十五个日出日落，他像一座永不磨损的不老钟，准确无误地敲响二十四个时点。

惊蛰那天，他会到四野里，格外凝重地翻起一块块石头，看一看有没有小虫子蠕动的痕迹；春分时，他会在不同的地块中刨上几　头，看一看阳气的回升；到清明，到谷雨，到立夏……在每一个时节，他都会四处转转，比一只远距离回窝的狗，去找寻那泡风干的尿痕还要不离不弃。

今年和以往不同的是，庄稼主儿们，把对老天爷的失望，转泄到魏老大身上：“你在那干坷垃地，整天穷转悠啥？想早早钻进去试试，看看几天能焙成肉干？”

魏老大早已忍无可忍："老天爷！你想把满地的黄土，都给烧成瓦盆？"

小满时，魏老大到鸡冠山的一亩坡地看了看，一镢头抡下去，掀起一块锅口大的硬坷垃，他气哼哼地敲打，"当、当"地响，一块敲成了两块、三块、四块，敲打了一阵后，在楮桃树下呆坐了半天。

楮桃树总共两棵，齐排排的样子像一对夫妻，稀稀落落的枝叶间，缀着扣子般大小的楮实子，颤颤悠悠几欲坠落。魏老大轻轻一晃，绿茸茸的小毛球，"哗啦啦——"地落下一片。

芒种那天，魏老大又去了鸡冠山，两棵楮桃树伸到地里边的叶子，已被人捋个精光，山崖上悬着的半树枝叶，耷拉着头一摇一颤。

过了夏至眼看到了小暑，平常年头，正在锄头遍谷苗，漫野里青翠的草木，喜洋洋地涂抹着绿肥红瘦的季节，而如今，目及之处尽是一片滚烫的灰黄。魏老大再次来到鸡冠山的那块地，惊惧的叫声像遭遇到一群饿狼——楮桃树探入崖下的半边叶子，也被人捋了精光！向崖间深处张扬着的枝杈，已被一根根折断，皮连骨断的树枝，像被打折的胳膊；随风晃荡的样子，像在哭诉曾经的疼痛难耐。

楮桃树的叶子，平时多用作牲口和猪的饲草，如今也被饥饿难耐的人群，当了果腹顶饥的口粮。魏老大一声长叹："老天爷！真狠的心吔！咋下得了手？比四二三年还加火[1]！"

当他抡圆镢头刨扎到土中，用力一掀，镢把竟折了。

火红的太阳，倾泻着无尽的燥热，大地像被烤透的炉膛，任何一处太阳照到的地方，都可以清清楚楚地看见，自下而上翻卷的滚滚热浪。山坡上，地头边，一片片的白草毗，慢慢地卷曲萎缩，再一片片地风干。干草丛里，找不到几只蹦跳的蚂蚱，寂静的旷野，使人产生步入衰亡的恐惧。

干旱带来的灾荒，像一把锋利的刀，在庄稼主儿的胸膛里翻搅够了，再把他们脆弱的心肺挖出来，剁碎又烧干。无论远近，村与村之间的田野里，苗苗菜、

---

[1] 加火：方言，在数量、重量、程度上加大、加重、加深，更厉害一层的意思。比如：这只兔子真加火，它咬人！这天气真加火，喘不上来气！这一担东西太加火，担不动。

杏仁菜、虻牛腿、刺叶菜、白奶蔓……刚透出一两片叶子，就让人挖了去，山坡上的树林，能吃的枝叶叫人捋了，不能吃的自己蔫了。大食堂里的青菜汤，也不能敞开供应了。有人开始偷偷买锅，煮食一切能填饱肚子的东西。

县里和公社的工作队，一批批分派到各个村庄里，率领村里的劳动力，四处寻找能吃的东西——玉米芯、棉桃壳、榆树皮、草籽、树叶，凡能碾磨成粉的东西，都集中到石碾、石磨上，“轰隆隆”地碾磨碎了去。工作队的郝队长，在大会上喊出一个响亮的口号：“道路是曲折的，前途是光明的！”

大会很短，结束时，郝队长让人准备了双响和鞭炮，站在桌子上喊：“点鞭！叫老天爷知道，不下雨，照样吃粮食！”

安社长在炮仗声中喊：“大坡地人，连日本鬼子都不怕，还在乎老天爷那两点儿雨？”

热火朝天的抗旱救灾开始了。林先生给儿子秀山说：“走，抗旱！这人，不怕倒了运，就怕泄了劲！”

这天清早，东方微微白，瘦三担了水桶，早早地挑水点种去了。瘦三娘也早早地起了炕，把半瓢野菜糊热了热，祖孙俩一递一口喝了。

小玉听别人说，石岩沟有好多苗苗菜、沙扑棱，一直给瘦三嚷嚷着去。瘦三说，过了大圪梁的老鸹沟往西，净是一脚宽的羊肠小道，少说还有二十里，壮劳力一天打个来回，还担不了重担，所以坚决不让去。

看着一家人面黄肌瘦的模样，瘦三娘想跑一趟，找些吃食回来，本想和小玉两个人去，不想小玉早和王炳中的闺女丑妮约好了，老太太为难一阵子，带了一块儿去了。

将近中午，三个人才到了石岩沟，那里的野菜早被人席卷而尽，石崖上那个“龙啸吟”的泉水，在“滴滴答答”滴水珠。三个人饥渴难耐，灌了一肚凉水后又往西行，大概又走了十里的山路，在一个大石崖下，看见一片绿茵茵的野山桃。三个人大把大把地捋桃叶，一边捋，一边将青杏般的小山桃往嘴里送。

山上几只斑鸠，“咕咕咕——咕！咕咕咕——咕！”地应和着叫。瘦三娘把下边的捋光了，沿着斜坡向上爬，丑妮在下面喊："奶奶，奶奶！看，那边那只鸟多俊，它连哥哥也找不见了，你听，它叫得多伤心，'领着我——哥！'伤心死了！"

瘦三娘想了想，说："啥哟！它那是喊'姑姑——苦！'给它姑姑告状呢！"

瘦三娘给丑妮讲：从前有弟兄两个，老大的亲娘死后，爹又娶了后娘，生下老二，后娘怕老大分了老二的家产，想法要害死老大。开春种地时，娘拿了两包麻籽，两个孩子一人一包，说，种的麻籽上了苗的人才能回家。路上，弟兄两个抓了包里的麻籽吃，老大的麻籽后娘给炒了，吃起来很香，老二尝过了之后，给哥哥换了。带去的干粮吃完了，老大种的麻籽出了苗，就回了家。老二种的麻籽一直出不了苗，就饿死在山上。老二死后变作一只鸟，飞到姑姑家，诉说娘的种种不是，就天天叫"姑姑——苦！"

雷月琴去世不满一年，丑妮没有想起姑姑，倒想起了娘，扯着嗓子喊了声"娘"。老太太一惊，从上面滚了下来。等她爬起来时，一条腿不能动了。

三人捋了三大包山桃叶，瘦三娘瘸了一条腿，又不愿意往回少拿，就一步一步地往回挪。开始时，她拄根棍子还能背一包山桃叶，到后来，扔下那包东西，也不好迈步了。小玉比丑妮大两岁，自己背了一包，和丑妮合抬了两包，三个人趺趺撞撞挨到了老鸹沟，再也走不动了。

老鸹沟东西走向，十多里长，两边都是万仞绝壁，最窄处仅有丈余，名副其实的"峡"。风调雨顺的年景，沟里有缓缓流淌的小溪，低洼的积水塘里，有数不清跃动的虾、游荡的鱼、爬行的小螃蟹。如今，积水塘底的淤泥，一块块地卷曲着，像一块块烧焦的饼，踏上去扑哧哧地响。

坐了一会儿后，瘦三娘感觉，磕了一下的那条腿，开始钻心痛，一头的冷汗。

夜风涌起，东山巅上，一轮明月爬上来，把黑苍苍的山峦，涂成了幽深的暗银色。

也是奇怪，本来晚上不大爱叫的斑鸠，又在远山上凄然叫了起来，渐渐地，又出现了有应有和的好几只："咕咕咕——咕咕！""咕咕咕——咕！"声音有高有低，有远有近，有缓有急，把哀婉凄厉的哭诉说给了天，唱给了地，告诉了月亮，送给了大山。

瘦三娘想起了下午的事，就说："啥哟，俺娘家那边，管那鸟叫'姑姑蹬'。听奶奶说，'姑姑蹬，姑姑蹬，割了麦子就栽葱；姑姑蹬，姑姑蹬，顾不上娘家火笼蒸'，那是叫出门的闺女，快回娘家，帮忙过五月呢。"

丑妮和小玉一步也挪不动了，瘦三娘咽一口唾沫，抬头看一眼天，说："饿嘞，饿嘞，都饿嘞！看天上的明奶奶（月亮），像不像一块大西瓜？真甜真甜哟——恁爷爷那年，一下就给买了仨！'咔嚓、咔嚓'一切，全是沙瓤！叫俺一个人，吃了个饱！"

淡淡的月光中，老太太的微笑，像在蜜水中浸了三天三夜，再从天上飘摇而来。可惜那个幽幽静静的甜蜜，打动不了饥饿难耐的孙女。

丑妮趴在山桃叶包上打瞌睡，老太太拿了一块河卵石，敲打另一块石头，敲打得"嗒嗒嗒"地响，深深的峡谷，把敲打声折射、放大，传出很远很远——她怕俩孩子真睡了，给她们惊个醒；再就是给寻找她们的人送个信。后来就一边敲打石头，一边说丝儿[1]：

明奶奶，甜瓜瓜，爹担水，娘纺花，孩子在炕叫喳喳，买个烧饼哄哄孩儿，爹一口，娘一口，咬了孩子半个手！

手敲酸了，瘦三娘把河卵石放到另一个手里，继续敲打。

明奶奶，弹拐拐，拿着小刀割韭菜，韭菜辣，拌疙瘩，疙瘩生，摊煎饼，煎饼黄，叫儿郎，儿郎戴着皮帽子，嗖——嗖——拧哨子！

[1] 丝儿：细小而长的长东西。当地人指民间口耳相传、且多数首尾嵌字的长儿歌，修辞上仿佛顶针。

夜越来越深，东山巅爬上来的月亮，出溜到了西山巅，瘦三娘渐渐急躁，她把手里的两块石头，敲得更快也更响。

也不知到了几点，瘦三几个才找到敲石头的三个人，娘的腿或许折了，一步也不能挪动。瘦三背着娘，回到大坡地时，来来往往担水点种的人，早开始了又一天的辛勤劳作。

都说魏老大是四大，其实还少了一大——胆量大。

那天收了工后，他顺路到山上砍了一捆柴，到了王家花园的豁口处，看见一只兔子一蹦一跳、不紧不慢地闲溜达。他紧追几步，兔子就快跑一阵，他慢走几下，兔子再张望一回。他一急，扔下肩膀上的那捆柴，说了声“闹啥西洋景，鬼也得逮住回家煮煮吃了”，就开始撵，兔子从花园围墙倒塌的豁口逃了进去，他也追了进去。

当年林满仓开垦出来的玉带坪，早没有了玉带的模样，坍塌的石堰和连天的荒草，湮灭了红尘世界里曾经的繁华。魏老大从玉带坪上追下去，兔子在梨花井旁一闪不见了。他捡起块石头扔到井里，“扑通通”的响声告诉他，井里的水很深。他在花园里转悠一阵，涌起一股莫名的悲苦和哀伤。

大坡地的一山一水一草木，都能激起魏老大的蓬勃朝气，王家花园却像长在他私密处的那一片桃花癣，每逢春风漫野花妖艳，那里就痒，钻心的不舒服。忍无可忍之后，找一个无人处，狠抓猛挠一阵，等不太痒时，就开始痛——已经抓破了。

除了今天，好多好多年以前，王家花园他来过一次，是为了已圈入王家花园内的马老太石板坡的七分坡地。

马老太共生有两个儿子三个女儿，三个女儿都已出嫁，两个儿子打仗死了一个，留下的一个，因娶了个刁蛮的媳妇，和她来往不多。

马老太六十多岁，年轻时的苗条，换了临老的清瘦。一双玲珑的小脚，是她毕生的荣耀。小脚风行的年代，她那两个声震四方的“美妙”，的确令不少人艳羡无比又自愧弗如。

年轻时，马老太的幸福，像太行山的峰峦，突兀连绵，悠悠不绝。平时，邻里要好的女人到她家闲坐，她会把一双秘不示人的小脚，来回掂弄着炫耀一番，心里像翻卷起一层又一层五彩的浪花——一样的一泓碧水，经了激荡之后，就成了另一片澎湃的风景。

这时候，她的双颊潮红，迷离的双眼神秘而诡异，像喝醉了酒，满嘴疯话：“汉子该大就大，媳妇想啥有啥；娘儿们该小就小，汉子准不瞎跑！”

别人就说：“娘儿们，这脚该小，俺倒是看见了，这汉子，到底哪儿该大，你给说说。”

马老太把小脚往屁股下面一蜷，弯着眼，翘着嘴，鼻孔中俏哼出一声鸟叫唤：“听听！都听听！比静峦寺的尼姑还纯嘞！恁家那些孩子，咋日捣来的？一个接一个，谁又不是鸡，没有公鸡，自己也能嬔蛋！还哪儿大，头大心眼多；脚大走得稳；身大力不亏，心大家和顺。哪儿大都好！”

别人捂着肚子笑：“哄汉子妖精，不光嘴好，这哪儿都得好——那也不用吹着喇叭当歌唱呀！”马老太再不吭声了。

马老太年轻时，真的像一枝唱着歌曲怒放的花，那枝花，规规矩矩地怒放在自己家的院子里。如果山也有灵，她摇曳的风姿，能倾倒牛头垴。

有一次，她本家的兄弟娶媳妇，她终于迈出二门，走出了大门，好事的人偷偷地量她的小脚，连鞋底算在内，刚好三寸！她迈出的每一步，从这个脚尖量到那个脚尖，刚好九寸！看见的人都感叹，那一串规规矩矩的小脚印，谁知道看呆了多少男人！

她自己的汉子，倒也是从生到死，向来没有瞎跑乱钻的劣迹，她的爱，像一团熊熊燃烧的野火，亢奋而激烈，壮阔又灿烂。不幸的是，野火滚过之后，她的男人在一阵“噼噼啪啪”声中，竟匆匆忙忙地去了。那时，她正值三十啷当的花样年纪，恰似一株蓬勃兴旺的青高粱，最耀人眼的红火热烈，尚未向养护她的主人全面展现。

马老太有一个风风火火的内在，却不是一个风风火火的人，就是男人死，人面前，她九寸的步伐也没有凌乱过。她尽管认不了几个字，妇德、妇言、妇容和妇功，她严格遵守，令人叫绝。每每看到张皇奔走的女人，她就痛苦不堪：“哎呀呀——不敢看！不敢看！抢汉子，也用不着那么急。好娘儿们，携男人不用绳拴！带翅膀的小蛾子，哪个不围着灯转！”

那天，她到尚官井担水，刚好碰到魏老大，魏老大绞上水来后，给她倒了一担。马老太晃晃悠悠地担上水桶，九寸的步子没走几步，人和水桶就一齐翻倒了，却不是一个倾倒的玉山。她羞愧无比地爬起来后，魏老大把她送回了家，又给担满了水缸。

后来，马老太跟魏老大商量，他管她吃水、用水到死，她把石板坡的七分地送给他。双方找了中人，签字画押刚刚几天，那七分地，却突然圈进了王家花园。

魏老大找到马老太，马老太那朵干瘪到枝头的花，几乎掉落下来：“孩儿哟——没法，人家给了俺十块大洋，差不多能买一亩好地了，孩儿哟——到死，俺也喝不了几桶水了。”

魏老大拍着屁股，对着天叫了两声，来到了王家。王维贵当时还住在东院的最后院，静静地听完魏老大的诉说之后，他掏出两块大洋给魏老大，说：“这个事，俺爹活着的时候就说好了，也一直没顾上办，为了给老人一个圆满交代，又多花了四块大洋买了来，你来了，也不叫你白跑，给你两块大洋，也算互不亏欠。”

魏老大没有接那两块大洋，他到了花园里，想找王炳中说说。

那时候王炳中正和雷月琴纠缠着，搭建在花园里的戏台上，花骨朵一般的雷月琴正在唱《桃花庵》：

九尽春回杏花开，那鸿雁飞去紫燕来，蝴蝶双飞过墙外，想起来久别的奴夫张才……为奴夫在门外我算过卦，为奴夫在月下常徘徊……

花园里一片片杨青柳绿，映照着袅袅的红衫翠袖；一树树桃红李白，相拥着声声的浅唱低吟。浓浓烈烈的春光灿烂，可触、可碰、可催眠。王炳中像一只穿梭于花间的鸟，舞之蹈之的手脚，比鸟翻飞的翅膀还要欢快。

雷月琴报春鸟一般的声音，缠缠绕绕地满园子飘荡，还有那个少有的妖狐子扮相，魏老大来不及听，也没敢正眼看。

他在那个做梦也梦不见的地方，刚刚定了定神，身上生了桃花癣的那个地方，突然又奇痒难忍，他找不到背旮旯地方，又实在忍不过，皱着眉头，使劲儿抓挠了一阵，耙地一般"哧哧嘎嘎"地响。王炳中一扭身，二郎腿跷到了另一边。他记不清自己究竟说了些什么，糊里糊涂地被王家的长工、短工们轰了出来。

后来，魏老大长的那片桃花癣虽然好了，但是，在前边的那些年，只要能躲过，他总是尽力绕开王家花园走，看到马老太的坟骨堆，也总想啐两口。在他看来，摇摇摆摆、拿拿捏捏的女人，比王家花园还要可怕——剁砍男人的时候，像刀切葱！

也许是那个铭刻心头的伤痛，使魏老大有些不可自制，他把玉带坪上的杂草，奋力拔了近半亩地，心里才亮堂起来。"俺说草长得这么好，谁知道王家那会儿，往这儿上了多少好粪！"他把一团土捏在手里，断定在这里，能收获一片金黄的谷穗，他看一眼不远处的梨花井，大手一拍，走了。

魏老大收拾完玉带坪的二亩多地，只用了五个晚上。第六天收工后，他在家胡乱吃了两口，拿上个榼栳又走了，他想把那块地浇一遍后，尽快种上。

魏老大安上辘轳和井绳开始绞水，刚绞了十多桶，西北方向黑暗暗地阴了过来，一阵紧似一阵的风，迷得睁不开眼。根据他的经验，近些日子不会有大雨。不想时间不长，张牙舞爪的黑云，把天空遮了个严严实实，杏核大小的雨点，"噼里啪啦"往下砸。天越来越暗，风也越刮越紧，他绞上来的榼栳，靠判断摸索才能找到。

天地边响了一个炸雷，他终于沉不住气了，解下榼栳扣在头上，当了个遮风挡雨的伞，又顺手捡了一根棍子拄上，一步一摸索，一步一试探地往回走。当他头顶着榼栳，从围墙的那个豁口出溜下去以后，差点儿把他吓死！

对面一个浑身净白的东西，正一蹿一蹿地跳，那东西高约一丈，水桶一样的大脑袋，还穿着一身大白孝！

魏老大拼尽全力尖叫了一声，顺势抡起手中的棍子，向那个大脑袋上砸去，那个白乎乎的东西，晃悠一下就倒了下去。魏老大一路尖叫着，乘风驾云一般逃回家里。

刚进大门，他就重重地摔了一跤，头上的榼栳，在地上跳跃了几下，滴溜溜转着跑远了。刚才他大喊大叫时，榼栳一直在头上扣着，叫声大，回音更大，他摔倒之后，两只耳朵里，尖叫了好一阵才停下来。虽然耳朵不响了，脑袋却晕乎乎的胀痛，后来就浑身酸麻心慌不止。

魏老大准备去花园时，张雪梅就不同意，说那些阴气大、晦气重的地方，最好不要着边。他却笑呵呵的满不在乎，他说他自小儿就住庙，啥阎王小鬼、凶神恶煞没见过，各路妖精鬼魅，早就跟他相近相熟，都快成亲戚了，说不定这会儿，大鬼扶犁，小鬼牵墒[1]，正闹嚷嚷地给种地呢。

这次，他却实实在在看清了那个穿着大白孝的鬼！张雪梅战战兢兢地问："真看清了？"他的上牙和下牙"咔咔咔"地打着架，使劲儿地点头。他躺在炕上再爬不起来时，心里想，说不定这回，真要了命了。

魏老大迷迷糊糊睡了一整天，夫妻二人谁也不敢提起花园里的事，别人问时，只说摔了一跤就病了。张雪梅到处求神问卜，跑了好几天，也不见有多大效果。那天的雨只湿了个地皮，风卷残云忽涌几下，就又晴了天，两个人更加深信不疑，花园里，必有说不清的蹊跷。魏老大一直在炕上躺着，高烧不退，有时还说些颠三倒四的话。

直到有一天，张雪梅回来说，林大头的兄弟四麻子，也在王家花园的豁口，撞上个大头鬼，还叫大头鬼捶了一碾杆，差点儿给捶死！魏老大听后，"呼——"

[1] 牵墒：两个人搭配犁地，前边那个牵牲口的，就叫"牵墒"。

地坐了起来，像又着了邪，一路疯跑着去了林满仓家。

进门后，傻二小拍打着双手，在院子里一个人乱喃喃，林满仓到寺里烧香去了，四麻子在炕角蜷曲着，惊恐无助的眼神，好像刚被痛打完毕，或又要被暴揍一顿。

魏老大问了个清楚明白，说了个清楚明白。四麻子“噌——”地一下从炕上跳下来，叫了两声“老大你个贼东西”，只想抱住魏老大咬两口解解恨。

四麻子撞见大头鬼那天，他提了个水桶，去大圪梁他舅舅家，想要回往年借去的粮。粮食没要回来，妗子不好意思，留四麻子吃了晚饭，吃完饭天也不早了。因为没有还上借去的粮，妗子先还了借的两丈白布。四麻子急着回家，就从山上抄近道往回赶。

因为电闪雷鸣风沙大，四麻子把水桶半扣在头上，把布夹在腋下。天黑、风大、乌云浓，他心中有些害怕，那卷白布夹也夹不住，不住地往下掉。他把布拾起来往身上一缠，低着头继续狂奔，那卷布再往下掉，捡起来再往身上一缠，再掉，再捡，再一缠，最后竟像穿了一身大白孝！

魏老大从围墙的豁口向外面出溜时，天地间正乌云雷电，风沙呼啸，目及之处黑暗暗一片。四麻子那个东西，恰恰正点正时赶到。他头顶着水桶，缠着一身白布，因为半扣在水桶里的两只眼看不远，脚下连续遇上几块石头，一跳一跳地躲闪，魏老大半眯着眼猛一见那东西一身白大孝，不是个鬼祟能是个啥！四麻子刚跨过一块石头，趔趄着差点儿摔倒，听到魏老大的一声尖叫刚扭头，魏老大这个头顶着大榼栳的大头鬼，就猛捶过来一棍子！四麻子连捶在水桶上的响声都没有听完，两眼一黑就栽了去。

两个人互相埋怨一阵，再说笑一阵，魏老大临走时，四麻子对他说：“那里头的地，咱得伙种，不能白叫你敲一棍子。万医生说，俺宝妮嫂身上没有那个了，再不吃上点儿像样的东西，就不能生孩子了！”

村北蓄水池里的水，已清清楚楚地看见了底，官井里的水，已开始混浊，抗旱点种才停了下来。

满天的乌云向大坡地涌来时，庄稼主儿高兴得想哭，他们担水种下的种子，正伸胳膊蹬腿地悄悄发芽，但怒涛一般翻滚的乌云，张张扬扬地呼啸一阵后，倏然不见了影踪，满天的星星和皎洁的月亮，又把沉重的苦难播撒开来。点种时，食堂里仅存的一点儿粮食，也几乎用光，棉桃壳粉和玉米芯粉，也成了稀缺的救命之物。

石碾街上不愿睁眼的人们，开始想起犁红薯的魏老大和晒红薯片的张雪梅。他们再见到魏老大，恭恭敬敬地问："老大哥，这咋办哟！不能活了！看，腿都肿了，家里的腰也干了[1]。老大哥，咋办，说说？"

魏老大跺着大脚片，说："记得鬼子围小窑头村不？别都挤到一团，四散分开跑，活路多！"

尽管各自支起了炉灶，但只点起了灶下的火，却没有下锅的米。人们抬着龙王，满大街转了无数遍，在无数个有怨无悔的期盼之后，换来了几个零星的雨点，愤怒的人喊："老天爷，你就打了个喷嚏吔！"

人们把不多见的一场零星小雨，当作老天爷打了一个喷嚏，把它汇报给了上苍。

边老拐常常吹嘘自己，说四二三年时，他往龙王大殿后面的紧要处，撒了一泡烫手的黄尿，天就下雨了。好几个人嚷嚷，让边老拐再撒泡尿去。边老拐说，早尿了五泡了！人一上了年纪，啥东西都不好使了！有人问他尿的烫不烫。边老拐说烫得很哩，那个东西都烫红了，就是不管用！

浑身浮肿和突然晕倒的人日渐增多，万医生成了人们的救命菩萨。

万医生还是来时的那般模样，笔直的身板，细腻的皮肤，轻盈秀美的步伐，永远的正颜厉色不苟言笑，没有亲近也不见疏远，漫天的秋风一般，不冷又不热。

抗旱结束后，盖狗剩和工作队的同志们，都参加了医院的工作。其实多数人并无大碍，多数急于诊治的病号，严重的饥饿和营养不良，是主要病因，急病号输上葡萄糖，再吃上几顿粮食做的稀软饭，只用一两天就出院了。

多数百姓不知其中原因，也顾不上听别人解释，全陷入一片不理智的狂乱中。

---

[1] 腰干了：方言，指女人停经或绝经。

医院里到处是东倒西歪的人，哭叫声、乞求声、吵闹声，都在扯着命地给惶恐不安加油打气。忙的时候，万医生让人拉拽着来回跑，因为只要一松手，那救命的菩萨，就不知道又被谁给请了去，所以，有效的组织安排成了头等大事。

瘦三娘不知吃了些什么不好的东西，胸口刀绞一般难受，嘴里流出的酸水像带着刀子，把嗓子拉得火辣辣痛。老太太到医院去了几次，刚挤到跟前，又被人挤了出来，后来坚持不住，痛得满地打滚。盖狗剩给万医生说了说，万医生给打了一针，又给了一小瓶白药片。瘦三娘的病当天中午见轻，当天晚上就好了。瘦三娘逢人就说万医生的神奇，万医生更加被大坡地人称颂。

边老拐想住进医院，吃两顿病号饭。那天，他把不装就有的毛病，和装起来更像的毛病，搞了个浑然一体，趺趺撞撞地找到了万医生。万医生给听了听，翻开边老拐眼皮看了看，又让他伸出舌头瞅了瞅，摇了摇头，急急忙忙地喊“下一个”。边老拐就是不走，或许是碍了边起升大队长的面皮，万医生给边老拐打了一针，边老拐才揉着屁股走了。

第二天他又来了，万医生又给打了一针，打了三针后到了第四天，万医生问：“打的那三针，管用不管用？”

对于万医生的医术，能说出“不咋样”的人，在大坡地还没有生养出来。边老拐一仰头，煞有介事地说：“管用管用！真管用！轻巧多了！”“那三针，打的都是蒸馏水！要打，就再打一针！”

边老拐先是一惊，惊过之后急忙往外走，一边走，一边和众人摆着手说：“万医生的医术，那真是牛头垴上的皂角树，高！就是高！俺一个大老爷们儿，往后靠靠，先顾旁人！先顾旁人！”

万医生两只手插在白大褂的兜里，两个嘴角向上一翘，胸脯一震一震地颤——大坡地的人终于知道了，万医生笑的时候最好看。

云变白、天湛蓝的八月，太行深处的凉风涌遍四野，大坡地的秋天，踏着蹒跚踉跄的脚步，趔趔趄趄地来了。不死的硬谷，将缩减了三分之二的穗子，奉给了这个羞涩不堪的季节。这个苦熬苦盼的秋天，庄稼主儿的收获，不及平时年份的三分之一。

收获的第一批粮食，全部上缴国家后，晚上，工作组在后谷场召开大会，大会通报了全国灾情：前年上半年，黄河以北大旱，西南大旱，受灾面积达二千三百万公顷，即三亿多亩土地；下半年东部、东北部涝灾，二百万公顷近三千万亩农田被淹；蝗灾、鼠灾、黏虫灾，中华人民共和国成立以来前所未有。去年全国近二十个省、区严重干旱，受灾面积，近三千四百万公顷！

瘦三娘在台下哭咧咧地说："狠心的天呀，你打摆子，还是发高烧？旱的旱，淹的淹，叫人咋活哟！"

今年的灾情更严重，且百年以来少有：华北、西北大旱，黄河断流，华南大旱，西藏之外，全国几乎没有一块湿润之地！受灾面积近四千万公顷！

第二次大会的主题，是抗灾自救动员会，工作组的郝队长，拿着一角钱二两粮票，流着泪讲了他亲历的一件事。

那天，他在大北沟里昏倒了，大坡地一位老太太和她的孙女，把他整回了家，他稀里糊涂喝了老太太两碗菜糊儿，有了精神后，悄悄掏出一角钱和二两粮票，放在了老太太家的门墩上，出门的时候才看见，老太太的孙女，正在喝洗锅水……

后来，这一角钱和二两粮票，老太太共给送回来三次……

郝队长把老太太请到了台上，她是瘦三娘。郝队长给瘦三娘深深地鞠了一躬后，说："抗灾不完，俺就不走！打今儿起，俺一个月三十四元工资，一半捐给大坡地生产大队。"

后来，林先生赠了郝队长一副字："深重的灾难扛过去，成就一部掂不动的民族史。"

秋收时节，东到山东，北到东北，南到广东，几乎全都暴雨成灾，淹没农田村庄无数。大坡地人，虽然轻松地种上了冬小麦，但这年秋季分到各家的粮食，连春节都维持不到。

令魏老大和四麻子万分喜悦又惊惧不已的是，玉带坪二亩多地的谷子，沉甸甸地割了两大垛。两个人做活儿都在晚上，一镰一镰地割完后晾晒几天。晾晒到差不多时，再一捆一捆地绑成谷捆子，再把一捆捆的谷子，搬到花园北边的那排石屋里去。石屋虽然有些年头，但很结实。一来建房时王家正在中兴之时，所以下了些功夫；二来花园这个鬼魅之地，敢来这里玩耍糟践的孩子们少。所以，除了门窗不能遮风挡雨，倒哪里也蛮好。

四麻子已十八岁，除了脸上的小麻坑，倒也规规整整的男子汉形状，宽肩膀、厚胸膛，“噔、噔”的步履，能带起呼呼的风。他把最后一个谷捆子打摞起来后，问魏老大：“叔吔，你估算估算，能打多少斤？”

魏老大点上铜烟袋，喜滋滋地打量着两大垛谷子，说：“少说也得六百斤！”他摸索了一下四麻子的手，说：“这才像个庄稼人的手！咋样？天不亏人吧？受了苦，才能大碗捂，那一棍子，挨得值吧？”

四麻子的那双手，似乎早已超越了他的年龄，硕大的骨节，一伸一屈“嘎巴巴”地响，粗壮的手指头，钢铁一般邦邦的硬，手背上一层黑皮，手掌中一片硬茧。和魏老大不同的是，如果外面的那层皮能整个脱下来，魏老大脱下来的，是一副好手套，四麻子脱下来的，是一副破手套。

在那些骄阳似火的日子里，四周的田野，几乎要起火冒烟，花园里玉带坪的地，却湿阴阴的滋润。魏老大和四麻子，在玉带坪边刨了一个大坑，新挖了一条流水的沟，一直通到梨花井口。

两个人隔一段日子，给地里浇一遍水，一个负责把井里的水绞上来，顺着挖好的水沟流到大坑内，一个负责把坑里的水担到地里去。要是平时稳稳当当地干，对庄稼人来说，是一件平常活儿，但他们两个白天不能停，晚上又不愿歇，是连轴转的苦差。开始的几天，四麻子还勉强行，后来渐渐支持不住，从坑里往地里挑水，开始的几趟也行，后半夜以后，他就两腿哆嗦肩膀疼，一趟比一趟慢。

魏老大看见坑里的水向外溢，放下辘轳过来喊：“肩膀头子疼是肉嫩，还没有磨出来，这腰酸腿软咋回事？没娶媳妇，就弯弯着腰，娶了媳妇，就爬不起来了！绞水去，叫俺担！”四麻子嘟囔着去绞水。

绞水的桶是个大榼栳，又粗又圆底又尖，盛水量是平常水桶的两三倍，虽说做活儿快，却分量重很累人。魏老大绞水时，满榼栳的水绞上来，看见横提梁到了一定高度，腾出的一只手不去抓榼栳，顺势向一边逮井绳，榼栳一忽悠，尖底子正好磕到井边上，井绳顺势一松，榼栳就翻了，满榼栳的水，顺着水沟流到大坑里，再一绞辘轳一松手，榼栳又下到了井里。

如果不熟练，把榼栳绞得高了，要靠一只手往回拽，另一只手扶着辘轳把，榼栳里水太多、太沉，该拽的榼栳没有拽过来，该扶的辘轳又怕扶不住；把榼栳绞得太低，力气不足又提不动。那个恰到好处，短时间内学不来。

四麻子年岁不算太小，力气却很是不足。刚开始的时候还凑合，后来越绞越累，越累就越慢，越慢就越供不上魏老大担，不长工夫，坑里的水就干了。魏老大这次没喊，过来站在一边看，看了一会儿就指点，威严的口气像师傅训徒弟：“逮！逮！快逮！叫你逮井绳，谁叫你逮榼栳！唉！这手不快，眼也不欢？胳膊腿也不细，眼也不小，跌倒占地方不少，咋哪儿也不听使唤！”

四麻子不吭，“唧唧呀呀”地绞，魏老大又说：“不知道你裤裆里边坠着个啥？跷起来你那个兰花指做啥？省下来那根指头，能修成仙？”

终于，四麻子恰到好处一回，把满榼栳的水倒出来，把跷起来的指头伸给魏老大看：“你个老妖精看看，这才长出来的新肉，又给磨破了不是？这满手大燎泡，破了长，长了破，钻心疼，你，一个劲儿叫唤个啥！”

四周黑黢黢的暗夜，风吹不开，刀砍不透，魏老大什么也没看见，把四麻子那只不再光滑的手，在黑暗里摸索一下，说：“咦？就是嫩！比娘儿们的手还光——不过没法，阎王爷叫你投生个带把货，受吧，再破上个十来回，专门咬，都咬不破了！”

鸡已叫过三遍，往回走时，四麻子给魏老大说：“明儿黑夜，俺不来了，再撵着你这样做活儿，饿不死，就使死了！等收了，你看着给点儿就行。”

临进他家门时，他又回过身来补充：“记着！甭再叫俺了，坐轿也不去了。”

这天晚上，魏老大刚绞上一榼栳水，就听见四麻子“啪嗒、啪嗒”的脚步声——他又来了。

渐渐有人传说，花园里又闹鬼了。边起升最沉不住气，他发现魏老大的秘密后，略松了一口气。时间不长，又揪紧了心。

一天，他把魏老大叫到一个僻静处，破天荒地叫了一声“姨父”，正颜厉色说：“你去花园里边，做啥？”

魏老大听到那声“姨父”，脑袋“轰——”的一声响，仿佛被人突然抬到了牛头垴顶，他本不该，也本不能上到那么高的地方来，三魂七魄都晕晕乎乎的，有些承受不起。

边起升一脸不安，说：“在那里边，没碰见过别的啥？没看见过，啥蹊跷的东西？”

边起升的意思，是问姨父在花园里，看见过什么奇怪的东西，或碰上过什么奇怪事没有。他担心那个旱水窖。

魏老大摇头摇得像拨浪鼓，说那个破花园，那里边能有啥，啥也没有。边起升千叮咛万嘱咐，让姨父有啥事，记着先给他汇报。后来，魏老大往绞水的辘轳上涂了些油，再听不到响声。

魏老大给张雪梅说起这件事，张雪梅说：“看是不是？俺早说，是亲必有一顾吧！”

魏老大说：“好歹吧！姨姨亲，当辈亲，拔掉蔓菁拽断根；姑舅亲，辈辈亲，打断骨头连着筋。”

令人没有想到的是，石房里的那两垛谷子干了以后，两个人一根根地把谷穗掐下来，十多个晚上的手搓脚踩，共收了饱饱满满七百余斤谷粒。

两个人在半夜里，一递一布袋往家扛谷子，四麻子留下了小半袋，给魏老大说：“叔吔，这半袋……唉！俺想扛给小玉！”

魏老大扫一眼四麻子，鼻子和嘴中间，半圈微微发黑的小胡子稀稀落落。他说：“俺侄儿，长大了。”

四麻子对小玉的惦怜，或许并不因为那半圈发黑的小胡子。

四麻子比小玉大两岁，上学时，却和小玉一个班。或许因为脸上的麻坑，他不仅没有要好的伙伴，而且经常受不要好的伙伴欺负。后来四麻子就不上学了。

小玉到他家叫了两次，小玉说："有——余，你吔……"

四麻子一激灵愣住了，没有反应过来那个"有余"是喊他！多少年来，家里人都称呼他"老四"，外边认识他的人，都称呼他"四麻子"。他回过神来之后，突然想哭。

"不就几个小坑坑，有啥丑啊，谁爱说说去，谁爱看看去，说够了，看够了，习惯了，就好了。"

昏黑的暗夜接地连天，四麻子哭得一声连不上一声。他把埋藏在心里若许年的忧郁，和天上掉下来的感激，痛痛快快地混在一起哭了一遍。哭过之后，四麻子到底还是不上学了。从此以后，除了离他而去的娘，小玉是雕刻在他心中的，唯一的一位女性。

四麻子背着那半袋谷子，在小玉家门口转悠了三天，因为怕人看见，他大都在夜黑人静之后去。头两天晚上，他都在远远的暗处等，看见瘦三或白文昌后，背着布袋赶紧跑，等到半夜也没有见到小玉，就把半袋谷子放到魏老大家，一脸沮丧地坐上一阵走了。

到了第四天，张雪梅扑闪着猫猫眼，把四麻子上上下下打量遍，"咯咯咯"地笑着哼："傻狗狗哟！一出那大门儿，我就扬了一把沙，双手手擦泪，我就上不了个马……"

天苍苍黑，十步之外刚看不清人的鼻子和眼，四麻子在小玉家门口走了四五遭。终于，"吱呀"一声门开了，小玉拿了镢头，在门外的粪堆上刨个坑，把篓子里的垃圾倒进去埋上。四麻子两腿哆嗦心狂跳。

小玉一手提了镢头，一手提了空篓子，"嘭、嘭"地跺脚，她要回去了。四麻子像被什么东西推了一下，从墙角的黑影里窜了出来。没看脚下也太过慌张，踢起一块石头，打在了对面墙上，四麻子几乎要摔倒。

小玉一回身，两手攥住镢把，准备和歹人歹货决斗，看清了四麻子后，头一低拿手捂住嘴，“扑哧”一声笑了:“当是谁,老四！有余,抢啥好东西？着那个紧！”

四麻子颤颤着说:“不抢,不抢,啥也不抢,不是抢,是给,给你,急事！正经事！俺在大北沟的堰边，等你！”

四麻子把谷子给小玉时，小玉说什么也不敢要。当时好多人家，不用说谷子，谷糠也不多。四麻子就急:“快拿住！俺没偷，也没抢，这东西，是俺气力换的！咋？不想叫恁奶奶，喝口热乎稀饭？还有恁爹，都瘦成一把骨头了！快背走，这东西，比命还紧要，记住了？给谁，也不能说是俺给的，要说出去，俺就不能活了。”刚说完，一溜向东跑了。

小玉把谷子扛回家，瘦三娘先是一喜，随后就是一惊。

老太太吃完饭，说什么也不让小玉洗碗刷锅了，她让小玉在一边看着，自己把碗筷锅灶收拾干净。收拾完后，她给小玉说：“看！奶奶紧操心，慢操心，身上还是沾了脏水！”

说完，把小玉往怀里一搂：“孙女哎，奶奶不能跟你一辈子，俺孙女，才活到人边边上，这世上，好多不能挨边的事，就是死也不能挨，要挨上了，再找不见回头路！人一辈子，脚跟要是歪了，再没有挺直的脊梁骨——给奶奶说，这东西，哪儿来的？”

小玉嗫嚅一阵子，瘦三娘巴巴地听着，听了半天也没有弄明白:西山上的松鼠，因为天热跑到了南山，所以静峦寺的尼僧，每天只吃一顿斋饭，饭是用柴烧，使锅煮的，忘了放菜，也忘了放油盐……

瘦三娘没有听完，半大的小脚一踮，躺下去不吭不动了。

一整天，老太太不吭、不动、不吃、不喝，瘦三问：“娘病了？俺赶紧叫万医生来。”老太太闭着眼说：“你疯了！”

新一天的太阳，在厚重的云层里躲着，刚到八月末，凉风从窗户的破洞吹进来，冷飕飕的。瘦三娘还是不吭、不动、不吃、不喝。小玉给奶奶盖上一个粗布单，老太太手一挥，撩出去好远，翻个身，还是不睁眼。

小玉把四麻子叫了来。老太太把四麻子揽在怀里，左看看，右瞧瞧，说："这老天爷，有时候打瞌睡呢，这么好个孩子——天哟，俺这辈子，咋光遇好人？"

老太太说完，非让四麻子把小半袋谷子背走，四麻子死活不肯，老太太起身就去找林满仓，四麻子哭啼啼地要给她磕头。约定来年加倍偿还后，老太太才勉勉强强收下了。

有了那半袋谷子后，瘦三娘掀开土炕上的一块坯，从下面拿出一个大瓦罐，瓦罐里有一升多荞麦面，红黑的面粉，已结成一个大坨，一股呛眼辣鼻的怪味道。

老太太找了马尾罗（尾读 yǐ）筛了几遍。筛好以后打了糊，拿到笼上蒸。该蒸好的时候掀开一看，笼屉里的荞麦坨，根本成不了形状，面坨上无数个马蜂窝一般的小眼子，"咕嘟、咕嘟"地冒着白糊糊气泡，就重新盖上蒸。蒸干了三四锅水，笼屉里的面坨，仍然冒着白泡，黏不到一块儿。

瘦三和小玉都让扔了，老太太怎么也舍不得。一家人睡了后，她一个人偷吃了一碗。不到天明，身上不舒服，肚子隐隐痛，找出来万医生给她的那瓶白药片，吃了两片后，似乎舒服了许多。第二天又偷着吃了一碗。

到了晚上，瘦三娘浑身冒虚汗，小玉急忙叫瘦三，瘦三喊了半天"娘"，老太太睁开眼说："喊啥嘞，俺梦见恁爹来了，还是年轻时候那个样，谁知道你喊俺咋，要不，还能多瞅会儿……"说着就哭了。

白文昌到县里学习去了，周山杏也不在家，瘦三一个人没主意，要去叫万医生，老太太说，省了吧，万医生给的那瓶药，拿过来吃两片，管用呢。

老太太连吐带泻，闹腾了一个晚上。第二天过了中午，老太太睁开了眼，眼窝陷下去好些，能喝点儿水时，又要了小瓶里的两片药吃了。瘦三和小玉只要说请万医生，老太太就急："这不才吃了药片？身上火大，年轻时就这样，泻泻就好了！"

后半晌丑妮来了，瘦三娘很高兴，说等她好了，俩闺女拜个干姊妹吧，小玉就自己一个，奶奶走了以后，一个人太伶仃。老太太气有些短，但精神尚好，唠唠叨叨的，还给未结拜的干姐俩说丝儿：

板凳板凳四条腿，俺给奶奶咕嘟嘴，奶奶嫌俺聒得慌，俺给奶奶拌口疙瘩汤，奶奶喝了不大点，俺就喝了两三碗，奶奶死了谁烧纸？俺烧纸！坐到墓头哭个死……

后半夜，瘦三正迷糊着，看见他娘衣衫一新走了过来说："三儿吔，娘要走了，咋也不送送？"

瘦三的脑袋忽然来回晃，把他一下子摇醒了。他猛一惊，爬起来急忙去看娘，老太太出了一身汗，水洗过一般，仔细一摸，身上有点儿凉。他急忙叫来万医生，万医生看了后，说："老人家早走了，耽误了，那瓶药，是碳酸氢钠片，治胃酸，这是食物中毒！"

凋敝的深秋，满树的黄叶"哗啦啦"地落下来。老太太就像破窗户上的那片纸，经了无数的寒来暑往和风雨侵蚀，早已脆弱不堪了，一股风吹来，打了几个旋，就静悄悄地飞到天涯了。临走时，她拼命摇晃儿子的头，是在做告别，还是求急救？谁也不知道。

荒园夜深深

第三十章

痴子苦奔忙　佼人似魔方

这年的春天似乎很短，元宵节刚过就到了消寒的九九，二月初五就到了春分。呼呼的东南风只刮了两三场，北圪台儿上一身单衣的人们，在太阳下就薄汗蒙蒙了。粮食和雨水，成了北圪台儿上的主要话题。

没有人相信，林满仓能吃上一顿小米米烫[1]，还配着绿莹莹的酸黄菜。但那是一个千真万确的存在。没有几个人知道，那是四麻子跟着魏老大，在那个荒芜阴森之地，偷偷地扛着星星背着月亮种出来的。

林满仓的大儿子，在天津造“前后都是胶皮胎”的林有田，终于回来了，带着媳妇，拉着儿子，抱着女儿回来了。饥荒年月，往来的人少，公共汽车到白口镇就不走了，林有田夫妇直到后半晌，才到了大坡地。

林有田夫妇踏进大门时，林满仓正要往外走，双方对望了一会儿，林有田刚张嘴，“爹”字还没有叫出来，林满仓大叫一声“有田”，就泣不成声了：“真是你吔——有田！爹昨日黑夜，还梦见你咪，想死爹咧……”

[1] 米烫：加大小米的投放量，先煮后焖做出的小米稠饭，略烫嘴时吃口味最佳，故名“米烫”。条件差些的只放小米，条件好些的掺入菜蔬、肉类会更可口。尤其是加入太行山羊肉的羊肉米烫，一直为当地人所推崇，后渐成地方风味小吃。

有田媳妇又饥又渴，大头媳妇陈宝妮，屋里院外转了几个圈，给端来一碗酸黄菜，说："不知道吃惯吃不惯，净是猪耳朵、苣苣菜，掺了不大点儿刺叶菜，将就着尝尝，解暑解渴还顶饿！"

有田媳妇笑吟吟地接了——酸乎乎的菜，夹杂着淡淡的苦。吃了半碗后，感觉满嘴酸甜清爽，最后，她连碗里剩下的酸汤，也喝了个精光。

满仓娘听说有田回来了，一路喊着叫着往家赶，酸枣木拐棍，也甩出去老远——天知道，近七十岁的老太太，为什么离了拐棍还能跑那么快，还没有摔跟头！

一拨又一拨的人来看林有田，有田媳妇来的时候，专门烫了一头卷发，当地人管卷头发叫"鼓敛毛"。满仓娘四盘四正坐在炕头上，怀里抱着重孙女儿，膝盖上坐着重孙子，一身的豪情满怀和心舒气爽，全播撒给了来来往往的乡邻，乐开花的老脸，幸福无边又底气十足，像八面威风的老太君。

大家恭维几句"老太君"，开始围着一头鼓敛毛的有田媳妇看，心里头说不清的惊羡和新奇，和鼓敛毛一样张张扬扬地翻卷着。他们把嘴唇吮咂得"叭、叭、叭"地响，像刚刚吞咽下一块肥美的大肉。

从进门到家直到天黑，林有田一直没有看见他的二兄弟，打问了几次，都告诉他，在事儿上忙呢！——当地的庄稼主儿，把殡葬逝者所进行的一系列活动，约定俗成的称呼是"事儿上"。

第二天过了中午，仍不见傻二小。林有田说是不是找找去。一旁蹲着的林满仓，把两只手往膝盖上一搭，栽着头说："不用找，也不好找，三乡五里，十里八里的，他都去。这几年，白事多，一个接一个。要是在近面处，事儿上也不太忙了，他一准回来，咱家老二，他是真忙……"

饥馑年月，故去的人多，尤其是那些老弱病残，有时连留恋的话都来不及说上一句，就匆匆地上了路。

大坡地风俗，逝去的人，要在家里搭起的草铺子上放几天，草铺子前边的供桌上放一只碗，子孙后代把一日三餐，每次往碗里放一点儿，停丧期满，那只碗就盛满了饭，碗里的吃食，当地人叫"遗饭"。出殡时找一只破旧篮子，把路上要撒的纸钱、打阴间恶狗的小面饼、长明灯等一干物事，连同那碗遗饭，一同放到篮子中，篮子通称“遗饭篮”。提篮子的人走在灵柩前面，连同其他东西一齐送到坟上，回来后再帮助打扫一下。村子里讲究“白事不白”，丧事的主人，自然会给一点儿小酬谢。

好长一段时间，傻二小几乎成了提遗饭篮的专职人员。他很乐意干，因为既能混上几顿饱饭，又能赚上几个小钱。别人也愿意用他，因为傻二小有犄角鬼的半仙身份，要是他高兴了，把故去的亲人往那边送的时候，说不定给添上几句好话，也少受些阴间恶鬼的荼毒。所以，那些和奈何桥相通相连的活儿，一般人家都愿意让傻二小干。

都说傻二小应承着阴间的差使，即将仙逝的那些人的名单，他能提前知道。那些看不见、摸不着的东西，信其有则有，信其无则无。傻二小多少年来，很少参加正常人的群体活动。越来越多的人发现，村子里的许多人，他根本叫不上名字，但很多时候，他会提前几天，连连到某个地方转，转不了几天，那一带便会有丧事出现，接下来，他会准确无误并且不差时辰，出现在有丧事的人家。

人们猜测，或许因为他的执着殷勤、功劳卓著，这些年，阴间那边一直给他提职加爵，所以他管的区域越来越大，管的事也越来越多。人们这时才恍然大悟，阳间这边的人分了三六九等，阴间那边，自然也有一二三四。按阴阳两界对等算，傻二小在那边，至少也该是个正七品官，加上近两年的饥荒，有时一天两三户、四五户的丧事，竟让他有些应接不暇。

他着着实实的有些忙，屁股后边时常跟着人，除了急惶惶地观察他最近走向的，还有急惶惶地请他提遗饭篮的人。

如果把人间的百色生活看成一台大戏，傻二小绝对算一个不可或缺的重要角色。这天，出殡那户人家的厚待，已呜呜咽咽地司灵[1]毕，马上要启灵[2]，却找不

[1] 司灵：安葬前的所有，由众厚待完成最后一遍检视，然后在灵前跪哭亲人一路走好。完毕之后，其他众人开始撕去吊在灵堂前的祭单，清理灵前杂物保证畅通，开始进行下一步的送灵安葬。这个仪式通称“司灵”。

[2] 启灵：司灵之后，大襄奉安排众人抬灵柩进行安葬。

见了傻二小，管事的大襄奉，急不可耐地到处喊："人呢？人呢？咋转眼就不见了？这些个人，都是些吃才！看不住一个傻二小！"

寻找的人轰地一散满大街转。终于找到了，却不知是谁，也不知因为什么事惹了他，他死活不去了。傻二小不爱钱亦不贪财，事儿上给他的酬劳，铁定的价钱也就两角，不给不行，多给也不要——他也只认识那种两角的票子，换成两张一角的都不行。只是他要不想去，抬也难抬走。

找他的人满头大汗直跺脚。后来才知道，由于粮食紧，这人家的丧事，把小米米烫改成了小米稀饭，但稀饭也没有给傻二小留出一碗，他已饿了两顿！找他的人不迭声地赔好话："年景不好，狼多肉少，就吃不饱！"

于是赶紧支锅，傻二小把刚做好的玉米面糊喝下去后，提着遗饭篮，一路撒着纸钱，打狗饼子他没舍得扔，捏进嘴里吃了。

送殡回来后，有人看见滚烫的稀糊，把傻二小烫了满嘴水燎泡。

这天，傻二小终于回来了，因为饥荒年里出殡早，他回到自己家时都刚吃午饭，他奔波了半晌，在事儿上喝的那碗玉米面糊，一泡尿就全部解决了，肚子又饿，他把刚挣的两角钱交给林满仓，嚷嚷着要吃饭。陈宝妮赶紧给找，揭开锅一看，不用说米烫，黏在锅里的米粒，也没有剩下几个。

陈宝妮的儿子三狗刚六岁，吃饭慢，手抓着小木碗里的米烫正往嘴里送，傻二小跑过去就抢了过来，还不住气地一遍遍喊："年景不好，狼多肉少，就吃不饱！"

陈宝妮另两个儿子大狗和二狗，不知道傻二小这个伯伯，不懂得三狗是他亲侄子；这两个亲侄子，也缺少傻二小是亲伯伯这个概念。他们一齐跑上去，搂腰抱腿地拼命夺。陈宝妮刚拉走这个，又跑过去了那个，小木碗摔成了两半。三狗哭着叫着不干，说咋把自己的一个碗碗，摔成了两个碗碗。傻二小仍然高一声低一声地叫："年景不好，狼多肉少，就吃不饱！年景不好，狼多肉少……"

最后，"鼓敛毛"把自己吃着的半碗米烫拿了出来，才平息了小侄子和傻伯伯的战乱。

见着傻二小后的第二天，有田夫妻给老太太和林满仓，恭恭敬敬地磕了仨头就走了。

林有田一家四口走了后，满仓娘哭了半天就躺倒了，再不吃不喝了。她说人老了，不中用了，给孩子们做不了啥，净添个累赘，家里的人，也见齐了，重孙、重孙女，都见了，天底下的有福人，都是在正高兴的时候走，不给别人添累赘，自己也不受罪，她该往那边走了。

林满仓拧着傻二小的耳朵教了半天，又在傻二小的屁股上踹了两脚，傻二小跪到奶奶的炕前哭："奶奶吔，那边给俺说咧，你还没到走的时候咧，你再不吃饭，俺爹，就先送走俺咧！"

满仓娘坐了起来："俺还没到走的时候？你给问准了？哎哟哟哟——老天爷！你这是叫人活的年月？俺眼看七十的人了，还没碰见过，这饥馑的年头咧……"

满仓娘说，四二三年都没有这么干巴过，这么难过的日子，少个人，少一张嘴。傻二小在地上跪着跪着就睡了，她许是怕林满仓真把傻二小给提前送走了，傻二小还没有醒，满仓娘就爬了起来。

王炳中在北圪台儿上听说，有个外地人拿一块上海全钢手表，换了十斤白萝卜条，他惊惧的程度，绝不亚于看见劈到花园的那个炸雷。就当时情况，安社长一年的工资，也买不下三块表。据说，那块宝贝一般的手表里边，有十九个黑夜能放光的"钻石"！

王炳中的心里"咯咯噔噔"地敲打了一阵，拐过石碾街的墙角后，倒背了手，把胸脯往起挺了几挺，丢失许久的豪壮气迈，忽涌忽涌地向头顶上涌，失而复得一般的感觉，有些乐不可支。

当他迈入大门后，倒背的胳膊就放了下来。回到家，他把全钢手表换萝卜条的事，给廷妮儿说了，锥居囊中的感觉越来越强烈，嘴里忍不住嘟囔："老虎下山被犬欺，凤凰落架不如鸡！"

过了两天，他独自一人跑了一趟山西，过了棋盘山，上了十八闯，用尽丹田之气号叫了一路。号叫得精疲力竭之后，真希望能从山崖上或沟谷里，跳出个妖媚无限的狐媚子来！“牛秋红、雷月琴、苗香香，还有小莲……恁那几个狐媚子，恁们这会儿，到底是藏在哪个危崖下修行，还是叫压到哪个沟堑里受罪？”寥廓苍茫的山峦，把王炳中的胆气撩拨得格外豪壮。

王炳中从那里走了个来回，什么也没有遇见。他从山西背回来近百斤玉米炒面，还有一些土豆茨粉。从十八闯往回走时，再也想不起狐媚子的事——肩头上一百多斤重的东西，几乎要把他驱赶进阎罗殿。

他把那一百多斤东西放到家，廷妮儿一边帮他揩脸上的汗，一边说：“哎哟哟，老天爷，这么沉的东西，二三百里的路，咋一步步挪回来的？”

廷妮儿仍是那副淡幽幽的嗓音，很少听见她的声音包含有大惊失色或大喜过望。她那句特具有母性的鼓舞，像火车头里由水幻化出来的蒸气，闸门一开，千钧之力就势不可挡了。

王炳中压抑着内心的激奋，伸伸胳膊蹬蹬腿，说：“姐吔，在咱家，总不能叫你挨饿！”

王炳中从山西回来的第二天，后谷场又召开了一次大会：从三月份开始，直到灾情结束，每人每月，可领二十斤高粱的救济粮了！满仓娘跑上台问多少钱一斤，看能不能买得起。庄稼主儿听得真切：救济粮免费，不要钱！老太太就哭：“老天爷！俺快七十了，还没遇见过这么好的社会。”

那次会也是工作队郝队长的告别会，他说：“建设社会主义不能忘农业，更不能没有工业，帝国主义亡我之心不死，拼命地掐咱们的脖子，咱中国的工人就自己造，老少爷们儿不要松劲儿，‘土、肥、水、种、密、保、管、工’，是咱庄稼主儿的指路明灯，好好儿干，社会主义道路有奔头！”

郝队长说完，专门给满仓娘鞠了一躬，满仓娘拉着郝队长的手说：“俺儿，错咧，错咧！你想的那个人，是瘦三娘——死咧。”

郝队长说：“大娘吔，没错，俺早就把大坡地，当自己家咧！”激动人心的场面，令许多庄稼主儿偷偷抹泪。

那一夜，王炳中没有睡好，他想起了父亲临死前，端给三个儿媳妇的一碗瓜子和一碗绿豆，父亲叫三个人各自随心，瓜豆自选，挑地方种，眼看着长，秋来论功行赏。三个人都慌了神，到死也没有弄清“种瓜得瓜，种豆得豆”。

心里倒腾了一晚上后，他认定工作队的郝队长，就是将来“那片要下雨的云”，无论收不收，他要把“瓜”和“豆”全种上去。

郝队长正收拾行李，王炳中来了，拿了二十斤玉米面炒面，往郝队长的行李中塞。郝队长死活不要，王炳中急得要哭：“都是爹生娘养的，俺吃饭你也要吃饭，地主的东西里头，不给你下毒吔……”

每月二十斤高粱，救了庄稼主儿的命，医院里的病号渐渐少了，万医生有了些空闲，公社派来帮助工作的几个人，一个个地往回撤，盖狗剩却没有马上走。

万医生本来平淡如水的一个人，也是奇怪，空闲时，却总爱和盖狗剩坐着说话。眼尖的人悄悄说：“狗剩好手段吔，俊女人，都能给捣弄到手里边。”

万医生换上便装时稍稍走得快，轻盈的身姿和步态像大海里的船——从天涯海角跋涉而来的深沉和光耀。大坡地人对她的仰慕，是隔岸遥望的那种。

“悄悄儿的，还‘叽叽喳喳’，万医生来了！”“瞎忙乎个啥，万医生要走了！还不赶紧送送！”——大坡地人对海，把激越澎湃藏在骨子里。

万医生换上了白大褂，一样洁白的圆桶帽扣在头上，鲜亮的白口罩，白得有点儿晃眼，匀细分明的双眼皮，李小旦的快刀也拉不出来。一双弯眉，新裁的嫩柳叶一般，能春风化雨；规整的四方步，像钟表上的砣，等时间也等距离，有一种不敢触摸的神圣。这个时候，没有人知道她是高兴还是懊恼。

盖狗剩就知道，他把万医生扫一眼，就知道她是想喝水还是想吃饭。万医生说过，他快成了她肚里的蛔虫。

医院里人山人海时，万医生的饭有时是忘了吃，有时是别人吃光了。饿了两顿之后，她的四方步，就差了距离也错了时间，本来利利索索的一个人，走起路来，突然有些摇摇晃晃。

后来，盖狗剩专门买了两个搪瓷饭盆，每到开饭前，就提前给舀好，两个盆子一扣，找个干净的东西一焐，就给藏了起来。万医生终于忙完，想起来要吃饭，盖狗剩就告诉她放盆子的地方:“吃去吧，许还没凉呢！”万医生到那里一摸，真还热乎乎，她的心就滚烫。

后来天就冷了，万医生的心再烫，也不能把那盆饭一下子暖热，吃下去肚子就不好受，盖狗剩又给买了个煤油炉，时不时地给万医生炝上几朵山葱花，或山韭菜花什么的，鲜美的味道，能把她吃得热气腾腾满头大汗。没有外人时，她就解开白大褂的扣子，又解了里边领子上的扣子，红红的黄花小棉袄，像寒风中燃烧的一团火。盖狗剩看呆了，万医生扑哧一笑：“干部？哧哧……”

盖狗剩是公社里的干部，没人的时候，万医生总喜欢这么叫。“像个老光棍，你家那口子，光鲜耀眼像个美人灯，没看够？”盖狗剩就急，一撅屁股走了。

万医生皱着眉头，看着那个煤油炉出了一会儿神，长长地“唉——”了一声，从此，再不和盖狗剩提石小彩的事。

万医生无论给谁看病，都没有摘过口罩，对盖狗剩却例外。去年腊月盖狗剩病了，烧得厉害，他给万医生炝好了山葱花挂面后，蜷曲到床上不动弹了。万医生让他解开衣服给听一听，盖狗剩“呼——呼——”地喘着粗气连连摇头，比当年撞见石小彩还要慌乱不堪。

万医生把口罩摘下来，装入大褂的兜里，把脖子上的听诊器摘下来，也放到一边去，两手一伸抓住他烫手的脖颈，“嘣、嘣”地解开他的上衣扣子：“谁家的一个老童男，还守身如玉！好像谁要占你的便宜，我啥没见过！”

盖狗剩一闭眼不动了，他感觉被抬上了宰杀猪羊那样的断头案，再拼力嘶叫也无济于事。

万医生的听诊器，在他的胸脯上摁了又摁，凉阴阴的舒服。一会儿，一只软绵绵的手，放到了他的胸脯上，另一只手把摁着胸脯的这只手敲了几遍，“嘭、嘭、嘭”地响。

盖狗剩想起了石小彩的两只手，心里难过。

万医生忙问：“怎么了，你？”盖狗剩仍旧闭着眼，“呼——哧、呼——哧”

地喘长气。

万医生两手一搓，叹了口气，她似乎知道盖狗剩想什么，一边给盖狗剩系扣子，一边说：“光着急，把个扣子也给拽掉了，你也真是——都烧成肺炎了！没法，吊针吧！”

本来应该打点滴，但盖狗剩根本不敢挨那根输液管子，就是给别人用，看见之后他就跑。他哆嗦着给万医生说：“太加火！那是个啥东西！俺能叫上吊的绳子拴一回，也不敢挨那东西的边，瘆人！”

虽然在医院待了一些日子，盖狗剩连打个小针都害怕，每当看见打针的人解开裤带，他总是眼睛一闭扭头就走，尤其听到小孩子声嘶力竭的吼喊，浑身不是滋味。万医生给边老拐打了一次针后，他听说打针，更是颤抖不已。

那次边老拐或许真的病了，万医生给开了药，针剂让护士给打。小护士刚打完皮试针，边老拐就杀猪一般地号叫。他猜想，万医生是要借小护士的手，用一个特厉害的手段整治他，就一直嚷嚷不停，说日本太君杨老歪，民国大员皇协军，地下的鬼祟地上的神，他边老拐，啥没经过，啥没见过！他半辈子风里飘，水里蹚，雪里滚，火里钻，那才拐了一条腿。打针的小护士，不过一个顶着黄花的嫩北瓜，这哆哆嗦嗦的一针下去，重者要命，轻者，连那条好腿也给弄拐了，再没人笑话傻二小圪蹴着尿了！这针，非万医生打不可。

万医生正一瓶一瓶地给人配药，边老拐一直靠墙杵着，一边哼哼着乱嘀咕，一边特难忍受似的歪眼又咧嘴。

因为没人理，边老拐慢慢安静下来，安静下来之后，一直盯着万医生不该看的地方看。

万医生左手拿着三四支水针剂小瓶，右手拿着一个明晃晃的大镊子，白了边老拐一眼后，大镊子在空中一闪，几个小瓶子“啪——”的一声全被斩了，飞出去的碎玻璃，“啪——”地撞到墙角上，“哗啦啦”地跌落到下面的垃圾箱。

边老拐翻了一下眼，根本不在乎那个愤怒无比的抗议，巴瞪着的眼，更毒更专注。

万医生把小瓶的液体吸到针管里，再把玻璃针管竖起来，一推，细线一般的水珠飞了边老拐一脸。

“两只小眼睛，看啥？”

“看医生，看白大褂！医院没有蒙病人眼的规定。”

万医生弯眉一挑：“是个尖货。看，能吃？”

边老拐嘿嘿一笑：“能吃，还真能吃，再能耐的人，不吃也不能活。”

万医生胸脯一震，两个鼻孔冒出一股风，呼呼地响：“想吃？当我儿子吧！”

边老拐又嘿嘿笑：“这可是你说的，就当你儿子，咱先吃哪个？”

万医生装好了药，说：“还真给当儿？我也生不出这么大的儿子！来，先打针，等俺儿子病好了，先去石碾街叫两声娘！”

边老拐是趴在床边打的，针管里的液体刚推到一半，边老拐声嘶力竭的号叫声，比两只争宠打架的猫还要惨烈。针管里的液体还剩一指高，他咕噜一爬往外跑，万医生的手里，只剩了一根针管——针头让边老拐的歪屁股给夹走了。

边老拐一手提着裤子，一手抱着院里的树使劲儿号：“老天爷，疼死俺！都说大夫杀人不使刀，姓万的娘儿们，手太狠了，比李小旦杀猪宰羊还狠！她还叫俺当她小子，叫俺喊他娘咧，哎哟哟！哎哟哟！全国人民都来看，全世界人民都听见，俺边老拐，今儿遭了万娘儿们的毒手咧！弄不好，还死无对证吔……”

盖狗剩听见后，赶紧找人把边老拐往屋里拽，边老拐抱着槐树死不松手，盖狗剩拨了几下夹在肉里的针头，竟也没有拔出来。

过了好几天，边老拐本来不拐的那条腿，还一歪一歪地瘸。有人看过，他的歪屁股上，有一个馒头大小的青紫色硬包。

或许是“卤水点豆腐，一物降一物”，尽管盖狗剩对打针怕得要死，但万医生眉毛一挑，他就乖乖地爬上了床，胯上的肌肉却痉挛不止，像两块硬邦邦的石头。万医生说：“趴好！怕啥？我瘸儿子的那一针，治的是特殊病，这个也不知道？

放松，放松，呵呵！”

盖狗剩把两只手往枕头下面一垫，把头埋到了枕头里。万医生又说：“哎哟哟，该早早看，早早看不就知道了？这吃点儿药也行，药水都抽到针管里了，白浪费了！早知道也不费那劲儿，这捏捏就好了，你忍着点儿，我给掐两下。”

盖狗剩浑身一松，万医生连拧带掐，像蚂蚁在咬，一会儿又有点儿胀。

万医生在他的胯上一拍：“起来，打完了！”

盖狗剩往起一爬，万医生正斜着眼瞅着他笑，刚卸下的针头、针管，正往盘子里面放。

后来有人议论，盖狗剩，原是一个吃着碗里，看着锅里的主儿，再后来，有人偷偷给石小彩传风信：“甭看你细白面一样俊生生，可黄瓜是黄瓜味，萝卜是萝卜味，别以为别人，有了黄瓜就不吃萝卜了。看紧了狗剩的那第三条腿！”

石小彩扁担腰一颤：“他那点儿腰劲儿，大掌柜在肩膀上还竖不直呢！去去去！嚼牙烂舌头！”

回到家，石小彩斜着眼，把盖狗剩一遍一遍地细打量，眼光毒得像刀，把每一处私密都能剥离精光。

前些天，盖狗剩回公社上班了，安社长和梅书记给他单独谈了话。安社长的许多话，尽管没有说得太明朗，但却针针见血，像把他脱光了之后，拉到石碾街上遛了一遭。梅书记下手更狠，好像又在他脱光的屁股上，当众踢了两脚：“狗剩吔，要注意群众影响，注意党的形象！个人道德败坏事小，带坏社会风气事大！”

这天，盖狗剩从乡里回来天已擦黑，进门时，石小彩倒坐在门槛上，正在给三儿子凤朝喂奶，盖狗剩想到屋里去，石小彩的屁股动都没动，于是来到他爹的屋子里，顺手掂起个木墩，靠着门板坐下了。

盖大全坐在一条破板凳上，盖狗剩进来后，他晃了晃身子，破板凳“吱吱呀呀”地响。盖大全近些天身上不舒服，耷拉着眼皮，一串清鼻涕在花胡子上一颤，打个秋千跌到了地上。豁开半个口子的尖口鞋，露着肿胀得明晃晃的脚背，另一只脚的大拇指，从尖口鞋里不管不顾地爬了出来，脚指甲向上翻卷着。

盖狗剩一阵心酸，给爹把双脚洗了洗，剪了，尽量找些高兴话给爹说。忽然，自己的屋里，二儿子建朝就开始哭叫了，大儿子援朝的挨打声、喊叫声混杂在一起。“日恁个祖奶奶的，整天给恁祖爷爷生事！”石小彩恶狠狠地骂，伤了祖宗却还要做祖宗。

盖狗剩一股火气直冲脑门，没等屁股离开木墩，盖大全就开了腔：“狗剩！行行好吧，被屈是福！恁祖奶奶又听不见，恁祖爷爷，谁又认不得，想叫恁爹多活几天，以后就酣畅点儿！恁爹都不吭的事，你就更不能说。”

盖狗剩从家里出来，在大北沟的南沿上转悠了半天，四周黑洞洞一片，寂寞的暗夜里，什么也看不清，只能听见几声汪汪的狗叫。

医院那片光，忽然激起他一腔视死如归的雄风，几步就跨了进去。

医院的大门很破，稍稍一碰，就癫狂无比地疯叫一阵，听见响动的第一只狗还没有叫完第三声，杂乱的犬吠声就和牛头埢连到一起了。

万医生穿了一件稍露的短衫，看到盖狗剩先是一惊，继而一笑，说话也没有了原来的利落：“你？怎么，还敢来？听说，给吓了个半死，啥时候，缓过来了？”

那张清爽秀丽的脸，来来回回扭了几扭后，漾起一片能绽放百花的春风。

盖狗剩出门后，盖大全叹了一阵子气，吃了半碗剩饭，灯也不点就摸黑睡了，石小彩打发孩子睡了后，心里麻攮攮的难受。尽管她不甚喜欢盖狗剩，但和所有的女人一样，凡自己用过使过的东西，宁可自己白扔，也不愿意别人白拾。

石小彩屋里屋外转了两圈，感觉有一个明令的驱使，要她迅速赶往一个万分必要的所在。她扁担腰一扭，直奔村北的医院。

医院的大门斜斜地半佝偻着腰，活像一个等着拿药打针的病人。石小彩在大门处停了停，四下看了几眼，旋风一般地回身向东北角走，那里有个一人多高的土堰，爬下去就到了万医生的房后边。

石小彩没有直接从土堰上往下爬，她怕弄脏了身上的衣裳。紧贴土堰长着一棵半把粗细的小槐树，石小彩试探了几下，猛地一扑就抓住了，那棵树软颤颤地一忽悠，她的两只脚就轻轻地落了地。

刚拐过房角，听见身后边一溜脚步声，石小彩贴在墙角静静听。时间不长，万医生住室的后窗户下，有几个人在嘀嘀咕咕地说话。

“看清了？”“看清了。”“几个？”“就俩，狗剩跟那个娘儿们。”“再看看。”“差不了，哎哟哟，半截褂，还点火做饭呢！”“就这个？还有啥？”“有啥！你说能有啥，那又不是俩鸡，一奓翅膀啥都有了……立稳点儿，乱晃悠个啥，你个串种，要把俺摔下来，卸了你贼羔儿狗腿……哟哟哟，真快了，这梆子都开始敲了，真要开场……”“行了！下来！再看会儿，你个串种就该尿裤子了，恁俩人就在这儿堵后窗，咱几个一齐去前边撞门，听见声音都一齐上！上得慢卸了狗腿……”

石小彩感到真的坏了！盖狗剩在里边，好歹正在做饭，好歹没有干别的营生，要是……她脑子一激灵，扁担腰忽颤了没几下，忽颤到了万医生门前：“万医生！忙啥也得快开门，拿药，病急！”

她本以为，里边无论如何要啰唆上一阵子，不想敲门的手刚放下，那扇门“吱呀”一声打开了。

万医生的白大褂已穿上了，只是第二个扣子，扣到了第三个扣眼里。石小彩一笑，一个个解开又给扣好，说：“真是台好戏，嗯？才唱到那个好去处，叫人一脚把戏台子给踢翻了？哈哈——哈，那是真难受，不过也不怕，戏台子都搭起来了，那戏就得唱，唱不了这出，咱唱那出……”

正说着，身后的门突然开了，回头一看是边起升，后边跟着一伙子民兵。

边起升趔趄一下，拍拍手笑笑：“哟嗬——俺眼看着你撞开了门，本想半路上杀出来的程咬金，咋也得先把俩流氓，给抓挠个破头血脸，这么长时候了，也听不见个动静！——也是，那毛驴子要能驾辕，要那大骡子大马做啥！哼哼！不服？往一边靠靠，靠靠！叫俺！”

边起升说完一摆头，“嘀嘀咚咚”拥过来六七个民兵，架住盖狗剩和万医生，推推搡搡地到了院子里。

刚走到大门口，石小彩突然一声喊：“咋啦？咋啦？两口子找万医生拿点儿药，犯了哪家王法？”正说着，一把夺了一个民兵的枪甩出去老远：“拿那个破玩意儿吓唬谁，公报私仇官逼民反的事，见多了！”

那帮人一下子愣住了，边起升怒火冲天地看了一会儿石小彩，突然双手叉腰，指着正发呆的几个民兵说：“才刚刚的现场，没看清还是咋的？嗯？一个小哈巴狗，衔根玉蜀秸子抡了两抡，就把局给搅了？嗯？恁拿的是啥家伙？烧火棍？……”

还没说完，石小彩头一低，腰一弯，箭一般地朝他的腰眼子上撞了过去。边起升不防，猛地倒退了几步，摔倒在地上。

没等边起升有什么反应，石小彩就地一滚，开始大声吼叫：“来人哟！边起升公报私仇了，盖狗剩你个贼羔儿！咱没有枪，能不能找条绳来？俺今儿黑夜，就吊死到他边家的大门上去！边起升你个串种！天底下谁见过，两口子一齐跳墙头找娘儿们咪？边起升你个串种！恁亲娘给恁亲爹，往家领过几个野娘？恁祖爹、祖爷爷，往家给恁祖娘、祖奶奶，找了几个孤老[1]？日本鬼子都比你个串种强，长眼喘气咪？还是吃屎咪？边起升你个串种！你往前迈一步，看恁祖宗敢不敢咬死你……”

围观的人像在看大戏，纷纷安慰委屈的万医生，解劝受冤屈的石小彩，边起升成了竹竿挑起来的猴子，摔死摔不死倒是其次，丢人露丑的红屁股，可是大眼瞪小眼的亲眼见。

边老拐来了后，眼前一直乱晃着石小彩那个猫爪子手，他悄悄跟儿子说：“算了吧，儿哟，那可不是个省油灯，看那身手，一颤就颤个鬼点子，一摇就摇个黑心眼，她连摇带颤了这些年，屁股上扛着的那个毒钩子，比蝎子还毒！谁也戗不住，能要人命！”

一切安定之后，石小彩对着叽叽喳喳的人群，给万医生说了好些对不住的话，又反过来安慰盖狗剩：“咱树大不怕风摇动，身正不怕影子歪。”

往家走的时候，她恩恩爱爱地跟在盖狗剩后边，弯腰低头地亦步亦趋。

盖狗剩刚迈进大门，石小彩“哗啦”一声把大门闩了。她从院门迈向屋门，两个鼻孔一直吭吭不停，盖狗剩不住地打冷战，本来肚子甚是憋胀，却不敢到茅

[1] 孤老：姘夫或嫖客。

房去，半蹲在炕沿下，静静地听石小彩骂。

“当了几年兵，没混出个人样来，学会跷着腿尿尿——作起狗怪了！你那个才料，也不掂量掂量，提起来一搭溜[1]，撂下去一泼滩[2]，十八面下线，砍不了个夜壶塞！你癞蛤蟆想吃天鹅肉，屁也轮不上你！光着屁股推磨——转着圈丢人……”

[1] 一搭溜：不整齐也不成形状的一团。

[2] 一泼滩：不整齐也不成形状的一片。

第三十一章

生杀玉带坪　黄土不了情

一场透雨浇过之后，那些和众生紧紧相连的灵秀，在一片苍黄中翻个跟斗就来了。山川大地像一个疲惫不堪的汉子，睡了一个长长的懒觉之后，伸个懒腰醒了——仅仅几日工夫，天底下看得到的地方，又生机无限地绿得醉人了。

麦子长到膝盖高，大坡地大队重新划分了二十个生产小队，人们后来把“小”字省略了，叫生产队。每个生产队的土地、劳力、牲畜、农具，全部实行了“四固定”。

生产队的当家人叫队长，生产队的组成人员叫社员。在生产队里，扶不了犁的社员可以牵墒，不会耩地的可以担粪，大家凭工分吃饭，靠力气生活，只要做，不论稀稠都饿不了肚子。在生产队里，一个工作日总共记五晌工：早起一晌，上午、下午各二晌。好劳力一天五晌挣十分工，差一点儿的挣九分、八分，尚未成年的孩子，挣三分、四分也在情理。

队长都用自己的方式召集社员：敲梆子的，敲洋油桶的，吹哨子的，还有打鼓、筛锣的……后来的后来，才有了挂在高处的铸铁钟。

王家花园玉带坪的二亩地，魏老大和四麻子偷种了两年，在没有粮食吃的年月里，林满仓家实实在在地吃了几顿小米米烫。张雪梅翻着猫猫眼，把魏老大崇敬得上了天，又给生了个猫猫眼二闺女，叫“巧花”。

灾荒年里许多停了经的女人，都羡慕张雪梅，她的好命就像太行山里的云，此起彼伏接连不断。魏老大在张雪梅心里，是高高屹立的一座大山，那座大山，有张雪梅那块厚实的土托着，就更加的巍峨挺拔光彩四射。

每次魏老大肩扛农具往外走，张雪梅给递过来水和毛巾，追到大门口再喊上一遍：“当家的，一嘴吃不了个胖子，悠着点儿啊！听清了——”相差无几的叮咛，像一炉不停歇的烈火，生铁疙瘩也给烧成了一摊水。

只要胳膊腿还在身上长着，“当家的”魏老大，就没有“悠着点儿”的时候。他顶着星星走，踏着夜色回，张雪梅在他“啪嗒、啪嗒”的脚步声里，准备好热水，把根本就不愿意长在魏老大身上的胳膊腿，给拿捏揉搓一遍，嘴里的嗔怨像一支千年歌谣：“当家的哟，一家子人，都在你肩膀上扛着呢，累坏了，刨块狗头金出来，俺也不稀罕！”

多少人谷糠都吃不上的时日，魏老大却把一布袋一布袋的谷子扛回了家，她双手捧着饱满的谷粒，浑身打战，像只受了惊吓的小猫。魏老大把她一抱：“媳妇，吃吧，俺老大没别的本事，从地里头挖食的本事还有，别的不保，一辈子准叫你饿不着。”

张雪梅脖子一缩、头一拱钻到魏老大怀里：“人哟——这么旱的天，一辘轳能绞上来几粒米！都使死了！”一股无法抵御的灼热，掰开魏老大的汗毛孔，拼命地往里钻。此时的他，感到自己能重新撑起塌下去的天。

渡过了三年困难时期，花园里的那块地，四麻子无论说什么也不种了。尽管有梨花井里的水，但绞上来再担上去，实实在在是个累死人的差事，更何况玉带坪上的地，土又薄石头又多，加上多少年无人问津缺少管理，原先垒的石堰，一溜一溜地往下倒。土薄的地方，下面净是石头，土厚的地方，裂着一道道的缝。一担担的水浇下去，从石头堰的下边又漏了出来。

魏老大有一副铁打的骨头，拿镢头刨完了二亩地，又开始垒石头堰。四麻子说，该死的魏老大，着了邪了，死了，准埋到那个花园里。有人问，恁俩人在花园里，到底撞见过啥东西没有。四麻子把脸转过来，“哧哧”地笑：“咋没有，长脖子，麻秆腰，大美美（奶子）乱跳，勾魂眼会笑，脸前一过，就有一股香风飘。”

那是四麻子想了多少天编排出来的，听起来跟真的一样。那人又问：“这是真的？”

四麻子脸一沉，认真又神秘地说：“假的？你敢黑更半夜，一个人去花园里头转一遭？老大早叫个女鬼给缠住了，还不是一个，俩！俏叽叽的俊娘儿们，说不定啥时候，生个鬼，就领回来了！”

生产队里白天误不得工，魏老大还是每天晚饭后，到花园里做一会儿活儿。那天晚上，别人把四麻子编排的事给他说了，他大嘴一咧又去了。

寂静的夜空深邃而幽远，一团一团的白云影影绰绰，半片月亮在云层里钻进又钻出，花园里明明灭灭，针也穿不透的朦胧和迷离。

他“叮叮当当”地做着手里的活儿，觉着身后有一阵香风吹过，头突然发晕，赶紧往下蹲，坐在堰根的石头上，眼睛里像蒙上了一层纱。或许是太劳累了，魏老大躺在石堰下睡着了。

一个长脖子女人摇摇荡荡地走了来，在他身上闻了闻，说：“没有啥邪味，干干净净的一个人。这年头，这种人不多了。要了你吧，你给俺又配不上套，光好人能顶个屁用！赖人也没有立马死了谁。不要你吧，整天在这儿瞎捣腾，叫俺不安生！”

女人转身要去时，又转回了身，在魏老大的腮帮子上拧了一把：“这么好个人，给你个啥？嗯？这得好好儿想想……要说，世界上的好东西多了去了，给你哪一样？嗯？按说，你这辈子没见过、没享受过的东西，数都数不清，你也就白来世上走了那么一遭，真真是个伤心人——可看你整天痛快舒服的样，你可真是啥也不缺！你这个人，该有的都有，不该有的没有，真没啥给你，给你怕你也不要，那都多余！嗯！嗯！——那就，等你死了，叫你埋两回吧！”手又一扯，很疼。

魏老大醒来后，天上的半片月亮，正往牛头垴的后边钻。他努力想了想，总感觉实实在在地闻到了一股香气，后来不知道怎么竟睡着了。长脖子女人在脑海里清清楚楚，坐起来后，浑身不舒服，摸摸腮帮子，暄乎乎地肿着，像被马蜂或什么东西蜇了一下，一碰就疼。

时间不长，魏老大在花园里的事，被人加工了之后风传开来，传到边起升的耳朵里，那个长脖子女人，竟长出了两个翅膀来。长没长着翅膀倒是其次，边起升最关心的，还是那个“长脖子”。

在好多方面，边起升和边老拐是绝对相连相通的，在他们看来，魏老大的身份，永远是他们家的长工，除非他死去再投生。虽然张红梅和张雪梅是亲姐妹，但那种关系，只是从大坡地的张红梅开始，翻越千山万水之后，到了边塞河曲，再自边塞河曲，翻越千山万水之后，来到大坡地的魏老大家。

美国人的原子弹厉害，相差了这么遥远的距离，恐怕连屁事也都不顶了，更何况一个除了放大屁，没有一样能大得起来的魏老大！要不是逢年过节，还有那些磕头碰脸的事，平时，他们看一眼魏老大都觉得心里堵。

如今边起升又成了大队长，更不愿意看见魏老大，但花园里的“长脖子”，又让他坐卧不安。他让父亲边老拐给魏老大说说，花园的围墙，要堵上了。

张红梅知道后想拦边老拐：“小麻脸编出来一个土‘聊斋’，就为了在北圪台儿上有话说，那能信？俺问过老大了，根本没有长翅膀的事！”

边起升没好气：“没长翅膀，还有长脖子呢，花园的围墙就得堵，里边的地，谁也不能种。”

张红梅还想说什么，边老拐一句话给噎了回去：“你认人家是姊妹，人家不一定当你是姐姐呢！老大一布袋一布袋谷子往自己家扛，碾米的糠，也舍不得给你拿半点儿！半辈子了，没见过你啥时候，胳膊肘子往里边拐过。”

边老拐在魏老大家坐了半天，魏老大给他递了好几次铜烟袋，他的手摇得像拨浪鼓。张雪梅该干什么干什么，他好话歹话说了一火车，竟没有听到一个叮当响的声音。他终于沉不住气：“咳！咳！——恁俩人，这长气不出，短气不冒，死猪不怕开水烫？是不是凭你千条妙计，自有主意一条？还就不信！俺要急了，抡起个小鞭子，碾磙子也能打得它滴溜溜转。”

张雪梅翻了几翻猫猫眼："看能耐的，天上的月亮不圆，是你给咬的？再说，历朝历代，还没听说过，庄稼主儿种地犯王法的事！"

这天吃过晚饭，魏老大照常往花园去，刚走到那个豁口，边老拐收拾了一些破棍子烂木头，正在那里叉堵。看见魏老大过来，往尚未叉堵严实的地方一躺，眼也闭上了，喊也不吭了，推也不动了。魏老大无奈，转了两圈就嘟囔："姐夫吔！这大东西，咋就不出个大东西的样？还说俺死猪不怕开水烫，你才是不怕烫——还就是，不怕烫那怨水不烫，甭说是你，庙里的泥胎，俺都叫他挪过地方！"

魏老大把镢头掂到手里，在围墙根走了几步看了看，在墙上找个缝隙，把镢头插了进去，往手里吐了两口唾沫，攥紧镢把使劲儿地来回摇。围墙由小晃到大晃，上面的灰土扑簌簌地往下掉，墙体咯吱吱地响。

边老拐睁开眼，身子一翻滚出去好远，嘴里喊："魏老大！你心咋那么狠，想砸死俺？不想想亲戚，也不想想吃了俺家多少年饭？把拐棍给俺扔过来！"

魏老大撩开叉堵到豁口上的乱七八糟，拍拍手进了花园："敢挡俺的路，真急了，鸡冠山俺都能给它搂倒！"

边老拐回到家里对边起升说："儿哟，爹老了，门神老了不捉鬼！魏老大，他就不尿俺这一壶！你是干部，这大小干部做了主，大小狸猫辟了鼠，还是你去吧，张大嘴，咬紧牙，嘎嘣一下，把他给吃了！"

这天下了些小雨，队里收工早，魏老大早早地来到花园里，时间不长，边起升也到了。魏老大把坍塌的石堰刚垒起一小段。因为大都是晚上做活儿，看不太清，垒起的石墙，歪歪扭扭的不好看。他正在端详：拆了重垒吧，费了那么大的劲儿，那些大石头扛上来不容易，况且这地，还不知道能种到啥时候；不拆吧，就是别人不笑话"狗吣的活儿"，自己看着也别扭。

正在犹豫，边起升"哗啦啦——"地拿脚蹬下去几块石头，怒火万丈的样子，好像把玉带坪掀翻了都不解气。魏老大一急，抡着镢头大喊着跑了过去："兔羔子！刚长上来几根胎毛，就挓挲起来了？叫俺先刨你两镢头，试试疼不疼！"

魏老大不过是急了之后的一咋呼，抡圆的镢头使出来的劲儿不小，根本没有计划往要紧的地方刨，但边起升就是知道不敢刨，他也没有伸过头去试试的胆量。镢头挂着“呼呼”的风来回抡着，边起升赶紧躲，在堰边上一蹦一蹦地喊：“疯了！疯了！镢头可没长眼！”他光顾着看镢头忘了看脚下，一脚踏到堰边上，那堵歪歪扭扭的墙，“轰隆”一声塌了下去，连里边的地也塌下去一大片，雾障障的尘土卷起来，像涌起一团妖雾。

尘烟散去，不见了边起升。魏老大着了慌，蹦跳着、叫喊着来回找，除了坍塌的石墙和倾泻下去的土堆，什么也看不见。他简直想哭：“这是咋啦？这是咋啦？为了守住个小羊羔儿，叫狼把孩子给叼跑了……”他边跑边喊，听到喊声后，花园里来了好多人。

边起升到底年轻，腿脚灵便，石墙坍塌的一瞬间，他感到脚下一软就往一边跳，石墙倒下去后，他抓住了堰边的土，不想那块土晃了几晃后也塌了。他掉下去之后，几乎让土给埋了去，并没有被石头砸伤。魏老大喊叫的时候，他刚从土里钻出了头，定了定神，才知道没有死，魏老大着了慌没有看见。后来，大家七手八脚把他抬到了医院。

边起升经检查并无大碍，身上擦破了几片皮，衣服也挂破了。张红梅刚听说时也着急，知道没什么事就劝：“没事就好，没事就好。他姨父，也就是那么个人，直肠子的火爆性，着了急，也是蛤蟆蹦到脚面上——光瘆不咬，光瘆不咬。”

边老拐把拐棍往腋窝一夹，眉头一皱：“去去去，还蛤蟆，他魏老大啥时候变成蛤蟆了？再过九十三年，他还是蝌蚪！俺早就说，老大，老大，那是老打（大）！没打住俺，俺命大！看看，看看！开始拿镢头刨孩子了不是？去去去！坏事娘儿们，啥事都坏在娘儿们身上。”

张红梅眼一歪，正要说什么，边老拐呵呵笑着开了腔：“还甭说，坏事娘儿们那得看是谁！你回去，看住孩子叫小连来，男人出了这么大的事，自己的娘儿们不来看看，不受别人打听，说不定还落埋怨。”

张红梅觉着有理，剜了边老拐一眼，走了。

边老拐开始来回踱步，踱了一会儿步，忽然得意扬扬地笑，山羊胡子一撅一撅，皱皱眉拍了拍脑袋，又拍拍屁股打了个寒战，极舒服的样子，像一个憋急了的人刚刚方便完。

边老拐舒服了之后，一脸幽深地看着儿子说：“魏老大拿镢头刨咱，咱不光丢不起那人，就是哭爹的过来，都会笑出来两筒鼻涕。你可听好，小连一来，你就给俺圪挤住眼，绷住嘴，啥也不看，啥也不说。今儿咱就试试，咱边家娶来的媳妇，她能不能拿到场面上。”边起升没听太懂，小眼睛一翻一翻。

外面传来了踢踏生风的脚步声，像拿着两把大锤敲地面。边起升眼睛一闭，喘气突然不匀实了。

白小连往那里一站，大身板像一座塔。她已为边家生了两个胖小子玉富和玉成，肥硕的大胸脯，饱盈盈地撑胀起身为人母的荣耀。那两个荣耀，不安分地一颤一颤，招招摇摇地宣示着她的身强力壮。

白小连俩手搭在胸前，边老拐端坐在床边。可能是公公在跟前的缘故，她不好意思靠上去看，两个嘴唇一哆嗦一哆嗦的，想要哭。

边老拐咳嗽两声，一脸的凝重，像个要下雨的天：“起升，这会儿——缓过来了。俺刚来那会儿，一看，这吹熄的灯盏摔碎的碗——啥都没有了！不知道你认识不认识马寡妇，老鼠都敢眼瞅着她，跳到她炕上胡做作……”

白小连听得费劲儿，急急地问：“说吧，爹，该俺做啥？”

边老拐摇摇头又叹口气：“没法说吔，真没法！魏老大，恁娘的亲妹夫，俺的亲条串，起升的亲姨父……”

边老拐说着就想哭，白小连皱了一会儿眉头，把脚一跺，像铁锤砸到了地面上。砸完之后，猛地一转身，带着一股风走了。

张红梅在家看着孙子，左等右等白小连不回来，她抱着孩子到了医院，问边老拐小连去了哪里。边老拐说：“早走了，咋还没回去？”因为孩子哭，张红梅着急，让儿子起来回家，咋也不能等着亲姨父，来送俩钱花。

正说着，有人捎来口信说，白小连在魏老大家躺着，拉不起来了。

张红梅踏进魏老大的门，张雪梅迎上前说：“姐姐，这——俺才准备了点儿东西，正说去医院看看，这——小连就来了……”

张红梅没听完就大喊：“小连！做啥！不看恁姨父，还得认恁小姨！要砍断这门亲，等恁娘俺死了！”张红梅看也没看魏老大一眼就走了，白小连往起一爬，跑得飞快。

白小连跟着婆婆怯生生地回了家，边老拐死活不干，张红梅就骂：“臭茅罐！不怕大坡地人的唾沫星子淹死你，愿意咋你就咋！”边老拐不吭声之后，张红梅哭着把魏老大骂了一通——可惜，两家离得太远，魏老大想听也听不见。

边老拐就是边老拐，他私下找到魏老大，脸一沉就开门见山：“那一镢头就算白刨了，新账不要了，这旧账可不能不算。想你也没钱，要不，就把恁家的那个铜镜给俺——你心疼？要不是后面镶着块石头，那值不了仨核桃俩枣！再说，那个东西，就该有俺一半！只不过是叫恁家的那个，给独吞了！”

边老拐说的旧账，指魏老大在他家当长工时，欠下的五块大洋，念念不忘的，还是张雪梅从姥娘家带来的景泰蓝小铜镜。

魏老大说：“那五块大洋，俺就没打算欠。”边老拐拿拐棍比画几下，咬牙切齿说：“还想给拿个砘子的哄俺？这回你要真敢，看俺家小连，敢不敢把那个砘子的，夯到你头上去！”

一连几个晚上，魏老大都早早躺下，习惯了早睡早起的他，躺在炕上怎么也睡不着。张雪梅怕他心里难过，就劝：“咱啥也不想，姐姐又没说啥差话，姐夫，就是那样一个人，身上不齐全，脾气，跟别人不一样。”

魏老大一直不吭。张雪梅坐在灶台上，胳膊肘拄着炕沿，一直说些宽慰的话。过了一会儿，魏老大竟“呜——”的一声哭了起来：“俺就想吓唬吓唬起升，谁知道，弄出这么大个事，半辈子没个亲人，没个依靠，像只小雀，漫天黑夜里乱扑棱……”

张雪梅听了鼻子一酸。魏老大从被窝里伸出一只手，张雪梅朝屁股后面一伸手，拉过来一个烟笸箩，里边放着魏老大的烟袋和烟叶。张雪梅把烟袋装好，递了过去。

魏老大趴在被窝里，一连抽了三袋烟，抽完后坐了起来：“花园里的地，真的不能种了，垒石堰那会儿，老觉着屁股后边，有个娘儿们在看，那花园——这回真不一样，就觉得瘆，那娘儿们……”

他停下话正思谋，张雪梅从被窝里探出半个光身子，小手一扬，魏老大的光脊梁上爆出一声脆响：“骑马坐轿，不敌躺倒睡觉，来！娘儿们在这儿呢……”

魏老大去鸡冠山的那块地转了好几趟，他几年前垒起的大石堰，还硬邦邦地在那里矗立着，崖缝里钻出来的那两棵楮桃树，又撑起了两个绿荫荫的华盖，只是地里的小茅草，已和山坡上的大茅草浓浓地连成一片了。就是仔细看，除了比山坡有些平整，没有人相信，那是几年前有人耕种过的田地，但魏老大心里的万丈阳光，永远和土地连在一起。只要闭上眼，脚下长出的谷子、高粱、玉米、黄豆，就蓬蓬勃勃地和漫野的青翠交合在了一起。

这天，他早早地吃了饭到了队长家，队长正在吃饭，左手端了一个蓝蝴蝶大碗，右手拿了半块萝卜咸菜。见魏老大进来，冲着院里的一块石头努努嘴，完成了客人进门后的礼让。

魏老大坐下后，队长又把那只蝴蝶大碗往前伸了伸，魏老大摇了摇头，他又端回去，“呼噜噜”地喝一口，“咕咚”一声响之后，再呵呵一笑——既完成了待客的全部礼仪，又彰显了自己家有吃有喝的好光景。

魏老大掏出铜烟袋，“吧嗒、吧嗒”地抽，队长那边，“嘎嘣、嘎嘣，呼——呼——”的响声循环不断。“嘎嘣”是在咬嚼右手里的咸菜，“呼——呼——”是在喝左手里端着的稀饭。

队长喝完稀饭，把剩下的一截咸菜往嘴里一塞，又“嘎嘣、嘎嘣”了几声，他的女人顺手把空碗接了去，递上来一个烟笸箩。

队长的嘴和鼻孔里，也冒出两股浓烈的蓝烟后，魏老大才吞吞吐吐说：“没啥事，就是，就是鸡冠山，俺原先种的那块地……”

不等魏老大说完，队长就说：“那块地？那是块啥地！那也叫地？俺知道你想说啥——撂荒了可惜。可除了你魏老大，谁能种？队里的劳动力少，你又不是不知道，多少好地都种不过来。那块地，永远归你！谁要说啥，俺和块红胶泥，把他屁股给糊住！”

鸡冠山的那片地，魏老大重新开始耕种后，大都是在白天抽空儿干，尤其是吃过中午饭那段时间，庄稼主儿大都要小眯一会儿，在媳妇的唠叨里重温旧梦，在自家的土炕上剥离疲劳。魏老大放下饭碗就走，只要出了大门，再听不到“当家的，悠着点儿”的喊话，他只差安上翅膀飞了。

那块地很难收拾，和茅草毗纠结到一起的土疙瘩，魏老大一块一块地翻起来，把茅草压到下面，把土盖在上面，这整整花了他半月的空闲时间。翻完了之后，把谷场边丢弃的麦糠和麦秸，一担一担地担到地里，蒙了厚厚的一层，他说这叫“焐草”。

夏季温度高，雨水大，盖了一层麦糠麦秸的土地里密不透风，地温奇高又缺乏氧气，草毗和茅草就霉了、烂了，等地上盖着的麦秸和麦糠变黄、变黑，几乎一踩就碎时，魏老大往上面浇了茅粪，然后把那些东西翻下去，把下面的土翻上来。田野里的秋庄稼，忽涌忽涌的半人高以后，鸡冠山的那一亩坡地，就颇有些生命似火的意思了。

其实王家花园玉带坪的地，比鸡冠山的地好不了多少，都是山坡上的石碴子地。那种地，除了透风好日照充足，致命的缺点是地贫土薄不托水，再就是天然承接着山坡上冲来的杂草籽。雨水大的年份，山上冲到地里的草籽，几乎和苗一齐生长，雨水小的年份，草不生了，苗也不长了。

过去王炳中家在花园里经常种的，也只是最下面的两条“玉带”，加起来半亩多一亩不到的样子。魏老大把鸡冠山的地再次开垦出来后，也不再为玉带坪而牵肠挂肚，令他念念不忘难割难舍的，只有那口梨花井。

五黄六月的天气里，幽梦一般寂静的暗夜月光如银，魏老大半弯着腰，一只手背了，一只手摇着木制的小辘轳，“咣当——吱，咣当——吱”地响，像一个小女子为打发寂寞的时光，在唱曲儿。自己拧的粗麻绳，在小辘轳上一圈挤一圈地缠，看花了眼以后，像水中荡开去的一圈圈波纹。井绳把小辘轳缠满后，辘轳边上那个凸出来的槽，把井绳往回一卡，一圈圈的波纹又往回返。终于，那个又粗又大又凉凉爽爽的大榼栳爬了上来，清冽冽的梨花井水阴凉似冰，一串一串地往下滴落，在天籁一般的叮咚里，榼栳里斑斑驳驳的树影，连同托起的那轮圆月，让魏老大轻轻一逮就倾了，"哗——啦——啦——"的梨花水一路奔腾着，去滋润他那个热切的期望了。

玉带坪上收获的沉甸甸的谷穗，最关键的所在是梨花井，鸡冠山的地虽然在山坡上，但魏老大把鸡冠山挪了的心都有——因为打不出水，他下决心要在那块地的附近，挖上一个深深的旱水窖。

地的下边是一条很深很深的大沟，沟口离地不远，雨季里山坡上的水都归入那个口，再从沟里泻到东河滩。魏老大在沟口选了一个合适地方，开始往下挖。挖了齐腰深以后就不好挖了，暗黄的黏土夹着大石头，砸敲半天才抠下那么几小块，比燕子筑巢衔在嘴里的泥大不了多少。

屁三动不动就喊叫魏老大是犟驴，犟驴发愣了以后再回头，就没有人见到过几回。渐渐地，站到地面上只能听到响动，却看不见"犟驴"的头顶了。他的两只大手的十个指头个个开始冒血，"犟驴"咬着牙说："小燕嘴里头衔的那点儿泥，还能垒成个大窝呢，不怕块小，只要你往下掉，迟早，俺得把你给抠成！"

张雪梅见了他鲜血淋淋的手以后，说什么也不让挖那个旱水窖了。一向听话的魏老大，这次说什么也不听了。

这天他从地里回来，血淋淋的两只手，连碗也不能端了，张雪梅很着急，魏老大说："别的说啥都听你的，但这事不行，毛主席都说，水是农业的命，没水不行。"

张雪梅一跺脚，气得胸脯直鼓："哟——喂！俺家老大，学会编瞎话了，毛主席啥时候说过那样的话！"

魏老大一急，跑到白文昌家问了问，回来后给张雪梅说："毛主席说过，'水利是农业的命'，俺就掉了一个字。"

张雪梅头一扭，给正在玩耍的巧鱼说："俺的俊妮哟，听听恁爹！还掉了一个字，牛头垴掉一个字，就成牛头了，差得远喽！"魏老大说："水就是水利，水利就是水，跟巧鱼、俊妮一样，都是一个人！”

第二天魏老大又去了鸡冠山，回来后，张雪梅急急地说：“啥哟——俺问过林先生了，毛主席说的是，‘水利是农业的命脉’，可毛主席还给俺提了个醒呢，可不能因为水，把命给卖（脉）了！那水是你老大的，可你老大的命，是俺的，俺要说不卖（脉），就不能卖！”

魏老大歇了一段时间，手指头慢慢好了，张雪梅没有想太多，她以为魏老大听了自己的，不挖了。其实魏老大一直没有停，在这中间，他到前院的李小旦家闲坐，说起了往地边挖旱水窖的事。蔡改改到底是石匠的闺女，她到大圪梁娘家，拿回来一套石匠家具给了魏老大。收了秋后，又让她爹来给魏老大帮了一段忙，到第二年春天，那口旱水窖就打好了。

窖口二尺见方，下面的空间却不小，是个大葫芦形状，最下边能横排着躺五六个人，算下来能盛近四十立方水。见到的人都惊叹：“魏老大的两只手，真比会打洞的兔子还厉害！”

魏老大一脸的神秘和自豪：“这旱水窖打到一半，还真打不下去了，急得没法，黑夜做了个梦，快跟俺一般高的一只大兔子，正在下边跟俺一齐刨呢。第二天下去，先刨起来一块大石板，往下再刨，暄多了，能一锨一锨地挖！这不，这旱水窖就打成了！”

别人就说：“怪不得，有神仙给帮忙呢，俺想，要不，谁能在半山坡上，打那么深的一个旱水窖！”

时间不长，北圪台儿上就传开来：魏老大在神兔的指点下，在鸡冠山打了一口井，“哗——哗——”的清水直流，本来该烧香谢神，魏老大却放了一个大屁，神兔恼了，水就没有了。故事十里八乡传得很远，也时不时地有人去看，但无论信与不信，却实实在在管那口旱水窖，叫成了“兔刨井”。

张雪梅知道后，早变成一口流利的大坡地话，忽然一下子夹了许多晋、陕味：“天爷爷！吓死俄！再往鸡冠山上掏个洞洞，要往东去，再不用转弯弯了！”

黄土不了情

第三十二章

曾被尘缘戏　讳解戏中趣

鸡冠山的那一亩坡地，魏老大打好兔刨井又种了三年。第一年平平常常，第二年沉甸甸的谷穗，让许多庄稼主儿惊叹，到了第三年，连公社干部都说，魏老大的那块地，不仅长出的庄稼好，谷子、玉米、高粱、黍子、小麦、落花生……一担一担地往家收，长出的蔬菜也好，豆角、黄瓜、茄子、蔓菁、辣椒、胡萝卜……一筐一筐地往家担。那块地种啥长啥，长啥啥好。

第三年收了秋，魏老大把三年来收获的东西卖了，把数了又数的一卷钱捏在手里——他要偿还在边家稀里糊涂欠下的，边老拐给他要了好几次的五块大洋。

刚进大门，边老拐把他迎了出来，张红梅喊："恁条串俩做啥嘞，又不一块儿当贼，还躲背着俺！"

到了大门外，边老拐看着魏老大攥紧的拳头说："你欠俺家钱的那会儿，五块大洋，差不多能买一亩地。要不就按半亩地，按当时的地租收——这十年回本——不算利钱，折合成人民币，还俺一百块钱算了！谁叫咱是条串！"

魏老大找了根细棍子，在地上画了蹭，蹭了又画。划拉了半天后，给边老拐说："咱是条串，这划拉来划拉去，多不好看，这样吧，俺还你大洋！"

其实魏老大在还钱之前，去了趟林先生家，他左问右问，问了半天，虽然眼下的一块钱，抵顶不了一块大洋，但他把总数记得清楚，林先生算出来的几个数，按哪个都不是一百块。他在地上划拉的意思，是想让边老拐知道，他不仅是个种地的高手，还学会算账了。结果又没有划拉清。

卖粮时，他几乎和人家吵了起来，他一口咬定“三一三剩一，六九五十一”，本来六九五十四，收了六十元后，找人家六元就对了，却硬找给了人家九元。

魏老大从边老拐家走了后，边老拐歪着屁股，把魏老大划拉的那一堆道道，仔仔细细瞅了半天，最终也没有看出什么端倪来。张红梅出来奇怪地问：“看啥呢？那么老半天！”边老拐说：“看！满地鸡爪子印，鸡刨命！扔到谷堆里也得刨着吃，就待见瞎刨，使死，也刨不出来几个酸枣枣！”

魏老大腿快嘴又勤，跟左右邻坊关系都好，听说魏老大换大洋有急用，大家四处帮忙一说，花了二十多元，就买来了三块大洋。他学着边世喜过去的样子，先在嘴边吹吹，再在耳边听听，却无论如何找不到和边世喜一样的美滋滋、喜洋洋又乐不可支的那种感觉。

尽管魏老大仅凑了三块大洋，好办的是，连襟二人一个愿意还一点儿少一点儿，一个愿意收一点儿是一点儿。边老拐拿来那张欠条后，魏老大按照经久的准备，无论如何，也得把“已还大洋三块”几个字，端端正正地写上去。

原本，他想请林先生做个见证，再把那几个字给写上去，林先生一听又是边老拐，即刻火冒三丈：“谁？你说谁？边老拐！你没听说过他和白老六那回，就是俺当的中人！他姓边的，拿手戏，就是埋人连送殡的一起拾掇！那回，差点儿把俺逼死！至如今，欠人家的还没给清呢！”

那几个字，魏老大让林先生写了样式，他用心记了，本以为，终于能够显摆一次庄稼汉的文笔手了，没想到真写的时候，两只手连同着脑袋，都一起哆嗦了起来，哆嗦了一会儿，两只眼睛模模糊糊看不清。最后，“已”字写得还算差不多，却把“还”字写成了“之”和“不”两个字。“之”字多了好几个弯，像牛头垴上的盘山小道；“不”字像找了四根细棍子，又在一起要搭个棚子。“大洋三块”四个字干脆不写了，就在“不”字后面，画上了三个“O”，一个“O”代表一块大洋。

画好后，连他自己也笑：一个“O”像一个泡烂了的枣，一个“O”像一个咧开嘴的核桃，最后一个“O”，笔道太粗，圈又太大，还没有封住口，猛一看，像给拉车的驴，套在屁股上的坐鞧。

画完后，他把毛笔递给边老拐，痛痛快快地喘了口粗气：“收钱也不舍得找个好笔使使，跟种地一样，锄板不光，使得心慌。费了半天劲儿，也没有画好。要早知道，还不敌拿上俺雪梅的那个顶针，蘸上点儿墨水一摁，又圆又省事！”

画完圈以后的魏老大，轻松而欢快，舒帖的程度，不亚于拔出一根扎在肉里的毒刺，卸重一样的感觉，令他真想大叫两声，或找个人倾诉上一阵，但他不想让太多的街邻，知道他们连襟之间的不睦。

边老拐要账这件事，也只有林先生知道，林先生的为人，应该不会给别人说什么，就是不说，他也想再见个面，坐一会儿，一来，为保险起见再叮嘱一下，二来，或许林先生会褒扬一下他的人品和人格，借机收获一次春雨伴春雷的舒畅——就像听梆子戏，再好的角儿，也只有配了文武场，才能渲染出应有的效果，一个人的清唱就是再好，那也不能圆圆满满的尽如人意。

走近林先生大门时，他又有些犹豫。他隐隐约约感觉，林先生最近，心事重重欲言又止，老是一副心不在焉的样子。魏老大停顿了一阵子，还是抬脚回去了。

林先生最近尤其不高兴，抑郁不堪的样子，像要肝肠寸断，主要原因是儿子林秀山。林秀山已二十岁，早到了“儿大不由爷”的年龄。他粗胳膊长腿，直溜挺拔，高鼻子大眼，阳刚俊朗。

在林先生的意想中，自己的那些才学和风范，早应该不折不扣又点滴不剩地注入儿子的血脉中了，儿子的将来，定是一个温文尔雅、满腹经纶的儒士，或者教书，或者当个小干部，或者做做其他学问。自从他双手抱起儿子的第一刻起，狂跳不止的心，就清晰又周全地勾勒出了详尽的计划。在他的熏陶下，秀山还未正式上学，写出的大字，就颇有些汉唐风韵了。

林先生的谆谆教导，更像皇帝宣出的一道道圣旨，林秀山原原本本地接了，再把不折不扣的结果呈送回来，就是林先生的女人说些什么，林秀山也总爱加问一句："娘，俺爹咋说？"

林先生不胜的骄傲溢于言表："嘿嘿，嘿嘿！咱小子，别的不敢说，就是听话！"

对于林先生的每日必考，林秀山也是轻松自如地对答如流。林先生问完之后，总是把一腔的喜悦摁回到肚子里，脸一沉："知之者不如好之者，好之者不如乐之者，倘举一隅不以三隅反，则不复也——去吧！"

林秀山去了之后，林先生脸一松，笑嘻嘻地回过头，看着半脸惊讶、半脸迷惘的媳妇："恁那儿子，真要走不偏，真要有出息呢！"

女人立刻荡漾出一脸欢愉："可不是！没见那软枣[1]树，一嫁接，这小黑枣，就变成大柿子了！"

林秀山上了初级中学后，林先生考林秀山的时候渐渐地少了。卷着舌头说话的外文，曲里拐弯，连阿拉伯数字都成了科学。林先生仍时不时地叨咕上一阵，无非是把笃志力学、警世醒人的先言，换一种表达再重复一次，就像红彤彤的太阳，把一切依旧的大地又普照一遍。

比林先生高出半头的林秀山，好像倦了，哼哼哈哈之后，背着林先生，常和他娘嘀嘀咕咕说上一阵，女人和儿子一起眉飞色舞，一起点头或摇头。

可惜的是，秀山娘就像一只眷恋旧巢的飞鸟，飘飘摇摇地旋了几圈后，就又扑扇着翅膀巡回到了旧地——半天到不了头，她的点头或摇头，就都不算了："是——"尾音拖得很长很长，拖完之后又说："恁爹，也这样说唻？那……"后边的话还没有出口，林秀山一只脚已踏到了门槛外。

令人意想不到的是，功课学得差不多的林秀山，不知什么时候，唱戏也学得差不多了。

大坡地有唱梆子戏的剧团，武小魁是团长。一次，武小魁在白口镇演出，团里的一个袍带小生崴了脚，不能演了。尽管是个文小生的角儿，但却需要有帽翅

[1] 软枣：又叫黑枣，小时青色，成熟后黑色，扣子大小，柿子树一般都是用软枣树嫁接而成。

功，武小魁又不能一人演两个角儿，他和袍带小生需要同时登台。

正在着急，在后台里看热闹的林秀山跑上前说："叫俺试试吧。"武小魁很着急："啥时候你撵到这儿了？赶紧走赶紧走，你当这是写字呢！要是念书，你行。就是写字，那也得几年工夫呢！这不是在你们学校排练文艺节目，简直闹耍！走吧，走吧……"

武小魁还没有说完，林秀山就把那顶方翅纱帽戴在了头上，往中间一站就摇上了，一会儿左翅摇右翅停，一会儿右翅摇左翅停，一会儿两个帽翅一齐摇，能向前摇还能向后摇，摇完之后唱了一嗓子，颇是个滋味，武小魁都看傻了。林秀山急急地说："救场如救火，叫俺赶紧钻锅[1]，别害怕，给打不了锅[2]！"

林秀山钻锅之后不仅没有打锅，而且几乎要扛起剧团的大旗，见到的人都惊讶："他就是那个钻锅的角儿？不能吧？谁？林先生的小子？这归韵，这喷口，咳！还真有功底！真要出个'沙水红'了！"

林先生知道后，屁股没有冒烟，七窍却真的冒了火：目红鼻赤，口舌生疮，日不思饭，夜不能寐。好端端的一个人，眨眼间不成了形状。他的女人战战兢兢地左右伺候着，他却在那个破木椅上一坐就是半天，不吭也不动，连口水都不喝。

猫咪一般宁静恬淡的女人，再也听不到男人嚼咬萝卜咸菜的脆响，那个被屁股打磨得油光闪亮的草片儿，还在炕头上放着，女人刚坐上去，片刻又出溜下来，微凸的前额中间，拧着一个核桃般的大疙瘩，前前后后、屋里屋外转够了，小心翼翼地说："俺说当家的，想开点儿，黄河还九十九道弯呢，一把圪针，捋不到头，一根筋，也不能拽到底。这满山的草，靠哪个管来？哪棵还不是绿油油地长！儿大不由爷，看！这才几天，鼻子不是鼻子，眼也不是眼了——你要是真躺倒，俺咋活哟！"

林先生眼也不睁，欠欠屁股哼了一声后，说："心开窍于舌，舌不辨五味——清爽；肾开窍于耳，耳不听五音——聪灵；脾开窍于口，口不言是非——品高；

[1] 钻锅：在戏曲圈指临时顶替上场，亦指演员因救场需要，临时学习不太熟悉的角色。

[2] 打锅：方言，指说的话或做的事弄得很糟，很不应该且不可思议。

肺开窍于鼻，鼻不沾浊气——体健；肝开窍于目，目不观五色——性平。都堵上也好，少些负累，少些烦恼。”

林先生深思熟虑后，郑重其事地给儿子进行了骨肉谈。他还是坐在后补一条腿的椅子上，屋里的正中央，放了一条长凳，林秀山坐在上边，方方正正的身板，比林先生年轻时硕壮了许多。女人坐在炕头的草片儿上，头微微地歪着，她一直瞅着火台上的针线笸箩。

“鹌鹑、戏子、猴、喂不坚的兔子，自古为人不齿，饱受鞭挞。男怕入错行，女怕嫁错郎，慎哉！慎哉！”

好多动物被豢养的时间长了，一般情况下不再乱跑，不仅认识主人，好多还跟主人有了感情，更认识常住的家门，当地人把这种动物说成是“喂坚了”。那些容易喂坚的动物，狗最好，猫次之，马牛鸡鸭类也算差不多，而兔子、鹌鹑喂的时间再长，一般情况，是不容易养成这种习性的。

在林先生看来，在人里边，那些唱戏的，尽管整天鹌鹑一般地欢蹦乱跳，猴子一般地诱人喜欢，但都是些少人性、不专注的东西，全都喂不坚。

林先生说的时候，还是那副永远也高不起来的嗓音，没有咄咄逼人的凌厉，却像一把刀。刀不算太快，割肉却刚好，不费甚大的力气，就把一块块的肉给拉了下来，最后只剩下一副骨架。

林秀山在长凳上重新坐了坐，左边右边看了个够，就是不看林先生：“啥戏子，那么难听，这会儿叫演员，古时候叫乐人，李延年就是，像《佳人曲》，‘北方有佳人，绝世而独立，一顾倾人城，再顾倾人国，宁不知倾城与倾国，佳人难再得’，连皇帝都感动了，流传千古呢！”

“李延年！西汉的倡伶，灭了九族的人，不足说！”林先生慢悠悠的声音，仍像一把不太快的刀。拉完肉的骨架还没有碰，忽悠悠地就快散了。

林秀山忽悠悠地晃荡一会儿，头向一边扭过去，喘了一会儿粗气，说：“那乐圣李龟年，《渭川曲》轰动一时，连杜甫都称赞，‘岐王宅里寻常见，崔九堂前几度闻，正是江南好风景，落花时节又逢君’，千古绝唱呢！”

“是千古绝唱，唱完《伊川歌》[1]，李龟年就一去不复返了，就遁入寂寥人不知了。伤风败俗！客死异域他乡，惶惶如丧家之犬。攻乎异端，斯害也！”

中伏的天气，温度不一定很高，闷潮闷潮的湿热，却让人透不过气；三九天的风，不需要刮得很大，天空湛蓝树梢安睡的日子，能滴水成冰。

林秀山出了一身透汗，打了一个冷战，摇摇晃晃的样子，几欲登时栽倒。秀山娘说：“俺说哟，恁爷儿俩，想做啥哟——俺就是听不懂，看阵势，咋像两国交兵？俺心垂子，都蹦到嗓子眼了……”说着，两只手把嘴和鼻子一齐捂住了，她真的伤心极了。

直到女人一头栽到地上，父子两个才结束了剑拔弩张。女人瞪着眼张着嘴，说不出一句话，听不见进的气，也摸不到出的气，僵硬的两只手，一手指着林先生，一手指着儿子。林先生慌了，一急，出了一身透汗，堵塞好久的鼻孔，登时畅快了许多。

林秀山一声“娘”哭叫得惊天震地，把林先生的心肺都给撕成了碎片。林先生怔了好大一会儿，才恍然大悟地喊：“他娘！他娘！那件事不提了，再不提了，行不行？秀山待见咋就咋，你说咋就咋，人好就行，人好就行！他娘！他娘！你可别吓唬俺，俺真支持不住了！”

女人攥了一下林先生的手，她可能怕林先生真的支持不住了，两腿一蹬，“哇——”的一声哭了出来。林先生一屁股坐到地上，嘴里喃喃：“人好就行，人好就行！”

林先生没有见过，更没有想过，一向平静似水的女人，何来的大悲大恸！她的肚子里，究竟蕴藏了多少苦不堪言？

好长一段日子，林先生再没有提起儿子唱戏的事，林秀山索性大大方方地唱了起来。

一天，林秀山把唱戏的剧本拿到了家，林先生不忍心看，他扫了妻子一眼，抬腿出了门。走出大门后，捶胸顿足地嘟囔：“不会写字的时候就会背了，唉！‘昔

[1]《伊川歌》：史传，李龟年唱完之后当场昏倒，时间不长即死。

孟母，择邻处，子不学，断机杼’——咋都给当萝卜咸菜就着饭吃了？”

他家跟武小魁家住得不远，林秀山小时候，去武小魁家拿过一块面，武老栓满大街撵——他实在心疼自己的那块面。林秀山把那块面拿回家后，找了两根棍子来回缠，原来儿子想学武老栓做挂面！林先生越想越急，步履如飞，屁股后面像冒着一串火。

他风风火火地到了武小魁的家门口，步子突然慢了下来，心里像有另一个人在喊："子不教，父之过，教不严，师之惰。"正想往回走，已经让武小魁看见了。

到了家里后，武小魁的妻子秀秀，笑吟吟地给倒了碗水："俺才刚刚正说唻，小魁可得好好儿练功，说不定哪天，咱大坡地，真得出个‘沙水红’！秀山那孩子，灵性着呢……"

秀秀还要说，武小魁偷偷地拧了拧她，林先生接住话茬儿问："这秀山时常来恁这儿？他到底给谁学的？"

武小魁刚要说，秀秀把眼一翻，又拧了武小魁一把，说："林先生哟，你上三辈，可都是修桥补路的主儿！秀山，灵性着呢，状元徒弟都出来了，可找不见谁是状元师傅！没听小孩们都唱：‘拐，拐，拐小磨，天上掉下个琉璃蛋，谁拾啦？俺拾啦……’琉璃蛋叫别人给拾走了，伶俐蛋就跑到恁家了，那伶俐人，一看就会，这不伶俐的，教也教不会……"

论理，林先生虽非大儒，但亦有小才，登不得大雅之堂，也算得上小雅之人。

林先生"打着盹儿"进了武小魁家，"打着盹儿"回到了自己家，他坐在那张"吱吱呀呀"叫苦连天的破木椅上，耳朵里还在"嗡嗡嗡"地响。他一直想，武小魁的媳妇秀秀的"拐，拐，拐小磨，天上掉下个琉璃蛋"，应该有些意思，秀山小的时候，他似乎听到过，就问秀山娘，琉璃蛋到底还有别的啥意思没有。

秀山娘想了想，"扑哧"一笑："啥意思，逗小孩儿耍呢！"

林秀山对戏的迷恋缘于一场戏。国庆十周年，是全国人民的盛大节日，学校搞演出，排练的节目是《白毛女》选段，林秀山演大春，小玉演喜儿，武小魁教唱的梆子。由于天旱，后来学校也放假抗旱了，戏只拍了一小段就停了，但看过的人都说，林秀山是个唱戏天才，伶俐的心性像窗户上的纸，一捅就透，真要加把劲儿，能唱到沙水，唱到邢州，甚至能唱到北京。

邢州的梆子当年真到北京唱了，而且唱了个满堂红，中央领导人都亲自接见了。

梆子戏像一条大河，林秀山化作一条鱼，从此之后就钻了进去。

奶奶死了不久，小玉说什么也不上学了，她倒不是怕别人喊她“喜儿”或“秀山媳妇”，她是怕没了奶奶再失去爹。娘死了以后，瘦三在炕上躺了整整半月，勉勉强强从炕上爬起来后，杏黄色的脸看了让人害怕，晃晃悠悠的一个人，站都站不稳，撕下身上那张松弛的肉皮，只剩下了一副骨架。从此之后，小玉像中了邪，不管何方神圣，再把她拽不回学校去。

小玉要离开学校时，悄悄地给林秀山道了个别，她扑闪闪的泪眼，真像个苦命的喜儿。

瘦三生病时盛水针剂的纸盒子，她把中间一格一格的纸撕了，又垫上一层纸，做了放铅笔和橡皮的文具盒子。她把那个纸盒子，连同里边的文具，一起送给了林秀山。

林秀山接盒子时，摸到了她的手，抖抖的冰凉。他把那个纸盒子揣进怀里，拉住她另一只冰凉的手，说：“以后，恐怕，再不能一齐唱了，俺自个儿唱，唱好了，你就去看，行不？”

小玉点点头，抽出手，走了。清清瘦瘦的影子，淹没在梦一般深邃无边的夜色中。

无数个日日夜夜里，林秀山总感觉，小玉无时无刻不在看着他，他唱得好或做得好了，她就点头笑，她的羊角辫，也跟着一颤一颤。他的心，“咚、咚、咚”地一阵乱跳，像他的文武场。

林秀山钻锅之后，小玉已到了花朵一般的年龄，袅袅婷婷的秀美，飘荡在一步一行里，流光溢彩、千回百转的感觉，像太行山上可圈可点的奇风异韵。

大坡地的大西沟里，有大片的红土，一瓣一瓣的红瓣瓣土，水浸过之后和出的泥，又细又黏，是烧制陶器的好材料。这年冬季，那几个烧瓦罐瓦盆的又来了，还是住在土堰上的旧窑洞里。他们把盆盆罐罐的泥胎晾干后，垒个火窑用柴烧，烧到一定火候，百姓人家离不了的那些用具，就制成了。

烧窑用的柴都是买来的，买柴的价钱每斤八厘。为了挣个零用钱，去队里出工之后，小玉就刨柴，攒到一定数量以后，就卖到大西沟去。到腊月，小玉共卖了二十多块钱。

因为过年，小玉用那些钱买了三块布，一块花布，一块蓝布，一块劳动布。

她给瘦三量尺寸时，瘦三心疼得要命："闺女哟，爹穿上这身衣裳，咋睡觉吔，太贵了，太贵了，俺得去给退了。"

小玉头一仰，脸上的两个小坑有些抖："是呃——爹！闺女给买的衣裳都不穿，不怕俺心里头难受？"

其实瘦三心里更难受："闺女哎，俺闺女刨了一冬天柴，才买了一件，爹就穿了一身，心里头过不去吔！"

小玉头一低，继续量尺寸："是哎——谁爹穿谁闺女一身衣裳不应该！——死都报不了的恩吔。"

小玉给瘦三量完，指着那块蓝布说："爹哎——还有件事，就是那块布，爹看——"瘦三满脸的皱纹一挤，眼睛挤成一条细缝："俺闺女，啥时候都有计划，你想咋就咋！"

小玉叫了丑妮，又叫了常在一起玩耍的几个闺女，看梆子戏时，挤挤撞撞地往后台钻。小玉远远看见了林秀山，张了张嘴做了个形状，扭过身子伸出手比画了两下，就招呼一起挤进来的几个闺女往外挤。

挤出来后，丑妮埋怨："咋了个是吔，叫俺们去看人家画脸的是你，叫俺们赶紧往外跑的又是你，敢是悄悄拿了人家啥东西，怕哪个逮住手？"

小玉不吭声，脸上的两个小坑，又深又圆，像盛满蜜的两个马蜂窝。丑妮四下瞅，看见还在向这边张望的林秀山时，狠劲儿拧了一把小玉的瘦腰："小鬼妮，俺说跑得那么快，真是偷了人家的东西！"

小玉瞟一眼丑妮："是呃？——净瞎说，你个臭嘴。"丑妮又使劲儿一拧："还嘴硬，有人丢了魂了——就藏在你那俩小坑里。”

自从林秀山开始唱戏，林先生身上就没有好受过，开始的时候，只是三焦火大，耳鸣耳聋，口鼻生疮，咽喉肿痛。秀山娘求神拜佛一般小心照料着。林先生好了许多之后，不想又添了胸痛、胸闷，发作的时候，浑身冒汗嘴唇青紫，吃了一段时间的药好了一些，发病的时候没有先前那么难受，而且间隔的时间也长了。

秀山娘拧在眉间的大疙瘩刚刚消散，林先生的鼻头和两腮，就一天天泛红，红了一些日子后，暴出一片蜘蛛网一般的红血丝，脊背也有些弯，方方正正的四方步，有点儿颤还有些乱。他感觉自己的魂灵，从牛头垴上翻个跟斗，摔到了大西沟，不仅薄如蝉翼，而且凌乱不堪。

林先生把魂灵的碎片，一块块地拼接起来，是在林秀山到邢州会演之后。林秀山所在的梆子剧团代表沙水县，到邢州会演了新排练的《白毛女》。邢州的领导说，沙水的演出，唱响了太行山的激越悲壮，唱响了新旧社会两重天的社会本质，这样的戏，今后要天天唱、人人唱、大唱特唱。主管文化的县领导给武小魁说，县里也要成立剧团，到时候把林秀山招进去。林先生难过的心，虽仍不太熨帖，但总算有些舒畅。

剧团从邢州回来之后，首先在大坡地演了两场。晚上，林秀山早早地吃了饭走了，林先生仍旧坐在那把吱呀乱叫的木椅子上，半卷着一本发黄的《周易》在看。秀山娘戴着老花镜在绱鞋，炕头上放着一盏墨汁瓶改装的煤油灯。每过一会儿，她就拿针锥去挑一下灯芯子，林先生就说：“又不过节不过年，灯头挑那么大做啥！”

正说着，她就被针扎了手，把指头含在嘴里吮了吮，从镜框外扫一眼林先生，又把灯芯往起挑了挑。林先生说：“把灯放到墙上的木板上，高灯下明。”秀山娘就把灯放到了墙上的小横板上。

漆黑的夜，像戏台上拉严实了的布幔，看不见月亮，也看不见星星，后谷场清脆的梆子声，夹着悠扬的板胡琴笛声，一阵紧似一阵地往耳朵里送，慷慨悲壮又苍凉凄楚的混合声，时而怒涛翻滚风生幽谷，时而小桥流水鸟语花香，荡气回肠的感觉，像一条长流不息的河。

秀山娘接连着让针扎了几下手，五个手指头挨着吮咂了一遍，从镜框外扫了一眼林先生。林先生把手指头往书中间一伸书就合上了，两条腿一跷搭在火台上，他在等媳妇说话。

女人送过来一个迷离笑，来回攥了攥针扎的手，说："当家的，俺说你这回可说差了，高灯下明，可不一定。星宿高，月亮低，星宿就没有月亮明。灯放得不低，俺这手，都快扎烂了，你去把灯捻子给挑挑吧！"

林先生往椅背上靠了靠，说："灯头不小了，焦头都铰了两回了，这又该铰了，散不了戏，那根灯捻，就铰没了。唉！人在曹营心在汉，甭挑灯了，灯再明，那梆子、弦子声，还一样大。"

秀山娘拿脚踹一下林先生："死老头儿！谁又没有想看戏！"林先生伸个懒腰，"噗——"的一声吹熄了灯盏，黑暗中摸索住媳妇的手，紧紧地一拉，就往后谷场走："天底下有不待见看戏的人，可没有不待见看儿子的娘。"

散戏的锣快敲响时，两口子从黑影里急急忙忙往回走，秀山娘仿佛年轻了好几岁，确信前后无人时，她竟也哼唱了几句，要不是林先生紧攥着她的手，说不定真还要比画两下子。

林先生点上灯后，她就给铺好了炕，帮林先生脱了鞋，洗了脚，吃了药又躺下了，把草片儿往炕沿下的火台上一撂，斜着身子坐上去，胳膊肘拄着炕沿边，笑盈盈的眉眼，送到了林先生脸前："俺说，当家的，听你又听对了，今儿黑夜要不去，谁知道咱秀山唱得那么好！俺就说，当家的早把咱家的小黑枣，给嫁接成大柿子了。"大坡地一带的柿树，都是在黑枣树上嫁接。

林秀山回来后，他娘把坐着的草片儿，又放到了火台的另一边，换了个胳膊肘，还是拄在炕沿上，脸对着脸，还在给林先生叨咕着。

看着儿子方方正正、挺挺拔拔的身材，秀山娘荡在脸上的喜悦比海还深。她拍拍林先生的被子："俺说，当家的，看咱秀山，唱啥像啥，演谁像谁。当家的，你认的字多，见的事多，给咱秀山评点评点？”

林先生把头往被窝里一缩，瓮声瓮气地说：“硬上功的高嗓，倒是高上去了，可喷口太硬，归韵太短，就像去他姥姥家，下了三道岭就不走了，离磨盘沟还远呢，还不到家；那帽翅前后颤得倒挺欢，就是没抡圆，离炉火纯青，还得几年。‘举一隅不以三隅反，则不复也。’去吧，恁娘给你热着饭呢！”

尽管林先生说林秀山，离炉火纯青还差几年，但仅仅过了几天时间，林秀山就真的到了县剧团。过了一个月，林秀山把攥着的二十元钱给了他娘。他总共领了二十四元，自己花了两元留下了两元。林秀山说，这是第一个月工资，还是试用期，以后转正了，就挣得多了。说完，一身骄傲地找人闲玩去了。

秀山娘攥着那二十元钱，愣愣地出了好一会儿神，然后往林先生身边的桌子上一放，说：“当家的，给！恁小子给你挣回来的钱！”

尽管“年年都盼新年好，新年裤子改棉袄”，但庄稼主儿对新年的向往和期盼，就像迎娶新娘，进腊月之后，“新娘子”一阵紧似一阵地开始梳妆打扮，等待着在一个庄严恭谨又喜气满怀的时刻里，从一个旧门槛，迈进另一个新门槛。腊月隆冬最寒冷的时日，冰冷的天和冰冷的地，此时都连到了一起，到处硬邦邦一块，生产队里的耙、犁、耧、耢高高挂起之后，受苦人终于盼来了难得的几天休闲。

腊八一过，年味一天比一天浓郁，孩子们放响的零星炮仗，一声声渲染着辞旧迎新的火热，剪窗花、糊灯笼、做纸炮、缝新衣、办年货……喜气洋洋的人们，一天比一天忙。

那天县梆子剧团在窑头村演出，林秀山抽个空儿回家看了看，他娘催他一块儿到供销社看看，扯一身什么布料过年穿。林秀山哼哼哈哈的总也不去。他娘要急的时候，林秀山跑进屋子，穿了一件合身得体的蓝制服让他娘看。他娘知道是小玉给做的后，喜滋滋地给林先生说：“俺说，当家的，咱小子，以后恐怕不用管了，有人疼喽！”

林先生知道了林秀山和小玉的事，眼睛瞪成了两个铜铃铛：“谁？小玉？当真？咳！小玉，该是个好闺女，然‘峣峣者易缺，皎皎者易污’，不好，不好！”

秀山娘顿觉两腿发软：“俺说，当家的，啥意思？听不懂，重说，重说！”“出头的椽先烂！寒时衣裳饿时饭，不怕贼偷，就怕贼惦念！丑媳妇、薄地家中宝——这不招蜂引蝶的花，世上还真没有！”

秀山娘听罢林先生的话，不仅两腿打战，两只手也开始哆嗦了：“当——当家的，那，那咋办？”

林先生往地上一蹲，捂住了胸口：“五色令人目盲，五音令人耳聋，五味令人口爽，驰骋畋猎令人心发狂，难得之货令人行妨……”林先生没有说完，就嘴唇青紫，觉得心疼难耐。

林先生最怕的就是妖冶似花、柔媚似水的漂亮女人，死十回再生十回，他也不敢招惹了。

林先生许多年前的那个蝴蝶女人，风情万种的眉眼，像一把锋利无比的刀，把他生生地割了、阉了，又血淋淋地把他炖熟了。

那个眉眼都会说话的女人，飘来的目光比冰还凉。她心情略好时，摁摁他的肩膀头，再拽拽他的手指头，半脸的奚落，加了半脸的揶揄：“嘿呀嘞！人小，这哪儿都小，短胳膊、短腿、小手、小脚！小人精，小人精，这光看见人小，也看不见哪儿精——铺坑去！”

林先生赶紧铺炕。女人钻入被窝后，他就吹熄灯盏，在黑暗中窸窸窣窣地脱衣裳。他怕女人看清他的一丝一缕后，再在他身上，找出更多的“小”来。

他的被窝离女人很远，他打小儿就有蒙着头、蜷着腿、趴着睡的毛病，做噩梦时还爱抡胳膊蹬腿。有一次，可能是睡梦里又抡了胳膊，女人一屁股坐在他的后肩膀上，令他动弹不得，两只手拍打着他的脊梁说：“又梦着啥了，小人精？不该安生的时候，倍儿安生，该安生的时候，不安生……”

林先生重新抻好被窝钻了进去——头已朝向了炕的另一边。刚刚迷糊住，女人就“咚、咚”地在他的脊梁上踹了两脚，他就赶紧往一边挪，刚挪稳，又踹过来两脚，他又赶紧伸展腿贴住墙——他以为女人又嫌他多占了地方。后脊梁刚要把冰冷的墙暖热，女人就又踹过来两脚，踹完之后两只脚一撑，把被窝的最下边掀开一个洞，低声喝道：“死人！还当先生教书，这书上就啥也不写？钻进来！”

他后来就不愿意在家里睡，经常看小铺。小铺里有一面半截镜，夜阑人静之后，他拿一块块木板，将门窗挡严锁死，脱光了身子，前后照照看看，觉得自己虽然不像武松，但绝不是武大。

后来，那个女人终于寻到了她的风情郎君，但她顾不上拿脚后跟去想想，风情郎君到底喜欢她什么，人家需要对她负担什么，需要对那个风情负责什么。她只知道，他们的热烈嬉戏似火焰燃烧。她来不及，也顾不上去想一想，她自始至终都是人家的一双敝屣。最难为的是，她这双敝屣，还想获取那两只臭脚的所有权，而且还是永久的。风情郎君一个不高兴，他的两只臭脚，再不穿她这双敝屣了。

世界上的好多事，说起来总是这么简单：经了一场惊心动魄的火焰纠葛，经了一场万劫不复的刀剑了断，经了一场撞了南墙才回头的天惩戒，终于明白了天不该、地不该、自己最不该之后，红尘生命就变得人轻自轻，轻如鸿毛了。林先生的蝴蝶女人，最后自己上吊死了。可就是死了也不算完，她的娘家厚待们，看见死人便不讲活理，把林先生的家底折腾个精光，害得林老爹就此躺倒不起，又陪葬了一条老命。

林先生终于明白，蓖麻棵子上，突然盛放了一朵妖冶的花，无论如何，也融不到五颜六色的春天里去。

娶了这位石姓的女人后，林先生的骨髓里才生出一个广为人知却难为人解的至理大道：人都说“粗柳簸箕细柳斗，世上谁见男儿丑”，可来来往往的凡夫俗子们，有哪个想过那么一想，沉鱼落雁的西施、王嫱，闭月羞花的貂蝉、玉环，她们手里的粗柳、细柳，哪样的男人才能配得上，当得起？

这位石姓女子，不仅把他这个粗柳编成了簸箕，还让他这个男人，变成了真正的男人！她猫咪一般的宁静恬淡，外人感觉不到的火热，却把林先生照耀得通体透亮，他躯体内被激活的雄壮，如气贯千里的彩虹——自从有了这个女人，才有了后来那个林先生的雄壮。当年他从鸽子岭上回来后，在大坡地人的心目中，连同女人磨盘沟的娘家厚待和众乡邻，有哪个不知道，老石家的女婿林先生，那不仅是单刀赴会，琴心剑胆，更是经文经武，百里挑一！

女人常说的几个字是“俺说，当家的”，每逢听见之后，林先生总感到只要女人愿意，就是有一盘烧红的鏊子，他也敢坐上去。

石姓的女人微凸的前额、微塌的鼻翼，普通得像漫野的谷子和高粱，或者是一穗老玉米，看不见一丝的癫狂和张扬，但仔细咀嚼之后，却满口喷香宜人养人。

女人最爱听的称呼是“老伴儿”。在她看来，那才是一个特亲密又令人极度舒适的称呼。

女人最开始听到这样的称呼，身子总是微微一抖，震颤之后的快感，迅速漾遍全身。时间长了，林先生每每叫过，女人就头一歪，眼一眯，嘴角一咧，像春风吹开了一朵花。她常说：“俺的好当家的哟，你还就是只板胡，受摔扳不娇贵，调又好，音又高——俺值咧！”

女人给了个外人看不得、两口子少不得的小动作，再一嗔：“你个老东西哟，讨便宜了吧？不嫌俺是那根长了毛毛腿的萝卜？”

讳解戏中趣

第三十三章

牛头套瓦器　好汉借脚力

林先生知道了林秀山和小玉的事之后，打了十多天的吊针，又拿了一堆药，直到过了这年的破五才起了床，气短得像扇风箱，“呼嗒、呼嗒”地一口供不上一口。林秀山倒也跑前跑后伺候着，小玉给做的那件衣裳，过年也没敢穿。

林先生的病稍稍好了一些后，林秀山才跟小玉见了一次面。小玉问：“俺的衣裳咋不穿？”林秀山不是打岔就是答非所问，小玉急了：“有啥心思就明说，别拿软刀子割虏人，是只凤凰，就赶紧拣高枝飞！把俺的衣裳给了俺，那是俺刨了一冬天柴挣的，看脏了你！”

林秀山躲进屋里大哭一通，把那件蓝色的制服拿了要还给小玉，但他不敢直接找小玉，找了个借口，让丑妮把小玉叫了出来。

小玉来了后，一直向一边歪着头，看也没有看林秀山一眼。她没有接林秀山递过来的衣服，脊梁对着他说：“那是俺一针一线缝出来的东西，自己烧了可惜，你拿回去自己铰了吧！”

林秀山回头也要走，冷不防撞到了墙上，听见丑妮说：“你个瞎驴！再使点儿劲儿就撞死了！哼！能耐个啥，三条腿的蛤蟆不好找，两条腿的人，遍地都是！屁股后边等着的人，都排着队呢！用不了几天，‘噼噼啪啪’鞭炮一放，谁有福气就跟了谁，看气死气不死你个烂眼的瞎驴，瞎驴！瞎驴！瞎驴！”

没几天，林秀山就病了，整日不思饮食，精神恍惚，昏昏欲睡。又过了几天，竟四肢无力面黄肌瘦，躺倒起不来了。西医说是劳累过度，消化不良，内有炎症；中医说是肝脾湿热，阴虚火旺，热毒内蕴。针打了不少，药也吃了不少，就是不见好。后来又到沙水城看了一趟，也没有检查出什么大毛病。又过了几天，两眼红肿得看不清东西，立不直还站不稳，口腔内大片溃疡，连稀饭也咽不下去了。

林先生夫妻很着急，后来就按虚症看。师婆说："孩子恐怕是得了睡狐子病[1]，缠上秀山的狐狸精，道行太高，俺拿不住。"林先生的女人悄悄问林秀山："黑夜都梦见了啥？"林秀山闭着眼一声不吭。他娘大哭一通后，林秀山才想起来，前些天睡觉时，梦见两回小玉，小玉领着他爹一块儿来，把衣裳给要走了，瘦三抡着镢头，满街撵着他打，打了个半死后，小玉笑着跑了。

秀山娘赶紧给林先生说，他像在闭目养神，大气不出。到了要吃晚饭时，林先生掀开锅盖，里边连一碗凉水都没有——半辈子都没有丁点儿脾气的女人，也躺在炕上不动了。

林先生叫了好几声"老伴儿"，她才坐起来，拍了拍两只手，又拍了拍两个膝盖，几欲崩溃地对林先生说："老天爷！这咋办哟，牛头钻到瓦缸里了！当家的，天塌了，咋能使手接着！是割了牛头，还是敲了瓦缸？呜——呜——呜……"秀山娘还没有说完，就哭了个一塌糊涂。

林先生煮上饭，坐下来说："唉！子曰，食色，性也。顺天道吧！"

秀山娘忽然急了，林先生都没有见过。"啥时候啦，还整那些叽叽歪歪的东西，俺听不懂！说些能听懂的！"

林先生叹了口气："俺是牛头，那边是瓦缸。割了牛头，家现时就没有了；敲了瓦缸，以后，就没有家了。俺把头伸到那儿，轻轻把瓦缸拽下来，不就没事了？"

秀山娘先是一惊，弄明白林先生的意思后，火急火燎地到了瘦三家。小玉倒没有说什么，随手递过来一个小板凳，继续往衣服上缝补丁。瘦三响响亮亮地在

[1] 睡狐子病：晚上做梦和意中人或狐仙变的美女共眠。

院中放了几个大纸炮，才靠着门板蹲下来，拉长的瘦脸，比外面的天气还冷，胸脯一鼓一鼓地胀起老高，像正在拉犁扯耙的牛，每过一会儿，咧咧嘴又朝她这边翻翻眼，翻眼的时候，眼光里像带着刀。

她的双肩和脊背不由自主地向下驼，心里后悔性太急。瘦三翻眼的间隔，一会儿比一会儿短，她感觉，自己变成了他锅里的一块灌肠，再煎上一会儿，瘦三真的要给装盘子了。

心里正想逃，小玉咬断了连在衣服上的线，头一仰，问："婶吔，啥事？这么长时候了，也不吭声，等着听呢！"瘦三看看闺女，没有太恼的样子，翻瞪了一眼秀山娘，出去了。

秀山娘不知从哪里来的勇气，一把攥住小玉的手，翻过来翻过去连看了几遍，以一个不得讨价还价的口气说："走！闺女，跟俺，去俺家，有事。"

秀山娘拉着小玉的手，满心欢喜的样子，像找到了一块宝。小玉羞羞答答的，大辫子在屁股上一颠一颠，像绵绵春雨洗涮着的一朵花。

到了林秀山屋里，小玉往门板边上一斜身，在那个有倚靠又有遮掩的地方，往炕上瞟了一眼，说："是呃？病了？咋跟纸糊的灯笼一样哎。"

林秀山一听，忽地坐了起来，张了两张嘴，"啊——啊——"了两声，却没有说出来话。小玉头一低："是真病了？咋比个琉璃咯嘣[1]还脆！人是铁饭是钢，一顿不吃饿得慌。能吃上东西，啥都好了。"

林秀山喝了一大碗水，天不黑，就能喝饭了。瓦缸拽下来了，小玉实实在在地就吹了一口气！

不想，牛头却歪了。自此以后，林先生哆哆嗦嗦的手，就没有离开过拐棍。不多言不多语的秀山娘就唠叨："俺说，当家的，看见咱秀山了吧？百病由心生，人跟庄稼一样，心要空了，就撑不住了。想那些个事做啥！眨眨眼，就一天，打个盹儿，就一年，再做个梦，就过了一辈子！从生下来开始算，捧上一捧米，还

[1] 琉璃咯嘣：一种皮极薄的葫芦形状的长颈玻璃瓶，含在口中一吸一吹，有咯嘣咯嘣的响声，轻轻一碰就碎。

不能太满，一天扔一个，数不清的人，手里的米还没扔完，就死了。这难过一天，头顶上的老阳[1]滴溜溜转；这好过一天，头顶上的老阳还是滴溜溜转。再难的事要不盯着看，打个长盹儿，大风就给吹跑了……”

秀山娘的眼一眨一眨，一袋烟没抽完的工夫，就过了花开花落；一个小盹儿刚开始打，还没有开始做梦，又到了七月流火九月授衣的时间。再漫天的雪花一卷，眼看就要到了腊月十三，那是林秀山和小玉“琴瑟友之”的好日子。

这个心若冰清、波澜不惊的女人，永远像一只半眯着眼的猫，在日和月滴溜溜旋转的日子里，让许多的不快意，从眯起来的半只眼中滑过；睁着的半只眼，静静地盯着那些属于自己的幸福，向她一步步飘荡而来。

林先生还拄着半根棍子，小玉来他家拽瓦缸后，他就开始掐算，合了属相算日子，算了日子掐时辰，冬至还未到，就扳着手指头一天天地倒计时。

这天，林先生说：“老伴儿……”

刚开口，女人就睁开一双亮晶晶的眼，一脸喜悦，春花一般绽放开来：“哎——喂，当家的，错不了，今儿初六，明儿初七，该杀猪了。”

女人没文化，心眼却透亮，她好像连林先生肚里的那根肠子，在什么地方走直，在什么地方拐弯都知道。她先往外走，林先生在后边跟。圈里的那头猪，有二百多斤，滚圆滚圆的一身肉，静静地躺在地上，四条小短腿在半空中翘翘着。

那头猪除了吃东西时爬起来，平时眼都不睁，哼都懒得哼一声，要是不喘气能活，连打呼噜都要省了。猪是去年春天女人买的。林先生不说什么，咳嗽两声后，找李小旦去了。

去年春暖花开时，林秀山拿回些藏藏掖掖的东西，她半眯着眼一盘算，在石碾街的集市上，买了一头欢蹦乱跳的猪娃子，如今，不迟又不早的，还就使上了！

她不止一次地庆幸，自己半辈子，总有不迟不早的好命：原先的那个天杀的，把她从家里撵出去的时候，凶恶无比的样子，像一只龇牙咧嘴咬人的狗！有谁能知道，林先生原来的那根没长毛毛腿的萝卜，恰恰半路上叫蛆给拱了，后来就烂

[1] 老阳：方言，太阳。

了，死了。这个好男人，原就是给自己预备的！这个男人也真好，半辈子，没舍得吼过她一嗓子！

令她毕生困惑的是，大坡地许许多多的好命人，就愣是想不开，像王炳中，那么些高宅大院驴骡田地，房子能住几间？田地能种几亩？吃又能吃多少？归了别人有什么！既然满天下都一样的事理，就不该再有啥想不开的事。他自己说，找了三根没长毛毛腿的萝卜，也真是，那三个女人，简直就是三个花骨朵！三朵旺撅撅的花！可惜，叫日本鬼子揉碎了一朵，踩扁了半朵，剩下的一朵半，叫他自己给掐扔了。天底下的人，一个个挖空心思，算计来又算计去，看似比皇帝佬还精明，其实，都是一条条混账糊涂虫！

秀山娘说过，一年的时间，就像打了个盹儿，过一辈子，就像做了个梦。王炳中觉着自己的这个盹儿，实在打不下去了，更不能想象以后的梦，究竟能不能做下去。

他在的生产队里，原先的老队长很不会务整，年终结算时，大坡地所有的生产队，数他队里的工值低，每个工值才八分钱。

老队长也是，白天比鸡起得早，晚上比老鼠睡得迟，管派工却不检查做活儿，脾气好却当不了饭吃。敲过钟之后，一直坐着等，张三来了等李四，李四来了等王五。别队的社员早开始了做活儿，这个队的人才开始派活儿。说张三，你今儿前晌担粪，张三说行，担粪。张三半天担了五趟粪，记工两晌，挣工四分。说李四，你去锄地，李四说行，锄地。李四半天锄了一亩地，记工两晌，挣工四分。

过了一天，两个人的活儿换了，李四担了四趟粪，比前任少担了一趟；张三锄了八分地，比前任少锄了二分地。两个人还是各记工两晌，各挣工四分。

这些事赵六都知道，轮到赵六做的时候，他半天只担了两趟粪，比他的前任少担了两趟，比他的前前任少担了三趟，赵六仍然记工两晌，挣工四分。

这些事老队长应该知道，他碍于都是左邻右舍，抬头不见低头见的情分，不愿意说什么；老队长也许本来就糊涂，该知道的他也不知道。

老队长受惯了苦，自己常年闲不住，也不让社员歇，过了冬至还给派刨地的活儿。在旧社会，冬至日又叫“觅汉满”，大户人家觅得的长工，也就是觅得的劳动汉子，在这天也要给算清账，让各自回家团圆过年。庄稼人都知道冬至当天交，往后一天比一天冷，谁都知道冻土难动，老队长就是不行：别的活儿没有，不去刨地干啥？在家里整天坐着，像个庄稼人？

正月里人闲事少，闲下来的人，三五成伙的嘀咕些辞旧迎新的事，白锁住起了个头，大家哄哄一闹，老队长就不干了，白锁住成了队长。

中华人民共和国成立以前，白锁住做过烧锅酒坊的小账房，那时，他还是个满嘴黄绒毛的青青果，不好好念书，又想挣几个钱花，重活儿不能做，轻活儿又找不着，因和王炳中的大太太牛秋红，攀上了老亲，想在王家讨个钱花。

王维贵刚开始时不同意，说平时接济点儿算了，人占百天有仇，驴占百天有恩。锁住娘死乞白赖地找，最后，牛秋红亲自给老太爷开了口。老太爷说，再好的书，也靠自己念；最明白的事理，还得自己悟。随心吧。正好酒坊原来的账房，有了些猫腻事，白锁住就顶替了账房的缺，挣几个小钱贴补家用。

锁住娘生了四个闺女才生了白锁住，怕送子奶奶再给招回去，起了个名字叫“锁住”。白锁住在王家干了六七年光景。在王炳中的印象中，两家自始至终，没有什么不愉快的瓜葛。那时候白锁住才十四五岁，王炳中一直把他当小孩子看，要不是牛秋红的老亲关系，也不会让他去管账，有时呵斥两句，也是见怪不怪、情理中的事。

如今白锁住已快四十的人，个头儿不算高，也不算胖，却一身硬骨头，饭量极大，能跟魏老大比个高低。二百来斤的一麻袋粮食，左手一攥右手一掀，就扛到了肩上。脖子向左歪，脊梁向右斜，走路时，个头儿不大步子却很大，不甚宽厚的肩膀，随着步伐一斜一歪，像要量一下步子的长短和大小。歪着头看人的时候多，坐正了说话的时候少，一脸的疙疙瘩瘩，看不出有个服气的时候，天生有一身使不完的力气，硬邦邦的像一匹未完成使命的种马。

白锁住的女人姓马，叫“马改转”，爹娘生了她以后想要儿子，给闺女起个名叫改转。马改转肩宽、胸大、屁股小，站在一起比白锁住不低，身板比一般男人小不了多少，比大个子女人却大了许多，白锁住背地里，偷偷地叫过几声“驴骡”。有人把马改转跟生产队的牲口做比较，还真有那么点儿意思，就像比马小不了多少，比驴大了许多的驴骡，加上不大会说话，那个“驴骡”，一天天地就叫开了。

“驴骡”马改转舌头有点儿短，说不太清，鼻子则太脏，永远也擦不干。结婚的当天晚上，有人听见白锁住骂马改转：“不够数[1]的东西，哪儿也能绑死疙瘩[2]？”

最令白锁住引以为豪的是，他的“驴骡”马改转，生育能力极强。

婆婆从解死疙瘩那天开始算，怀着的孩子，差几天就九个月了，早产后没有成活。婆婆说，七成八不成，以后操点儿心，咱再从。

从头再来的那一个，到了七个月，不想八不成，七也没有成。

马改转咬着白锁住的肩膀头子说：“满山的荆条，哪根不壮！哪粒种子不是在石头缝里长！籽种得要深，苗长得就壮，咱要再有，生下来起个名就叫‘荆条’——那东西命大好活，又不值钱，阎王爷不要。”

后来马改转生了“荆条”，有了前边的经验，老二就叫“蒿子”，老三就叫“圪针蓁”。

尽管荆条、蒿子、圪针蓁，比自己对应的那些植物长得还壮，别人喊久了，婆婆总嫌那些名字不好听。马改转说：“刚生出来的老鼠也叫老鼠，叫老不一定老！都当了祖宗的小虫（麻雀），还叫小虫，叫小也不一定小！咱的孩子们，一个个都腰粗、膀宽、胳膊壮，那比啥不强！——也是哎，眼下咱家就缺吃，再生就起个能吃的名，还得盼盼肚饱不是？——也不能叫啥好东西，说不定阎王爷，比咱还嘴馋！”

马改转向来说什么就是什么，后来，老四、老五就叫了“糠窝”“菜团”。怀着老六时她说：“生活比原先好多了，稍好些的东西，咱也吃上点儿，老六就叫‘玉

---

[1] 不够数：大脑混沌，总是想或做一些不正常的事。

[2] 死疙瘩：死结。

蜀面’吧。”

其实，马改转怀着蒿子时，荆条就有了大名，因为解放军尤其受爱戴，取个名字就叫“拥军”，生了蒿子以后，还是感觉解放军好，老二就叫了“爱军”，有了老三和老四后，顺着上边两个叫，就是“建军”和“胜军”了。有了前边四个儿子，马改转急急地盼望有个闺女，不想又生了“菜团”，为了那个“到此为止”的寓意，老五就叫了“志（止）军”。

生了老六玉蜀面后，马改转说，这可成了千军万马了，以后再也不生了，老六就叫“万军”吧——可惜的是，大坡地人没有几个知道，从老大到老六的大名都是什么，和不知道屁三叫高明远，盖狗剩叫盖永福一样。

白锁住六个儿子齐排排地长，六个儿子令他胆壮气也壮。尤其是当了队长后，他看到王炳中父子，动不动就瞪眼，恨不得把他爷儿俩，像收拾马改转一样给收拾一顿。

王炳中嘴一张，白锁住就把眼一瞪：“咋？你当还是旧社会？俺要动手，那是改造地主富农，你要龇龇牙，那就叫报复革命干部！这细麻绳一绑，哼！”

一提细麻绳王炳中就浑身哆嗦，当年处决吕大林陪绑，把他吓坏了。至今他才明白，父亲在世时，为什么不愿意让白锁住到烧锅酒坊去。可惜，“碗米养个恩人，石米养个仇人”的这句警告，就像一只慢捻子大炮，二十多年后，才在他身边炸响。

王炳中下定决心，他要给儿子会来找条出路，死也不能在生产队里待下去了。

一九六〇年抗旱时，县工作队的郝队长，因为喝了瘦三娘两碗菜糠糊，开大会的时候，专门把她请到了台子上，还毕恭毕敬地给她鞠了三个躬。从那时起，王炳中就认定了，郝队长是个重义气可结交的人。

郝队长走的时候，他给送去了小半袋炒面，虽然在平常算不了什么，但那是一个什么样的饥馑年月！一块上海全钢手表换十斤萝卜条，连老鼠都饿得想上吊！自此以后，他每年都要到郝队长家去两次，去的时候，带上些值不了什么大钱的土产物——瓜子不饱是仁（人）心。就像父亲所说，他断定，郝队长就是那片能下雨的云。

郝队长夫妇每次都感动不已，询问一些大坡地的旧人和旧事后，留他在家吃饭。这个实诚无比的山里人，开始让郝队长夫妇，一天天地牵挂起来。

这天，他早早地买了五丈布票，换了百余斤粮票，带了些黄豆、绿豆、干萝卜条、干蔓菁条，碾了半袋小米，又找了半袋柿饼、栗子、核桃，结结实实地打了一个四四方方的背包，完全准备好以后，先到石碾街买了一张“祖国山河万年红”的中堂画，送到了林先生家。

王炳中从林家出来后，把那个四四方方的包裹往肩膀上一抡，甩开步子，自夏官道一路东行了。

他穿着廷妮儿新做的一双布鞋，细麻绳一针挨一针纳就的鞋底，邦邦的硬，踩踏在路中间的青石条上，“呱嗒、呱嗒”地响。

青石条的尽头，是一条自然泄洪的土沟，雨季时，少半个村庄的水都汇集到这里，打几个旋，再转几个弯，最后汇入东河滩。横跨在土沟上的石拱桥，斑斑驳驳的一身沧桑，驮满了凄风苦雨的印痕，却依旧承载着过往的车马行人。

王炳中“呱嗒、呱嗒”地踏过那座桥后，心中涌起一股莫名的冲动，好像自己变成了一座不老的大石桥，桥的这头在大坡地，那头在沙水城，儿子会来在将来的某一天，也会穿上一双他姑姑做的布鞋，“呱嗒、呱嗒”地踏过大石桥，离了大坡地，到了沙水城。

他把那个四方包裹，满怀豪气地往上掂掂，感到自己的一副肩膀，格外的坚硬和强壮，两只脚也变得格外轻松，翻过青龙岭，看见了窑头村，才感觉出了一身汗。

王炳中远远地看见白口镇的影子，心里才感到有些急。喜笑颜开的太阳，在多半空懒洋洋地照着，开阔了许多的大原野，没有一丝的风，驴骡撒在路上的黄尿，冻成了冰坨，拉下的粪蛋蛋，踢一脚，球一般地飞走了。

他双腿飞快，仍感觉像一只小虫子在爬，肩头上的包裹，让他感到越来越沉重，两个肩膀不住地来回换。他真希望碰见一挂大车坐上去，哪怕是碰上个毛驴小车，只拉上他的包裹也行。心里越急，感到肩上的包裹越重，越重越走不动。他想中午之前赶到郝队长家，只有那个时间，才保证能给郝队长见上一面——他总得回家吃饭。

到了白口镇，正赶上返回县城的公共汽车，坐上车，身上轻松了以后，他开始后悔花了五角的车票钱。他心想，要是鸡叫三遍时动身，估摸着这时候，也该快到了。

郝队长夫妻，也是两个碾子砸磨——实打实的人，他们住着两间低矮的瓦房，家中最耀眼的家具，就是一对香椿木的大木箱，两口子只有一个闺女叫“红霞”，比会来大一岁。

郝队长的爱人，中午给闷了一锅大米饭，圆滚滚的粳米剔透闪亮，乡下人过年都不多见。王炳中吃了一碗后，就喊着“饱了，真饱了”，红霞又给端上来一碗。郝队长说:“这能哄了俺？受苦庄稼汉,哪个饭量都大——吃了！山里头的人，可都不做假——俺在大坡地待了那么长时间，那里的百姓，实诚得不敢想！自己的小孩子都舍不得叫吃上一口，倒舍得把好粮食给了工作队吃，给人家留下粮票、钱，还得偷偷摸摸找地方放，放的地方太隐蔽了，人家看不见，怕时间长了弄丢了；放的地方太显眼，怕人家看见了死活不要！在那里工作，啥也不作难，就作难吃了人家的补贴小灶，死活难给人家饭钱！那里的百姓真好哟，真想他们！这几年机会不多了，要是能，真想再过去，跟他们再住上几天……”

在郝队长家吃了饭后，他说了想给会来找个工作的事。郝队长有些为难，说其他的事都好办，就是这个地主成分有点儿高，怕大队和公社的章，都不好盖。

郝队长的妻子洗了碗回来说：“都这些个年了，打仗的时候，还优待俘虏呢，你在那边也熟，不行就专门跑一趟去。”郝队长送王炳中走的时候说：“三五天你等信吧。”

王炳中从郝队长家里走到汽车站，肚里头还是饱盈盈地胀。

到大坡地的车下午只有一趟，王炳中从怀里摸出钱准备买票。印着红色天安门的一元票子，他攥出了汗，心一直“扑通通”乱跳，排队刚到窗口，就转身出来了。想了一会儿又排队，刚排到窗口，又出来了。好几个人奇怪地盯着他看，他索性来到了大门外，找个无人的地方坐下了，蹬了蹬腿，还觉得有点儿酸，掏出那张票子，捏在手里看了又看，捋了又捋，捋平捋展了，又塞回了怀里去。他皱着眉头又回到售票处，售票的窗口，已严严实实地关上了。

王炳中跺了跺脚，转而想，刚吃了两大碗大米捞饭、猪肉菜，正有劲儿呢，来的时候背着重，回去的时候甩手走，攒那些个力气做啥！又不能给生出小的来，咋也不怕误了黑夜睡觉——这一块钱，下回要再来，还能给郝队长买上几尺布票。这样想着，再也不看那个半截白、半截红的公共汽车，甩开步子走了。

快到白口镇时，身后过来一辆卡车，他实实在在地有些撑不住劲儿，刚看清司机手里抓着的方向盘，车子就“呜——”的一声过去了。王炳中在黄土烟尘中，大叫了一声又挥了挥手，大卡车“哧——”的一声响，停了下来，他心里一咯噔，略停顿了一下赶紧跑。开车的司机踩着踏板，探着身子朝后边望了望，“咣当”一声关上车门，大卡车“哧——”地又响了一声，“呜——呜——”地开走了。车斗里的两个短辫子姑娘，向他笑嘻嘻地招了招手，他还没有听清说些什么，汽车早跑远了。

过了白口镇，他的两条腿麻酥酥的开始疼，就后悔本不该省下那张一元钞票。也许是中午的饭有点儿咸，他找个南墙根，抓了一把残雪攥成团，放在嘴里“咯嘣咯嘣”地咬，透骨的一股凉气，在牙齿缝里钻来钻去，咽下去的雪水，凉阴阴的舒服。

他想起了一九六〇年，到山西卖药的事。

那天，饥饿无比的他，在地里乱转悠，看见了有人吃过的红瓣瓣土，想吃一口却怕拉不出来，转悠了一阵，想起父亲“活人不能叫尿憋死”的话，眉头一皱计上心来——自己不能吃土，别人也不能吃土？吃多了拉不出来，不能吃少点儿？于是，拿衣襟抱了一包红土回了家。

回家后，把红土晒干晒透了，碾成一包香粉般的细面，炒了半斤多黄豆，碾细后掺了进去，掺好后倒上水，团成了绿豆大小的蛋蛋，晾干后往肩上一背，就上了山西。

山西黄土多，或许没有几个人见过这么细腻的红土，即使有，也没人那么想，那么干。到了山西，他就成了一个专治胳膊疼、腰疼、腿疼的家传名医。他给人说，吃了他的药，必须配烫嘴的姜汤喝，喝下去后，还要焐上被子出汗才有效。许多人吃了以后还真管用——只有他自己知道，大凡一般的疾病，发些汗后，不治也轻。

天下的庄稼主儿都一样，凡要不了命的疾病，决舍不得花那两毛钱，他慈悲为怀，给点儿炒面也行。最后，钱赚了没几个，炒面却挣了一布袋。如今每每想起来，连他自己都惊讶，百多斤的炒面还有其他东西，他竟从山西给扛了回来！

太阳在西山顶上飘着，像烟袋锅里刚刚吸亮的一点红，王炳中不由念叨起来："肩扛——炒面，脚蹬——大山，肩扛——炒面，脚蹬——大山……"两字一顿一顿的颇有节奏，两只脚也不由自主地一跷一跷，合上了嘴里的节拍。喊得慢，走得就慢；喊得快，走得就快；喊得匀，走得也就匀。

冬天天短，飘在西山顶上的那点红，转眼就没了踪影，暮色苍苍的田野，渐渐地隐入一片黑暗。为了尽快往回赶，快到窑头村时，他抬脚上了小路。自小路过了小窑头村，大坡地就遥遥在望了。经窑头村到大坡地路平好走，但走的是弓背；经了小窑头村到大坡地路窄难走，走的却是弓弦。

小路上高高低低、坑坑洼洼，不知是因为嘴笨，还是因为脚软，"肩扛——炒面"的节奏，一会儿比一会儿乱，路两边的黑暗中，一会儿"扑棱棱"地飞起一只惊鸟，一会儿"腾——"地钻出一只野兔。他心里明知道没有吃人的鬼祟，身上却一乍一乍的，起了一层层的鸡皮疙瘩。后来，嘴里竟喊成了"肩扛——大山，脚蹬——炒面"。知道喊错了的时候浑身一哆嗦，睁大了眼，四下踅摸一下，本来该向西走，却走向了北，心里腾地蹿起一团火，又无可奈何地往回走。

到了小窑头村口，他感到一步也挪不动了——两条腿能折。

小窑头村口有个土地庙，因为天太晚，已看不见有烧香的人，或许是进了腊月的缘故，土地爷的塑像前，一盏昏黄的油灯，还在忽飘忽飘地照耀着。

王炳中在门口的大树上靠了一会儿，连贯不到一起的那口气连贯起来后，一脚踏进庙里，“扑通”一声跪下来：“土地爷哟，行行好，开开眼，俺真是，一步也挪不动了，亲土地爷爷哟！借给点儿脚力使使吧……”

磕完头祷告完，四下踅摸一遍，真希望烧香上供的人们，能丢下些什么吃喝的东西，可是，除了那盏忽飘飘的灯火，什么也没有。他满怀失望离了土地庙，拖拉着两条不听使唤的腿，继续往回挪。刚出了庙门没多远，似乎听到屁股后面一阵响动，回头一看，竟跟着一只龇牙咧嘴的土豹子！两只眼睛，像击打着的火镰，一闪一闪地喷火放光！

王炳中大叫一声，飞也似的往前蹿。那只土豹子，好像一直在屁股后边撵，终于看清大坡地村东的石拱桥了，他往地上一坐，心想，就是让土豹子吃了，真也跑不动了！不想回头一看，屁股后面什么也没有……

一连几天，王炳中都要到公社的大门口转上一圈，一个人在家里，坐不安也站不稳。好长日子以来，他几乎不去别人家。队里干活儿时，就随了人干活儿，不干活儿时，就蜷缩在家里，实在苦闷难耐时，就低着头，半佝偻着腰，一个人到野外走一走，像个独来独往的游僧。傲视一切的冲动，尽管时不时地在心中泛起，但也像山梁上的野草，逢春遇雨之后，在一个无人瞧得见的小角落里张扬一阵，然后，悄无声息地在秋风里变黄，在霜雪里枯萎。

好多年前他始终坚信，在无数个天旋地转之后，大坡地的舞台上，总会还有他哼唱两句的一席之地，可经历了年年又年年，花开又花落，他五十都拐了弯，胡子也开始白，竟连一个钻锅的机会都没有。他再一次把圣人佩服得五体投地，顿悟了什么叫“知天命”。冷静下来的心，像一块晾凉了的铁——人生要真是一场戏，他真是一个无奈又无助的看客。有棱有角的脾性，在无法拖曳的岁月里消磨，就像太行山上滚落山涧的一块大石头，乒乒乓乓地四分五裂之后，再在寒来暑往的山涧里日日打磨，等到身不由己，被冲刷到大坡地，早变成了一块块面目全非的鹅卵石。

这天，王炳中又去公社门口转了一圈，他总是希望忽然碰见郝队长：手里扬着一张表格，上面盖了好几个大红印章，喜气洋洋地对他说，事办成了！

渐渐地，他失落的心，随着太阳的蹿升而蹿升，林先生家迎亲的鞭炮放响之后，他才头也不回地去了。

林先生家欢欢乐乐的一片喜庆，边老拐不知是大嚼着一块肉，还是别的什么东西，鼓起的腮帮子，像噙着两个大核桃，指手画脚含混不清地喊叫着，看见王炳中后，歪屁股一扭，把脊背掉了过来。

王炳中腾地蹿起一股火，张了张嘴，又把那股火憋了回去。来来往往的人，没有谁注意到他的到来，白锁住的荆条、蒿子、圪针944、糠窝、菜团、玉蜀面六个儿子都在，他把两个白面馒头偷偷塞给菜团，使个眼色后菜团走了，又把一块猪肝偷偷塞给玉蜀面，玉蜀面双手捂着跑了。

王炳中刚想吭咔两声，提醒大家看一看，生产队队长白锁住，贼头贼脑的是个什么东西，白锁住大叉着两条腿，斜着肩膀，冲着他就是一声喊：“做活儿的时候人不多，吃饭的时候人不少！又来了一个嘴上抹白白的，烧火去！”

白锁住喊过之后，扬扬自得又傲气冲天，脸上的疙瘩紫红紫红，多棱多角的歪歪头，像刚刚撞响了静峦寺大钟的钟槌，在摇摇摆摆的欢喜中，独享着那个荡气回肠的悠扬旋律。

就是白锁住不说什么，王炳中也会去烧火。尽管一个村的乡亲没有什么仇恨，但多少年来，那个地主身份，令他软塌塌的，早变成了一条没有骨头的蚯蚓——拉泡屎，都得在地底下完成。

大坡地办喜事，约定俗成的礼数很多：男方本家的同族，和帮忙的邻里、亲戚叫“迎亲”，和女方一起来的本家或友谊叫“送客”；迎亲和送客相见，不管认识不认识，都寒暄一些吉祥话，互相之间的称呼是“亲戚”；酒席上，每人要必不可少地端三盅酒，叫“酒过三巡”，三巡酒过，才能正式开始吃喝。劝人吃菜叫“刨刨”“尝尝”；劝人喝酒叫“上一个”或“用一个”；招待亲戚摆上桌面的烟、酒、糖、茶、瓜子、水果，包括装盘子的菜肴，合在一起统称“席面”；亲戚们送来的小钱叫“拜礼”；新媳妇叫公婆一声爹娘叫“改口”……

婚前为新人做被子，被子里的棉花，要由公爹在天地神位的下边，拿起秤杆称；新人盖的新被子的一角，都缝着花生、枣和核桃；新媳妇由娘家到婆家，一路上不能开口说话；挂门帘的长钉，要由妻舅来钉；新娘下轿后，新郎吃新媳妇带来的第一碗饺子，要倒坐门槛，煮得再熟也要说“生”；糊窗户的大红纸，亲戚还没走，就有人给撕破……“席面”上的最后一味菜是丸子汤，那是掌灶的师傅告诉客人：“今儿的菜，俺炒完了。”

吃完三道或五道饭后，就开始最后一道手续：送客里的长者，跟亲家母和亲家公见面，程式化的交代是“孩子小，不懂事，担待着点儿”“孩子给送过来了，该说的就说，该训的就训，叫恁操心了”，于是迎亲的人都说：“着啥急，没吃好，也没喝好。”说着说着，就送走了客人。

送客回家后，嫁闺女的人家也会程式化地问：“吃好喝好了没有？席面咋样？”大家都会一齐说：“好了好了，好着呢，人也实诚，家也齐整，闺女受不了罪。”

送客走了以后，这边的迎亲才吃饭，吃完饭赶紧准备，晚上要酬谢众乡邻。

林先生家也一样，因为送走了亲戚忙完了大事，迎亲的人都显轻松，加上有些人在席间喝了酒，气氛无比活跃。大家正在吃饭，满仓娘起了个头，大家都夸魏老大：从镰、锄、锨、镢，到耙、犁、耢、耧没有他使不了的农具；从犁耩收割，到放磙扬场，没有他做不了的活儿！人们又从鬼沟子里的高粱穗，说到鸡冠山的兔刨井，把魏老大给夸得，几乎成了比土地爷小一辈的神。

张雪梅扑闪着猫猫眼，幸福无比的样子像做了皇后。人们把魏老大夸个山摇地动后，有人喊叫着，让张雪梅唱段山曲儿，她把“山曲儿”听成了“酸曲儿”，净了净嗓子就唱：

阳婆婆出宫满面红，小妹妹白脸脸爱死个人。阳婆婆落山烧晚霞，小妹妹漂亮勾住个咱。水灵灵的双眼柳叶眉，浑身身她匀称长得真可喜。杨柳柳细腰一卡卡……

有人敲着板凳，“呱嗒、呱嗒”地响，边老拐就喊：“别敲了！那条板凳，是借俺家的。”

高兴了一阵子后，又赶紧做活儿，谁也没注意，张雪梅翻着猫猫眼，对着白锁住喊：“滚！远远地滚！吃奶都嫌你个儿小！”顺手泼过来一碗滚烫的水，白锁住扭头就跑，却满满当当被浇了一脊梁。好在穿得厚，烫不着。

边老拐歪着屁股靠着墙笑：“白锁住！你个贼羔子，那是俺小姨子，你小老鼠，竟敢给大花猫梳头捋胡子！贼胆儿不小，你贼眼可不大……”边老拐的话还没有说完，马改转拿了毛巾过去擦，一边擦一边说：“活该，烧死你个大叫驴！”

满仓娘总爱凑热闹，坐在太阳地，给玩耍的孩子们说丝儿：

槐树槐，槐树槐，槐树底下搭戏台，人家闺女来看戏，咱家闺女也不来，说着说着就来了，骑着驴，打着伞，光着屁股绾着纂……

正说着，边起升红着脸背着手走了来，手里扬着一张纸，冲着满仓娘喊：“教孩子们点儿新鲜的，也歌颂歌颂毛主席、共产党！”

满仓娘就开始说：

过新年，倍喜欢，穿新衣，吃好饭，吃了好饭洗手脸，洗了手脸趄游千[1]，趄了游千看媳去！新媳欢天又喜地，去哪儿都领着新女婿。亲个小嘴喷喷香，拉住小手倍倍光。家里头家外亮堂堂，眼气得光棍光心慌。外边啥？月亮灯笼花吊画；里边啥？小两口儿悄悄说笑话！吃的啥？猪肉羊肉大雪梨；穿的啥？条绒斜纹儿华达呢。老头儿老婆儿笑嘻嘻，晃里晃荡开飞机！这个幸福谁给的？——共产党，毛主席！

边起升把那张纸给了王炳中，王炳中哆哆嗦嗦的，连火也烧不成了——那是

[1] 游千：秋千。

一张招工表，不仅盖好了章，还定好了时间，过了正月十五，会来就要到沙水城上班去了！

整个下午，王炳中不可言喻的亢奋激荡，说不清的喜怒哀乐，翻着滚，打着旋，铺天盖地向他涌了来，他又开始坐也不是，站也不是了，给林先生要了半瓶酒，仰起脖子，一咕噜喝个精光。先是嗓子烧，过一会儿肚子烫，再过一会儿，满身的豪气开始游荡。羡慕不已的人们，一脸迷惑地围着王炳中问这儿问那儿。

王炳中喝了酒，心里边却依然透亮，他把知道的天和地、山与海说了个遍，提起“肩扛炒面、脚蹬大山”时还加了动作，就是不提“郝队长”三个字。说到半路没有坐上大卡车那段时，白锁住终于笑了：“咳！没听人家说，闺女摆摆手，坐到司机楼；小子摆摆手，坐到后屁沟；老汉摆摆手，汽车更加油……”

一直到深夜，新人要歇息了，王炳中仍然兴致勃勃，意犹未尽，被别人劝出来后，趔趔趄趄地走了好远，还能听见石小彩唱着给新人扫炕的歌：

新笤帚，满炕扫，闺女小子满炕跑；新枕头，满炕堆，生个小子虎吞吞；红‘盖体’，口朝上，小两口儿睡觉不抬杠……

好汉借脚力

第三十四章

时乖鬼打墙　妄语生祸殃

林秀山娶小玉那天，王炳中说他在小窑头村的土地庙，行了三拜九叩的大礼，一个头磕下去，把脑袋瓜子撞得嘣嘣响，第一拜完毕后，土地爷前面的灯烛，通明闪亮，第二拜完毕后，他就有些天旋地转，第三拜完毕后，浑身轻飘飘的，像根飞起来的鸡毛了。出了土地庙的门,还没有迈上三步,就听得屁股后面锣鼓喧天，回头一看，嘿！土地爷坐在轿里边红光满面，轿两边旌旗执事，仪仗威严，轿前面铜锣开道,“回避”“肃静”大牌金光闪闪。后来好像被两只看不见的大手架着，身后还有两只手推着，一直到了村东的石拱桥，后面敲敲打打的一帮人，刮了一股风就不见了。

从此以后，王会来摇身一变，成了一个挣钢墩（挣工资）的人。王炳中在人们的惊奇和艳羡里，腰里突然挎上了“双盒子炮”:家里有人挣工分，能吃新鲜粮；外面有人挣工资，不缺零花钱。真是人算不如天算。

秀山娘坐在一边，听完王炳中借土地爷脚力的传奇后，又把窈窈窕窕一身火红的小玉，上上下下、仔仔细细端详了一番。她把炕头上的那个大草片儿，往北墙根下的捶布石上一放，两腿一蜷，端端正正地坐了上去，按捺不住的一腔喜悦，冲淡了她经久的平静：两腮微微红，头也有点儿颤。

她沉沉重重地拖了长音，满怀喜悦地咳嗽了两声，有人上前殷切地问："当婆婆了，看给高兴的，咳口痰，音调都不一样了，啥事？"

秀山娘两眼一眯，送来一缕喜气洋洋的吉祥："今儿的天儿真好！眨下眼，就一年；打个盹儿，就一辈子。看不是？人家炳中，就烧了把火的工夫，忒嘣儿一下，就都变了；俺这儿不也是？就放了把鞭，多俊多能的媳妇，就来了！看那身腰，多少人里头才能出一个？"

难怪秀山娘高兴，小玉在娘家，是个可心可意的闺女，到了婆家，就成了一个可心可意的媳妇。新婚的第二天，小玉就女主人一般忙活起来。

由于头天的应酬多，过了午夜之后，才打发完来来往往的人，林先生夫妻躺下时，鸡已叫过三遍。

第二天一睁眼，明晃晃的太阳，早喜气洋洋地照满了整个院落。秀山娘急忙拍醒林先生："俺说，当家的，看这一觉睡得，咋比神仙还快！刚合上眼，就到这时候了。快点儿哟——这可咋开门哟！新媳妇都到家了，遇上个贪炕的公婆，咱俩老妖精，叫人家笑话死了，臊哟，臊哟！"

两口子赶紧下炕，叠好被子刚洗完脸，屋门"吱呀"一声开了，小玉拿了一个木盘，端过来两碗葱花挂面汤，嘴里叫着："爹，娘！头天忙了一天，二老使得够呛，大冷天儿的，先喝口汤暖暖，要不对口，俺再做。"

秀山娘刚是一愣，"哎"了一声后赶紧接，一哆嗦，差点儿烫了手。林先生读过的书里，没有这项内容，他一下子愣住了。秀山娘拿眼剜了他好几回，他才颤颤着应了一声。小玉反身走了后，秀山娘才"扑哧"一下笑出声来："俺说，当家的，今儿是咋啦？这个书上没写？"说完拿手捂着嘴，哧哧地笑。

林先生好像坐不住，背着手，围着放挂面汤的小桌子转了两圈，眼睛巴巴地望着妻子，正颜正色说："古人的礼、乐、射、御、书、数，只是看看听听，哪个也学不会。真是，人家瘦三，养了那么大一个闺女，你说，连咱家的一口水都没有喝过，咱也没替人家抓过一泡屎，擦过一把尿，忒儿蹦二五，来到咱家，响当当地叫咱一声爹、一声娘，这心里头，过意不去，过意不去！想想，想想！咱家还有啥稀罕物？还能给孩子点儿啥？——这钱，该不多了吧？——给钱也太俗气。想想，想想！真过意不去，过意不去。”

林先生说的时候言恳意切，看样子，真要从他身上拉一块肉下来，恐怕也舍得。秀山娘也格外活泛，刚端起那碗挂面又放了下来，皱着眉头转了两下眼珠子，把头伸过来悄悄说：“俺说，那，那个洋戏匣子，咱不是没要？这算不算？”

秀山娘说的是那台凯歌牌收音机。那是林先生花了近百元，托熟人买的，准备给秀山、小玉办喜事用。一样的东西，周大中家有一台，是安社长买的。除了那些实实在在的殷实之家，近百元的票子，庄稼主儿一年都攒不了那么多。小玉的小侄女大凤、二凤闹着要听，被周山杏打了一巴掌，说：“恁娘没本事给恁找上个好爹，买不起，听啥听！”小玉让没本事的婶婶长了本事，最后，长了本事的周山杏，替没找上好爹的两个女儿抱走了收音机。直到现在，“没本事”的婶婶不给送，“长本事”的周山杏不想送。

林先生说：“你知道啥吔，那台收音机，边老拐头天就给俺说了，那件事，绝不怨小玉！也怨不得瘦三……”

两口子最后商定，送瘦三一口笨铁灌肠铛锅。瘦三原来用的那口锅，那年在石碾街上他自己给砸了。前些天林先生在石碾街，见瘦三换了一口洋铁铛锅，那种锅不好使，煤烟熏烤的时间长了，锅底上一层一层地蜕皮，刚光光净净地使出来，锅也就快透了，皮又薄，不保温又容易烧煳东西。商量好以后，林先生专门去了一趟沙水城，买了一口双耳的笨铁铛锅回来，让小玉住第二遭娘家时，给瘦三带过去。

小玉回娘家时，带回了那口笨铁铛锅。瘦三往手里一掂，沉沉重重的颇有分量，左翻右看了好一会儿，欢喜得不得了：“实实受受的好东西吔，俺知道，这锅挺贵，嗯！老林家跟这锅一样，沉甸甸的受用。”

第二年秋后，麦子长到半拃高，小玉一连几天做了同样一个梦：一对雪白雪白的鸽子，扑棱棱地飞入她的怀，撵也不走打也不走。时间不长就生了女儿，生了女儿之后再也不梦了。

林先生文雅，给孙女起个大名叫“梦鸽”。过了两年，小玉又梦到鸽子入怀，又生了一个女儿，林先生给取个名字叫“白鸽”。

梦鸽和白鸽隔两岁，乍一看脸庞，像一对俏生生的双胞胎。秀山娘两个梦还没有做到头，白鸽就歪歪扭扭地学走路了。秀山娘一手拉着一个到街上，姐妹俩像一个枝头绽放开来的两朵花。林先生心情也舒畅，近一年来，也扔了拐棍。

林先生家的好日子，似乎就在花开花落之间。梦鸽和白鸽刚能齐排排小步跑，林秀山从县里回了家，主要原因是，他死活不唱现代戏。他说唱那些戏，连台步也不会走了，唱念做打，一趟撵不上一趟：唱词大白话，清汤寡水没味道；念白纯口语，不讲音乐美；做功不讲究口、眼、手、身、步，不求舞蹈美；打功更乱套，起霸、走边、对枪、下场，啥也不到位。里里外外别扭，扭曲了传统文化的艺术灵魂。

林秀山回来后，剧团派人找来了两趟，说：“现代戏和古装戏，就像羊肉和猪肉，吃惯了哪个都香；戏曲的表演形式就像花，粉的、红的、蓝的、黄的，只要尽情绽放，哪个都好看。把西洋芭蕾引入中国戏剧，洋为中用，好多群众都喜欢。百家争鸣，百花齐放，不是坏事。检讨一下错误，回去吧。”

林秀山说：“是花是花，俺也是花，是朵向阳花，俺就在太行山上绽放了。”——当时有句歌词“社员是朵向阳花”，林秀山的意思是，俺就在家当社员了。

林先生很着急，秀山娘又害怕。尽管这次林秀山成了牛头，她真害怕林先生变成瓦缸套上去，小玉说了几回也不太管用，她就把瘦三叫了来。

瘦三跟林秀山坐了大半天，说：“待见啥就做啥吧，有钱难买愿意，强拧的瓜也不甜，只要俩人好，就好。”

秀山娘赶紧接：“是吔，是吔！种地就种地，千里做官，还不是为了吃穿？啥活儿也得有人做，啥事也得有人干，俺看王炳中就算个人物，这耙、犁、耪、耩，哪样都拿得起来了。”

林秀山从县剧团回村后，或许是丑妮和小玉两个人要好的缘故，他和王炳中成了忘年交。后来，又加上了盖大全的侄子盖二愣，三个人经常一起做活儿。

这天，太阳像一炉滚烫的火，直杠杠地照着，地光光、麦入仓的日子，燥热的风可着劲儿地刮，春季种下的庄稼苗，蔫乎乎地耷拉着。麦收之后的秋粮还没有种上，正是缺雨少水的时节，连山坡上的白草毗都卷卷着叶子，苦熬苦度着烈火时光。

队里的人都在锄棉花，太阳映照在地上的人影，几乎成了一个小圆片——已到中午了，白锁住却不让收工。

由于出汗多，到了这个时候，饥渴难耐的受苦人，呼出的气都火辣辣地烫。韩五爱半前晌时，一扭一扭地跳到地堰下，像是要解手，却一直不见回来。

韩五爱的大名韩爱叶，韩狗子的五闺女，因为行五，平时人们都称呼为五爱。她爹死时她才十多岁，她娘哭了个半瞎，白天时能稍稍看清路，夜晚一到全靠手摸。

韩五爱天生的一身好皮肉，姐弟六个，数她长得好，见过五爱的不少人都感叹，说五爱娘那样一座破窑，竟烧出如此一块好砖！

韩五爱不管跟谁，都能说到一起，坐到一起，泼辣辣的像一团火，走近她的每个人，都能感受到那份热烈熏人。细白的圆盘子脸，没有个恼怒的时候；红扑扑的两腮，像涂抹上了鲜艳浓郁的桃花粉；大眼睛望着人一扑闪，山挡不住、水隔不断的诱惑，就扑面而来。

韩五爱嫁给了白老六的儿子白小现，生了一儿一女。白老六有个石匠的好手艺，儿子长大后也成了石匠。有一次，父子两个从山上往下抬石槽，半山上摔了一跤，白老六被砸折了腿，白小现被压坏了腰。

企图乘虚而入的，白锁住算一个。为了干上个轻巧活儿，再多挣几个工分，韩五爱的大眼，有时也把白锁住照耀上两回，每逢此时，白锁住都会兴奋无比。有时韩五爱荡着小碎步，忽飘飘地走远了，白锁住仍直勾勾地望着她的背影，咂一会儿嘴，再嘎嘎地笑上一阵。

王炳中撞见过不止一次，他总感觉，像是看见了一头俗不可耐的叫驴，遇见一头尥着蹶子跑远了的草驴后，无可奈何地在草驴丢下的粪便上，卷起嘴片吸溜一阵，再狠命地仰起脖子浪叫一阵。每逢这时，他总想和砸倒边家的花斑牛一样，

砸上白锁住一榜　。

王炳中抬头看看天，他想，都到这个时候了，五爱在家或在一个别的什么地方，应该正眯着眼打盹儿歇晌呢！心里渐渐火起，给林秀山悄悄嘀咕一阵，又给盖二愣使个眼色，这个喊了一声“方便方便去”，那个应了一声“俺也去”，三个人就一起走了。

南堰根下，只剩下半尺多宽的阴凉，他们靠着土堰贴一会儿墙，又山南海北侃阵子大山——就是不为了逃懒，也为了心中对白锁住和五爱的不满。

干活儿的时间难熬，闲聊的时光好过，略微的一磨蹭，工夫就不短了。三个人回来后，白锁住暴跳如雷，两只眼瞪得像牛：“去做啥咪？这么长时候！”一个说去解了个小手，另一个说去解了个大手。

白锁住又喊：“都去解手咪？这么长时候？就是现种现生，大活人也能生一个出来，走！社员们都去，看看他们都给解了一个啥！”

盖二愣一扭就不见了，王炳中和林秀山领着一群人转，终于找到一个半干不湿的地方，王炳中说：“那不是？”

白锁住就喊：“那是个啥？那是啥时候的事了？狗尿苔都快长出来了！狗尿一会儿再说，那泡狗屎呢？狗屁也没有！”

林秀山就说：“俺想咪，知道过一会儿有人要放狗臭屁，后来就不想解了，这会儿还找，狗臭屁早叫风给吹跑了。”说罢，跃跃欲试地要给白锁住打。

白锁住看看个头儿超过自己的林秀山，把头扭向王炳中：“那泡尿是你的？那是娘儿们的！你也圪蹴着尿？”

王炳中拍手就走，走了不远回过头来说：“你给俺抓把尿泥闻闻，爷们儿啥味，娘儿们啥味？——叫驴才能闻出来，哪泡是草驴尿呢！”

王炳中说完扭头走，大家都前仰后合地笑，比三伏天喝了一碗冰糖水还要欢喜。

白锁住丢了面子，拿起一块土疙瘩往前扔，正好砸到王炳中头上。王炳中被砸痛了，大喊一声跑回来和白锁住打，白锁住仗着年轻，拉开架势准备迎战。林秀山看势头不对，从后面一把抱住了白锁住，嘴里喊着“别打别打”，实际上却在拉偏架。王炳中飞来一脚，结结实实地踹到了白锁住的裤裆处，白锁住叫喊一声，虾米一般地满地滚。

王炳中正打算下一步如何办，不想马改转正在不远处的地里撒粪，听见喊叫早跑了过来，见白锁住倒了下去，抡起铁锹把王炳中给拍倒了，嘴里说："知道俺锁住不顺眼，别处你打两下也行，那地方，还有俺一半呢。"说完，把白锁住往脊梁上一背，往卫生院急跑。

马改转冷不防拍来的那一铁锹，由于不防备，王炳中登时栽了一个跟头，等他爬起来后，地里只剩下了他和林秀山。过了好一会儿，盖二愣才从远远的圪针蓬后边钻出来，林秀山说："才刚刚打架的时候不往前蹭，打罢了你才钻出来，钻到哪儿吃大粪去咪？"

盖二愣说，他想找块石头，扔到王炳中脚底下，好让王炳中顺手拾起来打白锁住。林秀山说，这遍地哪儿不是石头。盖二愣说："这些都不合适：有的太大了，怕一下子把锁住给砸死了；有的又太小了，怕砸一下锁住又不疼。俺要找一块不大不小正合适的石头，所以跑远了。"

王炳中家原来的烧锅酒坊，后来改成了他们生产队的马棚。当天晚上，公社派了人来，专门解决王炳中和白锁住的事。问题的焦点，集中到白锁住怎样判定，那泡小便是娘儿们的。

白天，白锁住确实蹲在堰上边的圪针蓬后面，眼看着韩五爱在那里小解了，小解后，她还一颠一颠地甩了甩屁股。他本想再看点儿别的，但五爱提裤子的动作飞快。会场上老老少少的一大片人，打死他也不敢说。

公社的人正要走，边老拐一瘸一拐地走了来，他推开挤攘攘的人群，举着拐棍比画一圈，示意大家安静。边老拐说："哎，哎，恁都要再乱说，俺就不说了，这个事，以后可就成了三队的千古奇冤了。三队的这个事俺听说了，后晌专门跑到地里头看咪，那就是一个娘儿们的，差了管换！"

大家开始屏声静气听。"这娘儿们的，是一个河蚌瓢形，一大片的一边，有个深坑，像个旋涡；这爷们儿的，是个蝌蚪形，一个圆片，带着个哩哩啦啦的小尾巴。一个河蚌瓢，一个蝌蚪，能一样？”

边起升也在一边坐着，听边老拐一说，脸一红，走了。村里的大队长走了，公社派来的干部，也随后走了。

马改转拍了王炳中一个跟头，总算为白锁住找回了颜面，白锁住自然很高兴，马改转却怎么也高兴不起来，因为盖二愣背地给马改转说，不光他们几个看不惯白锁住，队里好多人都有意见。“五爱就仗凭时不时给队长浪一浪，多干个轻巧活儿，多挣个工分，也就算了，不干活儿半路跑回去，咋也看不见了？不定啥时候，五爱就把你给替换了！”

白锁住头上不带翅的小官帽，马改转给定了一个“二十五品”，当时连傻二小都看不过眼，他曾一腔怒火地冲着马改转蹦跳了好几次，咬牙切齿地冲着马改转的后背，啐过好几口！但那个“二十五品”在马改转心里，却能给放大成一尊比牛头垴还要粗壮的擎天柱。

夜晚要睡觉，白锁住头朝里一躺，马改转先给端来一盆热水，放到炕沿下的火台上，把白锁住的两只大臭脚给泡进去，再拿起两只鞋到门外，倒干净藏在里边的臭土，不捏鼻也不扭头，连抠带摔，拍拍打打地作弄干净。回来后，白锁住的两只臭脚泡好了，马改转的一双大手，“吱吱咛咛”地给揉搓好。但白锁住总感觉不到，那真是一个极其稀缺且三生有幸的“恩典”。

自从听了盖二愣的话，马改转不仅把三生有幸的恩典予以没收了，而且把那个“二十五品”官，看管得铁桶一般了。

白锁住当了模范队长，要去县里开会，任凭说得天河转，马改转非要跟了去，白锁住斜着膀子喊：“你想咋？嗯？你个驴骡到底想咋？”

马改转横着头：“你在恁娘肚里头，恁娘就知道，你出来以后不安生，就给你起了个名叫锁住，费了那么大的劲儿，还是没锁住，俺替恁娘干点儿活儿，想法给锁住！”

白锁住忽然急了：“行！行！行！要不，你把那个东西给锁住算了，你拿住钥匙，省操心。”

马改转大身板靠在门框上，长腿一跷，白锁住就出不了门：“行，这法还真不赖，你现时就给俺做一个，焊个钢鼻，买个铜锁，生不了锈也铰不断，把钥匙给俺，你就随便走。”

白锁住穿戴得齐齐整整，颇有一点儿“二十五品”官的味道：“这队长，又没有开会带家属的规定，你真要去，黑夜住店还得花钱，那不合算。”

马改转平时很节俭，吃盐都论捏算。白锁住的意思是，敲敲马改转的麻骨头，她就不去了。

马改转说：“那有啥，撒盐撒到了酱罐里，自己家的钱，别人又没有花，没啥合算不合算。”

马改转到底跟白锁住一齐到了县里，马改转来的时候匆忙，平时衣裳本来也少，匆忙之中，拉了婆婆的粗布偏襟大黑袄穿上了，下边是一条深蓝色的大裊裆棉裤。因为怕冷，脚脖子处找了两根黑鞋带绑了，顺手拉了一条蓝头巾往脑袋上一绑，不仅遮住了半个眼，还缠了一圈捂住了嘴——远远看，除了结实有力的步履，活脱脱的一个山村老太太！

晚上住店时，服务员见是一老一少男女两个，就问：“要两个房间，还是一个房间？”天也真冷，蓝头巾箍住了半个脸，马改转愣是不愿意拿开。

白锁住说：“一个，一个。”服务员疑疑惑惑地看了看，又问：“那个是恁娘？”

白锁住就急：“娘，娘……”他还没有说完，马改转就“哎——”了一声。她的下半句想说：“哎！闺女你说错了，俺不是他娘。”

也是马改转接得太快，不容白锁住说完；也是白锁住一时着急，后边的话被卡住了。他把马改转头上的蓝头巾一把抓去，才说出了下半句：“看看，好好儿看看！瞅仔细了，俺还能有这么年轻的娘？”

回到家里后白锁住还着急：“你个驴骡，想给谁当娘！”

马改转说：“那个闺女说俺是恁娘，俺又没说。”

“那俺叫娘你就答应？”“俺答应的又不是你！再说，就是真叫俺当恁娘，还得叫俺想想，到底愿不愿意！整天嫌俺这个，嫌俺那个，你要趴到太阳底下晒晒，比马叫虫还恶心！本事不大，臭肠子不少，别当俺不知道，就是五爱那一堆烂柴草，怕也轮不上你拱！”

马改转说的马叫虫，又叫千足虫、马陆虫，大多两寸左右长短，筷子粗细，暗褐间杂赤黄的肌体，两排浓密的细毛腿，遇到惊扰，会扭曲成螺旋状装死，常生活在烂草腐物下并以之为食，分泌毒臭且危害庄稼。

自此以后，白锁住更跟韩五爱走得近，有人说，五爱快成了三队的皇后了。

生不了锈也铰不断的铜锁和钢鼻，也真的不好整，不够数的驴骡马改转，也仍然是改转。

马改转随白锁住去县里开了一次会，不仅阴差阳错地当了一次白锁住的娘，还舒畅无比地住了一次县招待所。那是她平生第一次去县城，第一次走了那么远，第一次遇见那么宽的马路和那么长的人流。她不仅第一次看到那么多的小男女，竟敢在大街上挎着胳膊拉着手，和韩五爱一样的互抛媚眼，甚至看见，一个比白锁住大不了多少的杂白毛男人，挽着一个二十多岁的小洋妮，浪劲儿十足地进了影剧院！

有一天她碰见了丑妮，想起了杂白毛和小洋妮，就想把王炳中和廷妮儿撮合一下。那天，杂白毛和小洋妮，两个人幸福透顶的样子，即使马改转嫁人的时候，她也想不起来，曾有过那样一种感觉，所以，她不仅不太反感，甚至还有些渴望。

马改转神秘莫测地把丑妮拉到一边，以一副深有感触且促人上进的口吻说：“俺说丑妮吔，你也老大不小了，也不替恁爹操点儿心？”

丑妮自小就和王炳中不对脾气，长大了以后，更是一年都喊不了几声爹，能避开的时候总避开，实在避不开招呼她爹时，就用“哎——”代替了。前些年，王炳中很着急，不叫爹还就是不吭声，不想丑妮比他还犟，后来连“哎——”也不叫了，嘟囔一句反身就走，爱听不听，关于她爹的事，更是问也不问。

马改转平时做事说话就不大地道，丑妮这次又听了一次少胳膊缺腿话，头也没抬，气也没出。

马改转凑上前，扯扯丑妮的衣服："你个小犟妮，耳朵塞驴毛了？还是嘴里吃花椒，背住气了？哼哼也不会哼一声？"丑妮回了回头，又扭了回去。

马改转又说："看廷妮儿跟恁爹，多合适的一对！找个人说合说合？都这些年了，嗯？不用磕头拜天地，也不用支大锅管别人吃喝，往一个盖体窝里头一钻，那俩人准高兴，你就有爹又有娘了！"

丑妮回头一瞪眼，"噗——"的一口，几乎啐到她脸上。

马改转大身板一晃悠，索性站到了丑妮脸前："咋好心做了驴肝肺！给恁提鞋还踩手呢，不是？俩人岁数又差不了太多，又不是亲姐弟，在一个院子里住了那些年，说不定早憋不住，早钻到一个盖体窝睡了呢！俺就不信，猫窝里头，能藏住条囫囵鱼！"

马改转人高大，丑妮可能是嫌打起来不顺手，往近旁的一块大石头上一站，马改转还不知道她究竟要做什么，丑妮左右开弓，利利索索扇了马改转几巴掌，骂了一声"再瞎说，撕烂你驴骡的破磨嘴"，头也不回地走了。

马改转被突如其来的巴掌打蒙了，丑妮走了好远后，才开始喊叫："你个小疯片子！怨不得恁爹不待见你，下手那么狠，敢就是个野种！"

马改转回到家后，白锁住问脸上的巴掌印咋来的，她说了之后，让白锁住又给打了一遍。马改转心中气不过，就去找王炳中。王炳中急得直跺脚："打得轻！打得轻！要是俺，连你那条腿也给卸了！"

马改转又去找廷妮儿，廷妮儿尽管脾气好，但听了直肠子马改转的那些话，自己哭了半天后，一头栽到地上不省人事了。马改转很害怕，一溜烟地跑了——比驴骡还快。

也许是碰巧了，廷妮儿不久就得了肝炎，脸色蜡黄，腰弯腿疼，躺倒就是两三个月。王炳中和丑妮一直催着找医生看，她不吭也不动。劝急了的时候就说："看啥看哟！该死的不能活，该活的也死不成，再说，俺都死了几死的人了，活到今儿，早赚足了。"

王炳中实在怕出事，把医生请到家里来，父女两个好说歹说，总算把输液的针扎了上去，工夫不长，她一把给拔了下来："真是！叫恁把俺给说糊涂了，日本鬼子还没把俺打死，还不信，这小灾小病，就能死了？不就是两瓶水，花那些个钱，叫人知道了，咋往街上走！"任凭再说，也扎不上针了。

王炳中就想，怪不得爹在世的时候，那么待见她，那俩人，唉！——几辈子修来的，活脱脱的一个根脉！

后来，廷妮儿也许实在撑不住了，到静峦寺去找了静心师父，静心给配了药，吃了一些后，脸黄的毛病见轻。后来就挖端午节前的茵陈，泡着吃，蒸着吃，煮着吃，吃了两年多，脸色就好些了，只是腰弯、腿疼的毛病除不了根。因为时不时去静峦寺，她渐渐地就信了佛，跟静心师父的关系很好。

廷妮儿的道行似乎也很深，尤其是马改转最深信不疑，她给别人说，静心师父的大弟子叫归真，二弟子是廷妮儿。马改转平时烧香拜佛，常让廷妮儿领着。

廷妮儿病了以后，丑妮一直心里憋屈。廷妮儿在她心里，和亲娘一样亲，要不是马改转，半辈子都没喝过一个药片！每碰上马改转一次，她轻则大骂一场，重则抽两个耳光。马改转尽管人称"驴骡"，身板大，力气足，或许是因为大脑不好使，身手就不灵巧？每次和丑妮的较量，都是她吃亏的次数多。

马改转再不好，毕竟跟白锁住在一个锅里吃，在一个屋里睡，还给传宗接代续香火。有一次白锁住截住丑妮，歪脖子瞪眼几乎要动手，王炳中正好看见，吆喝一声跑过来，抡圆了手中的镢头，向一块石头上刨去，"当——"的一声溅了一串火星——镢头弯了，镢把也折了。

王炳中拍拍手给白锁住说："俺是地主，你愿意咋改造咋改造，愿意咋批斗咋批斗，敢捅俺没娘的闺女一指头，你就活到头了！不信就试试。"

廷妮儿听说后就劝："少说几句吧，也不看看外面有多乱，该安安生生的才是。"王炳中就说："白锁住那一家人，还就不行，拔了大葱栽上蒜——一茬儿比一茬儿辣不说，这会儿又给俺闺女较上劲儿了，俺没娘的闺女够伤心了，他给支腾支腾试试，不信他的贱头比铁硬。"

廷妮儿烧上香，拜了一会儿佛，给王炳中说："兄弟哟，姐姐也就是个三天两后晌的人了，你也看不了姐姐几天了，有件事，不给你说，怕你吃亏，兄弟你可记好了，这上边出坏人了，还要麻烦几天呢！‘木虎坏江山’，可要记清了。以后，不管遇见谁，遇见啥，活儿要多干，话要少说，记住了？”

王炳中本想问一问，什么是“木虎坏江山”，廷妮儿说完，就说累了，躺到炕上眯了起来。

其实，即使王炳中再不吭声，白锁住也忘不了裤裆里的痛，更容忍不了一个地主，竟敢打队长。

那天，王炳中在大北沟的北堰上犁地，犁完了要耢的时候，已将近中午。庄稼主儿都知道，犁地不沉耢地沉，再加上耢地时，牲口已做了半天活儿。两头牲口拉两步停一停，走几步顿一顿，喊两声再走走，走两步再喘喘，即使打上两鞭，也懒洋洋的拉不了多大会儿。

王炳中也是连饿带累，大骂牲口：“杂种！杂种！还没有当上干部，就想发懒？恁俩杂种，也想脱产了？”

当时公社里挣工资的全职干部，通称“脱产干部”；挣补贴又分生产队口粮，忙时也下地劳动的干部通称“半脱产”。

王炳中一喊，时刻监督着他的白锁住，正在堰下边蹲着，刚好听见。白锁住不无得意地拍着身后的屁三说：“今儿咱啥也听见了，也听清了，还有证明人，王炳中你再说说，攻击国家干部，认账不认账？”

王炳中“啪、啪”地甩了两下鞭子：“认账，去公社告吧！俺还说咪，上边‘木虎坏江山’，下边锁住坏三队，量你也掐不了俺舌头！”

白锁住果真告了，王炳中不以为意，他刚被叫到公社时，还说调皮话：“咦？怪了，俺说的时候，四外瞅了又瞅，一个人也没有，是耢地的那俩驴汇报了俺？稀罕了，俺三队出了俩驴妖精？”他还在拐着弯骂白锁住和屁三。当他被两个腰扎武装带的持枪民兵看管起来后，才知道事情闹大了。

廷妮儿知道后，把马改转叫到了家里，说“木虎坏江山”的事，是她说的，让马改转跟白锁住，都给当个见证去。

马改转虽然缺心眼，那样大的事，却知道很是厉害，连连摇头："那不能，那种事，可是坐司法科（监狱）的事。你可是静心师父的二弟子，俺再有个啥事，问谁去！"

廷妮儿一听，皱起了眉头，马改转一看"二弟子"恼了，就浑身哆嗦。廷妮儿说："你要办不成，真是罪过，俺的业报已酬偿完了，无非是早走一步的事。罪过，罪过，阿弥陀佛！"没想到，马改转顺顺当当地应了下来。

回去后，她跟白锁住说："你要不听俺的话，俺就不给你过了，'木虎坏江山'的事，就是廷妮儿说的，俺亲耳听见，你要不跟俺去公社说说，一天也不在恁家睡，俺就跟了廷妮儿修仙去了——俺就是个驴骡，看踢死踢不死你！"

白锁住还真听了，马改转很高兴，她不知道白锁住的意思是，先打翻廷妮儿岂不更好！——叫你大鼻子王炳中，到死都不能舒坦！

公社派人到了王炳中家，廷妮儿承认了之后，来的人就让她到公社去，廷妮儿说："身上不舒服，吃些药，随后准到。"公社的人看廷妮儿病歪歪的，也不至于往哪里跑，就先走了。

王炳中回到家，已静悄悄的没有了一个人，公社抓廷妮儿的人，时间不长又到了家，到了家之后，更不见廷妮儿的踪影。桌子上放着一张纸，上面画着一个女人坐在一片彩云上，眼中流着泪，彩云下面，一个宽腮、大鼻、阔下巴男人，拉着一个扎小辫闺女。那张画的旁边，有一个高粱秆穿的箅子，上面放着几把细生生的杂面条。公社的人拿走了那张画。

王炳中到处找，公社的人也到处找，谁也没有找到她。后来有人说，在静峦寺见过廷妮儿，去了一群人找到了静心师父，问廷妮儿到底去了哪里，静心说："阿弥陀佛，她此生的业报已酬偿完毕，她去了该去的地方了。"

当天晚上，静心师父圆寂了。据说，就埋在静峦寺后边山坡边的菜园里，只是连个坟堆也看不见。

人们种麦以后发现，静峦寺后边的山坡上，开满了洁白的山菊花，白得像雪。

第三十五章

倔傲雪上霜　秋风过大冈

廷妮儿静悄悄地走了，像一个乘风驾鹤的仙。从她疯疯癫癫来到大坡地算起，至今已有三十余年，当年她手抓一团黄泥，在石碾街来回跑时，过往的人们多瞅上几眼，那是因为她是一个病得不轻的疯子；当她猛扑向日本鬼子胡乱抓挠，要拿手指头抠死个大活人时，大家便对她多了几分敬畏。

廷妮儿走了以后，王炳中和丑妮两个，才真正像个父女。虽然丑妮仍和父亲不多说话，但两个人最贴近的地方，就是都瘦了一圈。廷妮儿知道，父女两人都爱吃她擀的杂面条，临走时，还给擀了几把子。那几把杂面条，父女两个谁也没有吃，一根根薄厚均匀，宽窄一致，像一段段曲曲折折的故事。

后来父女两个谁也不愿多看，风干了之后锁进了箱子里。丑妮跟着父亲去一个个村里，找寻那个擀面条的人，一个多月下来，没有半点儿消息。

后来，有人说找不见廷妮儿的那一天，看见廷妮儿去了静峦寺，而且是静心师父带着廷妮儿一块儿走了的，两个人都合葬在一个墓里，要不然，静心师父埋葬的那个地方，就不会开出两大片雪白雪白的山菊花。

后来人们就风传，“木虎坏江山”的事，廷妮儿哪里知道，那是静峦寺里佛陀的暗示。

不知道从什么时候起，安社长就不叫社长了，叫安主任，许多人不知道这个“主任”，和受苦人要做的那个天下的“主人”，究竟是不是一个意思。

大坡地关于“木虎坏江山”的事，疯传了没有多长时间，公社就来了一个新主任。新主任姓牛，一个三十余岁的女人。牛主任穿着一身绿军装，口袋里装着“红宝书”，胸脯上戴着毛主席像章。

牛主任齐耳短发，尽管两颧略有些高，但还是一张俏生生的脸。她穿在身上的军装略有些肥大，武装带一扎，扎出一个细生生的腰。不好看的是，原本还算俊俏的一个女人，却生了一双干鸡子一般的瘦腿，裤子提得很高。因为该胖的地方没有肉，所以没有显现出提高了的利索，倒给人一种灌不满气的感觉。渐渐地人们就发现，牛主任真的有特点，她在安排某项工作，或指挥某个行动时，两只胳膊往胸前一搭，脸庞上会蹿出一股冷风，两条细腿往地上一戳，腿中间足可以钻过去一条瘦狗。

牛主任来的第一件事，就是追查“木虎坏江山”的事。她首先通知了王炳中，让他好好反省老实交代，要对抗革命，只有死路一条。随后，带了一群穿着绿军装、戴了红袖章的人到了静峦寺，以找廷妮儿入手，开始审问接替静心的归真师父。

归真师父除了一声接一声念“阿弥陀佛”，什么也不说。牛主任带人在寺里到处翻、到处找，最后连那片开白菊花的山坡也找了，令人震惊的是，那片山上，根本没有埋过人的丝毫痕迹。

牛主任怀疑静心没有死，廷妮儿更没有死，这两个来历不明的人，来无影去无踪的怎么行！况且，“木虎坏江山”，那是多么大的政治事件！但归真师父却坚持说：“佛无戏言。师父真的圆寂了。”

牛主任又追问廷妮儿是不是也跟着去了，归真说，那要看佛的旨意，和她的造化了。

大坡地人都说，新来的牛主任，是一只聪明无比且勤快无比的母鸡，又会下蛋又会叫。她来了以后做的工作，不仅认真细致，而且卓有成效！汇报上去后，她受了表扬，安主任受了批评。县革委的一个副主任也是一个女人，姓氏很稀奇，姓母。

母主任拿刀劈下一半来，比牛主任还不瘦，母主任训起人来像个男人，叉着腿，还双手叉着腰。她在大会上训了一次安主任后，大坡地人都知道了，牛主任厉害，母主任更厉害！因为提起她们两个来，人们的心肝都颤！

开大会时，安主任正在解释文件，母主任忽然拍了一下桌子，放在桌子上的钢笔，猛地跳起好高，正讲着话的安主任，和那只弹跳的钢笔一样，霍地站了起来。母主任两手叉着腰，激动的时候眼睛向上一翻，黑眼睛珠就逃遁到天外头了。

台下的人一个个胆战心惊，真害怕没有黑眼珠的女人，会猛然跑上前去，揪住安主任的头发，晃荡一阵后再扇上几巴掌。母主任或许太累了，或许正在筹划另外一件大事，只微微地皱了一下眉头："火车跑得快，全靠车头带！'木虎坏江山'的事，必须深挖细找，不取得全面胜利，决不收兵！"

过了好大一会儿，她的黑眼珠才翻下来，翻下来之后就走了，走了之后安主任才坐下来，坐下来之后会就散了。

后来，大坡地的妇女吓唬不听话的孩子，往往会说："悄悄的，还哭！再哭，母主任就来了！"

母主任来了，她拍了一下桌子，安主任惊得站了起来；母主任走了，"木虎坏江山"的事，她又给提了出来。母主任拍了桌子后，牛主任特高兴。她微凸的两颧粉红粉红，两只瘦腿在桌子下面，欢快地一蹬一踉，洋溢着说不清的兴奋。

有一天，王炳中在半路上碰到安主任，安主任给他使个眼色，他在屁股后面一直远远跟着，从大北沟往西，一直到了鬼沟子口，安主任才站到一个大堰下停住了。安主任说："廷妮儿的事，到底咋回事？"

提到廷妮儿，王炳中满眼噙泪："你又不是不知道，俺还满世界找呢，不相信俺，那张画，恐怕不假。叫俺看，坐在云彩上的那个人，代表她自己，走了，再回不来了。""那下面的两个人？""长胡子的是俺，闺女就是丑妮。大坡地人都知道，闺女自小儿跟俺不对脾气，俩人拉着手，那是俺姐姐临走，嘱咐俺对闺女好点儿。"

过了一会儿安主任又问："那'木虎坏江山'的事，开始到底是谁说的？"

王炳中一翻眼："反正就俺姐弟俩，谁说的都一样。"

安主任似乎有些急："那边已经走了，找不着了，就是不是她说的，一推，还不是一了百了，要好都好？要不——咳！大火就快烧着你了！那可是严肃的政治事件！"

王炳中说："俺要是那样一个人，俺姐姐知道了不安生呢！以后，大坡地二指高的小孩子，都会戳俺脊梁骨，以后咋做人？"

安主任抬头看着天不说话，来回互拍着两只手。似乎因为一只手上只有两个指头，巴掌没有拍响——侥幸活下来的那两个指头，异常活跃地互相挤撞着来回弹。

仅仅过了一天，牛主任就派人抓王炳中来了。王炳中不在家，派去的人把丑妮整到了公社。

那个裤裆能钻过去一条狗的瘦屁股女人，或许丑妮打心眼里就没有瞧起过她。

牛主任拍着桌子，把钢笔也震了老高，丑妮低着头，屁股欠都没欠。看见的人都说，牛主任的威力也很大，咋丑妮就是不害怕？牛主任扬起来的手还没有拍下去，扒着窗户看热闹的人一哄而散。有人说牛主任没有母主任厉害，是因为不能把黑眼珠翻到天外去。

牛主任问丑妮，"木虎坏江山"到底是谁说的，丑妮说了句"谁也没说"，再不说第二句话。牛主任又拍了几次桌子，两条干瘦腿哆嗦着说："你是个小反革命，你成不了江姐！"

王炳中回来后找到了安主任，说安主任不是个站着尿的爷们儿，拿一个小闺女说事，手段忒毒，忒齷龊。安主任一笑："俺永远是毛主席教育出来的好战士，啥时候也光明正大，啥时候也比你地主老财的骨头硬！不像你，有事就跑！"

王炳中说："有人给捎了口信，说漳水那边有个人像俺姐姐，俺去看了看，白跑了一遭就回来了。跑啥！往哪儿跑？跑了和尚能跑了庙？"他伸出大拇指跷了跷，说："在公社里，你是这个。"又伸出小拇指跷了跷说："姓牛的那个狼精是这个，她在你下边，那些不该做的事，你也该说说。"

那只仅剩了四指和小指的手，安主任翻过来又翻过去，来回看了个够，两个指头互相挤撞着弹了个够，说："这个？那个？不是时候了——打仗的时候，那三个，一炮给崩上天了。"

王炳中到了公社后，丑妮就回来了，他被暂留公社接受调查处理。因为开大会时要把王炳中揪上台去，几个民兵拿了一条绳子就要绑，王炳中看到麻绳就浑身哆嗦。他终生都不能忘记的，那就是窑头村吕大林被反剪双手，吊到槐树上的惨状。

他向屋角一直退，声嘶力竭地冲着安主任的背影高喊了几声，安主任过来后给几个民兵说："毛主席说，要文斗，不要武斗，解放军还优待俘虏呢。"

牛主任穿了一身军装走了过来，几乎能同时装下两个屁股的大裤裆已经改瘦了，裤子仍然提得很高。

安主任给民兵说话的时候，她就在远处静静地听，两只不太小的眼一直眯着，头微微地歪，忍无可忍的表情，似乎在准备随时一战。安主任说完后看了她一眼，两手往后一背，扭头就走了，那个只有两个指头的手，仅剩下的那两个指头，仍然相互挤撞着来回弹。

牛主任两手一搭就开了腔："嘿——呀，王炳中！"她把王炳中几个字说得飞快，语气也很重，像嘣嘣爆响的爆米花。"一个现行反革命！嗯？知道什么叫无产阶级专政不知道？嗯？就是要彻底打倒你这些地、富、反、坏、右，叛、特、走资、修！就是要专那些仇恨人民、仇视社会主义的人的政！就是要坚决打碎你们，妄图回到旧社会的复辟梦想！嗯！劳动人民，再也不愿意吃二遍苦，受二茬罪，你的阴谋，迟早破产！人民群众，不会放过你！"

牛主任后来的话说得很慢，鼻音也很重。王炳中忽然又大喊："俺没有犯错误！旧社会灾荒年，俺家放粥，解放军来了俺家捐粮；一九四八年，俺大小子还参加了解放军。俺是军属！军属！"

牛主任正要走，听了王炳中喊的话就又扭回了头："军属？你儿子在哪个部队？嗯？部队番号？嗯？终于忍不住自己跳出来了吧，阶级斗争，还就是一抓就灵。欠批，欠斗！"早来多少年就一直没有音信，平时每每想起来他就想哭，要不是怕再被捆上一绳子，他绝对不愿意提。

王炳中被两个人倒提着胳膊给揪到了台上去，虽然没有捆绳子，却不让他直腰，腰弯得久了，他就忍不住要往起抬，刚要抬，后边就被人猛地踹了一脚，正要往前栽，却被一只大手拽了一把，又一只大手就伸过来掐住脖子又往下摁了摁。一个声音悄悄地说："才刚刚，那一脚，俺可没有使劲儿，别埋怨，踹了你，俺两天不用下地，就给记工分了——不怨俺！"

王炳中一听是屁三，也悄悄地说："要杀了俺，你就不用吃饭了，你也敢？"王炳中刚说完，屁三就又往下摁了摁他的头，同时又在屁股上踢了一脚，王炳中就又悄悄地说："别摁了，受不了了，比锄一天地还沉！"

屁三又过来踢了一脚，在他的后脑勺上打了几个呱呱响后，又掐住他的脖子悄悄地说："没见过娘儿们生孩子？舒坦够了以后，那就得咬住牙关受，甭想找人替，那也替不了！就是那么难受，也没看见这世上的人少生了几个！——你就还不敌狗精！狗要挨打，还知道把尾巴夹到屁股沟子里头去。"

会场上喊一会儿口号唱一会儿歌，喊的什么、唱的什么，王炳中一个字也没记清，他只感觉腿要折了，腰也要折了，脸上、脖子上滴滴答答的汗一直往下流，不一会儿就口渴得要命。

王炳中难受得要死的时候，听到安主任在主席台的后边喊："王炳中，站直了！给革命群众背两条毛主席语录！"

王炳中像收到了一条特赦令，一腔的感激，令他真想抱住安主任亲上两口！由于头昏脑涨，他往起直腰的时候，身子一晃悠，差点儿仰了后去。浑身酸疼得要命，两只手扶住胯一齐用力，才慢慢直起了身子，脑袋"嗡嗡嗡"地响，两只眼也憋胀得难受。过了好一会儿，才终于有了站直是多么舒服的那种感觉，台下就震耳欲聋地喊："背语录！背语录！背语录！"王炳中就懵懵怔怔地喊："下定决心，不怕牺牲，排除万难，去争取胜利！下定决心……"

他还没有喊完，后边牛主任就和安主任吵了起来，不一会儿上来几个人，把他又倒提着胳膊给押走了。

第二次批斗会，主席台上不见了安主任，牛主任似乎豪情满怀。王炳中还是在一边弯腰站着，牛主任亲自教人们唱：“大海航行靠舵手，万物生长靠太阳，雨露滋润禾苗壮，干革命靠的是毛泽东思想……”

那次大会之后，王炳中被扣上了“四类分子”帽子，白天或出工或游斗，每天晚上扫大街是必做的功课。

这天晚上，王炳中刚扫完街回来，正要收拾一下睡觉，周大中晃晃悠悠地来到他家。王炳中张了张嘴，却没有说出来一个字，他双眼瞪得溜圆，一脸的惊惧茫然，像审视着一个怪物。周大中在屋里转悠了一圈，旮里旮旯看够了，自己掂了个小板凳，往火台前“咚——”地一放，坐了下来。

随后就是长长的沉默，寂静得像午夜之后的老鸹沟，一点儿小小的响动，足以让人毛骨悚然。

王、周两家原来一个是主，一个是仆。原来的仆，连原主大北房的门槛都没敢靠近过，似乎只过了短短一瞬，为仆的不仅在为主的卧房里溜达了一通，还坐上了小板凳。为主的，只能蹲在破桌子旁了。

坐着的和蹲着的都低着头，看着两腿中间褶褶皱皱的大袅裆——大袅裆里，似乎记载着那些流逝了的岁月，需要一折一折地慢慢打开来，再仔仔细细地审视一遍。也许大裤裆太宽大了，根本托不住过往的风和月，只是将曾经的过往揉搓无数遍之后，将沾满尘土的一切，交给了已杂白的头，已变灰变黑的脸。

过了久久，两个人终于抬起了头，互相对视着——不像久别的友，也不像陌生的人。王炳中两只脚的大拇指，无羞无臊地从鞋里边拱到了鞋外边，像两只爬到洞口四处张望的小老鼠。又过了一段沉默无边的寂寥时光，那两只“小老鼠”忍无可忍了，尽管不能翻跟斗，却也是越晃荡越急，好像在催促坐在板凳上的那个人，有事快说，没事快走。

周大中终于开了口：“这些年了，俺欠你的，还清了。”

王炳中满脸迷惘：“啥？你说啥？你，好……”

“山花，山花男人！安——俺女婿，不叫在这儿干了，回原籍了，满眼都是白眼睛珠的那个干的！都是为了你。真的，俺还清了……”

王炳中又问：“说啥？那，你是，这是……”

周大中半脸忧伤，半脸激愤：“唉——都啥也不是，一眨眼，就啥也不是个啥。你——嘿！女婿不叫绑你，就够了！看你快栽倒了，叫你直直腰。你——嘿！你就是个倒霉鬼，越倒霉越不服劲儿，越不服劲儿就越倒霉，你个倒霉鬼就不知道，人心是铁，官法是炉？你——嘿！你喊个啥不好，你还‘下定决心，不怕牺牲’，你不知道公社里头，有只勤快得要死的小草鸡？这蛋一嬎，送上去一看，母主任白眼一翻，就给上了钢（纲），这上了钢的家具，还能不好使？就那一下，就把女婿给砍翻了！真翻了。一家老小，都回老家了，再也不回来了……”

周大中说完后站起身就走，连屁股都没拍一下。王炳中忽然感到，真是那样的话，自己真的欠了周大中一笔巨债。王炳中跟着周大中来到院子里，对着他的背影说：“那个娘儿们，屁股不大，这嬎的蛋，还真不小……”周大中扭回头：“少来，少来！不是女婿说，俺还真不来。女婿走的时候，叫俺给你说，‘木虎坏江山’的事，得快点儿弄清，再弄不清，能要你命！”

王炳中一哆嗦，等周大中走远了后，抢东西一般往茅房跑了。

有一天，王炳中碰见屁三，笑吟吟地给屁三说：“去俺家一趟，有酒有菜。”屁三听完就想跑，王炳中把扫大街的扫帚“呼——”地一抡，脸一沉像要打架，屁三站住了。

王炳中说：“不去？酒菜真有，明说，事也有。你不是说你比狗精，你要不去，想想有没有人半夜放你闷棍！俺在家等着，快点儿！”

王炳中煮了半碗咸黄豆，拿了半瓶酒在家里等着。屁三进门就说，那天踹的两脚，还有扇的那几巴掌，可都没有使劲儿，他要不打，别人动了手，可就不好说了。

屁三开始大把吃黄豆时，王炳中问，马改转满街打听永福和老江，到底咋回事。屁三说，马改转参加了几次大会，把人们喊的“万寿无疆，永远健康”听错了，她总说大家都在喊“永福老江，永不吃糠”，所以就满大街找永福和老江这俩人，满大街的人，谁也不知道这俩人到底是谁。

屁三把黄豆吃完，酒也喝完，王炳中："马改转是反革命！屁三你打俺，锁住给你记了两天工，你要能给证明，马改转说的'永福老江，永不吃糠'，俺给你俩现大洋，一个最少值五块，能顶你一个月工，还叫你啥时候到了家，啥时候吃咸黄豆喝烧酒。俺报告了牛主任，为了干革命受表扬立大功，你证明了马改转，就能吃黄豆、喝烧酒、挣大洋，看行不行。"

屁三歪着头，张开嘴攥住拳头塞进去，拔出来，再塞进去，再拔出来，又攥着拳头，在王炳中脸前晃着说："就这么简单？这么大一个好事，俺一张嘴，就都给吃了？咦——反革命？这永福老江，反谁的革命？"

永福就是盖狗剩，盖永福这个规规矩矩的大名，大坡地几乎无人知晓；老江就是林老江，这个名字知道的人也不多，其实就是林先生。

屁三听懂了以后，王炳中让他明早起给马改转先说说，永福、老江这两个人到底是谁。屁三说行。临走时给王炳中说："明儿黑夜，可得多煮点儿黄豆，你咋那么好的手艺？准是廷妮儿教给你煮的，要没有廷妮儿，你个脏老汉，恐怕跟俺一样，会吃不会做——对了，还有那酒，是没盖好盖，酒跑光了，剩下了水，还是装了半瓶水糊弄俺？赶明儿，得给整瓶真酒！"说完后，在王炳中的鼻子上刮了一下就走了。

第二天不到中午，马改转满大街喊："再不能去开大会了，原先不知道，这永福狗剩和老江林先生，俩人都挣工资，就是大坡地的人都吃糠，人家也吃不了糠！以后谁也别去开会了，都是糊弄人！谁也别去开会喊喊了！"

马改转逢人就说"永福老江"的事，说够了之后，回去给白锁住说："你个大叫驴，就知道整天乱蹦，俺咬得你还轻！咱荆条、蒿子、圪针荸、糠窝、菜团、玉蜀面，也都有大名，都喊永福、老江不吃糠，咋没听见，谁喊咱吃些好东西！"

屁三远远地跟了马改转一天，看得真切，听得分明，马改转都给哪些人说了"永福老江"的事，说的时候是端着碗，还是扛着锨，是太阳在头顶，还是偏了西，都账本一样记得分明。

这天晚上，王炳中的半瓢咸黄豆，屁三还没有吃下去一半，就把应承的差事，给王炳中交代个不舍秋毫。真烧酒喝了少半瓶后，屁三有点儿晕：“再给弄碗水，黄豆煮咸了。”

王炳中给倒上水，屁三说：“你就精，放那么多盐，怕俺黄豆给吃多了？明儿黑夜再煮这么咸，就——你就给重煮，要不，俺就拿水涮涮，吃你三大碗，叫你个老地主，再那么会算！”王炳中嘻嘻哈哈说：“一定一定。”

屁三很高兴，又在王炳中的鼻子上刮了一下后，说：“还有件事，差点儿忘了说，马改转挖了半篮子马耳菜，回来时，在五爱墙头外的茅房圪蹴了会儿，裤腰带半截红，半截蓝，蓝的粗，红的细。”

这天，队里的人都在割黄豆，屁三突然尖叫几声，唱了一段《小过年》：

……以后小妹妹你出阁走，嫂子我还有东西陪送你，送你一个描金柜，描金柜里装东西，有单衣，有棉衣……大擀杖，小擀杖，还有铜勺带笊篱……小妹妹你要还嫌少，支鏊子的三块砖头也给你……

本来喜洋洋的歌，屁三唱起来却像哭，“哭”完之后，把白锁住拉到一边说：“给你说个事，不给记工就不说了。”

白锁住答应了后，屁三说：“这就对了，要不就不给你说，以后黑夜，你就光能搂着枕头睡了。王炳中说，要告马改转现行反革命了，改转把‘万寿无疆，身体健康’，到处宣传是‘永福老江，永不吃糠’，还煽动别人，以后都别去开会了，你说反动不反动？好些人都知道，俺也听了，要是上边也知道了，你说，够你喝一壶不够？”

白锁住一听就急着要走，屁三“哎——”了一声，他一哆嗦停住了，屁三说：“给记一个工太少，今儿，得再奖一个，还得抱一抱黄豆走，回去闲得没事干，躺到炕上，吃个咸黄豆啖啖嘴。”

白锁住原以为，屁三“哎——”了一声又有什么大事，听完后啐了屁三一口，说：

“还啖啖嘴，还抱一抱，满地的大眼瞪小眼，都喘气嘞？早先的时候，你也不问问，恁爹恁娘做作你的时候，跟谁汇报叫谁批准咪？你个串种！”

白锁住骂完，火烧火燎地走了。屁三抱起一抱黄豆往回走，嘴里头还嘟囔：“许你个贼羔儿悄悄给五爱送，不许恁大爷吃一抱？还满地的眼，还有满地鼻子呢，谁还闻不见你浑身臭！”

白锁住找到王炳中时，王炳中头也没抬：“去吧，把‘木虎坏江山’的事给整清了，‘吃糠’的事，俺就不提了，最多俺等两天。”

后来，“木虎坏江山”调查小组就解散了，王炳中坏分子的帽子去掉了，地主的帽子仍扣着，天天晚上等着那个肉嘴对着铁喇叭喊。

王家原先的梨花酒楼，早成了公家的向阳饭店，往那个二层小楼的房顶上一站，大坡地村差不多数那里高，每天有人拿个喇叭形状的铁筒子，对在嘴上向着四外一喊：“四类分子，接受改造！石碾街集中，分秒必争！”

那个余音还在大街小巷里回荡着，王炳中担上篓子，拿上扫帚跑得飞快，几乎每一次，他都是第一个来到接受改造的集中地点，时间不长，还评了个“四类分子模范”。

收了秋以后，大队办了个专搞试验田的农场，农场在鬼沟子偏西南方向的土岭上，土不算薄，就是离村子远，边起升是大队长又是农场的场长。

农场的地共有四十余亩，北边是天然的大沟，人上不去，西边紧挨着陡峭的大山，没有人爬山走，南面是高堰又下不来，向东除了鬼沟子的天然屏障，仅剩了半里多的开阔地。西山上密密麻麻不成形状的杂灌木有一人多高，边起升安排人锯了些来，枝枝杈杈一砍，再往土里一埋，半里多的开阔地上，竖起了一排栅栏。

由于离村子远，冬季天短的日子，在家吃过早饭到农场去，看一看，歇一歇，再抽袋烟，锄不完二分地就得往回走，再迟一些，就误了中午饭。后来，大队在那里靠着山盖了五六间简易房子，因紧挨着鬼沟子，水又浅，从各队抽调了十几个劳动力，不到半月就打了一口水井，水虽不太深，但除了吃喝，还能供上个三亩两亩的菜地用。

一切停当之后，边起升又让李小旦从山上锯了几棵树，“叮叮当当”地做了一辆小车。车是崭新的胶皮小轱辘，专门到县城定做的车轴自带轴承，和小轱辘正配套。安轱辘的时候，小桶的黄油涂上去少半桶，拿手一拨，静悄悄地骨碌转，没有一点儿声响，那是大坡地村第一辆安着轴承的车。

边起升免了五队三年的勤杂工，五队给了大队一匹刚两岁的小驴骡。那匹红棕色毛皮的小骡子，不像毛驴一样死犟，又不像大马一样乱跑，性情特好又听话。不论男女老少，牵住缰绳往车边一走，喊声“抄！抄！”屁股一掉就往车辕里退；遇到上坡，喊声“嘚！——嘚嘚！”就头一扬，四个蹄子像四只钢爪，前腿猛刨，后腿猛蹬，拼命地往上拉。

遇到下坡更省心，李小旦的手艺好，专门到白口镇，让宝妮爹敲打了一副新铁闸，酸枣木的闸坯子，刨得平展展，安得牢绷绷，带了滑轮的闸绳往手里一攥，轻轻地一逮，车轱辘“吱呀——吱呀——”地响，悠悠扬扬地叫上一阵子，四平八稳地下了坡。

农场短缺了啥东西，赶上小骡车往石碾街上一停，割上一块肉，再买上两包烟，肥皂、毛巾和脸盆早该置办，车上拉着酱、米、油、盐、面，还有泡着醋的蒜，短啥买啥。如果需要再稀缺点儿的东西，赶上红鬃骡子去一趟白口镇，早早吃些饭，半天能打个来回。

从大北沟向西，走上个五六里往南一拐，离村子也远了，除了天上飞的鸟、地里跑的兔子一类，大一点儿的活物不多见。那条路真的很僻静，农闲时，碰上个能说话、会学舌的人，得撞运气，农忙时，远远看到一个或几个在地里做活儿的，因为跑了太远的路，都急于做完手中的活儿，一个个撅着屁股忙不迭地看锄、看镰、看耪镬、看锨，忙忙活活的人懒都懒得理你。脚下的黄土地“咚咚——嗒嗒——”地响，那只证明了，红鬃骡在走，人还坐在车上。

小骡车沿着曲曲折折的鬼沟子，来来回回转，一会儿下到沟里，一会儿又爬到沟上。山鸡和小鸟的叫声，凌驾着清风来回飞，婉婉转转的歌喉，声音一会儿大，一会儿小。坐在小骡车上，再陪上个对心思的人，那真的想啥就是啥，想谁就是谁——想天堂是天堂，想仙岛是仙岛，坐飞机都不给他换！

过了鬼沟子，红鬃骡刨挠一阵上个大坡，就到了农场的大门前——也是李小旦做的大栅栏门，结实又轻巧，轻轻一推就开了。小骡车进到院中，“吁——”的一声停下来，反过身把门一关，永固牌的大铁锁“咔嗒”一摁，除了“呼呼”刮着的风，“哗哗”下着的雨，里边和外边就隔断为两个世界了。偶尔有个张张望望探头探脑的人，巴瞪着眼，悄悄看上一会儿，啥也看不见，也就兴味索然地走了——不远的鬼沟子很深，传言那里妖狐哭、野鬼笑，再胆大的人，也怕沾上一身晦气不吉利。

边起升计划明年开春，在农场里栽上一片桃树、杏树和梨树，纵横交错的小路边都栽上柳树。莺飞燕舞的时节杨柳依依，桃花开杏花败，接着梨花撵上来，春天里就花如海柳依人了。秋天一到，高山上枫叶红，农场里果累累。再抽几个人专门管理农场，无论如何也要种大、种好社会主义的试验田……

正像歌里所唱：“我们走在大路上，高举红旗向太阳……向前进，向前进！朝着胜利的方向……”

安主任被调回老家后，牛主任主持了全面工作。边起升大会小会，总是先说在牛主任的大力支持、指导下云云。除了半夜，他几乎成了牛主任的影子，牛主任见了边起升就心花怒放、喜气洋洋。边起升甚至能从牛主任的裤子提得高与不高，来判断她的心情好与不好。

后来，他甚至知道牛主任哪天不方便，哪天动不得凉水！他还发现牛主任的两条干瘦腿中间，要是一只大狗能跑过去，那是她要到各村检查工作，或去给下级开会；要是下边只能钻一只小狗或鸡过去，那是上级要来检查她的工作，或她要去给上级汇报工作。后来许多村干部或相近的其他朋友，想找牛主任办事或汇报工作时，往往要问问他，啥时候去合适。边起升远远一看，就知道能去不能去，或该去不该去——十有九准。

边起升找牛主任，一般不看能钻过大狗，还是能钻过小狗。

农场的事刚有些眉目，边起升就到公社给牛主任汇报。他去的时候母主任刚走，后来听别人说，母主任走的时候，黑眼睛珠还没有翻回来。

牛主任的办公室，冲门挂着马克思、恩格斯、列宁、斯大林、毛泽东的画像，边起升进门时，牛主任正抄着手注目伟人像，身子一晃一晃，看样子很生气，两条干瘦腿间，连只瘦鸡子也钻不过去。

边起升已进了门，又不好马上退回去，索性大叫一声："报告牛主任！鱼不怕水，毛驴不怕累，红花还得绿叶配，大坡地离不了牛主任！咱村有点儿事，这会儿说，还是等会儿说？"

牛主任捂着半个鼻子半个嘴，晃里晃荡笑不停："你个边起升，笑死人，真笑死人！嗯！嗯！嗯！哎哟哟，真笑死人。"边起升不知道到底有什么好笑，其实她早就不笑了，身子却正不过来，像一棵被雨滴打歪的谷苗，含水带露的等着人扶。

他给牛主任汇报了农场的筹建工作，说农场先搞试验田，成功以后，全村都要跟着学，不仅要高思想、高觉悟，还要高效率、高产量，保证为社会主义增砖添瓦做贡献。

牛主任很高兴，首先肯定了他的工作，还说知识青年下乡，省里马上又要来一批，要不要找两个精干的给配过去。边起升说："听党的话，跟牛主任走，革命就像拉大车，拽紧套股不松手！"牛主任更高兴，要走时，还给了他一盒锡纸包的大前门香烟。

接下来的事，就是往农场找几个常年做活儿的人，边起升给几个生产队队长吹了吹风，知道的人都想去。

白老六的儿媳韩五爱，听说了以后最想去。去农场做活儿，一来每天中午能白赚一顿饭，二来也多挣个工分，不用整天瞅着半瘫在炕的男人。

韩五爱给白锁住说了几回，白锁住每次都满嘴应承。她隔一段日子再问时，白锁住总是一大堆应承话，没有个准当的消息，而且应承话说多了，有时连自己都忘了，上上次的应承和下下次的应承，就不对了卯榫。

三秋大忙，队里的妇女们摘棉花，这一年的棉花长得特好，头天刚摘过，过不了三天，满地的棉花棵子上又是雪白一片。因为急于收，队里临时规定，摘十斤棉花挣一分工，手快的人，半天能挣一天的工。

那天，韩五爱因为在家照顾男人白小现，往地里去得迟了些，为了多挣工分，回去也有些迟。棉花地在马鞍地王炳中家的坟上边，离村子四五里地的路。飘在青龙岭上的那轮圆月，由暗红变成金黄，又变成一片耀眼的银白，身后龟脊梁的柏树上，几只猫头鹰，“呱——呦，呱——呦，呱——呦”地一连声叫，连晚归的耕牛，都“嘀嘀咚咚”地一路小跑。

韩五爱急急忙忙把摘好的棉花打包，包好后一掂，足有七八十斤，甩了好几次都没有甩到肩膀上，正急，白锁住幽灵一般冒了出来，倒背着手，攥着一支镰。走过来后，献媚一般地说笑打招呼：“吔，吔——吔！韩五爱真是个好社员，白天干，黑夜也不闲。”一边说，一边伸过手去，借着掂棉花包的机会，摸了摸韩五爱的手，说：“真沉，起码七八十斤，俺替你背。”

韩五爱不高兴，说：“去去去！除了嘴好使，哪儿都不中用，给俺办的事，说了个啥？再吃捆荆条，屙个粪筐俺看看。”说完一使劲儿，挎上那个大棉花包，晃晃悠悠地走了。

白锁住在后边撵着说：“心急吃不了热豆腐，这事，俺真想给你办，这你叫办，才能办，你要不叫办，还真不好办。”

白锁住埋伏在话里的机关，韩五爱没有听出来，一停，扭回头问：“小贼羔儿，说啥？”

白锁住把手里的镰一扔，侧身搂住了韩五爱的腰，大喘粗气说：“这打只鸽子，还得舍下个豆呢，你上嘴片下嘴片一碰，俺就把腿跑断，今儿……”

韩五爱不知道什么时候，早往手里攥了一根棍子，白锁住的肚皮刚贴上去，她就把棍子往后一抡，“砰——”的一声敲在白锁住头上。白锁住双手捂着头，“哎哟——哎哟——”地乱叫唤。韩五爱把棉花包往起颠了颠，又走了。

工夫不长，白锁住又撵了上来，拿镰把“嘭——嘭——”地敲着棉花包说：“你贼羔儿！咋比咱队的杂青骡还难使！小现的腰都折了，他还能做啥？好好儿的一块地，白撂荒？哎，哎，这不长庄稼，还不长草？”韩五爱只是不吭，快步往前走。

下了马鞍地到了大西沟，飘到半空的那轮圆月，像一张笑嘻嘻的脸，洒在天地间的银辉，有大海一般辽阔。

白锁住拿镰把，一下一下地往自己手里砸，“啪、啪、啪”的响声，让人一听，就能领会到其中的急不可耐。但他还是把中间的路让给韩五爱，自己在两边忽前忽后地跑，跑了一阵后，疾走几步往中间一站，说：“今儿的棉花，俺给你算二百斤，能多挣十几分工，还拿棍子敲不敲？”

韩五爱也许累了，身子一扭，把棉花包往堰边上一放，靠上去说：“镰把没把手敲折？咬着牙跺着脚，挤出来个十几分工？谁稀罕你那一毛钱！糊弄周巧巧差不多，擤擤鼻子一边耍去！”

队里当时的十分工，也就一角钱左右。韩五爱说完，从鼻子里“吭！吭！吭！”地吭了好几声，不屑一顾的神态，像电影里威武英俊的打虎好汉杨子荣，竖眉斜眼地鄙夷小炉匠栾平。

白锁住不死心，拿镰把又在手里敲了几敲，指着那包棉花说：“这包棉花，你背到恁家，有人看见，就说俺叫你明儿清早过秤。”说着说着，上去把韩五爱挤到棉花包上……

白锁住突然感觉，西边黑乎乎的牛头垴，冲着微笑着的月亮歪扭了过去，像“稀里哗啦”崩塌了一面破土墙。

第二天一大早，他又跑到大西沟看了看，土堰还是那个土堰，甚至找不到那个放棉花包的印记，头上那轮笑盈盈的明月，偷窥了人间乐事之后早跑了，除了和昨日一般模样的瓦蓝的天，再就是峰峦沟壑里的秋风，一阵又一阵地将他漫卷得骨冷肉寒。棉花包韩五爱早背回了自己家，或许那个卧床不起的男人，正在笑盈盈地看。留在白锁住心里最振奋的东西，只剩了那轮皎洁的明月——那天晚上的月亮真圆，真好……

韩五爱到了农场后，白锁住心里的那轮皎洁的月，就一天天地变得模糊一片了。韩五爱没有当成三队的皇后，却做了农场的主妇。她每天在家里吃了早饭，磨蹭一阵子后，晃晃悠悠地往农场走。到了农场，就开始准备中午的饭，做好饭，几个人一吃一喝，吃完之后就刷碗洗锅。收拾完了之后，就坐下来闲说。人多的时候，给边起升抛几个媚眼，人少的时候，两个人究竟干了些什么，谁也没有看见。说得最多的，都是些不教就精通的事，其他东西不去想，顾不上想，也想不通，“叽叽喳喳”的喊叫，像急于配对的鸟一唱一和。

农场的饭能敞开吃，又有些油水，韩五爱除了做饭，又没有其他活儿，没过几日就更加鲜亮，秋水一般的大眼，桃花一样的粉腮。

后来，红鬃骡拉的胶皮轱辘小车，一天一趟在农场和大坡地来回穿梭，屁三赶着的小骡车，往韩五爱家门口一停，红鬃骡在地上“咚——咚——”地开始刨以后，韩五爱慢条斯理地从家中荡出来，从鼻子里哼哼两声后，黑眼球拖着白眼珠翻上几翻，不明就里地瞥上屁三一眼，抿着嘴，娇娇气气地咳嗽两声，抻抻衣裳的前襟和后摆，“啪啪啪啪”地跺上几跺脚，再妖妖俏俏地跷腿坐上小骡车，像个幸福无比的小娇娘，不胜欣喜地去找情郎。

白锁住每次碰到都咬牙切齿：“骚狐狸，能耐个啥！不就是一个破茅窖！人家小玉，专门请了几遭，都还不去呢！”

秋风过大同

第三十六章

水泡半截墙　人陷污泥塘

这天和往常一样，韩五爱慢条斯理地从家里荡出来后，就到了半截墙的茅房里，蹲下去后，照样“啊哼——啊哼——嗯——嗯”上一阵，幽幽雅雅地把禁区勿入、闲人莫进的特别警示，抛洒给那些非礼或亦视，非礼或亦听的行人。

完毕之后，韩五爱一跷腿就上了小骡车，屁三忘了喊也忘了摇鞭杆，红鬃骡打个喷嚏就拉上走了，像应和着一种默契。

白锁住远远地看着，红鬃骡刚扬蹄，他三拐两拐就到了大北沟，找个他能看见别人，别人看不见他的地方蹲下来，过了好一会儿，才听见红鬃骡脖颈上“哗哗”作响的铃铛。

他一直跟着远远地看，小骡车在大北沟里一路往西，往南拐弯的时候停下了。边起升摇摇晃晃走出来，那个瘦肩、细腰、塌屁股，张扬着说不尽的欢喜。屁三把手里的鞭杆递过去，两手一抄，晃了几晃脖子之后一缩头，脸朝后坐在了骡屁股上。

边起升很高兴，红鬃骡“啪嗒、啪嗒”地走开了，他又在空中打了两个不太潇洒的响鞭，红鬃骡还是那副“啪嗒、啪嗒”的脚步，不显紧也不显慢。

白锁住伸长脖子，再看不见小骡车的背影，浑身一哆嗦：坏了醋了，真坏了醋了！

边起升的祖宗八代，被白锁住全部“纪念”完毕后，又骂了一通韩五爱，然后就往农田大改造的梯田去了。到了修梯田的工地上，他把大钢锤抡得又高又圆，砸出来一溜一溜的火星。

他感觉自己像一炉熊熊燃烧的火，炉火正旺时，被人铲了一锨又一锨的黄稀泥，把炉口给糊上了，火又不能马上熄，浓烟顺着炉膛的屁股，一股接一股地往外蹿。

那天收工的路上，白锁住落在了后面，从农场刚回来的韩五爱，故意慢走了几步，她娇娇气气地咳嗽了两声，见没人往回看，从鼻孔里哼着说：“俺还想做俩大铺体[1]，棉花不够，再去马鞍地那边摘点儿。”

韩五爱不等白锁住说声行或不行，屁股一扭，旋风一般往前边去了，一摇一摆的样子，似乎还在讥笑“稀里哗啦”崩塌的破土墙。

白锁住在马鞍地蹲到半夜，也没有见到韩五爱，直到听见马改转满大街的吼喊声才回了家。后来，白锁住终于鼓足勇气问韩五爱，韩五爱说：“谁要那二茬花，东湾的那片地，开得正好！”

白锁住拽拽韩五爱的衣裳角，韩五爱一甩手，打得他生生痛，打完之后，回过头来乜斜一眼，啐了一口说：“一边去！恁家‘驴骡’的劲儿还小？没支应够你？”

时间不长，边起升就找到了他，两只小眼睛一翻，射出两道特毒的光，几乎能把脊梁骨砸断。“嗯？听说队里的种子，你往家扛了半布袋？等俺啥时候有工夫了，去三队开个会，听听社员意见，要是反映不好，再选个新队长干！”

林秀山从戏上刚回来时，林先生着实不好受了一阵子。林先生的女人，倒没

---

[1] 铺体：当地方言，褥子，铺着身体、躯体的东西。当地口语中，也有把“铺体”念作“铺嘀”的，如果“铺嘀”的传统发音无误，写作“铺的”，“的”读作“di”，表音、表意亦为准确，但书面文字阅读，容易把“铺的”误读为 pū de，表意无误，表音却相差太远。故此选作“铺体”。同样，把方言中意指的“被子”，选作“盖体”统一表述。

有太多的改变，还是猫咪一般的憨态可掬，整日拉着、抱着两个孙女，荡悠悠地到处玩耍，满大街逍遥的影子，像一只老蝴蝶领了两只小蝴蝶，在花丛中翩翩地飞。唯一的变化是，满怀喜悦地坐在炕头的草片儿上，观赏林先生吃饭的时候少了。

白鸽已近两周岁，家里的那个不太大的小木桌上，如果再加上孙女的两只小木碗，说不定什么时候，就会“哗啦啦”地倾倒一片。大孙女梦鸽还好些，给舀上小半碗稀饭，说笑的工夫就喝了，二孙女白鸽生性爱说爱动，拿个小勺子，一会儿捅捅这个碟，一会儿敲敲那只锅，一不小心，把一双小脏手伸进了林先生的碗里。林先生倒也蛮高兴，端起那只碗呵呵笑上一阵，照常“咕咚、咕咚”地喝。

每当女人要领上两个孙女去一边玩耍时，林先生总是说：“怕啥哟，不干不净，吃了没病，没个人在跟前嚷嚷，这饭吃下去还不香呢！”

“就是当一对鸟喂，扑棱棱的俩翅膀都没个闲吔。要再添上个孙子，哎哟哟，还不大闹天宫了？连老君炉也要给踢翻了。”

林先生炒了半锅红薯丝，女人捏着锅上的长铁把笑着，掉了两颗门牙的嘴向下陷——她已有些老了。

林先生一边吃饭，一边念叨：“秀山和小玉，早该回来了还不回来。”正说着，小玉急慌慌地回来说：“秀山叫牛主任给关到公社，不让回来了！”林先生急忙问咋回事。小玉说：“队里的人都在修梯田，中间歇息时，好些人撺掇，说好久没听梆子戏了，嚷嚷着叫秀山给唱一段，秀山推不过，就给唱了段《打金枝》。中午刚收工，公社牛主任就派人把秀山叫走了。”

林先生一听，心想，坏了！这怎么得了！——也是，公社这么快就知道了，猜想准是白锁住，还在记恨着秀山和王炳中给他打架，到公社给报告了。

他放下碗就找到了牛主任，牛主任扫了林先生两眼，叉开的两条瘦腿，往起踮了几踮，斜着眼说：“秀山？是有些问题，你先找大队吧，我派人正在调查。”

林先生急急忙忙到了边起升家，边老拐两口子都不在家，白小连在北墙根暖融融的阳光下，敞着怀给女儿边玉婷喂奶。这个女人十六岁来到边家，除了新婚的那天晚上，闹了一出别别扭扭的“大白桃”，在以后的年年岁岁里，一步一个脚印，按着婆家人的想望走了来。

当年，白小连怯生生地问张红梅“俺该叫你啥”，张红梅捏着她的粗胳膊，答非所问说“好闺女，身子骨挺壮”。张红梅背着白小连给边老拐说：“爹大，大一个，娘大，才大一窝，母大了儿才肥。边家的人，个头儿都不算高——这闺女，身子骨真壮！”

白小连后来生了边玉富，生了边玉成，生了边玉辉，又生了女儿边玉婷。边玉富尤其随母亲，人高马大，心直嘴直；边玉成略瘦，高挑身材，买西瓜吃了瓜瓤退回去瓜皮；只有边玉辉随了父亲，身子骨有些单薄，做事像攥着刀子。孩子都是白白净净的细皮嫩肉，都有些“大白桃”的意思，若不是花生豆一般的两只小眼睛，绝对有人怀疑，种下的绿豆长出来后，竟变成了北瓜。

边老拐当初就认为，白小连是一块送到嘴里的肥肉，只有大脑不正常的人，才不伸展脖子往下咽。每每看见三个齐排排往起长的孙子，他激动的心就难以名状，只是白小连生了孙女边玉婷后，边老拐肚里就长出个难以消散的疙瘩。

因为大白桃白小连，和梨花酒楼的那个小莲，合了一个字还重了一个音，乍一听边老拐就哆嗦——当初那个满肚流血的小莲，临死还说“欠了俺的钱，十年二十年也要讨还”，还让他记住那个要命的日子是六月初六，谁知道这个要命的白小连，就恰恰把边玉婷给生到了六月初六！

每逢想起这些，他总会把那条拐腿甩上几甩，哭笑不得地说：“人世上谁说没鬼？有！有！真有！没鬼那就不叫个世界！日死恁奶奶的小……”

平时有人提起孙女边玉婷，他总是把小眼睛一翻，不胜其烦的样子，只想安上个翅膀飞了：“讨账鬼，讨账鬼！赔钱货，赔钱货！长大了给洗衣裳？不指望，不指望！——挺好看？一门亲，一门亲！”

边老拐就是不爱看边玉婷，怎么看都不顺眼，有次又说了几句不中听话，恰好被小连听到了，白小连抱着边玉婷，围着边老拐左转右转，转够了之后，端着边玉婷冲着公公这边撒了一泡尿，压抑久久的满眼恨，如果能生出来两只手，又能抡起一把镢头，说不定一下子能给掘出一口井来。

边老拐歪着屁股，拿拐棍敲打着地，一本正经地说："哼！还甭不信！这好话不好听，好听没好话。你长那么大，还不是稀里糊涂到了别人家？恁娘喝口凉水要等你端，准渴死！恁爹跌个跟头，你也看不见咋往起爬！就恁这闺女，好，好，好！你好好儿养，好好儿养！全中国有过一个女朝廷，姓武，要再出一个，指不定能姓边。"

林先生由于心急，进门时没有打招呼也忘了咳嗽两声，一脚踏进院子，浑身一哆嗦就往外走，白小连喊："做啥吔，林先生！谁又没有扛着铡刀抡你！"

林先生说要找边起升，白小连说："找那个死人，去农场找！魂都压到西山下了，还能回来？"林先生走到大门外还听白小连嘟囔："还就数俺娘精，俺娘早就说，小眼睛的人，没有几个正经东西！哟，宝宝尿了，宝宝尿了，娘没说你！咱眼小，是凤眼，凤眼的闺女，都有福气。娘的小宝妮吔……"

林先生到了农场，敲了好一阵门，屁三才给打开那把永固牌的大铁锁。边起升在一张木板床上斜躺着，林先生说了大概意思，又说了好多相求的话，边起升翻了翻身说："这秀才，也有把持不住的时候？群魔乱舞的地，也不怕脏了手脚？不是说'能给好汉牵马坠镫，不给赖汉挑牙挖刺'？'赖汉'这时候忙，等啥时候有工夫了，啥时候再去公社给说。"边起升说完，打了一个长长的呼噜，又睡着了。

林先生一路往回走，心里暗自悔恨自己的口无遮掩。

那时大坡地的农场刚刚筹建，李小旦做好的木栅栏门还没有安上，因为农场要找人，小玉在家商量着也想去。林先生去看了看，看过之后暗自一惊——怪不得王炳中说，瞎老虎安上了爪子要伤人，这明明就是一家地主庄园！还有那个庄园主人，原本就是个鬼祟！

不想没几日，屁三就找了来，说是边起升的意思，让小玉到农场干，一年不论刮风下雨，都给记三百六十五个满工，而且按九分劳力算，中午还管一顿饭，一个月最少五顿白面三顿肉，过了这个村，真找不到这个店。

小玉在一旁听着，屁三说完后，她就皱着眉头问："是呃？那……"小玉还没有说完，林先生虽没有拍案，但还是怒火中烧猛地一站："罢了！黑蚁争穴之窠，苍蝇竟血之地，群魔乱舞之穴，乱世出妖孽，能给……"

林先生回到家后，才从乱纷纷的思绪中缓过神来。女人和小玉都着急地等待着消息，林先生叹完气，说："子曰：'可与言而不与之言，失人；不可与言而与之言，失言。'智者不失人，亦不失言——俺，绝非智者。"

林先生拨浪鼓一般摇了一会儿头，又出门了。他走了后，小玉就去了农场。屁三像算计准了，早在大门口坐着，小玉刚走近大门，屁三"咔嗒"一声打开了大铁锁。开了锁之后，一溜烟给边起升报告去了。

边起升在屋里端坐着，小玉冲门叫了一声"起升哥"。林秀山比边起升小三岁，但论林家的辈分，边起升却小一辈，小玉是随了娘家的辈分叫。

边起升喜洋洋地迎出来："咦——俏婶子来了？原先请都请不来，今儿，咋想起送货上门来了？"当地人有叔嫂、婶侄玩嘴斗巧的风俗。边起升不喜欢当哥哥，更喜欢当侄子。

小玉说："起升哥，按白家叫吧，顺口也顺耳。那个事，管还是不管？""啥事？"

小玉嘴角一咧，却看不见腮上的两个小坑："是呃？那俺拜错庙门了。"

小玉说完就走，边起升瘦肩膀一晃在后边撵："咳！咳！小婶子儿，赖脾气儿，夹着屁股吹笛子儿，左夹生闺女，右夹生小子儿。婶子儿！小婶子儿！跑那么快做啥，急急火火地回去，也做不了啥，秀山还在公社关着呢，咳咳！俺说，你这事，俺管咋说，不管又咋说？"

"管是人情，不管是本分。""管成了拿啥谢俺？跑那么快，要跑得快就能办了事，可不数你跑得快。"

小玉停住脚步扭回头："谢啥？卸（谢）不了胳膊也卸不了腿，管成了，给你炒盘子摆酒。"

小玉走了很远后，边起升喊了声："不给加点儿别的？"

当天下午，边起升真把林秀山暂时给领了回来。秀山娘见到秀山后，一只手拉着梦鸽，一只手拉着白鸽，眉头一皱、嘴一撇想哭。后来，林先生去瘦三家连坐了几个晚上，又一起和秀山坐了几个晚上，小玉也前前后后地说，直到秀山答应，参加公社组织的革命文艺宣传队。牛主任很赞成“惩前毖后，治病救人”，那件事总算告一个段落。

小玉去找边起升的事，林先生怎么也放不下，大半夜了还睡不着，“吭吭咔咔”的声音似咳不是咳，像说不是说——浑身一直哆哆嗦嗦的，连一口匀匀实实的气也喘不上来了。

“俺说，当家的，这世上没有一模一样的两朵花，也出不了一模一样的俩人，人跟人，差不了多少的是长在身上的皮肉，差得远的是藏在肚里的心肺，除了猪狗，那天上的小鸟……”

女人没有说完，林先生忽地一下从被窝里坐了起来：“老伴儿吔！你是真不知道，怕也没有遇上过——要经常走夜路，咋能不撞上鬼！这慢藏诲盗……这这这，你看个时候，给秀山媳妇说说，世上好多事，就是死，不该招惹的，真不能招惹！尤其是边家的人，敬鬼神而远之！”

林先生催了几次，问女人给小玉说了该说的事没有，女人总是说，当家的，这好好儿的媳妇，好好儿的人，咋说哟。林先生激愤难耐，女人就说：“当家的，少想些，篱牢狗不入！这世上还是赖人少，好人多。”林先生一连地喘息，心口就痛。

有一天，白老六拄着拐棍，和妻子一起找到了林先生家，哽哽咽咽了好一阵子，才吞吞吐吐地说了儿媳韩五爱的事。林先生听了后，感觉头脑胀得榼栳般粗细。

白老六夫妻的意思是，请林先生给韩五爱母女说说，她的事满大街的人都知道了，儿子白小现，在炕上躺着自己打自己，要真有个好歹，这日子真没法过了。

白老六夫妻走后，林先生给女人说：“看是不是？五爱那闺女，招摇得很吔！这‘慢藏诲盗，冶容诲淫’，古人的话，不能不信哟！”女人还是说：“当家的，他家那个，谁不知道，怨五爱吔！这篱牢，狗不入。”

林先生有些急："这篱有多牢？狗急要跳墙呢，要提溜条鱼，整天在饿猫眼前晃，猫要抓破了手，你说怨猫，还是怨提鱼的手？老伴儿吔，听俺一回，信俺一回吧，你给小玉说说，俺去给五爱说说，那讲究娘儿们……"

女人浑身一哆嗦："俺说，当家的，咱家，保准没事，篱牢狗不入。那五爱，说不得，万说不得！谁不知道，劝赌不劝娼……"

"挟泰山以超北海，非不为也，诚不能也；为长者折枝，非不能也，诚不为也。举手之劳，诲人又正己，何乐而不为！"林先生摆着手就往外走，一身的大气凛然，像一个出征的勇士；大步流星的样子，比当年上鸽子岭还要壮怀激烈。

女人望着林先生远去的背影，第一次感到有点儿心酸："当家的哟，怪不得满大街都批判你臭老九，一辈子了，才知道你还真有点儿臭！那种事，比鸽子岭的土匪还要命，你个臭老九哟……"

林先生一脚踏进白老六家的门槛，冷静下来的头脑才感到，女人劝他"说不得"的事，真不好说。

白老六的妻子背了一大捆柴，正往院里走，因为柴捆大、门口窄，白老六拐着一条腿，赶紧一起往里拽，拽了几下没进去，猛地使了一下劲儿，那捆柴进去了，两口子都摔倒了。

他刚到大门时，就听见半截墙的茅房里"啊哼——啊哼——嗯——嗯——"。林先生一辈子都非礼勿视，非礼勿听，他正要扭头急走，头还没有扭回去，韩五爱从半截墙里边"呼——"地站了起来。他在心里就感叹：都说木匠没好门，铁匠没好锤，这石匠，咋也没有一堵像样的墙？

韩五爱见到林先生后，冲他嫣然一笑，加上白老六夫妻，四个人才把那捆柴抬回、放好。院子里晒着白小现用的湿褥子和尿布，两个孩子白军和白梅，一人手里攥着一块硬邦邦的窝头在啃。

林先生刚坐下时，韩五爱还给倒水喝，当他讲了一堆贞妇和烈女的故事后，韩五爱寻个茬口，给两个孩子一人抡了一巴掌，白老六夫妻浑身哆嗦，林先生跺着脚出了门。刚走下大门台阶，韩五爱顺手抄起棍子，朝满院的鸡子一抡，鸡子们“咯、咯、咯”地惊叫着，扑棱棱地隔着墙飞到了大街上。

后来，林秀山真的专门炒了菜提了酒，到农场请边起升。边起升坐都没有坐，两个花生豆眼瞅了林秀山好一会儿，说：“以后，可要把自己的猫尾巴卷紧点儿，别叫别人再给踩住了，要不是小玉觍着脸来求俺——哼，哼！看恁谁还顾得上，去别人家里给讲圣典！屁股上画眉毛——也不知道自己该有多大个脸面！再说了，谁就能担保自己家的土坯墙，掀不翻，推不倒，滴水不漏？再壮的墙，都禁不起水泡！”

林秀山回来了。林先生还是坐在后补了一条腿的椅子上，拿了本《小窗幽记》在看，女人坐在炕头的草片儿上，正比着鞋样剪褙子。

林秀山把经过的事给林先生说完后，林先生拿起那本书，往桌子上猛一拍，女人一哆嗦，从草片儿出溜到了火台上——她自从来到大坡地，男人还没有发过这么大的火。

林先生放缓语气说：“俺再去白老六家走走，修补修补那堵墙，就是使不起糯米加石灰，这干叉石墙，还气死龙王呢！就他那泡驴尿，不信还能给冲倒了！”

女人和林秀山都不让去，林先生说：“鸽子岭上的土匪，俺都能把他给撵下山来，不信他比杨老歪还厉害。”说着，又把那本《小窗幽记》摊开来：“大事难事看担当，逆境顺境看襟度；临喜临怒看涵养，群行群止看识见——看看去。”林先生把书一推出了门，力挽狂澜的决心和义无反顾的神态，都交织在急匆匆的脚步中。

林先生走到白老六的家门口，看见那个半截墙的茅房，就有些怅然若失，他隐隐感到，白老六家的那堵“墙”，也许和那摞半掩半遮的烂石头一样，泡与不泡，倒与不倒，都是一件可有可无的事，要跨过那堵墙，只不过是跷跷腿或弯弯腰的一件小事。他想起了韩五爱乱棍打飞的那群鸡。

林先生进了门，白老六不在家，白老六的女人正卷了一卷被褥，往白小现的脊梁后边塞。也许是躺久了，白小现想斜着身子靠一会儿。到底女人的力气小，两只手一齐用力，也没有把儿子给搬起来，白小现疼得直咧嘴。林先生疾走几步帮忙给扶好了。

白小现脊柱受了伤，头脑并未坏，他拉了一下林先生的手，双唇哆哆嗦嗦的，想说什么却没有说出来，哆嗦了一会儿就想哭。林先生询问腰伤咋样，白小现说，还算好，脊柱神经没被伤，只是三个脊柱骨没长好，压着神经不通畅，得慢慢恢复，运气好，或能好。

工夫不长，韩五爱回来了，后面跟着屁三。屁三扛了一大袋麦子，一边晃晃荡荡地往囤子里倒，一边嘟囔："光棍光，光棍光，光棍黑夜游四方。走对门的吃烙饼，走错门的喝稀汤。吃烙饼的是光棍，喝稀汤的是和尚……"

屁三出去扛第二袋麦子时，韩五爱一翻又一翻的大眼，几乎想把林先生生吞下去。林先生装作没看见，双手一背，头一仰，对着蓝天说："俺找老六！"天空一碧如洗，连一只滑过的鸟都没有。

韩五爱走后，时间不长白老六就回来了。两个人坐了一会儿，林先生才知道，大队刚给白老六找了个护林员工作，大西沟和大北沟的树林都归他管，尽管给定了个八分工的劳动力，但禁不起细水长流，一年合算下来，比个青壮劳力挣的也不少。

林先生一如既往的口若悬河滔滔不绝，白老六一直不置可否地笑。趁着林先生咂巴嘴的间歇，白老六说："林先生吔，这大东西咱当不了家，家里头短根檩条儿啥的，俺管的地界里，随你挑，任你拣。"林先生一撅屁股就走，白老六追到大门外："保准不扣你工分，也不叫你掏钱……"

林先生回到家里后，他的女人已经把做鞋的袼子铰好了，正一针一针地缝。女人把眼镜往下拉了拉，半眯着眼，从镜框外瞅着林先生说："俺说，当家的，这比土匪厉害的东西，还有吧？"

林先生在那把破椅子上，晃了好几晃，破椅子"吱吱呀呀"地响。他双眼迷离，呼了一口长气，把那本《小窗幽记》伸到火台上念："事理因人而悟者，有悟还有迷，总不如自悟之了了；意兴从外境而得者，有得还有失，总不如自得之休休……"

女人摘下眼镜，没有看林先生手里的书，却一直瞅着林先生，左瞅右瞅看够了，说："俺说，当家的，是俺心疑，还是别的啥的？你有点儿变了。"女人说着说着一哆嗦——她让针扎在手上了。

林先生第二次去白老六家，回来后仅过了两天，学校的院子里，就给他贴了几张大字报，说他到处宣扬旧思想旧文化，妄图毒害无产阶级革命事业的红色接班人，纯粹是一个"之乎者也"先生。林先生一张也没有看到头，一个跟头栽到了地上。

林先生的女人领了梦鸽和白鸽赶到学校时，白文昌几个人已把林先生抬到了办公室。林先生看起来没有什么大事，只是心慌气短。白文昌给说了发生的事，林先生的女人颤巍巍地说："就那几张白纸？哎哟哟，那也值得地动山摇？当家的一个人上鸽子岭都不害怕，咋人老了，骨头变软了？啥？啥'这也先生''那也先生'？咱家先生就多，咱这边，当家的做了一辈子先生，小玉那边，文昌也是先生，咱就'这也是先生，那也是先生'，人家没说差！当家的圪挤上眼歇会儿，打个盹儿再睁开眼，啥都过去了——都变成梦了。"

女人往回走时，顺手把墙上的几张纸揭了下来，方方正正地叠好后，头一抬，屁三远远地张了张嘴，转身就跑。女人说："慢点儿！跑啥！这亮光光的满路冰凌，又不着紧娶媳妇！"

女人把方方正正的一沓纸往前一伸，屁三伸出手就要接，女人扬起那沓纸，在屁三的小脏手上打了一下："你又没掏钱，人家给俺孙女送的擦屁股纸，省着到处找石头，大冬天的凉冰冰，嗯？还啥人也有，这回给送三张，下回可该给送五张了，你说是不是？"

屁三大嘴一张，噗着唾沫说：你看见俺手上的糨糊了？唉！也不知道早早洗洗，哼哼！也白说白想，俺也就不知道，啥时候该洗手！怕啥！俺就算半条好汉也敢承认，那个还就是俺糊的，挣了俩大饼，发面的，俺可没有给你说，是五爱给烙的，她要再给烙饼，那还得糊。"

女人俩眼一眯，像画上去两条黑线："那你就多吃几张饼，你嘴好过了，也得叫俺孙女屁股好过点儿不是？你就给多送几张纸，省着俺给孙女擦屁股，光嫌石头凉——哎，你看，俺俩孙女，像不像俩蝴蝶？”女人说完，领着“俩蝴蝶”走了。屁三咧了咧大嘴，皮影人一样蹦跳了几下，也走了。

林先生知道后，头疼胸闷，说得最多的一句话，是“粪土之墙不可圬也，于予与何诛”。

女人揣回来的那几张纸，她总是一小块一小块地省俭着用，没几天，纸就没有了，林先生的胸口却还是闷。

时间飞快，几次雪纷扬又几次雪消融之后，转眼进了腊月。这年冬天，人们都格外忙，从几十里的红土岭，一直到三百台，鸟都懒得拉屎的那些地方，到处人山人海，遍野彩旗飘扬。社员平时上工听队长敲钟，农田大改造的日子，统一的号令是擂战鼓。红色的牛皮大鼓，往向阳饭店的房顶上一抬，在众星拱月的晨曦里一敲，忽涌忽涌的人流都往红土岭、三百台那里赶，每天受改造的“四类分子”总是先到。

红土岭是一条褐红色的土石岭，夹杂了鹅卵石的大荒山坡，三百台是一片几百亩荒地的大阔野，极端贫瘠的地质状况，难以孕育出生命的绿色。三百台因为开阔地的战略优势，当年的日本鬼子，在那里修了相通相连的两个大炮楼，还留下了废弃的井筒子有五六个，不知是想挖煤还是想找铁，陈年旧迹，如今仍清晰可辨。

三百台确实是个唱大戏的好地方，多少年来，不是没有人去那里唱，而是实在没有人去那里听。而如今，全公社的人都在那里搞农田大改造的大会战，搞上些革命文艺会演就很有必要了。公社抽调了几个人排演革命样板戏，其中就有林秀山。

林秀山和武小魁唱得都不错，林秀山对现代戏比较排斥，身上又有政治污点，所以，主角儿李玉和就由武小魁担任。武小魁自小练就的戏曲功底，和其他公社临时拼凑的演员不是一个档次，大坡地宣传队的《红灯记》和里边的李玉和，很受过上级的几次表扬，不仅大坡地宣传队是全县的优秀单位，武小魁还成了全县的革命文艺宣传标兵。

恰巧上级来检查农田大改造工作，牛主任临时安排公社革命文艺宣传队，为各位领导汇报演出样板戏《红灯记》。恰巧的是，武小魁突有急事不能马上到场，上级领导齐排排地等着看，别的人又没有唱李玉和的功底，宣传队生拉硬拽让林秀山钻锅，待武小魁赶来后再替换上去。

大家都以为，林秀山自小聪明，又是钻锅出身的小名角儿，剧前期李玉和的台词、唱词也简单，好多小孩子都能大段大段地哼唱，林秀山替场钻锅，应该不是大问题。但大家没想到，林秀山对现代戏根本不感兴趣，为了这个，他连县剧团的那个铁饭碗都不要了！他除了把自己扮演的角色记个差不多，其他角色的台词、唱词，都不往心里去。

林秀山着急上场时，又不见了李玉和提的红灯，钻锅的林秀山一急，顺手提了个马灯[1]上了台去，台下一片哗然。林秀山一着忙，把“手提红灯四下看，上级派人到隆滩，时间约好七点半，等车就在这一班……”唱成了“手提马灯四下看，看看也是胡做滥[2]，主角配角不能变，这回钻锅太作难……”

后来有人编了顺口溜：

西北风，天气寒，三队妖精下了凡。手提马灯四下看，看看也是胡做滥。二愣变成黄毛怪，黑白无常是屁三；四类分子变三变，炳中不怕老君炼；贫下中农变三变，五爱变成臭茅罐，敲不碎，蹾不烂，蹾烂就怨老鼠眼；漳水闺女变三变，一变变成骚狐仙，不能摸，光能看，看看不算摸摸算；锁住骑着马改转，一嘴吃了个阎王殿！

顺口溜传开来后，有人不断地向上级写信告状。有一天，林秀山被公社派来的两个民兵给领走了。

---

[1] 马灯：可以手提行走，中间有玻璃罩，下面有储油室，一种户外煤油灯，亮度很高，防雨防风。

[2] 做滥：方言，泛指不合情理的越轨、出格行为或筹措计划。

林先生还坐在那把破木椅上，浑身哆嗦一会儿后，嘴唇由红变紫，由紫发黑，皱着眉头捂着胸口，身子一歪倒了下去。

小玉领着梦鸽和白鸽，天天往公社跑，牛主任连人也不让见，送去的饭由别人转交。牛主任很忙，小玉等了好几次都没有见到面。

有一次小玉半路截住牛主任，牛主任很着急，往车座上奋力一拍，车座子上三条竖着的弹簧，就“哐——唧——唧——”的一阵响，两只“小蝴蝶”同时大叫一声都哭了。直到回到了家又关住了屋门，梦鸽还在小玉的怀里钻着。后来，两个孩子看见公社的大门就哭。

林先生的女人再也坐不住了，她除了领着两只“小蝴蝶”屋里屋外到处走，再就是一个人在屋外院里一圈又一圈地转。两只“小蝴蝶”倒也好，自从那天受了惊，再也不嚷嚷着到街上玩，似乎只有自己的家，才是一个无风又无雨的万花丛。

林先生整日心慌胸闷、四肢无力，不问的时候绝不吭声。女人终于忍不住，抖抖地问：“俺说，当家的，要不，再去找找边起升？”

林先生忽然从炕上坐起来：“老伴儿哟，古人说得好吔，‘度，然后知长短；权，然后知轻重’。自家的瓦缸自己用，禁不起别人乱磕碰！记住了？对边家的人，敬鬼神而远之。谁也不求，俺去！”林先生说完，从炕上爬起来，拄上棍子走了。

小玉婆媳两个，在家里心意惶惶、默默对视，像连雨天里盼星星。

直到临近中午，林先生才回来，坐在屁股下面的那把破木椅，“吱吱呀呀”地响了半天后，说：“这——嗯！‘如有周公之才之美，使骄且吝，其余不足观也已！’[1]”

没有风的天，漫卷的大雪纷纷扬扬，新年的喜庆，在孩子们零星的炮仗声中，火火热热地摇荡而来。林先生的女人早早地吃了饭，找出那顶扁圆的黑帽往头上一扣，说了句“心里闷得慌，串个门去”，两只手往袖筒里一抄出了门，“咔哧哧、咔哧哧”的踏雪声响了一阵后，只看见一溜深深的脚窝，谁也不知道她去了哪里，中午也没有回来。

---

[1]《论语》句：就是有周公的才和美，假如骄横跋扈待人刻薄，这个人就不值一提！

后半晌，牛主任一歪一扭地回到公社后，猛看见办公室的门口，堆着一个雪人。她喊了两声没有人应，四下瞅了一圈，除了白乎乎的一大片，连只缩头的鸟也看不见。她走到门口拿脚一踹那个雪人，雪人摇晃一下竟倒了下去，倒下去之后还说了声：“俺又没犯法，打俺咋！”

牛主任吓了一跳，低头一看，才知道是个大活人，大呼小叫地喊来了几个人，把那个倒下去的活人抬到了屋里。在公社上班的半脱产干部盖狗剩，听到喊声也跑了来，盖狗剩说，这是秀山娘。

秀山娘一直闭着眼，两只手抄在袖筒里，拽也拽不开。牛主任发了一通脾气，见秀山娘还是不吭不动，心里害了怕，她弯下腰来说了几句好听话，见老太太“呼哧、呼哧”地大喘气后，说：“你到底想干啥？轰轰烈烈的革命形势，还怕你给挡住？甭说你变个雪人挡住俺门，就是变座雪山，也挡不住革命群众奋勇向前的脚步！你那个牛鬼蛇神儿子，他就是死不改悔，再不受受教育，迟早走向革命的反面，与人民为敌！都是在帮你！”

秀山娘还是不睁眼，哼了一声后，说：“闺女，快看看俺的俩脚，还在腿上长着没有？”牛主任知道把老太太给冻坏了，让人赶紧给揉搓揉搓、活动活动。

秀山娘终于睁开了眼，牛主任叉开两条干瘦的腿说：“说吧，到底想干啥？革命自有万丈阳光，你个雪人，能见得了天？”

秀山娘仍然低着头抄着手，翻来覆去只有一句话：“领上俺，叫毛主席评评理，俺孩子替别人唱，拿错了灯，唱错了词儿，别的啥也没有。”

一直到了天黑，牛主任把该拍的东西都拍了，把能摔的东西都摔了，秀山娘一直低着头抄着手，到后来，她索性把所有的都省略了，任凭你天塌地陷，也就半句话：“领上俺，叫毛主席评评理。”

牛主任叉着腿一扭一蹦走了后，林秀山和盖狗剩，一人架着老太太一只胳膊回了家。

盖狗剩给林先生说：“俺婶子真是一座山，雷打也不动，地晃也不摇！连生产队的牲口，见了牛主任都害怕，俺婶子，咳！还就赢了！”

林先生坐着的三条半腿椅子，“吱吱呀呀”地乱叫了一阵。他缓缓地站起来，说：“恁婶子，就是一座山！子曰：‘知者乐水，仁者乐山，知者动，仁者静。知者乐，仁者寿。’狗剩！新年马上来了，买纸去，叔叔给写对子，颜体大字，有看头。”

对庄稼主儿来说，过新年，家里家外贴上红彤彤的对联，一是图个喜庆——在辛辛苦苦的一年里，耐酷暑受严寒，双手播下五谷，双肩挑起四季，他们要让漫天的祥和，送走曾经的乏困；二是图个吉利——大红纸上写下的有祈求，有祝福，有描绘，有陈述，有赞美还有督促，全是吉祥话。大门和屋门自不必说，院子里贴“春光满院”；鸡窝猪舍贴“六畜兴旺”；梯子上贴“步步高登”；粮囤上贴“米面常有”；柜子上贴“衣服满柜”；水缸上贴“清水满缸”……

写春联的纸，都是红艳艳的大红纸，当地人叫“门红纸”。所有的春联，都是千百年流传的格式和大同小异的内容，多数人不在意究竟写了些什么，一片红彤彤的吉祥喜庆就好。心细且讲究一些的人家，至多也说上一句：“看！林先生写的字！”

每到春节临近，林先生总要买上两块好墨，细细地研了，小木桌往地上一放，就开始写。门板一对，门框一对，加个横批算是一副，除了大门，每副春联的大小大致相同，总共几副用几张红纸也就好算，林先生写好后，一副一副地折好放好。

开始的几天人少，找林先生写对联的人到家后，把自己早算好、买好的门红纸一放，把自己需要的几副春联往手里一掂，说：“水缸上有没有？大树上的来两张，俺家还有俩柜……”

贴在这些物事上的，大都是些二三寸宽、半尺多长的小纸条，为了避免浪费，多是用裁剩下的边角料写就。林先生的屁股后边放着一大堆，就说：“大犁大耩也没见你懒过，一块纸，也拿不起来了？不会自己找？”那人说：“大犁大耩俺用找你？不知道俺不识字？”林先生就给找，找好后赶紧打发走。因为得赶紧写，有时候晚上加班写也不够用。

林先生正在写，刚走的人又转回来，急急地喊：“再找再找，忘了给迎头帖！”

迎头帖都贴在正冲大门的墙上，方方正正的门红纸有大有小，上写一个“福”字或“春”字，倒着贴成菱形状，表示“福到了”或“春到了”，紧挨着“福”

字或“春”字的下面，要贴上一条竖着的“出门见喜”，就叫迎头帖。

临近春节的那几天林先生更忙，大家挤挤撞撞地围在左右，勤快的人帮助研磨、割纸，事急的人用手拽着门红纸的一头等着写，写好一个字往前拉一下，写完了也就拿走了，墨迹还没有干，就两手托着用嘴吹。

边起升自从当了大队长后，身边不乏拍马屁和抬轿子的，尤其是屁三，简直成了边起升家的长工。有人不满意就给屁三说：“屁三你个狼精，好歹啥时候，拍马屁拍到马蹄上，一蹶子踢死你！”

屁三说：“你个大傻蛋，给俺记着工分呢，人家又不白使唤人，比你担担子轻巧多了，刮风下雨都给记工。”

除非把他派到了别处去，屁三对边起升，就像影子随行。边起升见到屁三就眯眯笑：“两条腿的狗，还就是比四条腿的狗好使唤——他能听懂人话。”

屁三也有听不懂人话的时候。那天边起升领着韩五爱，眉开眼笑地要往一个好地方去，屁三却一直跟着，边起升支了好几回都没有支走，支走了，转眼又回来了——屁三真的比狗强，不用撒尿就能认得路。

韩五爱最终忍不住，甩开手，在屁三的后脑勺上打了两个脆巴掌，“叭、叭”地响：“撵那么紧做啥？你个串种！”

串种却不恼，嘿嘿一笑：“你得给烙俩发面饼。”

这天，屁三把边起升的院里院外、屋里屋外，全部打扫干净后，到石碾街买了几张门红纸，去林先生家换春联。林先生家熙熙攘攘的人群热闹非常，屁三刚挤到跟前去，就被人抓小鸡一般给提溜了出来，他因为还有派下的活儿没做完，想换完春联马上回去，就连蹦带跳地喊。

终于，有人说：“叫那个好吃发面饼的人先走，俺看见他，小肚憋、大肚胀，腿抽筋、手痒痒！”有人卷了一卷递过来，屁三欢天喜地地去了。

林先生一肚子学问，自有一肚子对联，向来是什么也不看，提笔即来，一挥而就。今年却不一样，他专门买了一本三十二开本的农历，书里专门有几页现成的对联，林先生就按那上面的内容写，写了几天后，农历上的对联重复了好几遍。

林先生想，叫有文化的人看见了，岂不被人笑话！中国五千年文化，字字珠玑、句句铿锵的语句，一火车都装不下，得写点儿别的。想来想去，又不知道该写些什么，由于家里前段时间的那些事，最后决定，就写毛主席诗词。

在近现代的所有名人之中，林先生最佩服毛主席。他常给人说，毛主席空前绝后无可比拟，毛主席就是不当主席，也是个了不起的人，至少是个文学家。他曾多次捧着毛主席著作和毛主席诗词念，尤其是许多千锤百炼出来的句子，不仅令他感动万分，而且令他惊叹不已："为有牺牲多壮志，敢教日月换新天""四海翻腾云水怒，五洲震荡风雷激""赣水苍茫闽山碧，横扫千军如卷席""斑竹一枝千滴泪，红霞万朵百重衣"……

写得多了，人又挤，林先生有时索性一句一联，把整首诗都写了上去。其中就有:"独有英雄驱虎豹,更无豪杰怕熊罴""借问瘟君欲何往,纸船明烛照天烧""梅花欢喜漫天雪，冻死苍蝇未足奇"……恰恰，这几副春联让屁三给拿走后，贴到了边起升家。

和每一个年末岁首一样，新年像一位娇美的新娘，在一片红红火火的喧闹中，羞答答、娇滴滴、摇摇摆摆着走了来，庄稼主儿把无边的喜庆，写在了热烈耀眼的门红纸上，挂进了火红灿烂的灯笼里，渲染到震耳欲聋的炮仗声中。

大人们心情也好，一年的劳苦和困乏，天和地都给他们做了总结——种瓜的得瓜，种豆的得豆。一辈又一辈的庄稼人，把苦累和汗水搅在一起，一遍又一遍翻耕着脚下的黄土；扎实又默默的大地，将饱含了因和果的收获，奉承给一辈又一辈辛辛苦苦的人。道法自然，天道酬勤。

孩子们更高兴，在不受数落，不被呵斥，不用放羊、打柴、挖猪草、拾煤核的日子里，穿新衣、吃好饭、闹花灯、荡秋千。林先生家的两只"小蝴蝶"，早忘了牛主任嘹亮的嗓门和圆瞪的眼，欢欢喜喜地追逐嬉闹着，其实她们还不知道，什么叫"年"。

年三十的饺子包好后，林先生的女人领着小玉，给冲门的钟馗点上蜡，给天地插上香，给家堂烧了箔，给灶王爷上了供，把诸神毕恭毕敬地安置妥当。

墨水瓶改制的煤油灯，在北墙的小横板上放着，女人两腿一蜷，坐在炕头的草片儿上，一家人开始在“高灯下明”的辉煌里守夜。两只“小蝴蝶”，在屋子里翻飞来，又翻飞去，一会儿挤倒了板凳，一会儿蹭掉了瓢。女人欢欢喜喜地说：“哎哟哟，俩小祖奶奶，省盏灯的油吧，还就是不能，天要是低点儿，也真敢给捅出俩窟窿来！”

林先生坐着的那把残废椅，“吱吱呀呀”地叫得响亮，写春联时的快意和昂扬，都随着乱纷纷的炮仗飞到了天上。他没有和往常一样拿本书看，只是平平静静地坐着，喘出来的气有点儿短。

听着新年此起彼伏的炮仗声，女人眯着眼，像瞌睡了。过了一会儿，女人说：“俺说，当家的，俺眼皮乱跳，心里也慌得很，心里头，就像有啥事，就是说不出来。”林先生说：“没有啥事，忙了多少天，身上乏了，早早睡吧，睡一觉就好了。”

女人爬到炕上去，靠着被子眯着了。醒了以后，瞅一眼窗外黑洞洞的天。零零星星的炮仗声，清清脆脆的，年夜里，再寂寞的人也找不到寂寞。女人说：“当家的，眼皮跳得又厉害了，不是困了。”林先生闭着眼在打盹儿，像是没有听到，屁股下面的破椅子，过一会儿就轻轻地响一下——像老鼠叫。

静谧的夜色里，白色的亮光一闪一闪，那是双响的火光，亮光闪过之后，才听到一声响。渐渐地，炮仗声越来越多，一会儿就连成一片，沉沉的夜似乎还没有醒，迎接新年的人们就起来了。大街上传来“嘀嘀咚咚”的脚步声，吃过饺子的人们开始拜年。

这时走到大街上去，迷蒙的夜色仍像一片海，苍苍茫茫的幽深，一群又一群拜年的人，就是游荡穿梭在海中的鱼。见面即道好，进门就行礼，个个一身轻松红光满面。万户曈曈日，新桃换旧符；一夜连双岁，五更分二年。过往的苦累和烦闷都留在了昨日，今朝的风调雨顺、五谷丰登，从今天就开始了。几乎没有人不相信年真好，今年定会更好。

女人从炕席上折下一小段苇皮，拿指甲刮了又刮，拿嘴一舔，贴在那个乱蹦乱跳的眼皮上……

第三十七章

鹣鲽[1]含恨走　大嘴咏细柳

破五刚过，向阳饭店的楼顶上，就擂响了“咚——咚——”的战鼓。林秀山拿上做活儿的工具，正要出门时，吵吵嚷嚷进来一伙子人，林秀山大喊了两声后回到屋里，给他娘“咕咚”一声跪下了，说：“娘，养儿这么大，没享上儿的福，还为儿受连累，要因为俺，你再去找谁，俺真就上吊不活了！”林秀山说完就走了。

林先生拄着拐棍到了边起升家，大门上“借问瘟君欲何往，纸船明烛照天烧”的春联已经撕去了，屋门上“独有英雄驱虎豹，更无豪杰怕熊罴”的春联没有撕净，没有染透色的门红纸，露着豁里豁外的白茬子。

进门后，边起升坐都没让坐，指着那副尚未清理干净的春联说：“不怕熊罴的豪杰来了？自已给撕了去！”

边老拐听见林先生来了，一蹦就到了院子里，趔趔趄趄的差点儿摔倒，拐棍也扔出去好远：“你来了？你也真敢来！不过，来了也好，有个学问，俺得问问你臭老九，还是个稀罕事，六队的骡子生了个骡驹，黑夜生的，你没顾上去看看？你给说说，先生出来的是哪儿？是头，是腿，还是屁股？”

林先生皱着眉头想，还没有来得及说什么，边老拐就说：“量你臭老九也不懂，俺给你说，先生出来的，不是头，不是脚，也不是屁股！是尿！尿先生！”说罢，一扭一扭出门了。

---

[1] 鹣鲽：读 jiān dié，鹣是传说中的比翼鸟，鲽为比目鱼的一种，鹣鲽比喻恩爱的夫妻。

林先生又找到了牛主任，牛主任叉着两条瘦腿，怒火中烧的样子，似乎只有扇林先生几个耳光才解恨，林先生在公社院内大喊："天子不仁，不保四海；诸侯不仁，不保社稷；卿大夫不仁，不保宗庙；士庶人不仁，不保四体！……"

林先生找了一趟牛主任后，林秀山就被正式定为"坏分子"了，成了名副其实的"四类分子"。

王炳中后来，却屡屡被评为"四类分子"中的积极分子，林秀山总是不服气，所以遭游斗的时候格外多。王炳中偷偷地劝："虎落平阳被犬欺，凤凰落架不如鸡，人要失时就得把头低。听见好话就当透了透风，谁骂咱，就当他放了个臭屁！"

林秀山总是不听，王炳中有时还着急——他不知道，他那样的功夫，对于林秀山来说，如果他王炳中是神仙，或许能点铁成金、药到病除，否则，即使日夜不停念叨个千百遍，林秀山一时半会儿也听不懂，听懂了也不服气，服气了也学不来，学来了也做不好。王炳中肚子里的那些个，是经了火烧雷劈后凝结而来的。

林先生的女人常说，眨眨眼就一天，打个盹儿就一年。林秀山自从被扣上"四类分子"的帽子后，这个宁静若水、悠闲似云的女人，就度日如年了——眼也不眨了，盹儿也不打了，还常常在半夜里，睡着睡着就猛然坐起来了，坐一阵子再躺下，反复几次后，索性穿上衣服起来了。

寂静的暗夜冰冷似铁，没有地方去，她就自己在屋子里来回转，直勾勾的眼，眨也不眨，更不用说打盹儿。悲苦透顶的她，常常自言自语，嘟嘟囔囔，或许是太过憋屈，慢慢地，脑袋就不住地摇一会儿，再颠一会儿，得了疯癫一般。林先生在炕上，"老伴儿，老伴儿"地叫，她颠着头爬上炕去，攥住林先生的两只手问："俺……说……说，当，当，当家的，俺，俺恐怕要……要坏了，你看，头止不住地颠……"

林先生把她往怀里一拥，哆嗦着两只手说："没有，老伴儿，老伴儿，没有！你头颠，俺俩手哆嗦，咱俩人，配着套呢，这辈子配套，下辈子还配套……"林先生想哄女人高兴，女人却不再吭声，他低头一看，女人在他怀里，泣不成声了。

后来听说林秀山被人打了，林先生的双手抖得更厉害，女人的头也颠得更欢了。女人直勾勾地看着林先生，颤着头说："当家的，他们——谁，还要——打，打咱秀山？"

林先生洗了一把脸，仰着头说："这辈子，战战兢兢、如临深渊、如履薄冰，总以为'而今而后,吾知免夫',岂料,鬼神亦不怜顺臣！人说,秀才造反三年不成，就在今儿，成了！"

林先生说完就往外走，一只脚刚跷出门槛，"扑通"一声摔到了院子里。抬到炕上后，他拉了拉两只"小蝴蝶"的手，张了张嘴，眼都没有抬，就静悄悄地去了。

埋葬了林先生后，他的女人整天哭："俺的天吔，俺的天吔……"她的"天"永远没有了。

这个终生都风平浪静的女人，她也许不知道，女人哭心爱的男人"天"，是最痛切肺腑、凄戚无比的，至悲至恸的号啕，把天都能号破，天破了之后，就变成"夫"了。

两个月后，女人把"天"哭破了，哭破之后，她也随了那个豁了口的"天"，无可挽回地去了。

漫天的东风一卷，太行山的春天就吆吆喝喝地来了。

这天，边起升派屁三领了几个人，去向阳饭店的楼顶上抬战鼓。几个人到了向阳饭店时，李小旦刚宰杀了一头猪。屁三往盛猪血的盆子里添了一瓢水，李小旦拿着梃子在猪身上"砰、砰"地狠砸了两下，不满意地扫了屁三一眼，屁三颤颤着狗肚一般的瘦腰，探过头去说："小旦哥，上回就没吃成，这回的猪血，该叫俺吃两块了吧？"

李小旦正拿梃子梃猪，头也不抬说："谁吃也行，四分钱一斤。"屁三拿着手里的瓢，在李小旦眼前晃了晃:"四分？你——"小旦仰了仰头:"你要不添那瓢水，猪血卖五分。"

屁三把手里的葫芦瓢往水缸里一扔，攥住拳头伸进嘴里咬了一下，又伸到李小旦脸前晃了晃："那猪蹄，一个个，还不都是五爱啃了？俺就不能吃块猪血？"

近些日子，韩五爱隔三岔五就到向阳饭店拿些吃的东西，每次总说农场用。开始的那几天，拿些馒头、包子、生肉之类，也总是现金结账。后来有时忘了带钱，东西也照样拿走，时间不长，也就把钱给送来了。慢慢地，五爱就不送了，时间长了，李小旦就不让拿。

那天，韩五爱生肉、熟肉又要了一些，李小旦给包好后，往那个不少吃油，却永不见肥壮的柜台下一放，跷着二郎腿，静等着韩五爱掏钱。韩五爱伸了几次手，李小旦把脸一扭，斜过去了身子，摆出一副吃饱了猪肉，看不上窝头的模样。韩五爱一摇晃，歪着头冲着李小旦“哧哧”地笑，红红的两腮，像绽放开来的一簇碧桃花；双眼眯眯地弯，嘴角微微地翘，应接不暇的幽情蜜意，海一般地翻过去忽涌涌的一大片。

供销社里的那个男售货员，最禁不起韩五爱暖意融融的一瞥。韩五爱买布时，他的手总抖，哆嗦着双手量好尺寸后，偷偷地觑韩五爱一眼，正好给韩五爱瞥过来的目光撞个满怀。售货员手里的尺子上，自带一把锋利的刀，他红着脸低下头，又一个哆嗦后，那把刀就往大布卷那边挪了一寸多，“哧啦”一撕，就把又多给了一寸多的那块布，哆哆嗦嗦地包好了。接东西时，韩五爱不注意一般，摸到了对方的手指头，那边抖抖地说：“这卷布，可能要，留下块，尺把长的布头……”

留下来的布头成不了材料，按正常的价钱卖很少有人要。当时的每卷布出厂时，大都会多出个一二尺来，商店卖足了尺码后，多出来的布头就便宜处理了，许多时候还不收布票。尽管是布头，却是打个补丁或做双鞋什么的，家家户户都离不了的正经东西。只要韩五爱点个头，这卷布的布头，除了供销社主任，往往一般的人就买不成了。

韩五爱又把一脸的灿烂送到李小旦眼前时，李小旦往起一站就出去了，手一背站到门前，专看过往的行人。

韩五爱“哼”了一声，一摇一摆地走了。时间不长，边起升来了，屁三吆喝着那匹红鬃骡拉的小车也来了，韩五爱在骡车上晃悠悠地坐着，神神气气地斜着眼，往向阳饭店里面照。

边起升在饭店里转了一圈，咳嗽两声后，把李小旦给“咳嗽”到了里面去，歪着头，冲着一脸骄傲的韩五爱摆了摆，韩五爱懒洋洋地跷腿下了车，在屁股上拍打一阵，又优优雅雅地抻了抻衣服的前襟和后摆，从鼻孔里脆生生地“哼”了几声，再在石碾街上看一圈，跺了两下脚，摇摇摆摆地走了来。

李小旦说：“都欠了三回了，总共二十九块七毛八。”

边起升反身去供销社，拿了一个学生作业本给了李小旦，作业本上印着“好好学习，天天向上”。“好多东西总得用，大队的事，你知道会计是会计，出纳是出纳，保管就单管买东西、购杂货——省着群众说。这好记性不敌个烂笔头，都给记上吧，韩五爱给写上个字，以后日清月结。”

李小旦把柜台下的那包东西拿出来后，韩五爱又拿了些东西，李小旦一齐算了，写到了“好好学习，天天向上”的本子上，韩五爱接过李小旦手里的烂笔头，画了个大圈，把李小旦写下的数字圈住了，还在圆圈上留下个小尾巴，在小尾巴处，歪歪扭扭地写上了“五爱”两个字。

边起升翻着一对小眼睛，笑眯眯地瞅了一会儿说：“那是俩字？咋比屁三还难看！”

李小旦不知道，韩五爱什么时候成了大队保管，他看了看“保管”写的那两个字，着实的难看——像他家门口的那堆横七竖八的干柴，被孩子们一下子给推倒了。

韩五爱眯着眼看边起升说：“那个‘爱’字，就不好写，道道太多，就这个也比你画的老虎强，老比着自己的小眼睛珠画，就画不像，嘻嘻——哈哈——”

不管字写得好看不好看，到了月底，出纳拿着算盘来，把“好好学习，天天向上”的数目合计了两遍后，又把倒下的“柴火堆”端详了好一会儿，最后把欠下的钱，一分不少地给了。

屁三想吃猪血又不想掏钱，一直噘着嘴在饭店里来回转。李小旦瞅一眼愤愤不平的屁三，拿出那个“好好学习，天天向上”的本子说：“自己看，人家没少掏钱。”

屁三其实不识字，他甚至连那个推倒的“柴火堆”也不认识，装模作样地瞅了两眼，指着韩五爱画的那个圈，和那个挂在圈上的小尾巴说：“小旦你看，这个圆圈，像不像五爱的屁股？多少好东西，从这儿吃进去，叫那个脏屁股给做作了，日恁奶奶的边——唉……”

屁三领着人抬着那架红皮大鼓，敲敲打打地到了公社门口，边起升好像等急了，看见屁三就喊：“屁三！你个吃屎货，咋倒弄了这么长时候，跑到沙水城买鼓咪？你个串种，啥也干不成，赶骡车去！”

屁三没听见一样呵呵地笑，笑了一会儿后，给边起升说：“李小旦，今儿杀了一头老母猪，俺说给俺两块猪血吃吃吧，他不给，俺说那就把猪屁股上的那个东西,给了俺吧？他还不给,你猜他留着做啥？”边起升翻着小眼睛仔细听。“他说，那东西，五爱最待见吃，你早给五爱占下了，五爱吃了那东西，才能……”屁三没说完，抄起鼓槌，“咚——”地敲了一下红皮鼓跑远了。

屁三几个抬来的战鼓，本来是欢迎下乡知识青年用的，抬来以后欢迎大会早散了。其实边起升也是刚刚来，他来的时候，各村和知识青年的现场双向选择，早进行完了，下乡的知青只留下一个女的，叫“向春柳”。

向春柳的普通话发音很准，咬字却不真，像舌头有点儿短，又像是咬着舌尖说话，她把“伯伯”叫成了“婆婆”，把“轻点儿”说成了“青点儿”。

向春柳高高兴兴地爬上了屁三的小骡车，往农场走的时候，一路上叽叽喳喳地问这儿问那儿，好像到了另一个世界。屁三扬着鞭，红鬃骡“呱嗒、呱嗒”地走，向春柳半蹲在大车上：“叔叔，把你的长鞭甩起来，让马儿快跑，快跑！跑起来多浪漫！”

屁三大嘴一咧，学着向春柳的腔调：“还马儿快跑，还多浪漫！那是骡子，骡子！”

向春柳又问：“叔叔，明明是马，你为什么说是骡子？什么叫骡子？”屁三眯起一只眼，向后张望一下——睁着的那只眼，他在看韩五爱。“骡子？就是……嗯！马跟驴睡了！”

向春柳没听懂，冲着韩五爱一连叫了好几声“姨”，韩五爱低着头，咬着嘴唇偷偷笑，她没有听过“姨”的称呼，以为城里的闺女终于弄明白后，和大坡地人一样，“咦！咦！”地在自我感叹。

向春柳见韩五爱只顾着自己笑，扯了扯韩五爱的衣服：“姨！叔叔说的什么意思？”韩五爱往回扭着头，指着自己的鼻尖，又笑了一阵后，拿脚踹了屁三两下，说：“这个叫‘屁三’，也叫‘高明远’，在俺们村，要问谁是高明远，没有几个人知道，你要打听屁三，连骡子都能给点点头！屁三就是不好听，叫起来响亮还都知道，拉车的那个东西该叫‘马驴’，山里人喊惯了就叫‘骡子’，就跟把高明远叫成屁三一样！”这次向春柳好像是听懂了，扶着屁三的肩膀跳了几跳。

正是春暖花开柳絮长的时节，边起升领着向春柳，在农场里边走边看，屁三一直在后边跟着。许是走累了也走热了，向春柳解开军装上的两个扣子，把斜挎在肩上的军挎包摘下来，掂在手里忽悠忽悠地抡，兴奋不止的心境，像灌下了一碗烧锅酒，觉得大坡地的山山岭岭，似乎都在围着她团团圆圆地转。蹦够了也蹦累了，娇娇弱弱的身段忽悠忽悠地颤，屁三背地里给她送了个雅号，叫“柳条”。

边起升格外高兴，派人在大队部收拾出一间屋子，新褥子、新被子、新床单、新窗帘、新脸盆、新毛巾……崭新的东西一应俱全。他给别人说：“牛主任教育咱，改变农村的落后面貌要靠知识，大家都要尽全力，好好儿待承掌握着知识的青年。”

令边起升没有想到的是，向春柳给他说：“接受贫下中农再教育，不能搞特殊，要和贫下中农同吃、同住、同劳动，才能彻底改造旧思想，改造世界观，才能又红又专。人民的江山今后变不变色，关键看生在红旗下，长在蜜罐里的这一代人，到底能不能过关！贪图享受，讲究吃穿，对不住死去的万千英烈……”

当天晚上，边起升组织大队全体干部和各生产队队长，举行了知识青年上山下乡的欢迎会，每人两个麻糖，还买了五斤猪肉，专门把李小旦请了来，做了一大锅肉片汤。

边起升拿出稿子念：“世界是你们的，也是我们的，但归根结底是你们的。你们青年人朝气蓬勃，正在兴旺时期，好像早晨八九点钟的太阳，希望寄托在你们身上……”

念完之后，边起升又加了一句话："以后，向春柳，不论做哪一件事，都要瞎子牵驴不松手！不管是碰见谁，都要油坊的大锤当当硬！希望向春柳同志，在俺山里头干革命工作，要像猛虎下山，饿虎扑食！"

边起升爱画老虎，所以就多说了那么两句，说完了之后，都笑他说的老虎和画的一样，还是一只瞎虎。向春柳很激动也很兴奋，她给大家唱了首歌：

天大地大不如党的恩情大，爹亲娘亲不如毛主席亲，千好万好不如社会主义好，河深海深不如阶级友爱深……

唱完之后她又给大家讲："这首流行全国、风靡一时的歌曲作者，就是太行山区的劳动人民！"参加大会的人，都激动得要流泪！因为大家早就听过这首歌，却谁也不知道，写歌的是太行山人。

激动完了之后，向春柳又教给大家唱：

天上布满星，月牙儿亮晶晶，生产队里开大会，诉苦把冤伸。万恶的旧社会，穷人的血泪仇，千头万绪涌上了我心头，止不住的辛酸泪挂在胸……

大队部的茅房在大门口的一角，村子里的茅房向来是男女共用。乡下人吃饭喝汤多，开会的人又多，茅房成了一个络绎不绝的去处。

向春柳想方便，转了几圈只看见这一个茅房，一个又一个男人进去又出来，她只能等。终于等到一伙子女人闹闹哄哄地围了去，她们脏兮兮的不说，一个个挤挤撞撞、叽叽喳喳地搅得人心慌，磨磨蹭蹭地闹腾上一阵子，哪个再说上几句是羞不羞、是臊不臊的俏气话，又你拧我掐地笑上一阵子，远处等着的几个男人急急地喊："有人在墙头上扒着看！瞅见恁的宝贝了！"女人们才"轰隆"一声跑出来，其实什么也没有，是喊话的几个憋急了。

向春柳一直等，等的时间长了，那边又来一个男人，见向春柳老是站着不进去，猜想她是在透风或在等人，就又进去了。向春柳只能继续等。

时间长了，边起升找了出来，问有啥事。向春柳憋得难受，也不好意思说，点点头伸出一个手指头，她的意思是找“一号”，也就是找茅房要方便。边起升把向春柳的指头看了半天，又伸出自己一个指头看了半天，到底没弄明白什么意思。向春柳这边，小肚子胀得生痛，弯下了腰。

屁三倒是蛮机灵，出来一看，凑到边起升耳边说：“她想方便，方便！她憋急了！怕茅房里跑进去男人！”

边起升说了句“你给看着点儿”，就窃笑着回去了。屁三冲着院里一声喊：“都憋会儿！都憋会儿！都等等，抢啥抢！没见‘柳条’早给憋弯了？”然后殷勤地跑上前，给向春柳说：“去吧，俺给看着，谁也不能进。”

向春柳弯着腰小步碎跑，屁三涌起一股冲动，在原地转了两圈，又往起蹦了两蹦，低下头在手背上“吧唧、吧唧”亲了几口。向春柳探出半个头问：“叔，有事？叔？”屁三说：“没事，给俺鬼媳妇亲俩嘴！”

向春柳从茅房出来后，一脸迷惘地问：“人儿呢？人儿呢？”

屁三一笑，咧开大嘴，攥住拳头就往嘴里送：“在这儿！”向春柳“吱呀”一声跑了回去，上气不接下气地问边起升：“外边，外边，那个瘦叔是人儿还是鬼儿？蹦蹦跳跳吓煞人儿！”

边起升忙问到底咋了，向春柳指着屁三说：“瘦叔叔吓了我一大跳，就刚才，他‘叭叭’亲了个嘴儿，扭头不见人儿！”向春柳的北京话，儿话音很重，刚才说的“鬼儿、嘴儿、人儿”串联在一起，还真押韵，抑扬顿挫地再说一遍后，连起来听，像在说快板。

除了听洋戏匣子，大坡地人听普通话不多。更何况，洋戏匣子里的声音，看不见也摸不着。摇摇摆摆又一身绿军装的向春柳，本来就够招人眼，再活灵活现地说一段快板书北京话，的确是一个稀罕！那几句话，向春柳只说了一遍，没有编排也没有杜撰，更没有刻意加工，和她吸进去和呼出来的空气一样，自然而然。

在座的好多人，听了一遍后，几乎全背会了！

他们当年坐在课堂上，对老师或先生的话，要是能有过目不忘、过耳不丢的好记性，就是成不了状元，也该成个才子——但还就是不能，即使老师或先生，全说上北京话，恐怕最终也还是不能。

向春柳的“快板书”只说了一遍，人们记住了之后，一字不落地广为传诵，像太行山上涌出来的一股风——站在村子的西北角，三队马棚的皂角树下刚感到凉快，就是再快的腿，拼命跑到村东南的石拱桥一问，坐在桥上的人准说：“还用你报告？俺们身上早落了汗了！”半大的孩子们见到屁三，像向春柳一样喊：“瘦叔是人儿还是鬼儿？蹦蹦跳跳吓煞人儿！”

这时，屁三总是一攥拳头，欢天喜地赶紧接：“‘叭叭’亲了个嘴儿，扭头不见人儿！”后来孩子们见了向春柳，也远远地喊“‘叭叭’亲了个嘴儿，扭头不见人儿！”

刚开始，向春柳听见大坡地版的北京话，倒也不太反感，甚至觉得很有趣，就像把马河滩的河卵石，用麻袋运到京城，在高楼大厦之间，砌出一片图案，或砌出一条坑洼不平的小道，反而成了一道风景，但不能太多了，太多了，城里人就搬到马河滩住了。

后来，向春柳听到孩子们喊就着急，“柳条”冲着这边一摆，冲着那边又一弯——冲着来回转的孩子们，来来回回喊：“调皮捣蛋，调皮捣蛋！不好好读苏，不是好孩支，不是好孩支！”她还是咬字不真，舌尖放不到该放的地方，把“书”说成了“苏”，把“子”说成了“支”。

屁三每次看见都欢喜雀跃，乐不可支，他为“叭叭”地亲了几下手背，就引出了那么多的新鲜欢乐，感到喜悦非常。他没有什么值得称道的传奇，但那个能伸到嘴里的拳头，足以令人惊诧：天知道，送子奶奶在送人时，为什么偏偏把他的嘴，往大处给扯了扯，把他的手，又往小处给捏了捏，凑成了一个分文不值的圆满。向春柳问的“瘦叔是人儿还是鬼儿”，其实她绝不是第一个发现，但都没有她说得好听。

第三十八章

虎依胜鬼祟　骡车柴火堆

林先生夫妻掩入南山的净土之后，林秀山就把那个屋门锁了，他不想看见屋里的任何一件东西。看见那个平整如镜的草片儿，就看见了宠辱不惊笑眯眯的娘；看见那把破木椅，就听见了书卷里飘出来的字字珠玑。墨水瓶改装的煤油灯，还在北墙的木板上放着，已蒙了一层无人擦拭的灰尘；王麻子牌的剪刀，还在针线笸里躺着，那是他娘不曾离手的贴身用具——剪轴细了，剪刃也凹下去了，无声无响的岁月旧痕，还在眷恋着依稀故人；针线笸里，有几双未绱底的鞋帮——老夫妻一人一双，两只"小蝴蝶"，一人一双。四双鞋帮，是娘留给这个世界的最后纪念。

林秀山仍和王炳中一起接受劳动改造、扫大街、垫驴圈、掏大粪，什么活儿都干，且多是在队里收工以后的晚上做，还不挣工分。不过，这时候的王炳中，早成了"四类分子"模范。

王炳中十分卖力地做活儿，无人的时候，偷偷劝林秀山："静下心来抻展腿，心里头啥也不想，再凉的炕，一会儿就暖热了。暖热以后，就好受了。没听人常说，傻小子睡凉炕，全凭火力壮！看，俺就火力壮！"

林秀山无精打采地翻一下眼，像一棵霜打了的茄子。王炳中呼呼地抡圆扫帚，把分给林秀山打扫的那一段扫了一半。四下看看没人注意，王炳中又说：“改造改造，啥叫改造？改，就是变成新模样，四条腿的板凳变三条腿，那才叫‘改’，改起来是真不好受，不好受也得受；造，就是整出个新东西，一堆黄土变成砖，那就叫“造”，不经大火，造不成砖。没见过东河滩的石头？谁知道原先都是啥模样？俺说，这改造就改造，咱谁也没有那些石头硬。”

在无数的风雨侵蚀、岁月历练之后，王炳中真的和河滩上的河卵石一般模样了，上上下下，前后左右，既没有丁点儿伸出去的棱角，也找不见多少凹下去的印记，踩上去行，坐上去也行，连高粱叶子都划不破，若要踩得太久，坐得太久了，也会把踩坐的东西，给硌出一个深坑来，气呼呼地砸两下，也就几个白点。林秀山就不行，他就像山崖上滚落谷底的一块土疙瘩，还没有开始打磨，自己就四分五裂了。

林先生去世后，从柳条迎风舞，到满地麦梢黄，林秀山每天说的话，几乎超不过十个字。早晨起来后，白锁住给派了活儿，他一声不吭回了家，扛起需要的农具出门去，小玉千叮咛万嘱咐了一大堆，走到大门口，才给“嗯——”一声。

早起下工回来后，小玉说缸里没了水，挑担水去吧，他说声“行”，就把缸给担满了。吃了饭再去上工，到了地里，任凭别人嚷得再急，半天都听不到他吭一声，叫干什么就干什么，无精打采地翻上你一眼，就算应答了你说的所有事。

就是晚上到了家，小玉让吃饭就吃饭，让洗碗就洗碗，让刷锅就刷锅，让看孩子就看孩子，不让睡觉让推磨也行，就是不吭声。小玉要不说声“睡”，他绝想不起来，家里有个女人，还有个能睡觉的炕。有人说话时，他一直坐着静静地听，无人说话时，一直看着墙，看着地，看着柜，看着房顶，看着水缸……或一直盯着那盏昏黄如豆的煤油灯。

小玉打发两个孩子睡了，自己也脱衣裳躺下了，忘了给林秀山说“咱睡吧”，他就死盯着墙，看父亲去世头天晚上的遗墨：

良冶之子，必学为裘，良弓之子，必学为箕。

这天小玉就是要看看，林秀山到底还知道不知道，到睡觉的时候跷腿上炕，所以没叫他睡觉。等煤油灯上那个昏黄的“豆”，化作一线蓝烟后，林秀山还在拿眼睛描摹颜体大字的一撇一捺。

小玉在被窝里哭够了，光着身子坐起来：“人哟！孙猴子那么大的本事，还叫西边的大山压了五百年，刘备也能卖草鞋，刘秀也叫撵得满世界转，谁没个倒运的时候！你就是不心疼俺……”

林秀山终于开了口：“嗯！俺睡。”这回他说了三个字。

后来的一天晚上，林秀山又去扫大街，王炳中被公社安排到别村现身说法去了。扫完大街后，林秀山把扫帚往夏官道的南墙根一扔，坐到上面后，两只手托着下巴，开始盯着路中间的青石条看。

那天下午，屁三偷拿了韩五爱常用的那个竹篮，给李小旦海誓山盟一通后，在“好好学习，天天向上”的本子上，把韩五爱画在“柴火堆”前的“3”，给改成了“8”，给边起升送去两个猪蹄后，攥着三个和“8”长得差不多的猪蹄在啃。看见林秀山在南墙根孤零零地坐着，就把半个猪蹄递过去：“哎！你咋比俺原先的时候还伤心？俺也不知道，该去哪儿给你拦轿喊冤，俺就当回梁山好汉吧，给你这个猪蹄啃，最恨谁，啃肉的时候你就把那块肉想成是谁，使出浑身的劲儿，嚼个碎叽叽，咽下去，心里头就高兴了，就不生气了。”

林秀山头也没抬，屁三又说：“咦！你这个人，五爱费了那么大的劲儿，也才吃了仨，白叫你吃半个，还不是捡了个大便宜？快吃，你要再不吃，俺肚里头的那条馋虫，可就爬上来了。”

林秀山只说了一个字：“屁！”

屁三忽然急了，拿回那半个猪蹄狠狠地咬了一口，说：“都说好东西吃多了，就不知道香了，俺就不是，俺看你就是，肉也不吃，家里头撂着那么俊一个媳妇，也不赶紧回去睡，谁爹谁娘能不死？俺爹娘早死了，甭管咋说，你还不比俺强？俺做个梦，也没有个抓挠的东西——枕头早给抓破扔了，恁家还有那么俊个媳妇，要是俺，天天儿叫她打，把屁股打成烂蒜也不嫌！你就不知道好东西好吃！还屁啥屁，你那个脾气，就是个屁！”

屁三说着，就把那半个猪蹄啃完了，再把攥在手里的骨头一个个地啃咬，“咯嘣嘣”地响，像老鼠在啃木箱。啃咬完之后，再把几根油指头舔舐一遍，还不住地嘟囔：“好东西，就是好东西，沾到手上舔舔，手指头都香生生！”

屁三舔舐完了，就拿手捅林秀山，刚一捅，林秀山一栽头倒了下去——他可能是迷糊住了。

屁三说：“俺看你真是受不了的罪，俺给你想个法吧，你叫小玉去找找那个边……要找找准行，你不知道，还是她那个东西劲儿大，不吃草，不吃料，能拉犁，还能扯耙——不信？没见五爱叫那个人现时给翻仨跟斗，他准不敢给翻俩！还有，这个事怕你也没听说，这五爱，还真是有本事，早先，老拐欠了她公公十块大洋，连欠条她也找不着了，咳！还就去银行问了问，大队给折成‘人民银行’，翻了倍全给还回去了！恁家的那个要是……你也回去找找，万一，他家欠恁祖爷爷的钱——给你说，就是没有，不会给他捏一个？那不用怕！要叫恁家的那个，给他有了那个，嗯？吃了人家的嘴软，睡了人家的，他就钱短！也就是叉叉腿、张张嘴的事，翻个跟斗，你就发财了！”

林秀山恶狠狠地一瞪眼，骂了两个字：“放屁！”

屁三一直半蹲着的两条腿早麻了，他猛一惊，身子向后一仰倒在了地上，爬起来后指戳着林秀山说：“放啥屁放！小玉早找了人家好几回了，哥哥，哥哥，叫得俺心里头也痒痒，迟迟早早，迟迟早早，也说不定早就……嗯？哪个狗窝里头，能搁住干粮？”

林秀山猛地往起一站，屁三就跑，一边跑一边喊：“你大闺女抱着金饭碗要饭，就是想不开，想不开饿死活该，饿死活该！”

后来林秀山突然爱说了，话多得不行，实在无话可说时，就背学习过的课文。说了几天后就开始哭，不哭了之后就喊：“奇货必有奇祸，不怕人偷走，就怕人琢磨！小能倾家荡产，大能丧权辱国！”而且一遍遍地重复那几句话，看人的时候，两眼也有些呆滞了。

王炳中说，要再不想些法，这孩子真的要毁了。

终于有一天，原先在大坡地下乡工作的郝队长，来大坡地公社检查工作——他已经成了沙水县的领导。王炳中把林秀山的事，偷偷地给郝队长说了。

大坡地的小孩子都知道，县里的母主任最厉害，主要是因为那两只眼，一翻就没有了黑眼珠。郝队长不翻眼却更厉害，他从书兜里掏出一本毛主席著作，放到牛主任的桌子上，说："自己看吧，中国的革命史，是团结群众、依靠群众、教育群众的历史，国民党，才搞白色恐怖！"

当天，瘦三就领上林秀山治病去了。听说牛主任送郝队长走了后，她往回走的时候摔了一跤，摔伤了一条腿，躺了好多天，胖狗和瘦狗，都从腿中间钻不过去了。

农场里早栽上了桃树、杏树、梨树和柳树，阳光明媚的日子，三月花开艳，四月柳条飞，庄稼人的大手轻轻地一拨弄，木栅栏里农场的山野，就一片郁葱葱，满目碧苍苍了。一日日的太阳滴溜溜地滚过之后，麦浪翻滚，涌起了连天的青翠，轻扬依旧的柳条，早不见了那片耀眼的新嫩——来自天地间的那份火热，已融入天地之间去了。

向春柳在一腔朝气的涌动之下，也点种，也担粪，也锄地，也抬筐……贫下中农做的活儿她都做，她真的想做一只火凤凰，在再教育里涅槃，在涅槃里永生。

张雪梅颤着腰挑扁担，荡悠悠的样子煞是好看，轻盈的步履像个水上飞——就是女人也愿意多瞅上几眼。向春柳学着张雪梅的样子，也颤颤着腰，一担水担到地中间时，桶里的水泼洒得只剩了一小半，放下扁担后，她气喘吁吁地问："水呢？水呢？"别人说："你担的水，都给土地爷洗了澡了。自己走不好，叫别人也不好走。"

后来她又学陈宝妮刨地。陈宝妮一身的力气，凡男人能做的活儿，她几乎都能样样式式地做，随心随意地一挥手，可以看得见抡锤打铁的功夫，依然不减当年。

陈宝妮刨地前，爱往两只手里吐口唾沫，然后双手一搓；向春柳学着陈宝妮的样子啐了一口，像往手心里打了一个喷嚏，搓了两搓，像要抹擦脸油。

陈宝妮的大粗胳膊往起一抡，那把镬头直冲着头顶的太阳奔去，然后腰一弯来个半蹲——镬头在高空略一停顿，一个闪烁就扎入泥土中了，然后使劲儿一掀，刨下一大块。

向春柳也是一抡胳膊，一弯腰，再一下蹲，由于蹲得太低了，一屁股坐在了地上；吐了把唾沫再一抡胳膊，再一弯腰，再一下蹲，“噗——”的一声砸下去，镬头尖朝了上——地上多了一个不大不小的坑。

回去后，她试图和贫下中农一样，满把抓根老咸菜，张开嘴一咬，“嘎嘣、嘎嘣”的脆响，不用筷子也不用小勺子，一大碗稀饭，眨眼就喝下肚子去。她比葫芦画瓢吃了一顿饭，吃完后，却总是念念不忘：那些东西如果在显微镜下照照，那根褐色的老咸菜上，准爬满了密密麻麻的细菌！有长的，有短的，有尖头的，有带尾的，有线柱状的，还有螺旋体的……最后，她连上一顿饭也给吐了出来。

要睡觉时，她身上长肉的地方几乎都疼，酸疼麻胀的感觉，和骨头都连在了一起，拿热毛巾擦了一遍后，身上一根一根的筋又开始抽，总感觉人在半空中吊着，并且有一只大手，在恶狠狠地连拧带抠。终于感觉酸疼麻胀的手和脚，原是长在自己身上的几件东西后，已吃饱喝足的老鼠，就开始了每日必搞的大练兵、大比武。她把能抓到的东西，一件一件地向老鼠的运动场上砸。鼠窜鼠遁之后，刚感觉全身有些沉，苇席下面，有东西乱撞乱爬“哗啦啦”地响，响就响吧，一会儿就爬上来，开始正点“开饭”。迷糊之中，她抓了又抓，挠了又挠，抓挠够了一看，满身都是大红包——凡活着的东西，都有自己的食物链，食物链断了，早绝种了。

带着一身的大红包，终于梦见了宽宽的柏油路、高高的大楼房，肚子又疼得要命——山里昼夜温差大，刚躺下的时候还燥热，到了后半夜，一切都冰凉如水了，她娇娇弱弱的躯体，还就禁不得凉！赶紧往茅房跑，茅房在大门外，到处黑洞洞，一只狗狂叫后，一大片的狗都狂叫，不知是在咬听到的那个声音，还是在咬又看见了一个别的什么东西。她闭着眼摸着墙，一不小心，差点儿掉进茅坑里。终于蹲了下去，一时半会儿还起不来……

向春柳伤心得哭了，哭了个一塌糊涂。她说自己对不起毛主席，对不起贫下中农，对不起那一碗又一碗的红薯稀饭。韩五爱嘴一撇，鼻子里娇娇气气地哼了两声后，尖声脆气地说：“细得像根柳条，弱得像个灯头火，一碰就折，一吹就熄，一布袋谷糠磨出来半布袋糠面，再捏也成不了形，再稠也不黏……”

向春柳恨不得把韩五爱推个跟头，碰个头破血流之后，再问她知道不知道疼。可是，细“柳条”来来回回地飘荡了几番后，最终却没有下手——韩五爱比她壮实多了。她找到了边起升，边起升安排她去了农场。王炳中知道后，说：“有只小老鼠，给饿猫篦头梳胡子去了……”

都知道王炳中是个时背运丧，并且达到了极点的倒霉鬼。大坡地人常说，红运当头的人，屎壳郎都往家里给采蜜，时运背了的人，蜜蜂都往家里给衔屎。王炳中也说，自己是个蜜蜂都给他衔屎回家的人。倒霉鬼说出的话都有毒，连喷洒出来的唾沫星子溅到别人身上，都能起个大红包。

王炳中说的话，时间不长就应验了。有人说：“那只小老鼠，唉！真的毁了……”

最开始有些感觉的是韩五爱。五爱娘过生日，还想吃一碗炒酸黄菜，五爱给炒了，她娘吃了几口就不吃了。五爱娘两只眼睛都瞎了，虽然看不见东西，心却透亮。她抱着那半碗炒酸黄菜一直念叨：“小现总该好了，老天爷哟——到死，也吃不上女婿给炒的酸黄菜了！老天爷哟——谁也没有小现炒得好，不咸也不淡……”

老太太说着说着就哭了，也没有哭了多少声，就不吭不动了，静悄悄地躺了几天，就去世了——天知道，她究竟是想吃一口白小现炒的酸黄菜，还是想见一见炒酸黄菜的白小现！好几年了，都没有看到过白小现一眼，那是她亲闺女的亲女婿吔！

或许是因为，那个说北京话的“柳条”在边起升那里，早幻化成了又一道亮丽的风景，韩五爱自从娘死了后，的确想起了白小现的好，她开始重新打量审视，与她同在一个屋檐下的男人。

向阳饭店宰杀了一头驴，韩五爱在“好好学习，天天向上”的本子上，画了一个“柴火堆”以后，割了一块驴肉还拿走了两个驴肾，驴肉全家吃了，驴肾给白小现吃了。边起升也找那两个驴肾，问李小旦：“那俩驴肾说好给俺留着，你到底给了谁？”两个人一来一去拌开了嘴。

李小旦站在当街喊:“啥都能给了你一个人？你以为吃俩驴肾，就能当驴使？”

当时的年月，买驴、牛、马、骡类大牲口肉吃的人很少，一来大家都没有多余的钱，除了逢年过节，平时能闻到腥味的人不多；二来驴、牛、马、骡类的大牲畜，生产队里的犁耧耙耢，农户家里的碾米磨面，是哪样都离不了的大生产力，比后来的大机器都珍贵。宰杀了的大牲口，除了意外和有病，或过于老了不能再做活儿，由相关部门出具证明后才能当肉卖。

边起升翻开“好好学习，天天向上”的本子，一看就知道准是韩五爱拿了去。李小旦知道韩五爱要补补白小现的腰，后来，索性把所有的腰子都给韩五爱留着。

边起升有了篦头梳胡子的“小老鼠”，心事一移，也慢慢地疏远了韩五爱。韩五爱还仗恃着尚存余温的露水窝，不仅仍然说着从前的话，做着从前的事，还时不时地加上些酸溜溜的作料。

边起升不胜其烦：“你咋比走窝子的狗、叫春的猫还霸道！别人的东西，啥时候卖给你了？一身酸唧唧的尿臊气！浪劲儿那么大，有人吃了那么壮的东西，腰也不壮？没有支应够你？要还浪不够，把恁三队的那头叫驴，给你牵回去使几天！咋？你还想咋？真有本事，拿把菜刀，把老天爷杀了去！”

韩五爱略微地一皱眉，往本子上画“柴火堆”的权利，边起升就给没收回去了。

那天不知为什么，农场的大栅栏门被人砸破了，小车也被人砸坏了，还有一些其他东西，也不太好用了。边起升让李小旦去给修了两天，当时，正是柳条翻飞随风舞的季节。

农场打井时，挖上来的土在一边堆着，土堆临了山坡的一个大堰。大堰下边，有一块平滑似镜的大石板，像一个天然石床。堰旁两棵大桑树，把石床遮了个密不透风，土堆和大堰在大桑树下，围成了一个三面的墙，几根棍子和树枝在上面一搭，就是一个简易小房子。

小房子冲着沟口向着太阳，冬天不冷夏季凉爽，往石床上一坐一躺，仰可以观天象，坐可以看四季风光，身边再坐一个可意的人，简直和神仙一样。农场里的人，都称呼那个去处为“土骨堆”。

边起升给李小旦安置了要干的活儿，和“柳条”一前一后，往土骨堆那边走了……

从那以后，边起升走到大街上，说不定什么时候，角落里忽然跳出来一个小孩子，猛地喊一声“叔叔青点儿”，边起升圆睁了两只小眼睛，正要仔细看看是谁家的野孩子，竟敢这么不尊敬他！结果连个背影也没看清，那边就“‘叭叭’亲了个嘴儿，扭头不见人儿”。又过了一段时间，就有人编出了歌谣：

东风吹，战鼓擂，农场里头柳条飞。逮住柳条不撒手，柳条待见土骨堆。屁三屁三快点儿来，快点儿给俺摁住腿。刷刷牙，漱口水，搂住柳条亲个嘴。要不行，嚼瓣蒜，再不行给你个原子弹！叔叔叔叔救救俺，死沉死沉压死俺，柳条柳条你别喊，俺是咱村老鼠眼！

那首歌谣广为传诵，不大不小的孩子们满大街地喊。公社的牛主任听说后，叉开来的两条腿像骑着一匹马。边起升不承认，牛主任看看他游移不定的小眼睛，再看看他一颤一颤的头，翻了几翻眼，虽然不能和母主任一样，把黑眼珠全给翻到天外去，但分明在咬着牙，两个嘴唇一跳一跳，跳了一会儿后，从牙缝里蹦出来一串：“大坡地人不是常说，瞎子磨刀——快了，快了！你……”从牛主任那里出来后，他两腿发软，几乎连路也走不成了。

后来，边老拐抡起拐棍，把家院里的一口大瓦缸砸了，指着满地的水给边起升说：“能收起来不能？不能！要不能，那拐棍就不能抡！脱鞋之前，那就得想好，要是不能随时掂起来鞋穿上就跑，那鞋，就不能脱！也是，你还就这点儿，不像俺……”

边起升全身发冷，几乎要冻成一个冰坨。可是，每见到那个飘飘荡荡的“柳条”，那个刚冻起来的冰坨，登时就化作了一摊水。

“柳条”也是细长的脖子，她的北京话，自有一番风韵，尤其是身上飘出的那股味道，和高原羚颇有些相似。每当闻到那个味道，边起升就想起了苏敏敏，远远地瞅一眼向春柳，一种阔别已久、相逢在即的感觉，就会山崩海啸一般在全身涌起，积聚起来的排山倒海之势，能让他毫不犹豫地投身到火海刀山之中。

边起升痛恨编“死沉死沉压死俺”的那个人，如果找得到，让他千万年不得超生，都不需要经阎王审批。想来想去，总感觉，编出来的那个人不好找，那东西一旦长上了翅膀，飞遍了大坡地的大街小巷和千家万户，早经过了数代、十数代，甚至数十代的加工、更新，真正的源头，就是请来包拯下一趟阴曹，怕也还是迷案一宗。

熟饭已做成，除了知道米是自家的，不知道谁家的柴，谁家的灶，谁家的锅，但点着火的，一定就是李小旦，除了李小旦在农场待了两天，他没有见到别的外人去过，农场那样的去处，向来是闲人免进！他一天天地巴不得李小旦登时就死。

向阳饭店前段时间，被人半夜里偷走了二十多斤馒头，后来商量了一下，伙计几个轮流值班晚上看店。

农忙季节，庄户人都做了一天活儿，只要没有太要紧的事，或家里还没有到了热得睡不着的程度，吃完饭洗洗涮涮之后，就早睡早起了。

这天晚上，十点多近十一点光景，李小旦收拾完，刚要关门睡觉，屁三拽着韩五爱“嘀嘀咚咚”地来了，一边走一边说：“给地主老财做活儿，碰事还能香生生吃上一顿，在恁家，你舍不得给改膳改膳，来小旦哥这儿，给画俩‘柴火堆’，也舍不得？”

屁三说着，扔给李小旦一个“好好学习，天天向上”的学生本，上面还盖了大队的红印章，说领导干部批准了，韩五爱又能画“柴火堆”了。

饭店里的熟肉还没有卖完，屁三让李小旦熘了个肥肠，炒了个肝尖，又凉拌了一盘蒜泥猪头肉。

屁三把掂来的两瓶邢州烧锅，往桌子上一蹾就要开喝。李小旦不愿意，屁三一张嘴，“咔嚓”一声把瓶上的铁盖子咬开了，说：“小旦哥就是不仁义，也就借你个地方使使，也值当抠抠搜搜？今儿算俺请客，只管放开肚子吃喝，你也煎饼摞到筐里头——塌塌的清管吃清管喝，你配地方俺配酒菜，吃好喝好你睡觉俺走人，以后还是两清不欠，俺也再不给你要猪血。”

李小旦平时喝酒不多，开始的时候一直推辞，屁三搛了一块肉给他往嘴里送，李小旦就躲，屁三说：“再不吃就拿手抓了，你要不嫌脏，俺就使手塞。”李小旦吃了一口肉，接过了屁三递过来的酒。

开始的几盅嘴里辣，后来嗓子热，再后来满肚子像点着了火。那团火烧了一会儿后，人就高兴起来，平时那些该说不该说，敢说不敢说，一齐说了出来。韩五爱喝了几盅不喝了，屁三光了膀子，掐住脖子要灌，韩五爱打了屁三两个叭叭响，仰脖喝了。

李小旦被蔡改改浇了一身凉水才醒来，李小旦不知道屁三是什么时候走的，睁开眼时，自己只穿了一个裤头在地上躺着，韩五爱光着膀子，在原本该李小旦躺的破木床上瑟缩着，白老六夫妇，一人靠着一个门扇。他往起爬，刚支起半个身子又倒了下去，蔡改改又舀了半桶凉水，高高地举起来，兜头浇了下去。浇完之后，翻过身给白老六夫妻磕了三个响头，说：“都怨俺，总算没管好自己男人。恁，唉！恁仨人，先回家问明了，说清了，都对上口了，该咋办咋办！”

韩五爱穿好衣裳往外走时，双手捂着脸，沉闷如雷地叫了一声：“娘吔！天杀的货！没脸活咧……”

白老六一家三口走了后，李小旦才穿好衣服爬起来，满脸惊惧的样子，像去另外一个世界走了一遭刚回来：“这是咋啦？就喝了两口酒，有啥事？啥也没有！这是谁？谁跟谁？都弄了个啥？啥也没有！没有！就是啥也没有……”

蔡改改在木板床上坐着，什么也不说，坐了一会儿后，抽了自己几个耳光，李小旦赶紧拉，蔡改改一甩手说：“你不觉得你自己脏？”临出门时，又自己打了自己两个耳光，说：“都说李小旦的刀快，还真快！比电影里的那个快刀手还快！杀猪羊快，杀人也快！你把俺，一刀给砍成两半了……先顾相好的那边吧，要再出个周巧巧，哭都不知道咋张嘴！”

李小旦感觉自己就要死了，脑袋像被人砍开了一道缝，肚里像燃烧着一团火。他舀了瓢凉水一口气喝了下去，胸膛里所有的东西，翻江倒海想往上涌，周巧巧的影子，忽闪忽闪地在脑子里闪，浑身难受得要命，他感到，正一步步地朝黄泉路上走。

两年前周巧巧让人抓了破鞋，后来周巧巧就不见了，过了两天，才从后蓄水池里漂了上来……

李小旦想着，浑身一激灵，跌跌撞撞地往外走，从他睡觉的那个屋子，刚往外跷腿就绊了一跤，头也磕破了。爬起来出了大门后，张开嘴狠吸了两口新鲜空气，才略略地舒坦了些，揉了揉眼四下一瞅，夜色已变成了一片暗蓝——天将要明了，没有尽头的苍穹里繁星满天。

他想了想，先去找屁三，尚官井的辘轳已有人摇响，“咕咚——当、咕咚——当”，唱歌一般地欢叫着。在暗蓝的夜色里，那个不知有爱、有恨、有寂寞的铁家伙，殷殷勤勤地开始了庄稼人的又一天。李小旦一晃悠拐了个弯，找了条僻静的路逃了去。

屁三还在睡梦里，他的家没有院墙，更没有大门，歪歪斜斜的屋门虚掩着。李小旦进了屋后，屁三还没有醒。在李小旦的怒吼中，屁三揉着眼钻到炕角里，战战兢兢地说："啥事也不能怨俺！俺就吃了两块肉，肉也没吃多少肚就疼，恁俩人的事，俺啥也不知道，俺啥也没看见，吃块肉也住不了司法科！俺啥也不知道，谁先撅屁股还是谁先上，那是恁俩人的事！你要敢打俺，俺就敢满大街喊，是你李小旦勾引她！"

屁三一边说，一边穿上鞋往门口蹭，一脚刚踏过门槛就跑，另一只脚没有抬起来，绊了一个跟头后，爬起来又跑，跑远了之后回过头说："俺反正啥也不知道，你个傻蛋找俺咋！你就不会说，那母羊要是不站稳，公羊跑十八圈也白搭！你个大傻蛋……"

伙计们都到了以后，向阳饭店照常营业，来买东西的人不多，看热闹的人却不少。李小旦闩住门，一个人在屋子里坐着，谁喊叫也不给开。

到了前半响，在屋子里喊了一声，伙计几个赶紧答，他让人去家里，把他的木匠工具取几件来。后来一个人在屋里，又锯，又刨，又打磨地忙了一整天。

天傍黑时，又喊叫了一声，让人给买了几张粗砂纸和细砂纸，在屋里做木工活儿。伙计几个谁也没敢走，静静地在院子里听，半夜以后动静小了。

一会儿李小旦就唱开了：

没来由犯王法身遭大难，天，天，天！你冤死好人了，满腹的怒气冲破天，老天爷你为何不来睁眼，明知道窦娥你不肯救援！问苍天你为什么好人命短，作恶的富贵寿长，为什么你不把清浊辨，为什么善与恶黑白倒颠，为什么苍天你不睁开眼，为什么神鬼也顺水推船！……

几个伙计说："天也不早了，里边也开始唱了，许是没事了，赶明儿还得干活儿，咱们走吧。"于是都走了。

向阳饭店在乱纷纷中送走了昨日的星和月，新一天的日和云到来之后，伙计几个齐生生地到了，冲着李小旦的屋子叫了几声，静悄悄的没有人应，大家都以为他睡得迟了还在睡。各自忙完手中的活儿，冲着窗户轮流喊了几声，又一起拍门子，还是没人应，叫声"不好"，找把刀子拨开门，李小旦在床上已没有了气息。除了手腕上割了一个口子外，没有别的伤痕。

桌子上放着三只木碗、三把木梳子、三个吃饭用的木叉子，还有一根长二尺余、宽厚各寸余的长木条。几件器具都是酸枣木制成，红褐的颜色，精心打磨之后油光闪亮。那根木条，像静峦寺用的一把戒尺，平平整整的六面像涂着油，掂在手里铁一般沉，上面刻着一行字："俺啥也没做。"

没有谁见过天和地有过太多的匆忙，一天接一天的日子，都在永不间断的一忽闪之中流了去。转眼之间，谷子长到齐腰深，玉米没过人头顶，庄稼主儿的辛苦和汗水，又迎来一次遥遥在望的苦累收获。林先生夫妻和李小旦留下的苦痛，不管接受不接受，正随了清风和白云，一天一天地风消云散。还是那缕飘浮的云，还是那弯清冷的月，都在大坡地人的嘘叹声中，渐行渐远。

韩五爱经了那件事后，在家里窝蜷了一个多月。这天，屁三照样赶了那辆红鬃骡小车，停在了韩五爱家门前。那匹骡子在她家门口刨了没几下，韩五爱颔首低眉地从家里走出来，她没有到半截墙的茅房去，甚至连娇娇气气的一声咳嗽都没有。屁三一直低着头，驼着背，再打不起精神，去完成半截石头墙后面的下半截想象。

红鬃骡一如既往“呱嗒、呱嗒”地走，看见的人们，惊奇地张望着，细细地打量着，谁也找寻不见，从韩五爱的粉脸和细腰上，摇荡下来的那一路春光。

骡车穿过了大北沟，往南转过弯后，韩五爱恶狠狠地对着屁三的后脑勺说：“屁三！断子绝孙！阎王爷也饶不了你！断子绝孙！”

屁三垂死一般，翻了翻眼，又把头低了下去，说：“屁！还就是个屁！在肚里头拱得人难受，放出来就啥也不见，啥也没有了！可，糊在你身上的那泡屎，到了驴年也洗不净！”

韩五爱脱下一只鞋，抡圆了之后，连连击打在屁三的后脑勺上。或许是山沟里回音大，“啪嗒、啪嗒”的一顿响，地里的一群小鸟，“轰——”的一声四散惊飞了。

韩五爱打完后，攥着那只鞋，半蹲着拉开了马步，气哼哼地准备和屁三再较量。屁三却静悄悄的，好像鞋底子打在了别的什么地方。

坐着小骡车往回走的时候，韩五爱悄声细语问屁三：“咋这一整天也没看见‘柳条’？”

屁三说：“没听别人说，东风吹战鼓擂，农场里头柳条飞？——飞了！”“飞了？为啥？”“为啥？往前数二十年，要说你不知道还有一说，俩人日捣了那么些天，要日捣不出来啥东西，那才真是个屁！哼哼！哼哼……”

韩五爱猛地挥起手，恶狠狠地往红鬃骡的屁股上扇了几巴掌：“老天爷！有人要遭报应了……”

早熟的春谷子开始割，屁三一样赶着那辆骡车，头歪歪着，红鬃骡到底就是红鬃骡，不像马那般“嗒、嗒、嗒”地奔跑，也不和驴一样死犟死犟，匀匀实实的脚步，性急的人嫌慢，性缓的人嫌快。

韩五爱又脱下了鞋，在红鬃骡的屁股上，“啪嗒、啪嗒”地抽打了一阵，说：“挨雷劈的东西！那个‘柳条’要真变粗了，天杀的真要遭报应了，躲都躲不过！种到肚里的那种东西，不用上粪也不用浇水，他黑夜白天都疯长！你个天杀的就是死十回，也长不出那只能给抠出来的手！你个挨雷劈的东西！看把你给舒坦的，还不快走！你个天杀的杂种！”

说完又“啪嗒、啪嗒”地打，红鬃骡的尾巴往起一撅，竖起了脖颈上的鬃毛，“呱、呱、呱”地跑，小骡车“哗、哗、哗”地响。屁三一只手攥着骡子的尾巴，一只手抓着小骡车的厢板，身子在车厢里半躺着喊：“五爱！你不想活了，别连累俺，你不饥又不渴，多吃还多占！你比骡子舒坦多了，也舒坦够了！俺光棍一条，伤心可怜，一口剩稀饭也没轮上喝，就先打了碗。五爱！五爱！你贱叽叽摸人家李小旦，就是没弄到手，那是人家嫌你脏，不怨俺！五爱……”那匹红鬃骡也是，韩五爱的鞋底往屁股上一打，激奋昂扬跑得欢。

这天，公社的牛主任派人通知边起升，让他赶快去公社走一趟。因为急于要往公社赶，屁三连喊带打，红鬃骡就是跑不起来，屁三学着韩五爱的腔调喊：“你个挨雷劈的东西！你个天杀的杂种！还不快跑！”

红鬃骡最终也没有跑起来。小骡车刚到公社大门口，过来两个白帽、白衣、蓝裤子的公安，把缰绳给牵住了，屁三从车上往下一跳，把手里的鞭子一扔，双手抱住头喊：“娘吔！害死俺了，你个挨雷劈的……”“东西”两个字还没有喊出来，他早拐过大门不见了踪影。

公安问：“你叫边起升？”“是。”“知道不知道找你啥事？”“俺村又出坏分子了？”“自己的事，想想。”“那俺没啥，李小旦是自己死的，那是自杀，早有人证物证，也早有定论。”公安说：“那不用你说，往你自己那些洋气事上想。”

边起升早有些支持不住了，脑袋里“轰隆隆”地乱响，两条腿一弯一弯的，只想往地上跪。两个穿白衣服的公安在他眼里，已变成白乎乎一片。“杨？啥杨？杨老歪？那——”他把洋气的“洋”当成了杨老歪的“杨”，他一头栽了下去，心里却明白，心想这次完了，一定是苏敏敏的事被人发觉了。前天晚上他还梦见苏敏敏，圆睁着两只闪着蓝光的大杏眼，细长的脖子一伸，冲着他吹了一口凉气，他浑身一冷，蜷曲成猫一般大小的一个东西，醒来后出了一身冷汗。

他记不清怎样就被绑了起来，感到两只手臂和肩膀，撕裂一般地疼了一下子，才清楚自己被反剪了双手，给倒提了起来。待那股走岔了路的气息喘上来后，又迷迷糊糊地想，花园里的那两条人命，今儿个，是真找回来了，埋在家里的箱子，不知道找出来了没有？真要找出来，那全家人都要受连累了。

于是他糊里糊涂地嘟囔："杨老歪，他就欠俺的……"

一个公安说："流氓都是这副嘴脸，啥羊老歪、牛老歪，给这个破坏上山下乡的流氓，再紧紧绳子。"

当他听到公安念叨"流氓"时，才知道不是因为苏敏敏的事，全身一松瘫软下来，只感觉后背上的绳子又在重新绑，"哧——咕"一声响后，感到两只手臂硬生生地往上提，四处乱窜的酸胀疼痛，一齐向胸膛里挤拢了来，只想往起跳的欲望，令他猛地蹬了几蹬腿，全身就汗淋淋的水洗一般了。

当他不再冒汗时，就感觉手和胳膊连带膀子，什么也找不见了，只剩下了一个起起伏伏的肚子和冷飕飕的前胸后背，两条腿抽筋去骨一般站立不住，只能靠着墙，来来回回地晃——脊背上的绳子，已被人绑在了窗棂上。

一群又一群的人围来看时，他的两条腿还是站立不住，大叉开来弯弯着，比牛主任两条腿间的空隙还大。他也曾试图站直两条腿，一为不在众乡邻眼前丢尽脸面，二为不把毫无感觉的臂膀吊成残废。可是无论如何地努力，还是没站直两条酥软的腿。

他的头脑越来越晕，两只眼也越来越模糊，他真有点儿嫉恨自己，没有长出王炳中那样的两条铁腿！——那副贼硬的骨头，敲一下都能当当响……

边老拐跟他见面是在三天以后，他头也没抬就说："大事没有，没有要命的大事；有事，都是俺一个人的，也就砸了一个大瓦缸的事……"

"唉！要不了命，也半身不遂了……"边老拐走的时候这样说。

边老拐走了后，白锁住上气不接下气跑了来，他弯起来食指和中指，在边起升头上敲打了无数遍，恶狠狠地说：“贼羔子！你个贼羔子！俺还等着你呢，啥时候能抽个空儿，去三队选个新队长？”

骡车柴火堆

第三十九章

天谴无须窥　至苦离人泪

边老拐在家里坐不安、站不稳，张红梅静静地躺在炕上，一天都没有吃东西，嗓子沙哑得不能说一句话。半夜时，他一瘸一拐地来到石碾街上，躲在南墙根下的暗影里，无奈又无助地四下张望。两个半大孩子，从夏官道往石碾街上走，一路上有说有笑，一字一句都像把刀子，在一块又一块地拉他的心头肉。

一个说："俺早就看好了，明儿清早，俺早早爬到东边那棵大槐树上，谁也影不住，看得最清、最舒坦，这咋又到了后谷场？赶明儿人准多，俺的个头儿又小，要挤不到前面去，仰起头看脑瓜，低下头看屁股。"

另一个说："你知道个啥，后谷场的地方大，大汽车往谷场边一停，开完会，公安局喊一声'罪大恶极，立即逮捕'！上去俩大檐帽，一脚把犯人踹个跟头，细麻绳'哧咕、哧咕'一绑，拽起来揪住脖子猛跑，到了汽车跟前，一个掐头一个扯脚，往起一抬，喊声'一、二、三'，'扑通'一声就给扔到了卡车上！就跟把买来的猪，往杀坊送一个样！没见布告上都写，那叫'以正国法，以儆效尤'！"

那两个人后来说的话，他就听不清也记不起了，也不知道自己后来究竟晕了，睡了，还是昏死过去了。

天将明时边老拐缓了过来，才知道自己一直在南墙根下斜躺着，那条拐腿，一直在屁股下面蜷曲着。扶着墙咬着牙站起来后，拿拐棍敲了敲那条拐腿，不知道疼也不知道麻，半闭着眼回到家后，张红梅拿被子包着头，哭不是哭、笑不是笑地一声接着一声叫，“呜——呜——”的声音沉闷而悲凉，像是从另一个世界传了来。

他爬到炕上，把那条酥麻的拐腿伸展放好，捂着嘴捂着鼻子，寻羔子的母兽一般，极其惨痛地低吼了一嗓子，渐渐地迷糊了去。

“啪、啪”的响声惊醒了他，他惊慌失措地坐起来，张红梅披头散发，正一巴掌一巴掌往自己脸上打，他拽住张红梅的双手说：“咋？你想咋？已经废了一个了，你也不想好好儿活了？”

外边的天，一声接一声的闷雷，“忽隆隆”地自天边滚过。边起升的媳妇白小连，抱着玉婷拉着玉富进了屋，边老拐拉着张红梅的双手对白小连说：“想去哪儿？哪儿也甭想，先看好恁娘！”

白小连扯着大嗓门：“不，不！就今儿能瞅上一眼了！以后，那高墙、铁门、蒺藜网……日死恁娘的‘柳条’吔！你要是拧住胳膊别住腿，谁能把你个日恁娘的‘柳条’给编成筐！你个小白眼狼吔，谁家锅里头的饭，也想舀一碗……”

白小连跌跌撞撞往外走，张红梅拿手推了推他，边老拐随后去了。

边老拐出门后，自夏官道、尚官道向西又向南，过了尚官井向西，再向北，从西山根又往回转，转了一大圈后，蹲在花园围墙边的草丛里，远远地向后谷场上看。淅淅沥沥的小雨，一直不停地下，后谷场上人山人海，他看得分明，麻绳倒是绑了，汽车也在一边停着，倒也没有往杀坊送猪那样朝车上扔，他仍然感觉心里的酸楚，比天上落下的雨水还要多——由于下了雨路滑，他分明看见，好多好多的百姓，在大雨中推汽车。

大坡地人都知道，边老拐的独特之处，一般人学不来，学来了也用不来，他除了从不按规矩出牌的脾性，还能把常人忍不过、咽不下的好多事，像萝卜、白菜一样，嚼吧嚼吧吞吃下去，连看见的人都心惊胆战，他却能没事人似的喜笑满面。他兴奋异常的时候给别人说：“俺要不是瘸了一条腿，哼！那钻裤裆的韩信算个屎！韩信就不会钻！他要再往吕后的裤裆底下爬爬，那准会把萧何给剁成肉酱！不光要爬，再要把不能吃的东西都吃了，就能把鬼给糊弄哭，把神给糊弄笑，把人给糊弄傻！一哭、一笑、一傻之后，还有啥过不去的事！你个贼羔儿！”

边起升挂着大牌子被押上汽车后，该哭笑的鬼神谁也没有看见，边老拐自己，倒实实在在的有点儿傻了。那天，直到淅淅沥沥的小雨变成滂沱一片，他才扶着墙挪回了家。在大雨中栽了一路跟头，不拐的那条腿也碰瘸了，刚进屋门，最后一个跟头栽下去，再爬不起来。

他好多天没有出门，把平时顾不上思谋的好多事，躺在炕上一缕一缕地慢慢梳——令边家升腾起来的那泡热牛粪；还有给他的老爷爷、老奶奶，牵线搭桥的那株太行花；鸽子岭上的枪炮；杨老歪笑眯眯的大虎牙；卖给王家的良田；祸福不知的铁黎木箱子，还埋在地下……

历历在目的每一件，都是一个揪心的过往，挥不去的痛心疾首，像一条无形的绳索，把他一点点地勒紧、勒死，再慢慢地风干。他最终什么也咽不下去了，堵在喉咙里的一件什么东西，几乎能把他憋死。他想，再不出去活动活动，他的那条好腿，恐怕也要残废了。

他从炕上爬起来，抄了一把斧头，开门来到大街上。没有星也没有月的夜，伸手不见五指，扫大街的“四类分子”，早干完了出力不讨好的活儿。猫睡了，狗也不叫了，从太行山里涌来的风也倦了。天和地相拥在一起的寂静，像死沉死沉的一块青石板，压得边老拐透不过气来。

四下黑黝黝静悄悄，连只狗也没有碰见。他从腰间抽出那把斧头，在石碾街上转了两圈后，来到西边的那棵大槐树下，抡起斧头就是一阵乱砍。瘦三从河滩里拉来的那面大石鼓，还在槐树下矗着，边老拐一只手扶着石鼓，一只手抡圆了斧头正砍，石鼓后面猛地站起一个人，说：“疯了！种上瓜又没有收回来豆，要是咽不下去东西，就得先敲俩碗？”

边老拐一惊，斧头就掉了，仔细听了听，才知道是王炳中。

如果是在平时，边老拐怎么也会抡圆了拐棍，先在他脸前转两圈，再搜寻一大堆恶毒话奚落上一番。

边老拐定下神来后，爬上那面石鼓坐下来，说："半夜起来圪蹴着走，你出啥贼相！胆儿小的，叫你吓出病来。"

王炳中一边收拾扫大街的工具，一边说："趴着走，俺也得讲究个人姿势，不像他们，跷着腿尿尿——净做些狗怪！"

边老拐从石鼓上面跳下来，提溜着裤子说："行行好，积点儿德，活着的时候要太狠了，埋了以后墓丘塌！你本来俩小子，不是早没了一个？早来，不是早去了？现时间，咱两家一样了，一家走了一个。别走！夜也深了，咱俩人说会儿话，说不定碰见个撞姓的，你就给他起个名叫'早回'！顺手就给恁家的早来找了个干兄弟——你也说说，你折腾了这些年，好不容易把别人家的地跟铺子，折腾到了自己手里，不想折腾成了个'四类分子'！要说那也不全是，恁家的地跟铺子原本就多，你又折腾了仨俊媳妇，还都给折腾死了，也才弄了个'四类分子'，也不过扫扫大街，你说俺，这……"

王炳中个子大，他弯下腰来，嘴对着边老拐的脸说："俺给你说，这新社会，还就是好，俺娶了仨媳妇不假，要不是新社会，俺就不知道，仨媳妇数谁好。俺爹在的时候，他给扣过斑鸠，那种事，那个理，恁的祖宗们，谁也参不透。恁那个小子，早该扣到草筛子下面饿几天，要不，迟早也得给煮吃了……"

王炳中担起一对荆条编的篓子，把锨和扫帚插进去，歪回来头给边老拐说："新社会好，人民专政就是那个草筛子！——别拽俺！再回去迟了，丑妮一个人害怕。"

边老拐拽着王炳中的篓子，把砍树的那把斧头扔了进去，说："你个贼羔子，放出来的大瞎屁真臭！——不过，也有点儿意思。这个斧子给了你，要气不顺，照东边那棵槐树砍去。"

回去以后，他给张红梅和白小连说："王维贵草筛子扣斑鸠的事，这恁都知道，起升咱自己舍不下狠心扣，该扣，叫人家给扣扣吧。这回也好，总算还留着一条命，要不，以后叫人家给炖吃了，只能抱着那把骨头哭了。再说，那些死也办不成的事，就啥也别想，再难受的事，时候一长，变成了疤，也就没那么疼了。"

边起升被绑上汽车拉走时，傻二小也追着汽车，喊叫“叔叔青点儿柳条飞”。北圪台儿上有人说：“那个事，阴间那边也知道？要不就是傻二小原本就不傻？”

傻二小的事还没有弄清楚，蔡改改找到了公社申冤。那天，她拿着三把酸枣木梳子、三把酸枣木小叉子，还有三只酸枣木碗。她把刻着“俺啥也没做”的“戒尺”，给牛主任抡了无数遍。牛主任无动于衷，叉开来的两条腿中间，几乎能同时钻过去两只狗。

蔡改改无可奈何地号啕够了，在众目睽睽之下，把石小彩惩治边起升的手段又演示了一次。因为蔡改改身板大力气足，效果简直登峰造极。

牛主任正激动难耐地挥舞着双手，声情并茂地演绎着山村泼妇的种种，未想到蔡改改弯着腰，箭也似的朝她飞蹿过去。蔡改改的劲头真是足，把牛主任顶出去好远后，又翻了一个跟斗。

可惜的是，那只飞蹿的“箭”，也只是强弩之末，牛主任摔倒后，蔡改改自己也爬不起来了。后来，蔡改改在家病歪歪地躺了好些日子，趔趔趄趄地找了屁三几趟，屁三早遁逃得无影无踪了。月余时间之后，屁三在小坡地村南的机井里被打捞上来，也不知是失足掉下去的，还是自己跳下去的。

韩五爱被蔡改改暴打了一顿。公开逮捕边起升时，韩五爱向押解边起升的汽车上抛石头，被两个公安给关到公社锁了一天。后来韩五爱好长日子再不出门了，有人说傻了，有人说疯了。

一连串的惊心事件之后，北圪台儿上的人们很是大惊失色：大坡地村的脉气坏了，坏了！祖祖辈辈的大坡地，就没有过这么多伤风败俗的事！都看看，都看看！连一辈子都不应该有啥念想的傻二小，都满大街地喊叫“叔叔青点儿柳条飞”，那如何了得！

众乡邻还在捶胸顿足，长吁短叹，有人看见，一只公狗领着几只大母鸡满街转！路不拾遗夜不闭户的大坡地人很惶然，有人偷偷问傻二小，“叔叔青点儿”，到底听谁说的。傻二小突然双手抱头，大喊大叫鼠窜而去：“不敢了，不敢了！拐棍子敲俺呢！”是人敲是鬼敲，不得而知。

林秀山到沙水住了一段时间医院后回来了，人有点儿虚胖，直愣愣的眼神，再不见往日的聪颖。

多数庄稼主儿都坚信，林先生夫妻那样的人，连脚下的蚂蚁臭虫，都不会到阎王那里说他们的长短，但他们竟也一走之后再无响动，连阴间的阎王都不说理，这天下的百姓，还能到哪里讨公道！还有那些背天伦、违地意的勾当，要都憋屈下来，和天、地、人哪一个也不能圆满契合，积聚起来总要出些怪异事端，那股不顺畅的游走之气，撞上哪个也受不了，丢不了性命也得蜕一层皮！一旦日久成势，则妖魔主天下，恶煞持大统，一朝激怒了天庭，大坡地发生改天换地的事，也不是什么稀奇。

林秀山就是撞上了不顺畅的游走之气，林先生夫妻，对他仍是放怀不下，不离不弃的大爱无疆经久不散，林秀山一下子就被撞晕了。

其实，林秀山的大脑混沌之后，他最耿耿于怀的，除了父母的突然谢世，另一个是怀疑小玉和别人有瓜葛。

小玉的品貌和风韵，就像大坡地西边的牛头垴，巍巍峨峨的秀美，是浑然天成而无法囚禁的。她的脾气又好，但凡过得去的事很少动气，众目睽睽之下的窈窕，就像冬日里的一缕阳光。平时那些爱说爱笑的人，都愿意和小玉搭讪，高兴时还斗上几句嘴。平时林秀山就很在意。精神恍惚了以后，屁三给他说，小玉不仅暗地里叫边起升哥哥，还生生的甜！加上边起升又是那样的蛆种，令他更加心惊胆战，病了之后更是讳莫如深。从此以后，他最不能听说，小玉叫谁哥哥如何长短。他那个绾在心里的千千结，只有他自己知道。

那天林秀山从街上往回走，孩子们一声高似一声地叫喊“叔叔叔叔救救俺，死沉死沉压死俺”，林秀山马上想起了边起升，脑袋“嗡嗡”了一阵子就往回走，到了家门口竟忘了推大门，“砰——”的一声撞上去趔趄了几下，晃晃悠悠地进了院子。

瘦三也在家里坐着，小玉急忙问咋了，咋了。林秀山不说话，指着小玉说:“恁都看，恁都看，那边趴着那条大长虫，花斑大长虫！还叫她哥哥领着。看！看！

张开嘴了不是？这就咬俺，不敌叫俺先把她给咬死。”说着，拉住小玉的手咬了个血淋淋。后来又蹦又跳又喊，还乱打乱砸，瘦三和小玉摁都摁不住。恰好王炳中路过，又叫来几个人，拿条绳子给绑住了。

绑林秀山时，把王炳中的手也给磕破了，他捂着手上的口子说：“不知道，这孩子心性那么小。看俺，肚大，量大，命也大，宰相肚里走破船，碾成个饼饼还是咱！”后来，大家商量一下，让林秀山又住了院。

第一场雪化了个净尽之后，瘦三去县里的医院看了一下，林秀山已能在里边给伙房帮忙做饭了，他合计了一下，就把林秀山领了回来。没想到的是，到了大坡地刚下车，林秀山又不说话了，往家里走的时候，两眼又发呆，到了家里后，指着白鸽和梦鸽问：“这是谁的闺女？咋一会儿丑，一会儿俊？”

林秀山没说几句就一直笑，看见谁都笑，看见什么也笑。王炳中过来坐了半天，商量了一下，瘦三又把林秀山给送走了。

眼看进腊月，林秀山也没有回来，小玉一次次地催问，瘦三每次都说，好些了，再住几天，好利落了再回来。

小玉在家里坐不住，到了丑妮家，进门看见瘦三在那里坐着，正和王炳中说话。瘦三说：“没别的啥事，商量会来娶媳妇的事。”

小玉真想哭，说：“爹，要有啥事瞒着俺，真就疯了。”

丑妮说：“胡说些啥！人吃五谷杂粮，谁能不生病？谁也不能穿上铁布衫，戴上金钟罩，咋能不经点儿灾，受点儿罪！过两天，俺哥哥在县城娶媳妇，俺去替你看看，不放心别人，还不放心俺？”

丑妮的哥哥会来娶媳妇时，只去了王炳中父女两人。在大坡地村，王家没有近门本家，因为又戴了顶“四类分子”帽子，王炳中不愿意给人添麻烦。会来究竟娶了谁，没有人打听也没有人知道，只有人看见王炳中上公共汽车前，到“神龟探水”去了一趟，烧了些纸钱放了几把鞭，瘦三把父女两人送上了汽车。

令人惊奇的是，王炳中去了沙水县一趟回来后，儿媳妇还没有进老家的门，好多人都说他一时痰迷心窍，高兴疯了。

王炳中从汽车上下来时，背着半布袋鞭炮，谁问也不吭，不言不语的一脸凝重让人猜不透，到了家门口，攥着双拳冲着老天爷喊：“那么大个事吔，老天爷！咋给藏了这些年，地覆天翻！地覆天翻！”喊完之后，把那半布袋鞭炮点了，轰然而起的巨响，惊呆了探头探脑的乡邻。

好事的人把傻二小领过来看，傻二小不来，那人把一朵剪好的纸花给了他。傻二小看着王炳中家的大门，欢欢喜喜蹦跳了好一会儿，看着手里的纸花，歪着头说：“你说，梨花早开，还是桃花早开？谁也不知道！旧的不走，新的不来。”

那人巴瞪着两只眼，使劲儿听又使劲儿想，搞不懂傻二小究竟说了什么，心里着急，一把夺回那朵纸花：“俺猜，早该有人替换你了，看看还是没人替，还得你去提遗饭篮！”

王炳中放罢鞭炮就往他家坟上走，神情和形态颇有些要疯掉的样子，丑妮在后边寸步不离，王炳中就着急——他死活不让丑妮跟着，丑妮却死活不走。王炳中不耐烦地说：“撵啥！撵啥！二十多年，没听见你响响亮亮喊过声‘爹’！俺也不知道，你是要来的，还是拾来的。”

丑妮眉毛一挑，脆生生地说：“要来的也行，拾来的也算，不喊个爹，就不是爹了？你要不答应一声，就不当爹了？就不喊！”

王炳中看一眼丑妮，柳眉杏眼和白皮肤，几乎都随了她娘雷月琴，宽下巴、大腮帮和大身板，样样不离他王炳中。他突然把丑妮抱在怀里：“犟闺女吔，跟恁娘，活脱脱的一个性！叫爹四下转转，把那口气喘匀了，啥都好了。回去给爹熬米烫，葱花炒黄菜！回去吧，没事！爹就是棵马耳菜，见土就不能死！”

看见的人都怀疑王炳中疯了，他每天从他的坟地开始，从西山根往南转，到土地庙，过南山，到青龙岭、红土岭，过北山，最后再到坟地歇一阵，一连几天，共转了正三圈反三圈。

后来，人们在石碾街碰见王炳中，看样子又不像疯，问他前些天到底咋了，整天满山满地转，连白锁住都不敢给派活儿了。他说：“唉！在外边丢东西了，得赶紧往回找找。”

别人问："啥东西吔，啥值钱贵宝，值得这样满世界找？"

王炳中一脸苦相："俺总共就俩！就俩！就俩还凭空给扔了一个！一扔还这些年，你说贵宝不贵宝？换上你，准疯！"

听话的人更加迷惑，王炳中丢了"金不换"？直到会来领着媳妇给家里送年货，人们也没有完全明白，只猜想，他准又得了什么天助，深陷在污泥坑里的王炳中，要爬出来了！

那天，村里来了一辆解放牌的大卡车，到了村东的石拱桥，坐在驾驶室里的一男一女，有说有笑，汽车响了几声喇叭，有人认出了是会来。

大汽车卷着尘土，"嘟、嘟、嘟"的喇叭声接连不断。看见的孩子们绕了近路，从夏官道过石碾街，一路叫喊着往后谷场跑，在街里玩耍的孩子听到喊声，"轰隆"一声也挤到了后谷场。汽车刚停稳，车厢里"嘀嘀咚咚"跳下来几个人，吃的、喝的、用的卸下来一大堆。

孩子们最感兴趣的，是最后卸下来的"铁驴"，公社里的牛主任也骑着一辆，孩子们见了都远远地看，从来没有谁敢上去摸一把。会来说那叫自行车，是飞鸽牌。往前一看，一个不大的小牌牌上，还真有一只白鸽子在飞。轻轻一推那个明晃晃的铁拐，后边的轮子就骨碌碌地转，车把上的铃铛脆生生地响，明晃晃的像镜子，人往前一走，就看见一个肿了似的大脸，一个露着白牙呵呵笑的大嘴——有人说那叫"不锈钢"！后来，孩子们看见明晃晃的铁都叫作"不锈钢"。看够了摸够了，几个人把安着不锈钢铃铛的自行车，抬起来送到了王炳中家。

会来媳妇穿着红条绒布衫、红条绒裤，脚上是白皮底的条绒棉鞋，走起路来，"咔嗒、咔嗒"地响，平时孩子们就爱喊，"皮底鞋，咔嗒响，长大嫁给王队长"，而恰恰会来还就姓王！他叉着腰，指挥着跟来的几个人。"那架势比白锁住神气多了，至少该是个大队长！还有那个媳妇，那是真加火！城里的闺女都不害臊。"那个"白皮底鞋"，见了王炳中先鞠了一个躬，笑嘻嘻地叫了一声"爹"，架着公公的胳膊就走了！

会来还带来一个好东西，一个崭新的洋戏匣子，拿个明晃晃的铁拐棍，插进去“哧咕哧咕”地一摇，再拿个化学（塑料）圆盘，往中间转着的大轮子上一放，轮子的一边有一个“小胳膊”，上面带着针，把“小胳膊”往圆盘上一放，叫唱啥就能唱啥！叫《沙家浜》的沙奶奶唱，沙奶奶就唱；叫《红灯记》的李奶奶唱，李奶奶就唱。一遍听不够，把带针的“小胳膊”往回一拿，就给从头唱，想听多少遍，就听多少遍。

孩子们叽叽喳喳地闹，“白皮底鞋”每人给了几块蜡纸包着的糖，除了嘴馋的孩子，谁也不舍得吃。

在大坡地，包纸的糖块确实是个稀罕东西，家里富裕些的人家，逢年过节才能吃上块光屁股的糖球，就是买，供销社里也没有纸包的糖。

糖球都是供销社的自产自销货，好多孩子都见过，把一包包的白糖，放进大锅里烧化了，舀出来摊在案板上，不烫手的时候，搓成长条，搓好一些后，往一个带着槽、长着牙的铁板上一放，两块铁板一合，上下一搓，就切下来一堆圆滚滚的糖球。因为怕粘，往上撒些白砂糖，糖球就制成了。

有一次，孩子们看见搓糖球的胖子，去外边走了一遭，一双大糙手，一边拿布条勒那个脏兮兮的大裤腰，一边舒舒帖帖地笑，完事之后，往手心里吐着唾沫搓着手说：“呸！呸！今年年景好，做的糖球供不上卖，叫俺聚聚劲儿，使劲儿搓！”

孩子们就喊：“哎哟哟，了不得！了不得！谁家钱多，买的糖球多，谁家吃胖子的唾沫多，赶紧给俺娘说说，这糖球，真不敢吃了。”

胖子耳朵快，眼快，手也快，一把抓住孩子的衣领提溜了回来，瞪着俩大眼说：“敢瞎说！回去瞎说，俺把你那俩小鸡蛋，给捏出来当糖球卖！过来，一个人从那个簸箩里，抓一小把回去吃，那簸箩不是俺搓的，瘦子缺水嘴焦渴，他搓糖球不吐唾沫！”一边说，一边往每人的嘴里给塞了一个。

孩子们把噙在嘴里的糖球咽下去后，胖子说：“小时候，恁娘喂恁饭，哪一口里头没唾沫！小小孩儿，都知道个啥！穷干净，尿刷锅，大光屁股当馍馍。都走都走，别耽误俺做活儿！”胖子在每个人的头上拍了一下后，又给每人发了俩糖球，孩子们一溜烟跑了，回头看时，胖子也歪着头看，伸出两只手，又吐了两口唾沫说："腌臜货！不沾点儿水，那该做的活儿，使不上劲儿！"

后来人们才知道，会来媳妇叫"红霞"，是原来在大坡地下乡的郝队长的闺女！好多好多的人都惊讶："真加火，跟县干部都成亲戚了！"这王炳中，一个跟斗翻进了污泥坑，一个跟斗又翻出来了！这又是靠上了哪路神仙？

人们更没有想到的是，王炳中的大儿子早来，一九四八年当兵走，两年后，就死在了大西南的剿匪战场上。早来参军后，或许是为了隐瞒个人成分，没有登记详细住址，更没有家庭成员状况，牺牲了之后，部队只知道是沙水县人，往县里联系了多次，也没有确切结果，早来的事就一直搁置下来。年前确定下来时，会来的婚事也基本定了下来，为了图个高兴吉利，早来的事就推到了年后办。

早来的事传开了以后，尽管没有人安排，队里的活儿，谁也不再打听王炳中来还是没来。

大坡地风俗，到了上元节后的正月十六，年已过完，要摘下家里供奉祖先、宗亲的牌位送到坟上去，燃香点蜡烧纸箔之后，再与先人道个别。那些殡葬类的事，大多也都安排在这一天，早来的事，自然也定在了这一天。

令王炳中始料未及的是，早些时候，那些相识相知却形同陌路的人，自正月十二开始，就陆陆续续地到家里来，操心早来的尸骨，操心安葬的坟，更操心革命烈士的其他事宜。可惜的是，早来没有尸骨，确切地说，是谁也找不到他的尸骨，他留下的唯一遗物，就是在县里保管了许久的中国人民解放军的白布牌和一身土黄色的军装，布牌后面，尚可辨认的几个字是"王早来，沙水县"。

王炳中沿着大坡地村转的正三圈反三圈，怀里揣着的就是那个布牌。

在大坡地，王炳中家是地地道道的独门独户，几代人瞻前顾后苦心经营这许多年，也有过一段人前人后的辉煌。辉煌之时，与王家认同宗、结本家、攀姻缘的也不少，也算是富居深山有远亲——那种辉煌，晒干了水分之后，或许连半只鸿毛的分量都不足。所以，在辉煌之后的日月轮回里，王炳中变本加厉、一日胜似一日地把自己闭锁起来，天明早下地，夜黑早关门。每天的每天，他总感觉，大坡地的人和一切，都与他渐行渐远，甚至隔海相望。

为早来搞衣冠冢的事，他本没有和谁说过，他不想打扰谁，自己在祖坟上挖个土坑，给亡灵留个位置，留下个纪念之处也就行了。没有想到的是，正月十六这天，乌泱乌泱的乡亲们，做完自家送亲、祭祖的事，就自带工具向王家聚，来的人太多，好多人直接去了马鞍地。

王会来捧着一个小木盒，里面是“王早来，沙水县”的白布牌和一身土黄色的军装。由于人太多，乡邻们轮流着填埋，一人铲不了几锨土，就堆起一个硕大的土骨堆。

谢过众乡亲后，王炳中给会来说:“给恁哥哥磕个头吧，要记不清哥哥啥模样，就圪挤住眼想想，他要在，怕比你个头儿还大……”

早来参军时，会来还不到三岁，哥哥在他的心中，只是一个幽幽淡淡的小黑点，比十年前的一个梦还要模糊不清。王炳中说完后，会来一头栽下去泣不成声。

会来的媳妇郝红霞——那个“咔嗒、咔嗒”的“白皮底鞋”，大叫一声“哥哥”也跪了下去。

王丑妮一个晃荡，歪坐到地上悲诉声声：“哥哥！亲哥哥！不见面的哥哥哟，知道不知道姊妹看着你？咱爹也在边上看着你——永不见面的哥哥吔……”早来参军的时候丑妮刚满周岁，哭的声音像猫叫。

帮忙的众乡亲，不少人陪着落泪。王炳中微微佝偻着腰——他翻江倒海一般，一遍遍地琢磨，“群众的眼睛雪亮”这句话。

早来的事在年前确定了后，县里的同志跟他见了好几次面，他的心里不仅是刀砍火烧，简直是电击雷劈。

前几次见面，他一言不发形同木偶，最后一次领导说：“回去吧，党，不会忘记对党的事业有贡献的任何一个人，人民群众更不会，相信党，相信群众，群众的眼睛雪亮……”

正月里农事不多，乡亲们在好长一段时间里，人来人往地去王家串串，庄稼主儿讲不出太多太深的道理，说些山南海北，说些东家长西家短，说些柴米油盐，目的只有一个，就是陪陪、坐坐、宽宽心。王炳中仍不多说话。

终于有一天，不知受了哪个慧者的启发，还是经了哪位智者的诱导，他忽然茅塞顿开、如梦初醒。当年，父亲的那两碗绿豆和瓜子，当年的林先生不止一次说过："种善者收善，收善者天助人助，势不可挡；播恶者收恶，收恶者四面楚歌，突如其来。"至于草筛下面的斑鸠，当年的林先生还说过："红尘有态，生命无常，只有经历了生死之厄的生灵，才能长出来那两只'红眼睛'。"其实，天地大道原本就不用谁说，也不需谁解，因为"群众的眼睛雪亮"！

王炳中豁然开朗之后，掂起做活儿的农具，长出一口气，和乡亲们一起出工干活儿去了。

漫山的桃花骨朵，绽出了一片耀眼的鲜红，庄稼主儿迎来一个似曾相识，又大相径庭的阳春三月。

生产队里"当、当、当"的钟声敲过之后，或皂角树下，或玉皇庙前，或石拱桥头，或边家路口，或王家胡同口……人们都到固定的地点集中。集中起来之后，听队长分派一晌或两晌的活儿，领了活儿之后，各自带上自家的农具去干。干完一天的活儿，如果没有什么牵肠挂肚的事，就转悠到石碾街上说新闻议旧闻，一丝一缕地抽剥天地间的家长里短。

庄稼主儿没有别的意思，就为了在闲下来的短暂时光里，泄孤闷，解乏困，还为了把纯朴的爱和憎、忧与喜，托与故事里的帝王达贵、神仙百兽、赤脚平民。

好多人更怀念林先生，那个春风化雨的慈眉善目，那个四平八稳的步子，倏然之间，就化作一缕青烟，遁入苍茫的浩渺之中去了；还有李小旦，硬邦邦的一个人，就像他临死前打磨的三把酸枣木梳……百思不得其解之后，终于有人说："这世界乱了，阴阳两界都乱了，前些日子死去的那些人，谁也没看见傻二小提前到他们住的地方转！阴间那些生死差遣都能丢三落四，那托关系走后门的龌龊事，也肯定少不了，天、地、人三界的正道，自然也就分崩离析了，乱了，真的乱了！"

王炳中不以为然，他半佝偻着腰，静静地站在北圪台儿下，半蹲在北圪台儿下边听别人说话。等大家看见革命烈属后，纷纷让出一个地方来，让王炳中坐到北圪台儿上面的台阶上。

王炳中浑身一颤，大巴掌在胸前一晃又一推，做了个不敢当的手势。他早已把那份荣光忘怀殆尽了，他总认为，最为平安的，就是丧家犬似的，永远把尾巴夹在两腿间。

大家执拗地承让着，说论辈分论年纪，都该他坐。王炳中说："看！这受改造的人，哪个都不能有俺的那份舒展，这地方天天有多少人坐，有多少人看？连脸面上的地方都拾掇不干净，连个最简单的活儿也不会干！心不平气不顺，可能是一时糊涂，这脑门要不清，可真能要人命！找把扫帚，叫俺把北圪台儿全扫一遍。"

马上有人说："哪儿能叫你扫！下边要再添人扫，俺举手选屁三——可惜死了。"提到屁三，自然就说到李小旦，说到李小旦，就牵出来林先生。

提到林先生时，王炳中才坐了下来，他给别人说："林先生死前，一遍又一遍给俺说的一句话，就是'僧是愚氓犹可训，妖为鬼蜮必成灾'。啥意思？唐僧这个愚氓，是能改造好的。啥叫'蜮'？俺专门问过文昌了，就是钻在水里的鬼怪，特毒，只要人在水边走，蜮噙了一口沙，照着人的影子一口喷上去，人就七窍流血不能活了。妖精再成了鬼蜮，那就必定成灾了。

"林先生说，他写了那么多毛主席诗词对联，单单就忘了把这副对联写出来、贴出去。这会儿，他走了，写不成也贴不成了。咱村要再有一个鬼蜮跳出来，谁想试试鬼蜮的厉害？要防不住，那必成灾吔……"

没几天，大坡地就有一伙一伙的人去公社找，他们的一致意见是，民风淳朴的大坡地百姓，厚德载物的太行山重镇，应审慎地选择一个品端气正的当家人。

据说，经过层层的举荐选拔，最有希望的是武小魁。牛主任说，他政治进步思想活跃，年纪轻火力足，是个理想的带头人。

王炳中听说后把脚一跺，大宽脸一下子拉了好长，倒背着胳膊离开北圪台儿后，咬牙切齿地嘟囔："牛鬼蛇神，难成良民！绿头苍蝇，见屎发昏！武小魁？哼，跳大神都不够格！”一边嘟囔着，一边往公社去了。

王炳中见了牛主任，他痛陈了千条万条理由，归根结蒂的意思，是力推盖狗剩主政大坡地。牛主任一直晃晃荡荡地听，两条瘦腿叉叉着的样子，像骑着一头驴。

王炳中说完了之后，牛主任说:“他从公社搬回家住，还不到一年，其中原因，不好判断的是细节，万一有些对不起人民、对不起党的事发生，这千条万条好，只要有一条不好，就无法给大坡地人民交代。”

王炳中突然有些怒，对牛主任大吼道：“他爹盖大全，俺当财主的时候，就参加了党的地下组织，狗剩再过一百年，也变不成鬼蜮，他盖大全家族的骨头里，就没有那股子黑血！要是没有这样一个干干净净的血脉，那公狗还不照样领着一群草鸡满街转！这柳条也飞，杨条也飞，槐条也飞，柿条也飞，最后枣条、皂角条都乱飞，还叫人活不活？”

王炳中吼的那一嗓子，已经做好了决一死战的准备。出乎意料的是，牛主任折中了那么一下子，这件事就有了一个看似存疑，却很是圆满的结局。

牛主任颤颤着两条瘦腿说:“嗯！千条万条，革命本色第一条！什么树开什么花，什么藤结什么瓜，什么钥匙开什么锁……盖狗剩可以暂时兼职大坡地工作，接受人民群众考验，在锻炼中成长，在实践中进步，嗯？主要还是全面了解不够，嗯？”

王炳中走出公社的大门，大呼一口长气，说：“全面了解？还不够？你知道个啥！就是两口子，就是睡上个十年八年，你说的那些全面，也等于白说！真是！”

第四十章

明月在天心　夕照色如金

都说大坡地村的脉气横贯于牛头垴之上。在牛头垴的山崖上长着的那棵皂角树，尽管在万木葱茏的季节里，也是招招摇摇的浓荫一片，但因为是棵雄树，所以从没有人见到过，那棵树结出几个皂荚来。

那棵树究竟有多粗，没有人细量过，究竟有多少岁，就更是一个谜，大坡地村的白胡子老头儿，小时候就问过他的白胡子爷爷，白胡子爷爷说："谁知道！打俺记事的时候，它就在那里长着。"

一九六〇年大旱，山上的那棵雄树竟结了一次皂荚！尽管不太多，稀稀落落的一片，但看见的人都惶恐。当时正是大灾荒的最后一年，地里长出的谷苗，刚遮住灰黄的地皮。有人说牛头垴上的皂角树结荚了，大家都"呼啦啦"地跑去远远看，看过之后，就心惊肉跳叫苦连连。

边老拐说六队的骡子生了一头骡驹，那是在变着法骂林先生，但这棵雄树结荚，可是千真万确亲眼所见。

都说那些要倒霉的人，家里的草鸡能打鸣，公鸡要孵蛋，当地人把这些不吉利的反常行为叫“潮道[1]”，解决的办法，即是把那个潮道东西一刀剁死，拔毛开膛、炖烂煮透之后，再一口一口吞吃掉。

许多人说，把那棵潮道树砍了吧，锯下来后钉板凳坐，当木马骑，或干脆当柴烧。几个年轻人带了工具爬上去，拉了半天锯，才锯了一条浅沟沟，又在上面砍了一顿斧子，硬邦邦的坚硬如铁，连飞出来的气味，都呛鼻辣眼让人受不了。不知为什么，几个人商量一下就回来了，那个潮道东西，就把一树卷卷曲曲的长荚，一直挂到了来年春天。

锯树时盖狗剩也上去了，那时，他刚被边起升在医院里闹了一场，又被石小彩天衣无缝地救了驾，石小彩在家里有事无事，总是指桑骂槐说，老盖家出来个潮道货。锯树时，盖狗剩看锯不下去，把长柄斧头往手里一攥，抡圆了之后拼尽全力往上砍，一斧头抡下去，虎口被震得生疼，再一斧头抡下去，两个膀子发麻。

同伴说：“这潮道东西，真硬，冒出来的味，比万医生的消毒药水都呛！”盖狗剩攥紧手里的半截斧把，朝着蓝天死命一抡，斧把在半空中，飘飘荡荡地翻了几个跟斗，落入深沟里无影无踪了。

同伴赶紧说：“没说别的，没说别的，俺说这棵树潮道，说这棵树潮道！”

盖狗剩是笑不是笑地“嘿嘿”了两声，蹲下来问：“本来立着尿的主儿，不圪蹴下就尿不出来，你说算不算潮道？”同伴早就听说，因为万医生，石小彩在家经常骂盖狗剩是个蹲着尿尿的潮道货，心里埋怨自己，不该对着矬人说短话，于是手一扬：“俺清早喝的汤多，肚憋，俺也潮道潮道去！”

牛头垴上那棵潮道的皂角树，最终也没有被砍掉，盖狗剩这个潮道货，也照旧被石小彩骂，这一骂就骂了好几年。

当年，石小彩在医院里，她那个惊人之举和瞒天过海之术，真的把盖狗剩击打粉碎了，她以一般女人不易把握，更难以掌控的精明和机智，保全了自己的男

[1] 潮道：潮，指很不怎么样又很不正常。道，指所做的、所秉持的，如妇道、医道等。潮道，指不正常的作为或极不正常的事，泛指所有有悖伦理之事，有时专指牝鸡司晨。潮道是冀南太行山区常用的，有专门意义表达的一个经典词汇。

人，保全了万医生，保全了老盖家的好名声，保全了大坡地人无比崇敬的那个美好。更把大坡地那个人见人怕的边起升，抓软柿子一样，一把攥了个稀烂。

自此以后的几年，盖狗剩也就自然而然地，成了牝鸡司晨一般的潮道货，他哪怕是粗壮地喘口长气，也要等到看不见“扁担腰”时——实在忍不住的时候，他就剁一只鸡。

精明的石小彩或许不知道，盖狗剩剁鸡的每一次，都会选择一个恰到好处的时机，那个时机包含了三个必要条件：一个是石小彩做了较重的体力活儿，一个是他又忍无可忍了，再一个是，真的想和万医生见上一面了。

每次剁完鸡后，盖狗剩把那个血淋淋的东西顺手一扔，拍拍手就不知去向了。因为累，石小彩尽管想早早歇一歇，但那个鲜血横流、无辜亡命的东西，既不能卖，又舍不得扔，即使再手酸、脚麻、腰疼、腿软、脖子硬，烫毛、拔毛、开膛、洗涮、炖炒、清扫的活儿还得接着干。有时候，甚至骂几句“潮道”的力气也没有了，也顾不上再去思索一番盖狗剩的去向，更顾不上跟屁虫一般，再去哪里偷窥打探。

盖狗剩的这个小伎俩，不仅每每得手，而且屡见成效。每次逃出大门之后，先随便到个人多的地方忽闪一下，然后再直奔那个朝思暮想的仙幻之地。

冬季时的万医生，里边穿一件大黄花的小红袄，外套的小翻领盖不住的地方，缝着一块海军蓝颜色的布；夏季时，她有一件低领泡泡袖的短汗衫，和熟透的枣子一样的颜色。那两件衣裳，她只在关住门又上了闩之后，才露在外边穿一穿。那是一片耀人眼的纯正火红，能把盖狗剩的心肝肺，给烧出一股喷香来。

夏季里，盖狗剩轻轻地把万医生的门一敲，一条缝慢慢地打开，难得一见又鲜活耀眼的闪亮，就朝气蓬勃地映入眼帘。盖狗剩也不吭，把随手带去的一小包嫩玉米、老北瓜、捡净的绿豆、拾来的核桃等等递进去。这时候，万医生或幽深无边地点点头，或蜜甜无比地笑一个，引人入胜的神态，皂角树一般的阴柔满怀，又像一株终于开了花的千年铁树。

半伸出来的脑袋缩回去之后，那扇门悄无声息地掩上了。盖狗剩蹑手蹑脚地往回走，走出那个弯着腰、忽颤颤的大门后，再底气十足痛痛快快地咳两声，比刚刚祭拜了神灵还要心满意足。然后，在一个寂静的去处品咂回味，仰望着天，把脑门子拍打够了，把星星、月亮端详够了，再懒洋洋地回家。

盖狗剩有时候，也到那个低圆领短袖红衫的身边坐一会儿，眼皮却从来不敢抬——那个圆领略略有些低，那块见不到几次天日的私密领域，仙岛一般的神圣所在，让每一个有幸撞上的人，让每一个尚在红尘中颠沛流离的人，都想尽快脱离苦难。

万医生倒像盖狗剩肚里的一条蛔虫，盖狗剩刚刚瞟了一眼，万医生两个膀子一架一耸，领口自动提了上去，顺手抄起半瓶葡萄糖递过来："给，喝口糖水，败败火。"他半闭着眼喝下去后，往往就抱头鼠窜了，火也就真的败了，一连几天都不去医院。

冬季里盖狗剩去的时候，万医生都不穿外罩，一直照耀着他的那片火红，能融化掉千年的冰雪。

回到家后，石小彩总爱借着院里静悄悄的鸡，或地上乱窜的老鼠比着骂："潮道货！刚躺下就打鸣，赶明儿还想孵小鸡？你个潮道货，再潮道，也给嬔不出来一个鸡蛋！"

盖狗剩仔细听了听，院里的公鸡并没有叫。有时候盖狗剩刚推开门，石小彩的一只鞋正好砸了过来，或许是练的时间长了，手法奇准，多半时候能砸到他的脸上或头上。

他后来学乖了，推开门后，或等一会儿，或屁股朝里往后退着走，但无论砸到砸不到那个心满意足的所在，砸完之后石小彩就骂："贼老鼠，你也潮道，大半夜你不叫人睡，还蹦蹦跳跳娶媳妇，整上个三宫六院，还是只大老鼠！潮道！潮道！潮道！"盖狗剩无暇他顾，怀揣着此生难得的一腔祝福，安然自得，安然入睡，一连几天，看见老鼠都喜悦非常。

终于有一天，盖狗剩再也忍受不住了，他冲着石小彩的扁担腰，俩眼一翻："家里那几只不潮道的鸡，也叫俺都给杀吃了，你要真馋了，就去石碾街割块肉吃去，家里就剩下那只大红公鸡了，再杀了，连个报时的东西也没有了。"

石小彩两眼一眯，哼都没有哼一声，扁担腰一晃悠，往大门外去了。

其实盖狗剩也不愿意再杀了，因为家里，也真的只剩下这一只公鸡了，它千方百计又殷勤无比，为主人繁育了众多的鸡后代，而且还让它的主人，把许多不需要转化为生命的多余者，变成钱贴补了家用。盖狗剩把手里的菜刀忽闪忽闪地抡了几抡，连掐带拧地对那只鸡进行暴力攻击。大公鸡扑棱棱地挣扎，红绿相间的羽毛和五彩的大翎，阳光下闪烁着夺目的光，左右甩动着大红冠子，“咯——咯——咯——咯——”地拼命求救讨饶。

石小彩从大门口晃荡了回来，盖狗剩斜瞄了一眼，希望能看到一个善意的举动。不承想，石小彩扁担腰一颤，抻了抻衣裳角，又捋了捋头，转过身去又转了回来，两手一搭，比牛头埫上的绿皂角还冰凉。

盖狗剩手一松，大红公鸡“咯——咯——咯——”地扑打着翅膀，一路尖叫着跑了。他粗粗壮壮地呼了一口气，说：“啥是潮道？本该圪蹴着方便的人，要真立起来方便，那才叫‘潮道’！那比六月天下大雪，还瘆！”

不想盖大全刚从外边回来，刚进门槛就“扑通”摔了一跤，两口子连掐人中带吼喊，折腾了好一会儿，盖大全才“啊——”地叫了一声。终于喘上了那口气，盖大全说：“恁两口子吔！就是那两棵皂角树，爹死也圪挤不上眼吔……”

自此之后，盖狗剩就不再杀鸡了，石小彩叫骂的“潮道”，也没有那么多了。家里家外的一切，正要向一个凉爽宜人的季节里走。可惜的是，那个季节不是三月是秋末，意想不到的一场风，吹走了仅存的一点儿温热后，把秋季迅速地带入了严冬。

三儿子凤朝刚七岁，刚领了新书本上一年级。那天盖狗剩正在公社开会，建朝领着凤朝去了，盖狗剩看见凤朝头上一个大紫包，以为凤朝调皮，又被石小彩打了，拉到一边急急地问：“咋啦？又咋啦？恁娘又打你了？没有？是不敢说！她那个人俺还不知道？嘴到手就到！”

见盖狗剩很着急，凤朝就说：“这回还真不是，不哄你，真不是！俺娘真没动手，真没动手！这个是俺在路上跑的时候，自己跌倒摔的，今儿俺娘，也顾不上打俺，就怕她打别人吧！”

盖狗剩听说石小彩又要给人动手了，急急地往家赶，刚走到石小彩娘家的大门口，听见石小彩正满嘴蹿火:“省事？图省事，你咋不投胎只刺猬？嘴对住屁股，省了起火做饭，也省了下地做活儿！以后？你还有以后？以后你看见俺，就当你眼瞎了，俺看见你，就当你死了！大丈夫男子汉，锅里边吃锅里边做作，活着丢人，死了也败兴！叫恁八辈祖宗都不能安生！俺姥姥俺姥爷，用得着你惦记？黑门黑户，轮不上你当孝子贤孙，黑山沟那个地能叫山林？傻鸟都不往那儿搭窝……”

盖狗剩听了一会儿才明白，因为小彩娘的户口还在漳水，前些年，那边落实“农业六十条”时，给分了百余亩的山林，被这个人给换到了黑山沟，换了还不算，又把“林权证”在自己手里，无缘无故地攥了好些年 。

黑山沟紧邻沙水地界，沟里埋着石小彩的姥姥和姥爷，虽说是按山林分，但长在沟里的林木，当个锨把都嫌细。

盖狗剩很早就听说过，石小彩的姥爷只有小彩娘一个闺女，由于家里穷，嫁与小彩爹做了五姨太，一家人本来想求个翻天覆地的变化，不想五姨太的角色，原就是一把垫在屁股下面的小板凳，穷苦人家，或许当个不离不弃的物件用，富贵人家，就是碰巧时掂来一用，碰不巧掂去一扔的东西。

老人上了些年纪之后，小彩娘想在老财主家的领域内，给父母寻一个百年后的去处。看好一处，大房不同意，又看好一处，二房的亲戚也想用，再看一处，老财主又说，坏了自家的风水。

最后找到了黑山沟，阴阳先生把罗盘放在地上作弄了半天，中间的指针总是乱跳，先生说这叫气冲斗牛穴。二九一十八，三七二十一，墓穴浅至一丈八，深至两丈一，必见一层红石。见到红石，就是埋玉骨、葬金魂的好去处，十八年之后二十一年之前，地气必稳，稳了之后，家里至少出一位七品以上的政府大员。

小彩娘拼了私房积蓄造那个墓，两丈余深时，果然见了一层铁一般的红石头。后来，七品大员没有见，石小彩十八岁后，被扫地出了门。

前些年，小彩娘还年年到黑山沟里烧包纸再哭一通，近些年到黑山沟去烧包纸，再把那个黑心骗钱的先生骂一通。

盖狗剩在门外听见，又在说黑山沟的事，抬脚就进了门。院子里蹲着一个男人，瘦长脸，飘飘忽忽的一副眉眼，不算强健的一个庄稼汉。盖狗剩左看右看，总有一种似曾相识的感觉，瘦长脸也盯着他看，眼睛里充满了异样的光。

盖狗剩扭回头，猛想起当年盖二愣的描述，心里忽地涌起一股怒火，因为寻不到一个愤怒发作的由头，就斜着眼，一直看靠在北墙根的一把镢头。

小彩娘拉着凤朝的手，半大的小脚，一直晃晃荡荡地来回挪，一会儿又蹲了下去，腮帮子抵着孩子的头，祈求和惊惧的一双眼，一直巴望着盖狗剩。

盖狗剩正在酝酿下一步行动，石小彩忽然把手里的东西往地上一摔，瘦长脸低下头赶紧去捡，石小彩却攥起那把镢头，将镢把抡圆了之后，狠狠地向瘦长脸的后脊梁砸了去，嘴里还说："快点儿连爬带滚，再来大坡地，打折你腿！"

半蹲着的瘦长脸，受了突然又沉重的一击，紧咬牙关却没有出声，正挣扎着往起站，小彩娘不知什么时候攥了一根木棒，随着闷声闷气的一声响，木棒砸到了瘦长脸的头上！瘦长脸晃悠一下就想倒，盖狗剩一跺脚，瘦长脸半弯着腰，一摇一晃地逃窜了。

从此之后，盖狗剩就搬到公社住了。

盖狗剩一个人在公社，一住就是一年多。女人到底是女人，石小彩到底沉不住气，这天晚上她来到公社，扁担腰摇荡够了，说："小窝还行，盖体、铺体、枕头，还都齐全，还配了个大木床，就是枕头太黑、也太脏，铺体割了个口子，盖体透了个窟窿，都不招人待见，要不，那么宽那么大一张床，咋连根长毛尾也留不下？嗯，嗯嗯！道行还浅。不是个潮道货是啥？嗯？也不吭，还潮道？安上个翅膀，也潮道不到外国！连大坡地都出不了，听！治潮道的人来了。嘻嘻……"

正说着，盖狗剩听到由远及近的脚步声，脚步仍然像钟表上的砣，等时间又等距离。他赶紧系好扣子穿好鞋。

门轻轻一推，万医生进来了，还是一身浅灰色的小翻领制服，模板一样笔直的身段。她进门后，把挎在肩上的绿色军挎包，往身后甩了甩，伸出手用嘴哈了两下，又伸到火炉上烤了一下搓了搓，不笑不恼的一双眼，在屋子里扫了一圈后，又从石小彩身上扫一遍。看盖狗剩的时候，嘴角抖了一下，像笑不是笑，或者，是一个心照不宣的示意。

万医生又在火上烤一下手，搓了两下后，插到上衣的口袋里，一脸的无恼又无喜，不卑亦不亢，研究人的生理结构一般，开始盯着石小彩看。

石小彩歪着头，盯着万医生看，看了一会儿，冲盖狗剩努努嘴："有病的是那个——怪不得，真真是俊，这么些年，俺都没工夫沉下心来细看看，还真是越看越耐看，像个莲花瓣，有病的男人才不待见。"

万医生的两只手还在兜里揣着，扑闪了两下眼，说："这个？不像有病。"石小彩白了盖狗剩一眼，嘴一撇，说："有病！病得不轻，潮道病！一直在这儿住，都一年多了。"

万医生皱了皱眉，说："那你找错人了。"说完，把手从兜里掏出来，把那个绿军挎包往上颠了颠，一副要走的样子。

石小彩往她眼前一站，灿灿烂烂的一脸娇笑，说："心病还得心药治不是？该让的，俺也都让了，俩手一甩，就'噔儿嘣二五'——不像个文化人！树怕伤根，人怕伤心不是？俺都叫撵到崖边了，再撵，怕都就不好了……"

万医生打量盖狗剩一会儿，两个嘴角抖着，两个鼻翼一鼓一鼓，看样子想哭。扭回头哆嗦了一下后，转身到屋角抖抖地洗了一把脸，擦过之后，把两只手捂到脸上，两个小指弯弯地跷着，浑身抖着，模板一样的身材，弯下去又挺起来。盖狗剩和石小彩都吓了一跳，过了一会儿才知道，万医生在笑！

万医生笑够了，拿开了两只手，粉白的两腮，娇嫩得像童子面。她甩了甩头又跺了跺脚，说："让我喊你声妹妹吧，你真是个有福气的俏女人，我先给妹妹看个病吧，妹妹咽干口燥，心烦易怒，轰热升火，舌质红绛——属阴虚火旺，须吃些清热解表，苦寒制火的药！

"我有一个同学，学桥梁建筑的高才生，建了一座不错的桥，却总以为赶不上心目中的一个典范，后来就得了抑郁症，老师给他说，他建的桥很好，简洁明了，是新工程力学的杰作，可他总还是怀念那种雍容华贵的美，人也就抑郁了。”

石小彩听不太懂，摇了摇头又点了点头，万医生继续说：“狗剩是个好男人，可惜早有了你，该发生的事，就都没有了。好了，药吃了，谁的病也就都好了。”万医生说完推门走了，规整的四方步仍像钟表上的砣，等时间又等距离。

石小彩想问一句，就这个？没有了？那么水灵灵的一个俏冤家，翠鸟一般“叽喳”了那么两嗓子，一奓翅膀，就啥也没有了？你开的是啥药，俺吃的又是啥药……

她本来一双猫爪子手，却没有往外伸，眼睁睁地看着，那个“嗒、嗒”响的“钟摆”飘远了，才猛地拽住盖狗剩的胳膊说：“死人！愣啥！别人给个棒槌，你就当针纫（真认），打死人偿命，哄死人不偿命！没看见雪人一样的一身寒气，能把人打个跟头！看那身腰，就走不了眼，那也是个潮道货……”

一直到很久的后来，石小彩也不知道，万医生说的“药吃了”究竟是什么意思，盖狗剩也不知道谁吃了药，吃的又是什么药，只觉得回家时，石小彩把他的胳膊拽得生紧。心里想着“狗剩是个好男人，可惜早有了你”，他竟想大哭一场，一巴掌把石小彩扇几个跟头的欲望，越来越强烈。

回到家里后，他找儿子援朝和建朝，石小彩说：“孩子大了，不能老跟着爹娘睡，俺叫他俩跟咱爹睡了。”盖狗剩浑身一激灵，这么多年来，石小彩第一次跟他称呼盖大全为“咱爹”。家里边一如既往的很整齐也很干净，屋角多支了一张小木板床，老三凤朝在上面睡得正香。

“好男人”和“可惜早有了你”还在激荡着他，躺到木板床上，他心里想着开花铁树的蓬勃火热，石小彩的头在一边拱着。

他越来越感到，石小彩甩在他头上的鞋底子，多少有些恰如其分——这么多年来，他就没有敢把那片火红抱上一抱！要真抱起来，他猜想那片火红，绝不会大喊大叫。

没过多长时间，万医生就被调走了。好多人都说，全是因为石小彩。盖狗剩听说后急忙往医院去，万医生的屋里除了一张床、一张桌子和一把椅子外，斯人瘦影已荡然无存。

大坡地通县城的汽车每天有两趟，就在村东的石拱桥边停。盖狗剩飞跑到桥边时，万医生正要往车上走：一个灰色的人造革旅行包和一个四四方方的布包绾在一起，她正要提起来往肩上搭，穿的还是那身浅灰色的小翻领制服。

万医生一回身，就和盖狗剩狂乱的脚步纠结到了一起。她手一松，两个包裹一前一后落了地。脸沉着，头歪着，白得耀眼的大口罩遮住了半个颜面，两条弯眉微蹙着。

她早就说过，盖狗剩是她肚里的一条蛔虫，但那条蛔虫，却从来没有见过那样一副眼神：像大海深处靠不了岸的一叶扁舟，驮了风雨，驮了疲惫，驮了时运不济和苍天无助，将无奈和失落打包之后，被巨浪一步步地推向遥远。来自小舟之上的一声声喟叹，连身边掠过的海鸟都没有听见，比海水还苦涩的一腔幽怨，就随波逐流到天际。

小舟一忽闪——弯眉下面的那两只眼，就渐渐地湿润渐渐地亮。万医生摘下大口罩，自上而下一抹，又重新戴上了——浑然天成的一个不敢触摸的神圣，又物归原主了。她刚刚飘摇在眼睛里的湿润，几乎把盖狗剩车裂了。倏然而逝的一幕，就像放电影时猛卡了一下胶片带，忽闪一下，就又风景如旧了——万医生随后就是一个细雨蒙蒙的笑，从碧海深处摇荡而来的清幽和隽美，又洋溢给每一个看得见的人。

大坡地人都说，万医生的笑是铁树开花。等铁树再一次开花之后，她从灰制服的兜里，掏出两个黄玻璃瓶的胃舒平塞给了盖狗剩，说了声“小彩胃不好”，就扭过了身去。她连个手也没有给盖狗剩挥一挥就上了车，汽车连喇叭竟也没有响一声，就“呜——呜——”地开走了。

由于坐车的人多，盖狗剩在烟尘中看得分明，她浅灰的制服，在车窗上紧贴着。

盖狗剩浑身颤抖，比许多年前，摔死了人家的两头牛还要痛苦不堪。当年，那两头牛滚下山崖后，他不相信是真的，回过头来和林有田一遍一遍地数，可是数了好几遍，还是少两头！他给林有田说：“一定是咱俩做了一场梦，就你使劲儿掐我，我使劲儿掐你，希望掐醒了之后，真的是在做梦。”可是，直到把对方的胳膊上，都掐出来一个黑紫坨，再数一遍，还是少两头。

这次他还希望是个梦，可敲了敲手里的两只玻璃瓶，“嗒嗒嗒”地响，眨了眨眼，努力地向东望了望，那辆客车正甲壳虫一般，慢慢地往青龙岭上爬。此刻的他，把天给捅个窟窿的心都有，世界上没有谁能勾兑出来，那种令所有人都会难耐的酸楚。

盖狗剩再也看不见青龙岭上的“甲壳虫”，心意怅然地回了家。他的三儿子凤朝，不知是害麻疹还是出水痘，这几天身上不舒服。他回到家里时，盖大全正抱着凤朝满院子转。他想起万医生上车时，笔直的身板分明在抖！他再也不能看见那片“火红”了！

盖狗剩一路向西往牛头垴上走，脑袋一直“嗡嗡”响，身子晃晃悠悠的想倒，眼里有数不清的黑麻点，在无头无绪闹嚷嚷地飞。直到快走近那棵皂角树时，才渐渐听到，石小彩在后边，一声接一声地喊。

石小彩撵了好多年，也才抓住了盖狗剩的衣裳角，她娘死的时候仍不放心，千叮咛万嘱咐，要她对狗剩好些。

老太太临去世昏迷了两天两夜，醒来后，盖狗剩一家人都在跟前，她睁开眼问盖狗剩：“俺儿吔，那年，你不是上过牛头垴？上边的那棵皂角树，到底有多粗？”盖狗剩说：“粗细跟后谷场的那棵差不多……”盖狗剩还没有说完，盖大全就说：“差不多，也差得远，比俺跟恁娘离得还远，戏里都这样唱——冤家呀冤家……”

盖大全是说盖狗剩和石小彩是冤家，不想一声“冤家”，把老太太说得头一歪，朝向了墙那边。石小彩慌慌忙忙地爬到炕里边，老太太的头又朝向了外，深陷的眼窝和瘪塌下去的嘴，把一个可怕的骷髅头勾勒得棱角分明。

过了一会儿，老太太半闭着眼说：“闺女吔，皂角树底下，大圪梁换豆腐的来了，俺听见他喊了，俺想吃块豆腐。”

石小彩就奇怪，大圪梁的豆腐最好吃，但娘就不爱吃豆腐，那个换豆腐的，也从来不喊，娘今儿是咋了？但还是舀了一瓢黄豆，赶紧跑到后谷场。等了又等，皂角树倒还是那一片绿莹莹的翠，蓝天丽日之下，遮盖了近半亩地的浓荫，却看不见那个换豆腐的人，她四下张望一阵就回来了。

她娘说:“你给皂角树挂块红布吧，换豆腐的就来了。”石小彩赶紧找了块红布，拿了黄豆又去了。

皂角树上挂的红布很多，低的地方让人挂满了，高的地方她又够不着，就一手端着黄豆，一手拿着红布转来转去地看，不一会儿，武小魁和妻子秀秀看见了，过来问石小彩，挂红布咋还端着黄豆。石小彩说，她娘听见换豆腐的喊了，想吃块豆腐，说挂上红布，换豆腐的就来了。秀秀说:“老太太敢是糊涂了，换豆腐的，哪天不是大清早就把担子往树下一放，吃不了一顿饭，豆腐就换完了。也不抬头看看日头，都啥时候了？都该做晌午饭了。老太太想吃，走，去俺家拿块，俺玉宝今儿过生日呢！”

石小彩拿回豆腐后问娘咋吃。娘说，去，剥两根大葱炒炒。炒好了以后，老太太又说不吃了，豆腥味太大，不是大圪梁那个人磨的豆腐。过了一会儿她又给石小彩说：“再拿块红布，去给皂角树挂上吧，才刚刚，你那块红布挂错了，一模一样的俩树，俺说的是牛头垴上的那一棵，跟狗剩一团去吧。”

闺女女婿走了后，老太太看看盖大全，又看看那盘大葱炒豆腐，噘着嘴，“呼哧、呼哧”直喘气。盖大全拿起筷子，开始吃大葱炒豆腐，老太太开始说话:“嘴跟心都连着呢！嘴快手也巧，小彩炒的对口吧？——俺一辈子，也就快了一回——想起来后怕，那一年，漳水的那个腌臜货，小彩本来敲了一镢把，俺看见狗剩着了急，总不能因为旁人，坏了自家的时光吧？也着急，谁知道俺一辈子手慢，到了那会儿，咋就手快了？又给那个浑小子补了一棍，幸亏没敲死。也是活该，到这时候，恐怕癔症病还没好吧。兴许也就死了。”

盖大全把那碗豆腐吃下去一半时，老太太拿出来那张黑山沟的林权证，递给盖大全说：“给你吧，一辈子也没给你做过啥。前些时候，老梦见黑山沟里，满沟子清凌凌的水，那个地方，说不定还真有点儿啥，现时咱村狗剩说了算，叫他，把那百多亩的山沟紧囿紧囿[1]，俺这辈子，连块石头，都不想留给漳水。”

[1] 紧囿：把丢在外面本属于自己的东西拿回来。

盖大全吃完那碗豆腐把碗筷洗了，老太太的脸膛，忽然红润起来，深陷的两只眼，闪烁着熠熠的光辉。她半坐起来后，让盖大全拿过那面缺了一角的方镜，对着镜子梳了梳头，仔细地照了照，说："想都想不起来，年轻时候的模样了，看，都成了人不待见、鬼不高兴的型调了——该走了……"

正说着，石小彩一个人回来了，老太太问狗剩干啥去了。石小彩说，去大圪梁换豆腐去了。老太太嘴一撇，张开一个圆圆的黑洞就哭了，哭了一会儿给石小彩说："闺女吔，狗剩跟他爹一样，都是实诚人吔，这孩子吔！咱不能有眼不识金镶玉吔。按说，俺闺女是个灵巧人，风一刮就透，啥事还用娘说！要说大坡地的皂角树，谁还不知道，是后谷场上的那一棵！低是低了些，没看见，光红布挣了多少个！牛头垴上那棵倒风光，一样的粗细，长到牛头垴上，就啥也数不着！闺……女……吔，快把……狗剩……撵……回……"

老太太还没有说完，晃悠一下就倒仰了过去，石小彩搂住娘的脖子就喊："娘吔，娘，醒醒！娘吔，娘吔，醒醒！撵上狗剩了，撵上了……"

埋了小彩娘之后不久，盖狗剩去了几趟漳水，漳水那边最终表示："原以为是一块啥金银宝地，那个黑山沟，黑妖坪上的鬼祟，都不愿意去那里晃悠！不用跟我们商量什么，那就是你们沙水的土地，你们想怎么弄，问你们自己。"

最后一趟，他无意撞见了那个瘦长脸，滴溜溜的眼珠子盯着他看，看了一会儿，摇头晃脑说："黑山沟？那里边，连圪针蓁，都长不了多少哩！你沙水过来的？沙水那边的水土，清朝就出斗鸡，净生养些好打架的东西哩！喝了那边的水，八十岁的老娘儿[1]，都抡拳舞棒打群架，拿着木杠，照死处捶哩！快走快走，这边没人理你……"说完就摇着头，一颤一颤地跑了。

盖狗剩却很畅快，镢把砸出的"嘭嘭"声，他做梦似的又听了一遍。

没过多长时日，他又安排人去黑山沟专门察看了几趟，把那个百余亩地的大沟，再次明确了范围，后来就找人耕种。可是，连魏老大看了一趟后，也不再去了。

[1] 老娘儿：老太太。